edition
tingeltangel

AF290587

Papas „Papp-Palast"-Theater

Zum ersten Mal
(bei festlich erleuchtetem Hause)

Prinzessin der Nacht

Große Oper in 25 Auftritten mit x Verwandlungen
nach wahren Begebenheiten, verfasst von Prinzipal Papa

Musik vom Kapellmeister

(Er wird aus Hochachtung vor dem gnädigen und
verehrungswürdigen Publikum sowie aus Freundschaft
zum Verfasser selbst dirigieren.)

Personen:

Skaia, ein Mädchen aus Solterra .... Mlle. Ola

Aldoro, ihr Bruder .... Herr Moll

Klirr, ein Erzieher .... Herr Wolf

Yaho, ein Guter Herrscher .... Herr Moll

Schrill, Streng & Düster, drei Eingeweihte .... Herr Schnauz, Herr
Schnock & Herr Squenz

Mikolo, ein Junge aus Javónien .... er selbst

Kapellmeister .... Herr Schlucker

Papa, ein Theaterprinzipal .... er selbst

Gura, eine Mohrin .... sie selbst

Horrlekin .... Papajano

Königin der Nacht .... Mlle. Tabellion

Lunetta, eine scheinfarbige Katze .... Herr Zettel

sowie allerlei weiteres Gefolge & Gelichter

Schauplätze: das Sonnenreich Solterra & das Mondenreich Moxó

Der Tanz der Robolde & Papageni wurde einstudiert von Mad. Gura.

Herr Gayl & Herr Schrott schmeicheln sich, mit möglichstem
Künstlerfleiße die Dekorationen verfertigt zu haben.

Die Eintrittspreise sind wie gewöhnlich: etwas höher als das letzte Mal.

PRINZESSIN DER NACHT

Phantastischer Roman
von Thomas Endl

© *edition tingeltangel*, Thomas Endl, Kohlstr. 7, 80469 München
Coverbild: © Moreen Blackthorn / Fotolia.com
Vignette Kapitel 2: Fluidworkshop / Fotolia.com
Weitere Vignetten: Illustrationen des 19. Jahrhunderts
Das Gedicht „Nachthimmel" ist erschienen in Mario Wirz: „Sieben
    Leben hat die Woche", Berlin 2003 (© Aufbau Taschenbuch
    Verlag GmbH) — Wir danken für die freundliche
    Abdruckgenehmigung.
Abbildungen „Mein Kater vom Mars": Mars (© Natalia Rashevskaya
    / Fotolia.com), Augen (© fayska / Fotolia.com), Augen
    (© Horon / Fotolia.com). Ranken (© FotoDesignPP /
    Fotolia.com), Alien (© dancerP / Fotolia.com), Surfer
    (© dervish 15 / Fotolia.com)

Herstellung: BoD – Books on Demand, Norderstedt
FSC®-zertifiziertes Papier aus verantwortungsvoller Fortwirtschaft

ISBN 978-3-944936-11-6
Zweite Auflage, München 2015

In ihrer Jugend war meine Großtante Opernsängerin gewesen, doch als sie eines unglücklichen Tages ein ganzes Orchester verschluckte, war es aus mit ihrer Karriere. Sie bekam nirgends mehr eine Rolle. Kein Dirigent der Welt wollte das Risiko eingehen, plötzlich ohne Musiker dazustehen. Meine Großtante beendete also ihre Laufbahn und unterrichtete fortan Gesang. Sie hatte einen schwarzen, glänzenden Flügel mitten im Wohnzimmer stehen, auf dem sie ihre Schüler begleitete. Wenn sie selbst sang, spielte niemand auf dem Flügel. Sie spürte ja in sich das ganze Orchester, und das war ihr Begleitung genug. So konnte sie sogar Arien schmettern, wenn sie in der Metzgerei um Rinderhack anstand oder im Hallenbad auf eine freie Umkleidekabine wartete.

In meiner Familie gab es einige, die nicht nett über Großtante Lulu sprachen, aber ich mochte sie gerne. Als kleiner Junge legte ich oft meinen Kopf an ihren Bauch und lauschte, ob das Orchester etwas Schönes spielt. Meistens machte es gerade Pause, aber einmal hörte ich ganz deutlich Geigen, Klarinetten und eine Trommel.

„Tatsächlich?“, rief meine Großtante. „Dann ist es bestimmt die Ouvertüre, also das Vorspiel zur ‚Prinzessin der Nacht.‘ Die üben sie zurzeit andauernd.“ Mir reichte das damals als Erklärung, denn dass die „Prinzessin der Nacht“ eine Oper war, wusste ich von einem der vielen Theaterzettel, die sich meine Großtante gerahmt an die Wand gehängt hatte. Später fragte ich mich manchmal, wo sie den Zettel eigentlich herhatte, denn dieses Werk war in keinem einzigen Musikführer verzeichnet.

Die Antwort fand ich erst in diesem Sommer. Großtante Lulu war im Alter von 107 Jahren verstorben, und ich suchte in ihrer Wohnung das zusammen, was vor dem Müllcontainer gerettet werden musste. Dabei rutschte mir ausgerechnet der Rahmen mit dem Theaterzettel der ‚Prinzessin der Nacht‘ aus den Händen und fiel scheppernd zu Boden. Vorsichtig fischte ich den Zettel zwischen den Scherben hervor. Ich dachte an das kleine Orchester im Bauch meiner Großtante und las, was der Zettel versprach.

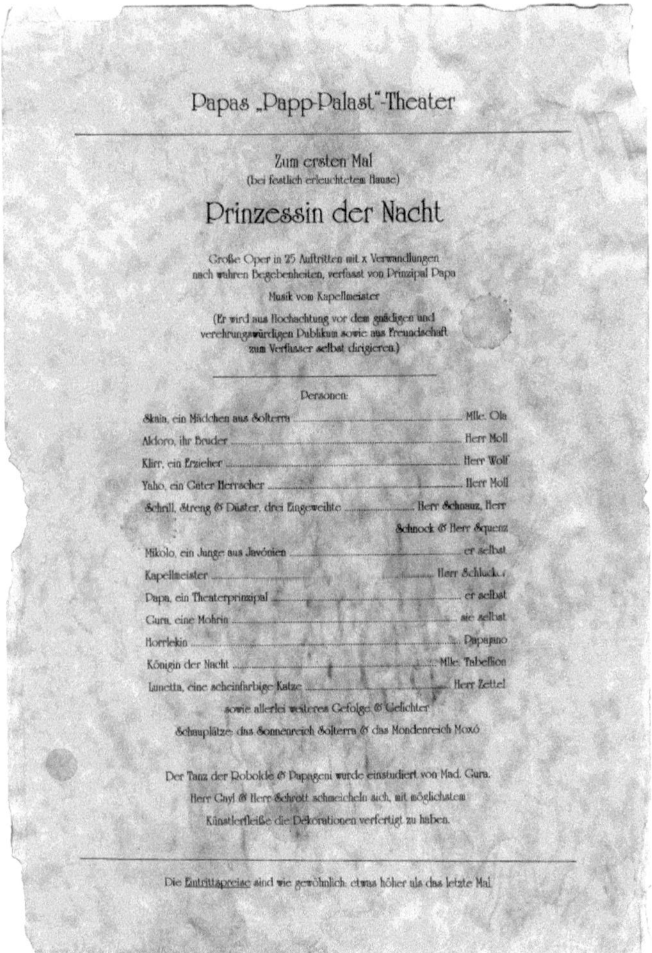

Versonnen wollte ich den Zettel schon weglegen, als ich bemerkte, dass die Rückseite ebenfalls beschrieben war. Warum hatte ich das nicht gleich gemerkt? Dabei begann der Text sogar mit einer recht groß gedruckten Null. Vielleicht war es aber auch ein O.

O.

Es wartet die Nacht, im Eise erstarrt. Strahlend verzehrt
sich der Tag. Das Silberlicht schwindet, die Schatten
werden stärker. Noch sind die Eingeweihten blind, noch
ist die Königin gefangen.
War da Musik? Ein Kind tanzt auf wilden Wegen und
lacht. Am Karussell blähen die Pferde die Nüstern.
Reiten bald wieder. Das Mädchen zieht an ihren Mähnen
und lacht. Noch weiß es nichts vom dunklen Reich der
Ahnen, vom Schatz in seinen Händen, von Mächten, alt
wie die Welt, von grimmigen Grinsern und den
Kulissenschiebern des Schicksals. Noch weiß es nichts
von sich selbst, von der Prinzessin der Nacht.

Doch der Sonnenkreis ist bereit.
Das Mondauge öffnet sich.

1. Die Meister der Zeit

Skaia wusste, dass sie zu spät kommen würde. Die
Stundenkugel an ihrer Halskette hatte sich schon
feuerrot verfärbt. Als Skaia zu rennen begann, hüpfte die
Kugel im Takt auf und ab, sprang ihr grell vor die Augen und schlug ihr hart auf die Brust. Genervt versuch-

*Wer war genervt? Ich kapierte nichts. Was war das für ein Text? Und
warum brach er am Ende der Seite mitten im Satz ab? Merkwürdig ...*

*Wo war denn der Premierenhinweis geblieben? Dort, wo ich eben
noch die Rollen und die Besetzung studiert hatte, stand jetzt ein ganz
anderer Text. Und — er führte die auf der Rückseite begonnene Erzählung fort. Das konnte doch gar nicht sein! Immer wieder wendete ich*

den Zettel. Und jedes Mal ging der seltsame Text weiter. Es war unglaublich. Ich musste lachen, so grotesk kam mir die Situation vor. Es konnte nur Einbildung sein. Ich schloss die Augen, wartete einige Sekunden und öffnete sie wieder. Noch einmal drehte ich den Zettel um. Es blieb dabei: Er erzählte eine Geschichte.

Nirgendwo sonst hätte ich so etwas für möglich gehalten. Nur in der Wohnung von Großtante Lulu, die zu jedem Biedermeiersessel und zu allen Rokkokofiguren ein Geheimnis aus der Vergangenheit anzudeuten wusste, konnte ich dem glauben, was ich sah.

„Bloß erzählen darf ich das keinem", murmelte ich vor mich hin. Dann drehte ich im Schein des gläsernen Lüsters den alten Theaterzettel um. Wieder und immer wieder. Und las:

1.

DIE MEISTER DER

Skaia wusste, dass sie zu spät kommen würde. Die Stundenkugel an ihrer Halskette hatte sich schon feuerrot verfärbt. Als Skaia zu rennen begann, hüpfte die Kugel im Takt auf und ab, sprang ihr grell vor die Augen und schlug ihr hart auf die Brust. Genervt versuchte Skaia, das dumme Ding einzufangen. Doch das war schwierig im Laufen. Bis zur Eingangstür der Erziehungsanstalt bekam Skaia die Kugel nicht zu fassen, aber als sie die Treppen hinauf in den dritten Stock hetzte, hielt sie sie fest umschlossen in der linken Hand. In der rechten hing schwer die alte Tasche, voll-gestopft mit Büchern, Heften, Stiften, Ordnern, einem Lineal, einem Zirkel, einer Rechenmaschine, einem Kompass, einem Diktiergerät, einem Lötkolben, einem Mikroskop mit drei Wechselobjektiven, 18 Tütchen mit Pflanzensamen und einer Brille, durch deren dunkelblaue Gläser man gefahrlos direkt in die Sonne blicken konnte. Garantiert würde sie im heutigen Unterricht nur einen Bruchteil all dieser Dinge benötigen, nur hatte Skaia keine Ahnung, welche davon.

Natürlich war ihr vor ein paar Tagen der neue Lehrmittelplan in die Hand gedrückt worden, und auf dem hatten die Erzieher alles ganz genau aufgelistet. Aber was nützte ihr der Zettel, wenn sie ihn in der morgendlichen Hektik nicht fand? Sie hatte sogar kräftig in den Spalt zwischen dem Fußboden und der schweren, alten Kleiderkiste gepustet und auf ein Flattergeräusch gehofft. Warum sollte der Zettel nicht versehentlich darunter gesegelt sein? Immerhin war dort schon einmal ein kompletter Bastelbogen des Weisheitstempels zum Vorschein ge-kommen. Diesmal aber wirbelte ihr nur Staub entgegen, sodass sie husten und sich die Augen reiben musste. Der Zettel blieb verschwunden. Also hatte Skaia kurzerhand so ziemlich alles eingepackt, was man als Mädchen an einer solterranischen Erziehungsanstalt brauchte.

Mit Schwung schlitterte sie die letzten Meter über den glatten Steinboden bis zur Tür des Klassenzimmers. Da gongte die Stundenkugel in ihrer Hand. Fast schien es Skaia, als sei sie noch lauter als sonst, um sogar durch die Finger hindurch deutlich vernehmbar zu sein. Schlagartig wich das Rot aus der Kugel und machte dem üblichen, milchig-trüben Weiß Platz. Skaia kam aus ihrer Rutschpartie gerade noch zum Stehen, da flog vor ihrer Nase die Tür auf.

Heraus trat ausgerechnet ihr Haupterzieher Klirr. Seine fettig glänzende Stirn warf sich gefährlich in Falten, und seine Augen quollen hinter den dicken Brillengläsern noch weiter aus dem Kopf. Hinter seinen beträchtlichen Ausmaßen drängte, zu Paaren geordnet, die ganze Klasse nach. Die beiden Kinder, die den Zug anführten, tuschelten miteinander, als sie Skaia erblickten. Klirrs Arm schnellte wie ein Schwert in die Luft und blieb dort stocksteif stehen. Augenblicklich verstummte jedes Getuschel. Und niemand drängelte. Klirr starrte Skaia an. Sie hasste das. Unter seinem Blick wurde sie klein und hässlich. Da knickten ihre langen, kräftigen Beine, mit denen sie so gut rennen und klettern konnte, beinahe ein. Die dunklen Locken schienen sich plötzlich widerborstig in die Kopfhaut zu krallen. Sie spürte es förmlich, wie ihre Wangen jede Farbe verloren, hohl in sich zusammenfielen und ihr Gesicht viel spitzer machten, als es war. Und das Strahlen in Skaias hellbraunen Augen zog sich zurück.

In Klirrs Blick lag ein ganzer Katalog anklagender Fragen und dazu passender Verurteilungen. Er hätte gar nicht seine schneidende Stimme erheben müssen, um Skaia zu maßregeln. Natürlich tat er es trotzdem. „Warum bist du schon wieder zu spät? Was willst du mit einer derart vollgestopften Tasche, obwohl nur Notizblock und Stifte verlangt waren? Hast du überhaupt eine Ahnung, was heute auf dem Erziehungsplan steht? Ich sehe, du hast den Ernst des Lebens noch immer nicht begriffen! Ich kann wohl wieder nicht befürworten, dass du in die nächsthöhere Klasse versetzt wirst! Ich werde einen Brief an deinen Bruder schreiben müssen!"

„Es ... es tut mir Leid!", brachte Skaia nur heraus.

Klirr schnaufte so lautstark wie ein Stier kurz vor dem Angriff.

„Ich, äh, ... ich ... bin zu spät aufgewacht. Weil ... meine Kugel manchmal nicht richtig funktioniert", fiel Skaia noch ein, aber sie hatte wenig Hoffnung, dass sich Klirr mit diesem Gestammel zufriedengeben würde.

Hinter ihm prustete ein Kind, hielt sich aber schnell die Hand vor den Mund.

Klirr schnaufte. Schüttelte den Kopf und griff mit spitzen Fingern nach der Stundenkugel, zog an der Kette und beugte sich zu Skaia hinunter. „Bist du dumm!", las sie in seinen Augen. „Ausreden, immer nur Ausreden, du hast nichts gelernt!" Mit einem Mal ließ Klirr die Kugel los. Überrascht stolperte Skaia nach hinten, während sich der Erzieher wieder zu seiner ganzen Größe aufrichtete. Ein Grinsen machte sich auf seinem Gesicht breit. „Was für ein Glück du hast. Wie du ja sicher deinem Erziehungsplan entnommen hast, besuchen wir heute die Meister der Zeit. Sie werden zweifellos daran interessiert sein, deine Kugel genauestens unter die Lupe zu nehmen. Denn wenn sie nicht richtig funktionieren sollte, wäre sie die erste defekte in ganz Solterra!" Dann warf Klirr seinen Schwertarm nach vorne, und augenblicklich zog er mit der ganzen Klassenkarawane an Skaia vorbei.

Ihr blieb nichts anderes übrig, als sich hinten einzureihen. Dümmer hätte es kaum laufen können. Jetzt würde Klirr bei den ‚Meistern der Zeit' ihre Ausrede aufs Peinlichste überprüfen lassen.

Das Haus, zu dem Klirr die Klasse führte, war nicht weit von der Erziehungsanstalt entfernt. Es lag, wie alle wichtigen Gebäude, in der Nähe des Burg- und Tempelbezirkes. Dennoch war es Skaia noch nie aufgefallen, denn es unterschied sich in nichts von den meisten anderen Häusern der Stadt. Es war der übliche weiße Würfel mit den üblichen drei Stockwerken und einem rot schimmernden Dach, gebaut im üblichen Abstand zu den benachbarten Würfeln, ein x-beliebiger Punkt im immer gleichen Raster der Stadt. Neben der Eingangstür war die Hausnummer in die Mauer gestanzt. ‚1791' stand dort, und jedes Kind konnte daran ablesen, wo es sich befand: im ersten Bezirk, auf dem siebten Strahl, vor dem 91. Haus. Die ganze Stadt gruppierte sich um den Burg- und Tempelbezirk herum. Die zwölf Strahlen, die von dort aus sternförmig in alle Richtungen liefen, waren die Hauptverkehrswege.

Klirr nannte sie auch ‚Adern der Tugenden'. Mit ihrer schönen Symbolik durchzögen sie die ganze Stadt und erinnerten ihre Bewohner immer an das Wesentliche.

Als Skaia einmal nachgefragt hatte, was das bedeuten solle, hatte er seinen grässlichen Blick auf sie gesenkt und ihr entgegengezischt: „Haben dir denn deine Eltern gar nichts beigebracht? Nicht einmal das! Und dein Bruder ist nicht besser! Ich werde ihm einen Brief schreiben müssen!" Seine Stimme schien er nur mühsam bändigen zu können. „Die zwölf Strahlen und ihre Bedeutung! Die Säulen unserer Gesellschaft!! Unverzichtbar!!!" Dann schnellte sein Arm mit ausgefahrenem Zeigefinger auf Skaias Banknachbarn Kygo zu. „Aufzählen! Erstens, zweitens, drittens ...!! Los!!!"

Kygo, der nicht der Hellste, aber einer der Umgänglichsten in der Klasse war, versank fast unter der Tischplatte. Vor Klirrs Zeigefinger ging er in Deckung, bis nur noch sein Gesicht zu sehen war — das allerdings deutlich. Kygo leuchtete so sehr, dass man ihn als Warnlampe vor jede Gefahrenquelle hätte stellen können — vor furchtbare Erzieher zum Beispiel, dachte sich Skaia. Mit dünner Stimme begann Kygo seine Aufzählung: „Die Eins, das ist der Wille, denn der bringt ..., der bringt dich ..."

„Voran! Voran bringt er dich!", keifte Klirr.

Kygos Miene hellte sich auf. Er schien sich zu erinnern.

„Die Zwei, die mäßigt dich dann und wann!", sagte er schnell.

„Nein, nein, nein!" Klirr sprang kreischend vor Kygo herum. Dann rief er im Staccato kreuz und quer Mädchen und Jungen auf. Niemand konnte die Merkverse fehlerfrei aufsagen. Damit war der Rest des Tages gelaufen. In den nächsten Stunden wurde auswendig gelernt, welcher Strahl für welche Tugend stand und wie das in Reimform zu klingen habe.

Als sich die Stundenkugeln allmählich rot färbten und so das nahende Ende des Unterrichts ankündigten, forderte Klirr die Klasse unerbittlich auf, das lange Gedicht noch einmal laut und deutlich „und vor allem völlig korrekt" aufzusagen. Skaia war offenbar nicht die Einzige, die von den dauernden Wiederholungen schon ganz belämmert im Kopf war. Die meisten ihrer Mitschüler verzogen die Mundwinkel oder rollten mit den Augen, sofern sie sicher waren, dass Klirr nicht gerade zu ihnen sah. Klirr schwang seinen gefürchteten Arm wie einen monströsen Dirigentenstock. Er gab den Einsatz, und die ganze Klasse plärrte:

> „Die Eins ist der Wille,
> er bringt dich voran,
> die Zwei ist die Klarsicht,
> sie mäßigt dich dann,
> die Drei fordert ständiges
> Lernen von dir,

,Und das mit Geduld',
rät weise die Vier,
zum Glauben an dich
sei die Fünf deine Wahl …"

Über diese Zeile stolperte Kygo. Skaia hätte schwören können, dass er gesagt hatte: „… sei die Fünf deine Qual", dabei kam die „Qual" erst bei der „Sechs". Aber gut, Kygo murmelte sowieso so leise, dass ihn außer Skaia niemand verstand.

„… doch ohne die planende
Sechs wird's zur Qual,
den Ausgleich, den lobet
dir wissend die Sieben,
die Acht mahnet alle,
das Schweigen zu lieben,
Gerechtigkeit möchte
die Neun von dir seh'n,
,Sei standhaft!',
so lautet das Motto der Zehn,
,Erforschen, erfinden!',
ruft da noch die Elf,
und allen zu Hilfe
kommt immer die Zwölf."

Kaum war das letzte Wort im Klassenraum verhallt, gongten die Stundenkugeln. Die Kinder schlugen erleichtert die Hefte zu und freuten sich, das Gedicht über die Tugenden zwischen Büchern, Ordnern und Stiften in den Taschen verschwinden lassen zu können.

Klirr rief ihnen ein markiges „Das wird wieder abgefragt!" zu. Dann rauschte er nach draußen.

Während die ersten Kinder an Skaias Bank vorbeigingen, ohne sie eines Blickes zu würdigen, bemühte sie sich, Kygo aufzumuntern. Er hatte immer noch rote Flecken im Gesicht. „Ist doch gut gelaufen. Klirr hat deinen Fehler gar nicht bemerkt." Verschwörerisch zwinkerte sie Kygo zu. Aber der drehte sich weg und räumte seine Hefte in die Tasche.

„Habe ich was Falsches gesagt?", fragte Skaia verwundert. Er antwortete nicht. Da griff sie nach seiner Schulter.

Zornig drehte sich Kygo wieder zu ihr um. „Genau, Skaia, du hast etwas Falsches gesagt. Du hast nämlich gefragt, was Klirr mit diesen doofen ‚Adern der Tugenden' meinte. Nur deswegen hat er mit diesen blöden Merkversen angefangen. Und weil ich Idiot ausgerechnet neben dir sitzen muss, hat es mich erwischt. Du musst nicht die spielen, die alles ganz genau wissen will. Sag einfach mal gar nichts, Skaia!" Mit hochrotem Kopf wandte sich Kygo ab und rannte aus dem Klassenraum. Skaia blieb verdutzt zurück.

Seitdem war das Verhältnis zwischen Kygo und ihr gespannt.

„Wenn Sie bitte so freundlich sein mögen, mir Ihre persönliche Kennnummer zu nennen", flötete der Portiersrobold, der die Klasse im Eingangsbereich des Hauses der Zeit empfing. Sein Lautsprecherschlitz verzog sich trotz der freundlichen Worte kein bisschen zu einem Lächeln, und seine Kameraaugen schwenkten gleichgültig über die Kinderschar hinweg, bis sie auf Klirr scharf stellten. Gleichzeitig sprang an seinem stahlblauen Brustkorb eine Klappe auf und offenbarte ein Tastenfeld.

„00-08-15-666-17-4" gab Klirr zackig zu Protokoll und setzte hinzu: „Ich bin Haupterzieher und mit meiner Klasse angemeldet!" Dann winkte er den Kindern, ihm zu folgen, und tat einen entschlossenen Schritt am Robold vorbei. Weit kam er nicht.

Obwohl der Maschinenmann noch damit beschäftigt war, mit der einen Hand die letzten Ziffern in seine Brust zu tippen, griff er mit der anderen eisern zu. Die Metallglieder knackten, als sie Klirr stoppten. Sie schnappten so plötzlich nach dem Arm des Erziehers, dass dieser das Gleichgewicht verlor und stürzte. Noch bevor Klirr erschrocken aufschrie, piepste es aus der Brusttastatur. „Vielen Dank für Ihre freundliche Auskunft", säuselte der mechanische Portier nach unten. „Ich freue mich, Ihnen mitteilen zu dürfen, dass Ihre Nummer anerkannt wurde. Liebend gerne begleite ich Sie ins Innere des Hauses der Zeit!"

Klirr warf seinen schlimmsten verfügbaren Blick auf den Robold. Er war eindeutig nicht begeistert von dieser Begleitung. Der Robold machte keinerlei Anstalten, ihm beim Aufstehen behilflich zu sein. So rappelte Klirr sich alleine hoch und klopfte den Staub aus seinem grauen Anzug.

„Wenn Sie gütigst mitkommen möchten", bat der Robold und ging voran.

Mit Bittermiene und in vorsichtigem Abstand folgte Klirr, hinter sich die feixenden Schüler. Skaia hatte sich schon öfter gewundert, wie geschmeidig sich die Robolde inzwischen bewegten. Fast wie Menschen. Allerdings schepperten sie bei jedem Schritt, den sie machten.

Der Robold führte sie durch einen blendend weißen, schmalen Gang. Alle paar Meter war links oder rechts eine ebenso weiße, schlichte Tür. Auf den meisten dieser Türen stand in Rot geschrieben: „Kein Eingang!" Auf den anderen hieß es: „Kein Ausgang!" Die Türen hörten auch nicht auf, als der Gang eine nicht enden wollende Kurve machte. Auf einmal stockte der ganze Zug. Skaia stellte sich auf die Zehenspitzen, um über die Köpfe der anderen Kinder blicken zu können. Doch sie sah nur eine Wand direkt vor dem Robold. Sie wunderte sich noch, dass ausgerechnet darauf groß „Eingang" stand, aber da glitt die Wand sanft zur Seite und entpuppte sich als Schiebetür.

„Herzlich willkommen im Zentrum der Zeit", sagte der Robold und ließ Klirr und die Klasse an sich vorbeiziehen in eine mächtige Halle voller Maschinen. Die Schiebetür schloss sich. Der Robold war draußen im Gang geblieben. Wahrscheinlich eilte er sogar schon zurück, um auch den nächsten Besuchern mit erbarmungsloser Freundlichkeit entgegenzutreten.

„Und jetzt", hob Klirr deutlich erleichtert an, „werden wir Skaias Stundenkugel untersuchen lassen."

Skaia machte sich auf das Schlimmste gefasst.

„Dabei werden wir viel lernen." Klirr holte hörbar Luft, um zu einer ersten, vermutlich weitausgreifenden Lektion in Zeitkunde anzusetzen. „Denn ihr müsst wissen, die Stunden, Minuten, Sekunden, die uns das Schicksal ..."

„Was man halt so Schicksal nennt, ja", unterbrach ihn da eine Stimme, die so kratzig und widerborstig klang, als sei sie ein dutzend Mal über ein Reibeisen geschrappt worden. Sie war so unerfreulich wie acht haarige Spinnenbeine, die auf der Ohrmuschel Tango tanzen.

Klirr fuhr herum. Zwar hatten einige der Kinder längst bemerkt, dass ein seltsames Paar aus den Tiefen der Halle auf sie zu gekommen war, aber natürlich hatten sie Klirr nicht darauf aufmerksam gemacht. Keiner wagte es ungestraft, ihn bei seinen Erläuterungen zu unterbrechen.

Noch nie hatte Skaia zwei derart unterschiedliche Menschen nebeneinander gesehen. Die Frau war hoch gewachsen. Sie trug eine imposante Steckfrisur und ein perfektes Lächeln zur Schau. Ihre Haut war makellos glatt. Der Mann mit der widerlichen Stimme war kaum größer als Skaia. Er steckte in einem überlangen weißen Kittel, der am Boden aufstieß und dabei jede Menge Falten warf. Wenn der Mann nicht gerade sprach, hing seine klumpige, raue Zunge aus dem leicht geöffneten Mund und rutschte unkontrolliert hin und her, vor und zurück. Auf dem Nasenhöcker wuchsen zwei dicke, graue Haare, und aus den Ohren, von denen eines verwegen abstand, quollen gleich ganze Büschel.

‚Der ist bestimmt schwerhörig', flüsterte Skaia ihrer Mitschülerin Ana zu. Doch die stellte sich taub. Dafür drehte das Männchen seinen Kopf forschend zu Skaia herüber.

„Wir wollen nicht von Schicksal sprechen", ergänzte die Begleiterin des Männchens sanft. „Besser von Chancen. Aber das können wir ja alles während unserer Besichtigungstour klären."

Klirr schob mit einer Hand seine Brille auf die Stirn und neigte seinen Kopf der Frau entgegen. Fast stieß er mit der Nase an ihren weißen Kittel, der wie angegossen saß. Das Schildchen, das sie in Brusthöhe angesteckt hatte, schien das zu sein, was Klirr am meisten an ihr interessierte.

„MDZ", entzifferte Klirr und folgerte: „Ah, ein Meister der Zeit!"

„Zwei Meister, zwei", erwiderte die Frau und wies auf den Gnom neben sich.

„Einer allein könnte die ganze Zeit gar nicht meistern, ja", gab der seinen Kommentar dazu ab. „Also los!", kommandierte er und eilte auf eine der grasgrünen Maschinen zu, die überall in der Halle lärmten. Bei jedem Schritt verfing er sich in seinem Kittel, stolperte, aber stürzte doch nicht.

Die erste Maschine war scheinbar nichts weiter als ein großer, massiver Kasten. Doch seine Rückseite zierten zahlreiche Schlitze, die mit Nummern und Buchstabenkombinationen gekennzeichnet waren. Ein Techniker schob runde, beige Plättchen in diese Schlitze. Der Gnom nickte ihm kurz zu, bevor er erklärte: „Hier kommen die Daten rein, ja. Von allen. Auch die von euch sind hier durchgelaufen, ja", krächzte er und sah in die Runde.

„Können Sie das einmal genauer ..."

„Aber sicher", unterbrach die Meisterin Klirrs Einwurf. „Von allen Kindern, die in Solterra zur Welt kommen, werden ihre besonderen Begabungen, ihre Schwächen und vor allem ihre Charaktere erfasst. Und mit diesen Angaben wird der Computer gefüttert."

„Und das ist nicht immer eine leckere Mahlzeit, ja", knörzte der Gnom.

Skaia glaubte gern, dass dem Computer manchmal furchtbar schlecht wurde. Zum Beispiel, wenn er Daten von Leuten zum Abendbrot serviert bekam, die so unappetitlich waren wie dieser Wicht.

Ein Schlauch, der aus der Datenfressmaschine kam, leitete eine farblose Flüssigkeit in einen riesigen grünen Trog. Dort war eine ganze Armee von Greifarmen damit beschäftigt, kleine, gläserne Scheiben in die Flüssigkeit zu tunken, sie blitzschnell wieder herauszuziehen und auf eines der vielen Fließbänder zu legen, die in alle Richtungen der Halle führten.

Klirr nickte wissend. „Und das ist", begann er.

„Die Kompatibilitätsanlage, natürlich", ergänzte die Meisterin. „Ihr seht hier, wie die Datenbündel den Anforderungen der wichtigsten Berufe in unserem Land zugeordnet werden."

„Erzieher hauptsächlich, ja", mischte sich der Gnom ein und schielte mit schiefem Maul zu Klirr hoch.

Wenn das ein Lächeln gewesen sein sollte, dachte sich Skaia, dann gönnte sie es Klirr von ganzem Herzen.

„Denker aller Art, natürlich, Verwalter, Schlafforscher. Das wisst ihr ja alles selbst", konkretisierte die Meisterin.

Am Ende jedes Fließbandes fielen die Scheiben auf eine Leuchtfläche. Licht durchdrang sie, an manchen Stellen mehr, an manchen Stellen weniger. Dann begann es von oben zu tropfen.

„Da regnet es Zeit! Ohne Ende, ja“, knarzte der Gnom, und die Meisterin erklärte: „Jeder Solterraner erhält genau die seinen Talenten angemessene Zeit zugeteilt. Soundso viele Stunden für Lernen, soundso viele für Basteln und Bauen, für gedanklichen Austausch, Auseinandersetzung mit sich selbst und was es alles an sinnvollem Zeitvertreib gibt.“

Als sich die gerade vollgetröpfelte Scheibe zu einer Kugel krümmte, die nur noch ein winziges Loch oben offenließ, ging durch die Reihen der Kinder ein Raunen. Ana flüsterte ergriffen: „So entstehen also die Stundenkugeln ...“

„Wieder was gelernt, ja“, kommentierte der Gnom. „Und da hinten wird dann das Gonggebräu zugesetzt, ja.“ Der Kauz zeigte auf einen überdimensionalen Bottich, in dem eine rote Pampe schwamm. „Kennt ja jeder. Wenn’s rot wird, gongt’s, und dann geht’s weiter mit dem Leben, zack zack, nur nicht trödeln. Man hat ja nicht ewig Zeit, ja.“

Skaia hatte das nervige Rot in ihrer Kugel noch nie leiden können. Und hier gab es gleich einen ganzen Bottich davon. Angenehm fand sie dieses Haus der Zeit nicht. „Noch so ’ne Brühe“, murmelte sie trübsinnig, als die Gruppe über eine Brücke gelotst wurde, unter der ein braunes, schäumendes Nass gurgelte.

„Richtig erkannt, ja“, plärrte das hässliche Männchen über alle Köpfe hinweg Skaia zu. So zu gewuchert seine Ohren auch waren, offenbar hörte es jede Bemerkung. „Das ist Abschaum. Unnötige Minuten, Zeit, die heutzutage keiner mehr hat.“

Die Klasse war auf der Brücke stehen geblieben und sah fragend auf die beiden Meister der Zeit.

„Jeden Tag ein paar Minuten sparen, das ist immer drin! Wer muss schon in den Himmel schauen, wenn er nicht gerade Wettervorhersager ist, wer muss an einem Kanal entlanggehen, wenn er nicht die Fahrrinnentiefe für die Schnelllastboote auszumessen hat, und wer muss sich sinnlos mit seinen Geschwistern streiten? Niemand! Dafür gibt's keine einzige Minute mehr bei den neuen Stundenkugelmodellen. So gelingt es uns, immer effektiv zu bleiben!" Es war nicht zu überhören, wie stolz die Meisterin auf diese Entschlackungstat war.

Begeistert begann Klirr zu klatschen. Kygo, Ana und die meisten der anderen Kinder fielen in den Applaus ein.

Und dann kam, was kommen musste. Klirr legte den Kopf schief und erkundigte sich treuherzig bei der Meisterin: „Ist es denn möglich, dass eine Ihrer Stundenkugeln nicht richtig funktioniert?" Bevor diese noch antworten konnte, hastete er auf Skaia zu und riss an ihrer Kugel. „Das Mädchen", fuhr er fort und blickte Skaia scheinheilig bedauernd an, „hat ein Problem damit! Es ist nicht rechtzeitig aufgewacht, weil die Kugel versagt hat."

„Bist du mit gutem Schlaf gesegnet, ja?", wollte der Gnom wissen.

Doch Skaia konnte gar nicht antworten, denn schon rief Klirr, und seine Stimme verstieg sich in schrille Höhen: „Wollen Sie das nicht untersuchen?"

„Seltsam ist das", gab die Meisterin nachdenklich zu.

„Wenn nicht gar komisch, ja."

„Gibst du mir die Kugel, mein Mädchen?" Die Meisterin streckte ihre Hand mit den schlanken, zarten Fingern nach Skaia aus.

„Natürlich", rief Klirr und zerrte an Skaias Kette. Sie verfing sich in ihren Haaren. Skaia schrie auf und versuchte, die Kette zu fassen. Aber Klirr war schneller, zog ihr die Kette samt Kugel über den Kopf und präsentierte sie der Meisterin. Skaia wusste nicht, ob sie heulend davonlaufen oder lieber Klirr mit aller Kraft gegen das Schienbein treten sollte. Sie tat weder das eine noch das andere. Sie stand nur stumm da und ertrug die ebenso hämischen wie erwartungsvollen Blicke ihrer Mitschüler.

Die Meisterin hob Skaias Kugel hoch und hielt sie prüfend vors Auge. Die milchige Flüssigkeit suppte wie gewöhnlich mit trägen Schlieren darin herum.

„Sieht gut aus", urteilte die Meisterin. Trotzdem reichte sie die Kugel an den Gnom weiter. Der griff danach, als könne er es kaum erwarten, das Ding gründlichst zu untersuchen. Aber natürlich würde dabei nichts herauskommen — außer Klirrs Triumph, Skaia als Lügnerin überführt zu haben. Und was war in Solterra schlimmer als die Unwahrheit? Mit Inbrunst schüttelte der Gnom die Kugel erst vor seinem rechten, dann vor seinem linken Ohr. „Hm, hm, hm, hm ..., ja", grummelte er und blickte kritisch drein. Dann führte er die Kugel an seinen Mund und begann zu röcheln. Angeekelt musste Skaia mit ansehen, wie er ihre Kugel mehr anhustete als anhauchte. Doch das Glas beschlug nicht. Stattdessen war zu sehen, wie die Flüssigkeit im Inneren wild umherwirbelte. Als sie sich wieder beruhigt hatte, ähnelte sie einer gelben, durchsichtigen Vitaminbrause. Und in ihr torkelten jede Menge schwarzer Zahlen und Buchstaben. Einzelne von ihnen schwammen in rascher Folge nach vorne an die Glaswand und glitten gut lesbar vorbei. Beide Meister der Zeit starrten auf das Zeichengestöber. Der Gnom stöhnte: „Ach, die! Hätte ich mir denken können. Himmel, war das furchtbar damals mit ihrer Kugel, ja." Er schaute fast vorwurfsvoll zu Skaia. „Ich bin ja auch nur ein einfacher Mann. Immer müssen wir alles richtig machen. Richtig, ja", schnauzte er sie an.

Auch die Meisterin konnte ihren Schreck schlecht verbergen: Aus ihrem Gesicht verschwand die dezente Bräune, und ihr verbindliches Lächeln gefror.

„Da", krähte der Gnom und drückte Skaia ruppig die Kugel in die Hand, „alles in Ordnung."

Bevor ihn Skaia verunsichert fragen konnte, was seine Bemerkungen zu bedeuten hätten, schaltete sich Klirr ein.

„Und sie", deutete er mit zitterndem Zeigefinger auf Skaia, „hat behauptet, die Kugel sei nicht in Ordnung."

„Na, dann ist sie es eben nicht, ja", rief der Gnom erregt.

Klirr starrte ihn verblüfft an. „Aber, wie ...", stammelte er.

Doch die Meister der Zeit achteten nicht auf ihn. „Aus! Die Führung ist zu Ende, ja", schnappte der Gnom. Und die Meisterin, die ihre Fassung allmählich wiederfand, räusperte sich, um einigermaßen überzeugend zu klingen. „Wir bedanken uns für euer Interesse. Und merkt euch immer eines: Die Zeit ist dein Freund. Sie will dir nichts Böses. Nimm's, wie sie kommt, nutz', was sie bringt! Mit der Zeit wird alles gut." Ihr Blick wanderte über die Kinder. Am Ende blieb er an Skaia hängen. „Geh' mit der Zeit!"

„Wohin auch immer, ja", meckerte der Gnom und schob die Klasse samt Klirr durch eine Tür, auf der „Kein Ausgang" stand. Kaum waren die Kinder und ihr Erzieher draußen, fiel sie hart ins Schloss.

2.

EIN DUNKLER

FLECK

Sie konnte sich einfach nicht konzentrieren, und wenn sie sich noch so bemühte. Skaias Augen schweiften zwar über den Text, aber er kam nur bruchstückhaft in ihrem Hirn an. „Geschichte der Zeit" hieß der dicke Wälzer, den ihr Klirr für die Hausaufgaben zugeteilt hatte. Wie sollte sie das denn alles zusammenfassen? Den anderen Kindern hatte Klirr beim Marsch durch die Anstaltsbibliothek dünne Bücher und Bildbände zugeworfen. In dem Werk, das vor Skaia lag, gab es fast nur Text. Ein einziges Foto fand sie. Und das zeigte auch noch den Meister der Zeit, dem ein Orden ans Revers seines wallenden, dunklen Anzugs gesteckt wurde. Schief-äugig dreinblickend, hatte er seine Zunge im rechten Mund-winkel hängen, während er den linken nach oben zog. Das war wahrscheinlich der beglückteste Gesichtsausdruck, den der Mann zustande brachte. Unter dem Bild hieß es: „Anlässlich des 150. Gründungstages des Hauses der Zeit ehrten die Eingeweihten die derzeitigen MDZ mit der Verleihung des Sonnenordens siebter Klasse für ihre Verdienste." Das Kapitel, das mit dem Bild eingeleitet wurde, pries denn auch die großartigen Fortschritte, die die Stundenkugeln gebracht hatten. Keiner musste mehr überlegen, wann er was als Nächstes zu tun hatte. Klare Tagesabläufe und das rechtzeitige Gongen der Kugel mach-ten das Leben in Solterra viel nutzbringender. Und weil die Kugeln mit den Daten ihrer Träger gespeist waren, ließen sie jedem genau die Zeit, die er für seine Aufgaben brauchte. Wer sich schwertat, Lehrstoff zu wiederholen, bekam auto-matisch mehr Zeit für die Hausaufgaben. Freilich wurde ihm selbige dann bei den Erholungsphasen abgezwackt.

Skaia betrachtete das Bild von der Ordensverleihung und fragte sich, wie man diesen Kauz so ehrenvoll auszeichnen konnte. Schließlich hatte er nicht einmal sagen können, ob Skaias Stundenkugel funktionierte oder nicht. Zu blöd war das. Die Kugel schimmerte rötlich, obwohl Skaia noch nicht

einmal eine Seite über die Geschichte der Zeit niederge-
schrieben hatte. Und was war an den Zeichen, die in ihrer
Kugel herumschwammen, so aufregend gewesen, dass die
Zeitmeister derart aus dem Häuschen geraten waren? Insge-
heim hatte Skaia zwar immer das Gefühl gehabt, dass sie anders war als die anderen, etwas Besonderes, aber auf Gefühle
sollte man ja nichts geben. Sie halfen nicht weiter, das hatte
Skaia tausendmal gehört. In Wirklichkeit stellte sie höchstens
für ihren Bruder Aldoro etwas Besonderes dar. Seit beide
Eltern vor einigen Jahren gestorben waren, hatten die
Geschwister nur noch einander. Es musste zwar noch weit-
läufige Verwandtschaft mütterlicherseits geben, aber die Eltern hatten sich stets geweigert, darüber zu sprechen.

Jäh wurde Skaia aus ihren Überlegungen gerissen. Die
Stundenkugel gongte. Ungläubig sah Skaia zu, wie sich ihr
Feuerrot zurückverwandelte in blasses Weiß. O weh. Konnte
sie ihren Text morgen so abgeben? Unzufrieden las Skaia die
letzten Sätze. Dann musste sie grinsen. Klar konnte sie das.
Sie musste ja nur sagen, dass ihre Kugel diesmal viel zu früh
dran war. Und Klirr könnte nicht einmal etwas dagegen sagen. Beschwingt von ihrer guten Idee sprang Skaia auf und
hüpfte in die Küche, wo Aldoro über einem dampfenden
Topf hing und kritisch hineinsah.

„Wie möchten Madame heute Ihre Brechbohnen?", fragte
er und zog seine Augenbrauen nach oben. Sie verschwanden
fast hinter den schwarzen Strähnen, die ihm keck ins Gesicht
fielen.

„Madame möchten gar keine Bohnen. Haben wir nicht
genug Bohnen gegessen?"

„Offenbar nicht, sonst würde uns die Ernährungsanstalt
keine mehr zuteilen." Skaia sah ihn missmutig an. Aber was
konnte er dafür, dass die zuständige Behörde Bohnen als
hervorragendes Nahrungsmittel für jugendliche Solterraner
einstufte? Auf den zurzeit täglich eintreffenden Dosen waren

zu allem Überfluss auch noch ganze Lexikonartikel abgedruckt. Lückenlos klärten sie darüber auf, welche wertvollen Inhaltsstoffe sich in diesem Gemüse versteckten und worin sich Sau-, Puff-, Speck-, Busch-, Pflück-, Perl-, Plüsch-, Mungo-, Feuer- und Augenbohnen unterschieden.

Genießbar wurden die Bohnen nur dadurch, dass Aldoro jeden Tag andere Gewürze in den Kochtopf warf. Da er immerhin fünf Jahre älter war als Skaia, hatte er die Erziehungsanstalt schon verlassen dürfen, um eine Ausbildung bei der Ernährungsanstalt im Fachbereich ‚Gehalt und Geschmack‘ anzutreten. Dort lernte er gerade, welche Bevölkerungsgruppen wann welche Kräuter und Gewürze zugeteilt bekamen. Als Erstes hatte er sich und seiner Schwester so ziemlich alles von Anis bis Zimt zugeteilt. Seitdem probierte er aus. Pfefferminze auf Zitronensülze war eine hervorragende Idee, Ingwer in Käsesuppe gewöhnungsbedürftig. Ein paar Tage experimentierte er mit Lorbeerblättern, wurde damit aber nicht glücklich. Egal, wie klein er sie auch zerbröselte, immer piekten sie im Mund. Am Anfang der Bohnenphase hatte Aldoro noch auf Nummer sicher gehen wollen und einfach nur Bohnenkraut verwendet.

Da hatte ihn Skaia entsetzt angeblickt und geschrien: „Bist du verrückt? Dann schmecken die Bohnen ja noch mehr nach Bohnen!"

Seitdem tat er alles, um den verhassten Geschmack mit Gewürzen zu überdecken. „Wir haben heute eine Koriander-Kümmel-Knoblauch-Kreation", klärte er Skaia auf, als er die dampfenden Teller auf den Tisch stellte. Dann setzte er sich zu ihr und wollte wissen: „Hast du es heute Morgen noch rechtzeitig geschafft?"

Skaia schüttelte kauend den Kopf.

„Na prima", seufzte Aldoro, "dann bekomme ich wieder einen Brief von Klirr?"

Skaia nickte.

„Glaubst du nicht, dass wir bereits genug davon haben?"
Schwungvoll drehte sich Aldoro auf seinem Hocker herum.
In der engen Küche war es gar kein Problem, im Sitzen eine
der Schubladen der Anrichte aufzuziehen. Aldoro holte einen
ganzen Packen Briefe heraus, ließ ihn auf den Tisch fallen
und sah Skaia fragend an. Dann aber meinte er kichernd: „Du
solltest nur dann weitersammeln, wenn du vorhast, einen
Wettbewerb zu gewinnen. Aber ich sage dir eines ..." Aldoro
wühlte nun mit beiden Händen in der Schublade. Dann warf
er einen noch viel größeren Packen mit Briefen auf den
Tisch. Sie waren noch an die Eltern adressiert und offensichtlich ebenfalls von Klirr. „Du hast einen kaum zu
schlagenden Gegner vor dir sitzen! Also, überleg' dir genau,
was du tust." Dann wuschelte er Skaia durch die Haare. „Und
jetzt schnell. Wir müssen noch deinen Lehrmittelplan
suchen."

Seltsamerweise dauerte es keine zehn Minuten, und der
verschollene Zettel war aufgetaucht. Skaia hatte ihn gefaltet in
das Kreaturenkundebuch gesteckt, als Lesezeichen bei den
Tracheentieren, Unterklasse Myriapoda, Tausendfüßler, wo
sie im Unterricht gerade angekommen waren.
„So, dann bis morgen. Schlaf gut!"
„Schlaf auch gut!", antwortete Skaia und war froh, als ihr
großer Bruder die Tür zu ihrem Zimmer schloss, um sich
selber zu Bett zu begeben. Tatsächlich musste sie nicht lange
warten, bis seine Stiefel im Zimmer nebenan auf den
Kunststoffboden polterten. Wie immer hatte er sie nur unter
Geächz und Gestöhn von den Füßen streifen können.
Zugegeben hätte es Aldoro natürlich nie, dass sie zu eng
saßen und dauernd drückten, denn sie hatten ihrem Vater
gehört und Aldoro hielt sie hoch in Ehren.

Skaia saß eine Weile auf dem Bett, bevor sie mit dem Zählen begann: „Eins ... zwei ... drei ...“ All ihre Lebensjahre langsam hintereinander aufgesagt — das würde reichen. Immerhin waren es seit knapp einer Woche schon 13. In den Pausen, die sie einlegte, flog ihr Blick durchs Zimmer: über die Wände zu den Bildern eines Tapirs und eines Grottenolms, die sie selbst gemalt hatte, zu den getrockneten Blättern und Blütenkelchen, die als Mobile unter der Decke schwebten, zum Regal mit einem Schädel des angeblich ausgestorbenen Bonsai-Quaggas, zur Kleidertruhe, in der ihr Pyjama lag, zum Fenster, das die letzten Sonnenstrahlen des vergehenden Tages hereinließ, zur Tür, die manchmal knarzte. Da würde sie aufpassen müssen. Nach der „Sieben“ wusste sie nicht, wohin sie noch schauen sollte, nach der „Acht“ trommelten ihre Finger auf den Knien. „Neun.“ Skaia wollte nicht länger warten: „zehn, elf, zwölf — und 13!“ Sie lauschte. Kein Geräusch von nebenan. Rasch sprang sie vom Bett, schlüpfte in ihre Jacke und schnürte die Schuhe zu. In der Diele tapste sie vorsichtig am Zimmer des Bruders vorbei. Sanft zog sie die Wohnungstür hinter sich zu. Den Hausflur entlang, der im spärlichen Abendlicht weniger aufgeheizt wirkte als sonst, um die Ecke und — „SCHSCHSCHZZZSCHSCHSCHZZZ“ — Skaia zuckte zurück.

Der Hausrobold zischelte wischend und desinfizierend an ihr vorbei Richtung Ebene B. Er stammte aus einer der frühen Baureihen und machte wegen allerlei klappernder Schrauben und quietschender Scharniere eigentlich viel zu viel Lärm, um seine Aufgaben ausgerechnet dann zu erledigen, wenn sich die Bewohner schlafen gelegt hatten. Vor Skaias Augen tanzten Staubkörnchen, die der Maschinenmann aufgewirbelt hatte. Sie glitzerten im Licht, das durch die breite, gläserne Eingangshalle fiel. Draußen stand die Sonne schon tief. Viel Zeit blieb Skaia nicht mehr.

Die Gebäude hatten ihr reines Weiß verloren und schimmerten rötlich. Hart warfen sie ihre Schatten auf die Straße, die zum mächtigen Komplex der Erziehungsanstalt führte. Skaia schlug die entgegengesetzte Richtung ein: zum nächstgelegenen Sonnenmast. Er ragte weit über die Häuser hinaus. Denn auf seine Spitze durfte nie Schatten fallen. Nur so konnte er das Stadtviertel mit der nötigen Energie versorgen. Bei ihrem ersten Aufstieg vor ein paar Jahren hatte Skaia lange vor der Eisenkette gestanden, die quer über die unterste Leiter gespannt war. In ihrer Mitte gab ein Blechschild mit der Aufschrift „N° 030 — Ring 12, Bezirk 63, Nord-Ost/Mitte-Links" die amtliche Bezeichnung des Masts bekannt. Außerdem warnte das Bild eines zuckenden Blitzes vor dem Besteigen. Ehrfürchtig hatte Skaia damals Sprosse um Sprosse erklommen. Das Klettern war mühsam gewesen, denn die Leiter war für ausgewachsene Männer gemacht, aber nicht für Mädchen, die noch die Erziehungsanstalt besuchten.

Doch inzwischen legte Skaia ein geübtes Tempo an den Tag. Vorbei an Plattform 1, auf der das Transformatoren-häuschen brummte, weiter hinauf, begleitet von den grauen Schläuchen, die sich entlang des Masts zur Spitze wanden, um schließlich im Lichttrichter zu verschwinden. Dort war zwar wenig Platz zum Hinsetzen, aber da Skaia die Beine unter dem Geländer hindurch schieben und sie baumeln lassen konnte, fand sie es fast bequem. Hier war sie weit weg vom Alltag. Kein vernünftiger Mensch stieg auf die Sonnenmasten, außer er war als Energator zuständig für das reibungslose Einsaugen und Verdauen der Sonnenstrahlen. Wer brauchte schon diesen Blick über die Stadt? Die Verwalter nicht, denn sie konnten alles Wissenswerte aus ihren Aktenstößen herauslesen. Die Erfindungsbeauftragten nicht, denn sie stierten lieber in ihre Rechenmaschinen. Und all die Erzieher, die es gab, wussten auch so, was es von oben herab zu sehen gäbe: die geraden Straßen und soliden Bauten von Sol, der Hauptstadt Solterras, dem Land des immer währenden Lichts.

Rechterhand konnte Skaia gerade noch das Zentrum erkennen: die drei Tempel der Eingeweihten, daneben die Burg des Guten Herrschers. Mehr als die Außenmauern sahen die meisten Solterraner ihr Leben lang nicht von der Burg, denn die Guten Herrscher führten ein zurückgezogenes Leben. Nur in Abgeschiedenheit und Stille wuchs ihre Weisheit, mit der sie, unterstützt von den Eingeweihten, das Land regierten. Obwohl es kein einziges Bild vom Burginneren gab, wusste Skaia ganz genau, dass es jedem noch so prächtigen Schloss alle Ehre gemacht hätte. In vielen Räumen ragten Säulen in die Höhe, die wie Palmen aussahen. Die Stämme waren aus braungesprenkeltem Marmor und die Blätter aus grünspanbedecktem Kupfer. Sie stützten die Decken, damit diese nicht auf die hübschen Springbrunnen und die vielen Statuen herunterfielen. Manche Figuren stellten Gelehrte dar, die mit zerfurchter Stirn in dicken Büchern lasen oder durch lange, dünne Rohre in den Himmel blickten. Man erkannte sie an den Mützen mit den vielen Zipfeln und den daran baumelnden Bommeln, die man Troddeln nannte. Andere Figuren waren nur teilweise menschlich. Einem halbnackten Mann, der mit ratlosem Blick auf seinem reich geschmückten Thron saß, wuchsen statt Haaren Sonnenstrahlen aus dem Kopf. Ein zweiter war komplett befiedert, und auf dem Rücken trug er einen leeren Vogelkäfig. Am beeindruckendsten freilich war die riesige, liegende Löwenfigur, die mit ihrem Menschenkopf weit in die Ferne blickte: eine Sphinx. Angeblich war sie älter als Solterra selbst — wie auch immer das gehen sollte. Vom Sonnenmast aus konnte Skaia ihre Silhouette gut erkennen. In den Gärten der Burganlage gab es einen künstlichen See, und auf der Insel in seiner Mitte ruhte die Sphinx. Fast schien es Skaia, als ob sie auf etwas warte. Aber das war natürlich Unsinn! Worauf sollte ein steinernes Bildnis denn warten?

Vor Jahren war Skaia zum ersten Mal hier herauf geklettert, weil sie wissen wollte, ob die Geschichten stimmten, die sie erzählt bekam. Oft hatte sich ihre Mutter zu ihr ans Bett gesetzt, wenn Skaia nicht einschlafen konnte, und immer wieder begonnen: „Wie deine Urgroßmutter mir über die Burg des Guten Herrschers erzählte ..." Was Skaia irgendwann aufhorchen ließ, war eine Bemerkung, die nebenbei fiel. „Wenn die Sonne auf die Krone des Osiris fiel" — das war die Figur auf dem Thron —, „leuchtete sie dort beinahe überirdisch schön. Natürlich nur, wenn die Sklaven sie ordentlich poliert hatten." Sklaven? Wieso Sklaven? Wie konnte der Gute Herrscher gut sein, wenn er Sklaven hielt? Oder hatte er gar keine Sklaven, und die angeblichen Erinnerungen der Urgroßmutter waren nichts anderes als Märchen? Woher hatte sie die Verhältnisse in der Burg überhaupt so gut gekannt?

„Das kann ich dir nicht sagen", hatte Skaias Mutter damals auf ihre erregten Fragen geantwortet. „So, für heute ist Schluss. Versuch jetzt zu schlafen!" Als sie gegangen war, dachte Skaia lange nach. Dann schlüpfte sie in ihre Kleider und schlich hinaus. Sonst hatte sie sich immer geärgert, dass ihre Wohnung auf einer Erhebung lag und sie bergauf nach Hause laufen musste, aber jetzt erschien es ihr wie eine Fügung. Denn ein paar Straßen weiter stand der höchstgelegene Sonnenmast der Stadt. Als sie ihn keuchend erklommen hatte, konnte sie über die Burgfassaden in die Gärten blicken. Und das, was sie sah, machte sie froh. Tatsächlich lag da die Sphinx. Trotzdem, die Sache mit den Sklaven blieb rätselhaft, und Skaia war nicht sicher, ob sie den Erzählungen glauben sollte. Aber eines war seitdem klar: Sie würde immer wieder auf den Mast klettern.

Zu gern hätte Skaia ins Innere der Burg gespäht. Aber die Fenster waren verspiegelt, und die Türen und Tore öffneten sich nur, wenn der Gute Herrscher einen seiner seltenen Empfänge gab. Dann durften die klügsten Wissenschaftler Solterras zu ihm. Meistens hatten sie gerade Bahnbrechendes wie Hirnreizer und Gefühlsblocker erfunden oder viel versprechende Methoden gegen Schlaflosigkeit entwickelt. Skaia hingegen würde sich damit begnügen müssen, sich die unzähligen Raumfluchten und ihre üppige Ausstattung vorzustellen — oder die riesige Küche, in der eine Schar von Köchen die leckersten Gerichte bereitete. Heute stand bestimmt auf der Speisekarte: „Alles außer Bohnen".

Wenn sie den Kopf nach Norden wandte, konnte sie einen der wenigen Wege entdecken, die aus der Hauptstadt hinaus ins Land führten. Als befestigte Bahnen zogen sie durch die vertrocknete Gegend, die zwischen Sol und den Nachbarstädten lag. Selbst wenn man bis zu den nächsten Orten hätte sehen können, nach Solstätt, Solöd, Sollerbü und Solenkirchen-Solertsbrunn, wäre einem dort nichts Nennenswertes aufgefallen, denn sie alle waren nach dem Muster der Hauptstadt geplant und erbaut.

Drehte Skaia den Kopf noch weiter, sah sie nicht viel. Hinter dem Mast kamen nur noch die Häuser des höchstgelegenen Stadtteils und eine Mauer. Nicht einmal vom Sonnenmast aus konnte man dahinter blicken. Aber die Mauer besaß einen großen Vorteil. Sie gab den perfekten Horizont ab für die untergehende Sonne. Einen besseren Aussichtspunkt hatte Skaia noch nicht gefunden für das Spektakel, von dem sie magisch angezogen wurde: Die Sonne versank und stieg zugleich wieder auf. Kaum berührte sie im Westen als roter Ball den Boden, blitzte sie im Osten mit frischem Gelb daraus hervor. Hier sank sie satt und matt vom Wandern immer tiefer ein, dort machte sie sich gleich wieder auf in den Himmel. Zu beiden Seiten erstrahlte der Horizont, blendete mit buntem Farbenspiel, warf hier sein letztes, dort sein erstes Licht nach oben, schenkte den Wolken Kleider in rosa, orange, oft sogar lila. Die karge Natur Solterras schien Skaia zu diesem Zeitpunkt immer am lebendigsten. Fast meinte sie zu spüren, wie sich die Tiere und Pflanzen dem neuen Licht zuwandten. Vögel, die sich sonst verbargen, flogen über den Himmel. Und aus manchem Versteck hatte Skaia schon Mäuse, Füchse und Hasen hervorlugen sehen.

Die menschlichen Bewohner Solterras verschliefen das Schauspiel. Sie konnten darin nichts Besonderes entdecken. Für sie war es einfach der Zeitpunkt, an dem der alte Tag zu Ende ging und der neue erwachte. Der Sonnenunter-Sonnenaufgang war nicht mehr als das Naturphänomen, mit dem der ewige Ablauf Morgen-Vormittag-Mittag-Nachmittag-Abend stets endete und von Neuem begann. Beobacht- und berechenbar in all seinen Spielarten, die er über den Jahreslauf hinweg bot. Im Sommer stieg die Sonne steil übers Firmament und traf abends beinahe senkrecht auf die Erde. Im Winter huschte sie als blasser Ball flach über das Land und ließ sich schließlich sanft von ihm verschlucken. In diesen Monaten waren die Tage viel kürzer, und Skaia fiel es leicht, lange wach zu bleiben. Da war sie oft noch gar nicht müde, wenn überall in der Stadt die Stundenkugeln gongten und Stille einkehrte, weil die Menschen versuchten, einige Zeit zu ruhen.

Wieder einmal konnte sich Skaia nicht entscheiden, ob sie lieber den Sonnenuntergang oder den Sonnenaufgang genießen wollte. Schließlich setzte sie sich so, dass sie aus den Augenwinkeln beides wahrnehmen konnte. Während sich die Sonne des vergehenden Tages gemächlich hinter die Mauer zurückzog, erwachte am anderen Ende der Stadt ein neuer Morgen. Skaia wandte sich ihm zu, doch bald musste sie vor lauter Helligkeit die Augen schließen. Über ihrem Kopf knackte der Lichttrichter. Er drehte sich der stärker werdenden Strahlung im Osten entgegen, und die Schläuche begannen aufgeregt zu zittern. Da gab es jetzt weit mehr Strahlen einzufangen als auf der Mauerseite. Wie viel war dort noch übrig vom leuchtenden Ball? Skaia blickte hinüber. Zu einem Drittel ragte die untergehende Sonne noch über die harte Steinkante, doch vor ihrem blutroten Licht war ein dunkler Fleck.

Skaia studierte die Umrisse, die an ein Tier erinnerten. Oben zwei spitze Ohren auf einem schmalen Kopf, darunter der schlanke, elegante Schatten des Rumpfes und ein unruhig zappelnder Schwanz. Ja, es war eindeutig ein Tier, und es spähte zu Skaia herüber. Oder blickte es nur in die aufgehende Sonne, die hinter Skaia immer stärker strahlte? So dunkel, wie das Tier zunächst gewirkt hatte, schien es gar nicht zu sein. Skaia kniff die Augen zusammen, um es deutlicher zu erkennen. Aber da stürzte es plötzlich mit jämmerlichem Geheul ab. Hinter die Mauer.

Es dauerte eine Schrecksekunde, bis sich Skaia auf die Leiter schwang. Dann aber nahm sie zwei Sprossen auf einmal, sprang den letzten Meter und rannte los. Die Straße war menschenleer. Stumm standen die Häuser in Reih und Glied. Die Beete der Gemeinschaftsgärten waren ordentlich abgedeckt — bis Skaia hindurchrannte, um den Weg abzukürzen. Schon erhob sich vor ihr die Mauer. Dahinter hörte sie ein klägliches Wimmern. Das Tier hatte sich offenbar verletzt.

„Ich helfe dir!“, schrie Skaia. „Wenn ich nur wüsste, wie“, fügte sie leise hinzu.

Wie aus einem einzigen, matten, glatten, grauen Stein gehauen schien dieses Bauwerk. Kein Baum, kein Haus, kein Schuppen lehnte sich daran. Keine Chance zum Klettern. „Eine ungünstige Stelle“, dachte Skaia. Bestimmt fand sie eine bessere, wenn sie ein Stück an der Mauer entlang lief. Einen Weg gab es allerdings nicht. Der Boden war matschig, und wenn Skaias Schuhe einsanken, gab er sie nur schmatzend wieder frei. Dann wucherte wieder so viel Gestrüpp, dass Skaia Mühe hatte, sich durchzuschlagen. In ganz Sol hatte sie noch keinen derart ungepflegten Abschnitt gesehen. Die Mauer aber blieb ebenmäßig, wie aus einem Guss. Die Häuser hielten respektvoll Abstand, und keine Pflanze streckte sich höher hinauf als bis zu Skaias Schopf. Skaia hatte sich noch nie Gedanken über Mauern gemacht. Höchstens über die der Burg. Die waren dafür da, das Allerheiligste, den Siebenfachen Sonnenkreis, zu schützen. Nur der Gute Herrscher und die Eingeweihten hatten Zutritt. Aber hier? Was war hinter dieser Mauer, mitten in der Stadt? Musste hier auch etwas beschützt werden? Aber was war in einem Notfall, wie ihn Skaia eben beobachtet hatte? Sollte sie den Bezirksbeauftragten informieren? Der würde dann diejenigen benachrichtigen, die die zuständigen Leute alarmieren konnten ... Ob das arme Wesen auf der anderen Seite aber so lange durchhalten könnte?

Zögernd war Skaia stehengeblieben — unentschlossen, was sie tun sollte. Grimmig trat sie gegen das abweisende Steinungetüm. Da entdeckte sie eine feine Spalte, die vom Boden senkrecht in die Höhe führte. Weiter oben knickte sie in die Waagrechte, aber nur kurz, denn gleich ging es wieder abwärts. Eine Tür? Ohne Klinke, ohne Klingel, ohne sonst irgendetwas, das jemandem auffallen würde?

„Hallo?“, rief sie. „Hallo, ist da jemand? Hört mich jemand?“

Keine Antwort.

„Da ist ein Tier von der Mauer gefallen und hat sich verletzt ... Hallo?“, versuchte sie es noch einmal. Dann hämmerte sie mit beiden Fäusten gegen die glatte Fläche, hielt inne und horchte ... Nichts! ... Oder doch? Ein schabendes Geräusch. Zweimal, dreimal.

„Klong“ machte die Tür und sprang auf. Erstaunt steckte Skaia ihre Nase durch den schmalen Spalt.

3.

SCHÖNE

TÖNE

Vor ihr lag — ja, wie sollte sie es nennen? Es war viel zu groß
für einen Garten. Außerdem sah sie nirgends Gemüsebeete.
Es war viel zu wild für einen Wald. Die wohlgeordneten
Jahrgangsklassen einer Baumschule gab es hier offensichtlich
nicht. Es war viel zu düster für eine Naherholungsgrünanlage.
Dafür fehlten auch die typischen solterranischen Blumenwappen. Stattdessen nur ungebändigtes Wachsen und Wuchern.
Hier kam offenbar niemand her, der regelmäßig mähte und
die ungewöhnlich üppigen Pflanzen in Form brachte. Das
einzige Zeichen dafür, dass Skaia nicht die Erste war, die das
Gelände betrat, war ein Trampelpfad, der vom Eingang fort
und mitten hinein ins Grün führte. So etwas kannte man in
Solterra nicht. Straßen, Gassen und noch der kleinste Durchgang wurden nach den Ratschlüssen der Eingeweihten über-
aus korrekt angelegt. Niemand hätte so schlampig einen Weg
in die Landschaft gebahnt. Der schmale Pfad schlängelte sich
durch wadenhohes Gras, wand sich an stacheligen Sträuchern
vorbei und verlor sich unter den tief herabhängenden Ästen
unbekannter Bäume. Fast glaubte Skaia zu spüren, wie hier
alles lebte und sich ihr neugierig zuwandte. Ein Geräusch, das
wie das Brummen eines kleinen Motors klang, drang an ihr
Ohr. Ein wolliges Etwas schmiegte sich an Skaias Schienbein.
Mit einem Aufschrei stieß Skaia das helle Fellknäuel von sich.

Es fiel auf den Rücken, drehte sich jedoch blitzschnell
wieder auf alle Viere, verharrte in gespannter Haltung und
fixierte Skaia — aber nur für einen kurzen Moment. Dann ließ
es sich gelassen auf den Hinterpfoten nieder. Natürlich, das
musste das Tier sein, das Skaia beobachtet hatte. Sein Fell war
weiß und wirkte so unglaublich flauschig, dass Skaia am
liebsten hineingegriffen hätte. Aber das kleine Wesen blickte
sie aus funkelnden Bernsteinaugen an, als wolle es das
unfreundliche Verhalten von Skaia tadeln. Darunter schnup-
perte das rosa Näschen, auf dem — etwas aus der Mitte gerutscht — ein schwarzer Punkt prangte.

Skaia beugte sich vorsichtig zu dem Tierchen hinunter, um herauszufinden, ob es sich beim Sturz tatsächlich verletzt hatte. Vielleicht war ein Bein gebrochen? Aber es gab gar kein Gejammer mehr von sich. Stattdessen — konnte das denn sein? — zwinkerte es Skaia zu. Und zog den linken Winkel seines Mäulchens nach oben. Die Mimik war eindeutig. Es amüsierte sich.

Skaia wollte es sich nicht recht eingestehen, aber irgendetwas an ihrem Gegenüber schlug sie in Bann. Und obwohl es äußerst unsinnig war, das sicherlich wenig vernunftbegabte Wesen etwas zu fragen, tat sie es trotzdem: „Was willst du von mir?"

Als ob es eine Antwort geben wollte, rieb das Tier sein Köpfchen wieder an Skaias Schienbein. Die Stelle wurde ganz warm. Oder kalt? Was war das für ein Gefühl, das da von den Beinen hoch zum Bauch strömte, das ihre ganze Brust überschwemmte, bis in die Fingerspitzen floss und wie eine rauschende Welle in ihren Kopf schwappte? Sie sah in die gleißende Sonne, spürte aber etwas ganz anderes. Kühl und doch geborgen, dunkel und doch glitzernd, unentdeckt und doch vertraut. Plötzlich war Skaia sicher, dass es absolut verboten war, hinter dieser Mauer herumzustrolchen. Aber es störte sie nicht. Sie erinnerte sich an die Mahnungen, das Auftauchen seltsamer Gestalten zu melden und den Kontakt mit ihnen zu meiden. Aber es kümmerte sie nicht im Geringsten. In Skaias Kopf überschlugen sich die Fragen. Und auf einmal tauchte ein ganz fremder Gedanke auf: „Wunderbar! Du lernst schnell!"

Was dachte sie da? Skaia presste ihre Handballen gegen die Schläfen.

„Du denkst, dass du das denkst? Das ist doch Unsinn. Denk doch mal nach, wer hier noch denken könnte außer dir."

Skaia machte fest die Augen zu und hoffte inständig, dass ihr einfallen möge, wie sie das Durcheinander in ihrem Kopf wieder sortieren könnte.

„Du tust dir leichter, wenn du die Augen wieder öffnest. Sieh mich an, wenn ich dich andenke!"

Was für ein Quatsch! Wohin sollte Skaia denn schauen? In ihren eigenen Kopf?

„Nach unten natürlich. Ich sitze noch immer im Gras!"

Skaia senkte den Blick. Da saß das kleine Tier, streckte ihr eine Vorderpfote entgegen und winkte ihr ungelenk zu.

„Hallo! Hier!", hallte es in Skaias Kopf.

„Hallo ...", antwortete Skaia. Aber es klang alles andere als überzeugt.

„Katzen kennt ihr hier nicht, oder?", schaute das Tier fragend zu Skaia hinauf. „Also, ich bin eine."

Skaia nickte mechanisch. Von Katzen hatte sie gehört. Aber das waren alles nur Mythen, Märchen, Sagen, die man sich erzählte. In der Dunklen Zeit sollte es sie gegeben haben, als Solterra noch gegen die Mächte der Finsternis kämpfen musste. Tiere der Nacht, schmeichlerische Wesen seien sie gewesen, die stets ein Geheimnis um sich gemacht hätten. Rätselhafte Geschöpfe.

„Rrrätselhaft", wiederholte die Gedankenstimme genussvoll. „Das wäre ja auch noch schöner, wenn ihr in uns so hineinsehen könntet wie wir in euch. Jedem seine Spezialbegabung!", kommentierte die Katze in Skaias Kopf.

Unendlich viele Fragen wollte Skaia stellen. Aber heraus kam nur: „Wo kommst du her? Es heißt doch, ihr seid mit der Finsternis verschwunden."

„Bei uns heißt es, ihr seid mit der Sonne verschwunden", entgegnete die Katze. Dann streckte sie gähnend die Hinterbeine und wurde ganz lang dabei. „Es wird Zeit, Skaia. Komm!" Und schon verschwand sie hinter der nächsten Biegung.

„Warte", rief Skaia und hatte Mühe, hinterherzukommen. Der Boden war uneben. Sie spürte Steine unter ihren Füßen. Im Zickzackkurs wand sich der Pfad um dichte Büsche, sodass Skaia nur ein kleines Stück des Weges vor sich überblicken konnte. Und immer sah sie gerade noch die weißen Hinterläufe der Katze um die nächste Biegung springen.

Erst als es dunkler wurde, bemerkte Skaia, dass über ihr längst kein Himmel mehr zu sehen war. Mächtige Baumkronen, deren dichter Wuchs ihr schon aus der Ferne nicht ganz geheuer gewesen war, verdeckten ihn. Ob sie umkehren sollte?

„Finsternis verheißt nichts Gutes", war nicht nur von Klirr gepredigt worden. Wer etwas zu verbergen hatte, ja, der suchte nach den Schatten statt nach den Strahlen der Sonne. Natürlich musste er da in Solterra lange suchen, denn das ganze Land war lichtdurchflutet und wurde nie dunkel. Alle Räume in den Häusern waren hell wegen der riesigen Fenster, selbst die Dachböden lagen unter roten Schindeln aus Glas. Alle Keller hatte man mit starken Lampen bestückt. Die einzigen Orte, an denen es dunkel sein durfte, waren die Kühlschränke. Doch in denen würde sich bestimmt niemand verstecken. Und selbst wenn — er wäre vor lauter Bibbern und Frösteln überhaupt nicht in der Lage gewesen, böse Pläne auszubrüten.

Völlig außer Puste hatte Skaia ihren Lauf verlangsamt und war schließlich stehen geblieben. Sie hatte die Katze verloren. Unschlüssig blickte sie sich um. An einem Busch direkt neben ihr hingen rote Beeren. Ein blau schimmernder Käfer krabbelte darüber. Mit seinen kleinen Zangen griff er nach den leuchtenden Kügelchen. Knackend zwickte er eines ab.

Hinter dem Busch wurde es heller. Führte der Pfad wieder ins Freie? Skaia stolperte an der nächsten Kurve fast über die Katze. Offenbar hatte das Tierchen Skaia die ganze Zeit nicht aus den Augen gelassen. Jetzt schnurrte es selbstzufrieden.

Vor Skaia tat sich eine Lichtung auf. Vielmehr: Sie leuchtete ihr entgegen. Mittendrin stand ein flacher, runder Bau ganz aus Glas, der die Strahlen der Sonne widerspiegelte. Auf der Wiese drum herum funkelten in allen Farben eigenartige Figuren. Als Erstes erkannte Skaia ein Elefantenbaby, das in seiner Bewegung wie erstarrt war. Springend warf es die Beine nach vorne und nach hinten. Mit seinem Bäuchlein balancierte es auf einem massiven, orangenen Sockel. Obwohl sich Skaia gar nicht vorstellen konnte, dass dies eine bequeme Lage war, lachte der kleine Dickhäuter mit vollen Backen. Er wirkte ganz anders als die Elefanten, die Skaia in Kreaturenkunde auf Bildern gesehen hatte. Mit seinen Riesenohren war er viel drolliger. Vorsichtig berührte Skaia sein pralles Hinterteil. War das ein Kunstwerk? Dann war es sicher hierher verbannt worden, weil es nicht den Regeln der Erbauungsanstalt entsprach. Es verführte eher zum Lachen als zur Besinnung, eigentlich sogar zum Hinaufklettern. Schließlich reichte es Skaia gerade mal bis zur Brust. Es widersprach jedem Wirklichkeitssinn. Und ihm fehlte das, was solterranische Statuen vor allem auszeichnete: allerhochehrwüdigste Langeweile.

Staunend streifte Skaia durch das Figurenfeld. Sie kam an Enten im Ringelpulli vorbei, an karierten Kühen, an einem Häuschen, das seine beiden Arme — ja, Arme! — vor der Eingangstür verschränkt hielt. Eine Giraffe mit Knoten im Hals schielte in den Himmel und ließ ihre lange Zunge schlapp aus dem Maul hängen. In einem mannshohen Glaskasten beugte sich eine spitznasige, hässliche Frau über eine kristallklare Kugel. Die grauen Haare hingen ihr strähnig ins Gesicht. Aus irgendeinem Grund schien die Kugel sehr interessant für die Alte zu sein, denn sie stierte so angestrengt hinein, als ob sie in dem Ding weit mehr sähe als nur ihr eigenes, verzerrtes Spiegelbild. Die meisten kuriosen Wesen auf der Wiese bedauerte Skaia ein wenig, weil sie so stocksteif und leblos herumstehen mussten. Bei der Frau hingegen war sie heilfroh, dass sie nicht plötzlich den Kopf von ihrer komischen Kugel abwandte und Skaia entdeckte. Sicher hätte sie, erbost über die neugierigen Blicke Skaias, die Scheibe eingeschlagen und mit ihren knochigen Fingern nach ihr gegriffen.

Daneben stand eine Pilzfamilie: Papa, Mama und zwei Kinderchen. Sie wirkten äußerst putzig, obwohl sie viel größer waren als normale Pilze. Der höchste reichte Skaia immerhin bis zur Hüfte. Sie hatten knubbelige Gesichter an den weißen Stielen, und aus ihren roten Schirmen ragten in der Mitte Griffe. Skaia fasste nach dem des Pilzvaters und kraxelte auf das weiche, gummiartige Halbrund. Kaum saß sie oben, schwankte der Pilz unter ihrem Gewicht in alle Richtungen. Skaia schrie auf und hielt sich mit beiden Händen fest. Schnell merkte sie, dass sie das Geschaukel steuern konnte, je nachdem, wohin sie sich beugte. Manchmal neigte sich der Stiel so weit nach unten, dass Skaia befürchtete, er käme nicht mehr hoch. Aber der Pilz schnellte umso stärker zurück, und Skaia quietschte vor Vergnügen. Als sie heruntersprang, weil ihr der Kopf schwirrte, tauchte maunzend die Katze vor ihr auf.

Es sah ganz so aus, als wolle Skaias Begleiterin wieder die Führung übernehmen, denn sie lief entschlossen in die Richtung des bungalowgroßen Glaspavillons. Als sie vor der hohen Rundumscheibe nicht abbremste, war sich Skaia nicht mehr sicher, ob die Katze wusste, was sie tat. „Gleich wird sie dagegen rennen", dachte sie sich und wollte die Verrückte warnen.

„Das musst du nicht!", dachte die Katze zurück. Da knackte es laut im Glas, als springe ein Teil heraus. Und genau das geschah auch: Ein türgroßer Ausschnitt löste sich aus der Fläche, rutschte ein kleines Stück zurück und glitt zischend zur Seite. Mit unvermindertem Tempo trippelte die

Katze in den Pavillon und sprang mit einem Satz auf den Rücken eines schwarzen Pferdes, das gemeinsam mit einigen anderen gesattelt in der Mitte der Halle stand. Im ersten Augenblick sah es für Skaia so aus, als ob der Rappe nur darauf gewartet hatte, seine Reiterin so schnell wie der Wind davonzutragen. Aber beim Nähertreten bemerkte sie, dass alle Pferde auf einem Rondell hintereinander im Kreis gruppiert waren. Und all die schwarzen, weißen, rotbraunen, gelblichen, gescheckten Hengste, Stuten und Fohlen waren ebenso erstarrt wie die Geschöpfe draußen auf der Wiese. In der Mitte des Reigens erhob sich eine silbern glitzernde Säule. Sie trug das ausladende, üppig verzierte Dach, das sich schützend über das ganze Rondell wölbte.

„Alles aufsteigen! Gleich geht's rund in unserem magischen Karussell!" Die Katze warf Skaia einen auffordernden Blick zu, schickte zur Bekräftigung ein Maunzen hinterher und krallte sich in die Mähne ihres Rappens. Dann rieb sie ihr Köpfchen an seinen kräftigen Nacken.

Skaia war gerade dabei, auf eines der Pferde aufzusitzen, da ging ein Schütteln durch den Tierkörper. Skaia fiel fast vom Podest vor Schreck. Ein paar Meter hinter ihr schloss sich zischend die Schiebetür. Vor ihr hing die weiße Katze in der schwarzen Mähne und maunzte ungehalten.

„Ich kann leider nicht umhin, meine Liebe, Ihnen den guten Rat zu geben, an Ihrer Stimme zu arbeiten", hallte es plötzlich durch den Raum.

Skaia blieb stocksteif stehen. Bisher hatte sie nur auf das „magische Karussell" geachtet. Jetzt erst bemerkte sie, dass dahinter ein windschiefes, vollgestopftes Regal stand. Von dort schien der Ruf gekommen zu sein. Aber es saß ja wohl kaum jemand eingeklemmt zwischen den Brettern und warf mit guten Ratschlägen um sich. Die Katze wandte den Blick ebenfalls dem Regal zu und knurrte ungnädig.

Sogleich kam als Antwort: „Oho! Ich muss es wohl deutlicher formulieren, und ich hoffe, Sie nehmen es gelassen auf und mir nicht übel: Es klingt wie die ärgste Katzenmusik, was da Ihrem Munde entfährt! Zweifellos verstehen Sie, dass ich Sie höflichst ersuchen muss, Ihre abscheuliche Stimme in meiner Gegenwart nicht mehr zu erheben!"

Skaia war vom Podest heruntergestiegen und zögerlich auf das Regal zugegangen.

Da bewegte sich etwas. Es war kaum größer als Skaias Hand, hatte einen Kopf und einen Oberkörper, der sich plötzlich vor Lachen schüttelte.

„Ach, was bin ich für ein dummer Esel — wahrscheinlich sind Sie tatsächlich eine Katze. Nun gut, dann können Sie ja nichts für Ihr billiges Gekrächz. Aber — vielleicht sind Sie so gütig, mich umzudrehen? Sie sehen ja, in welch misslicher Lage ich mich hier befinde."

Der Quatschkopf hatte Skaia noch immer nicht bemerkt, obwohl sie neugierig an ihn herangetreten war. Er konnte sie nicht sehen, denn er stand so im Regal, dass er durch die Glaswand ins Freie blickte. Und er konnte auch nichts daran ändern. Hüftabwärts, wo normalerweise die Beine beginnen, bestand er aus einem Metallgewinde voller Rostflecken.

„Es wäre mir eine Freude, Ihnen vorzuführen, wie superb Musik klingen kann, wenn man ein klein wenig Talent besitzt — ja ja, ich weiß, ich neige schamlos zur Untertreibung ...", plapperte er auf die Katze ein, die es sich inzwischen auf dem Pferdekopf bequem gemacht hatte. Sie gähnte gelangweilt und streckte ihre dünne, rosarote Zunge unverschämt weit in die Richtung der unterleibslosen Quasselstrippe.

„Und, meine liebe Frau Katz', bezahlen können Sie gerne in Golddukaten. Wenn es sein muss, auch in Applaus. Sie werden sagen, der Beifall sei das Brot des Künstlers, aber auch ein Musiker-Magen knurrt: ‚Wo bleibt die Wurst? Wo ist der Lachs? Der Kapaun, das liebe Federvieh? Das Sachertörterl bitteschön dankeschön? Und ein Likörchen für eine bessere' — Hilfe! ..."

Skaia hatte den sich offenbar hungrig redenden Feinschmecker am Gewinde gepackt und hochgehoben. Er wedelte wild mit den Armen, als könne er sich so wieder ins Gleichgewicht bringen. In der rechten Hand hielt er einen winzigen Stab, mit der linken rückte er fahrig seine Perücke zurecht. Das weiße Locken- und Zopf-Gebilde war ihm fast bis auf die Nase gerutscht. Das Männchen ohne Unterleib steckte in einem Wams aus feinem roten Stoff. Das Hemd darunter war besetzt mit flatternden Rüschen. Aus den Ärmeln quoll allerhand Spitze. Der kleine Mann hatte sich wieder gefangen. Er lachte Skaia sogar an: „Potz Element, Luft, Wasser, Erd' und Feuer! Ein zupackendes Wesen, ein ungestümes Geschöpf. Curiös! — Und wo ist die Katze? Ich habe sie deutlich gehört!" Er blickte kurz um sich, da entdeckte er sie auf dem Karussell. „Oh, Frau Katz wollen fortreiten? Ins Reich der Nacht? Und das kleine Fräulein mitnehmen? Was für ein mutiges Mädchen! Wenn es Ihnen beliebt, gebe ich Ihnen Geleitmusik. Zufällig habe ich ein paar Noten übrig für eine heitere Karussellfahrt ins erschröckliche Reich der Nacht zur finsteren Königin. Nennen wir das Werk einfach: ‚Nachts sind alle Katzen ... hicks ... blau'." Er lachte amüsiert.

Vom Karussell war ein unwirsches Fauchen zu hören.

„Oh, Frau Samtpfote schätzen originelle Titel nicht? Na dann eben etwas Banaleres. Wie wäre es mit: ‚Eine kleine ... hm ... Eine klitzekleine Nachtmusik'?"

Skaia hatte dem Redefluss des kleinen Mannes in ihrer Hand kaum folgen können. Jetzt wandte er sich an sie: „Wenn du mich nun meines Amtes walten lassen möchtest und zu diesem Behufe so hältst, dass mich alle Instrumente im Regal gut sehen können." Als Skaia nicht reagierte, piekte ihr der Wicht mit seinem Stöckchen in den Handrücken.

„He! Lass das!", fuhr Skaia ihn an. „Überhaupt, ich weiß nicht einmal, wer du bist und wie du dazu kommst, mir Befehle zu erteilen. Wenn du nicht sofort ein bisschen netter bist, stecke ich dich ins unterste Fach."

Das Gesicht des Männchens verzog sich zu einer gequälten Grimasse. In grässlichem Tonfall, weinerlich und zornig zugleich, heulte er auf: „Bin ich, euer armer Kapellmeister, völlig vergessen? Und die Geschichte, die mein Opernautomat erzählte? Keine Ahnung hast du! Wäre ich noch draufgeschraubt, würde ich dir alles vorspielen. Die Geschichte vom Kampf des Lichtes gegen die Finsternis, von der Scheidung des Tages von der Nacht. Und meine Figürchen würden singen. Die böse Königin scheuchte ich hinauf zu den höchsten Tönen, immer und immer wieder. Und den Träger des Siebenfachen Sonnenkreises schickte ich in die Tiefe seines dunklen Brummbasses ... Aber entfernt haben sie mich. Mich meiner Bestimmung beraubt. Weil meine Musik ‚verzaubere'. ‚Verzaubere'! Natürlich verzaubert sie!" Die Empörung kippte um in weinerliches Selbstmitleid. „Nun gut ...", hemmungslos schniefend zog er die Nase hoch, „... es gibt ja noch anderes. Das ganze Zeug, das hier gelandet ist: Zauberring, Zauberpfeil, Zauberkrone, Zauberspiegel, Zaubertrommel, Zauberflöte. ‚Alles gefährlich', sagen sie. ‚Alles her zu mir', sag' ich. Ein ganzes halbes Kammerorchester habe ich schon. Eine Traumbesetzung." Wie berauscht begann das Männchen zu singen: „Silberglöckchen, Zauberflöten, sind zu meinem Glück verböten, Clownfagotte, Zauberzithern tönen alle hinter Gittern." Dann zeigte er mit seinem Stab hin zum Regal. Sofort leuchteten dort die vier genannten Instrumente auf. Voller Zärtlichkeit säuselte er: „Ihre Musik wirkt immer noch, auch wenn ihre Zauberkraft unter der reinen Sonne nichts ausrichten kann ..." Sanft schwang er seinen Stab, und es erklangen die betörendsten Laute, die Skaia je in ihrem Leben gehört hatte.

Da knackte es in der Glaswand, und zischend schob sich die Türe auf. Noch ehe Skaia schreien konnte, hatte sich die grobe Hand eines Robolds auf ihren Mund gepresst. Neben ihr knickte das Stäblein des Kapellmeisters. Und die Glockenklänge, Flöten-, Fagott- und Zithermelodien verstummten unter dem panischen Gekreisch der Katze.

4.

GEBLENDET

Alles war weiß: die glatten Kunststoffwände, die Tür mit dem Sicherheitsschloss, der mickrige Stuhl (von dessen Sitzfläche aus Skaia nicht einmal durch das hohe Fenster blicken konnte), der Tisch (der sich dazu bedeutend besser eignete), der Fenstergriff (der sich keinen Millimeter bewegen ließ), das Bett, auf dem Skaia mit angewinkelten Knien kauerte. Selbst den Büchern, die in ein schmales, weißes Hängeregal gezwängt waren, hatte man die Umschläge genommen. Kalt kehrten sie Skaia ihre blanken, bleichen Rücken zu.

Als Skaia mit den Fäusten gegen die schwere Tür donnerte, kamen zwei Wachrobolde und begleiteten sie zum Klo. Der Gang lag in gleißendem Neonlicht. Die fünfte Tür links war die zur Toilette. Einer der Robolde schloss sie auf. Hektisch flackerte eine Lampe an und vertrieb jede Dunkelheit aus dem winzigen Raum. Anfangs hatte Skaia noch gehofft, sie könne vielleicht entkommen, wenn sie erst einmal aus ihrer fahlen Kammer heraus war. Aber als sie auf dem Klodeckel saß, musste sie zugeben, dass sie nicht nachgedacht hatte. Natürlich umgaben sie die Mauern hier noch enger, noch bedrückender. Ein Fenster gab es nicht. In der Decke waren nur ein paar Schlitze, die Frischluft hereinließen. Nach ein paar Minuten rauschte unter ihr die automatische Spülung, und sogleich spie der Hahn am benachbarten, blütenreinen Waschbecken Wasser aus. Perfekt! Wie alles in Solterra. Man musste sich nur noch einpassen in die Abläufe. Dann schritt das Leben schnurgerade voran. Ohne Verwicklungen. Ohne Knoten. Ohne Fallstricke. Aber Skaia gehörte zu denjenigen, die ständig stolperten. Über Katzen zum Beispiel. Kein Mensch in ganz Solterra stieß auf Katzen. „Weil es Katzen ja auch gar nicht gibt", würde Klirr erklären. Ach, nur zu gerne hätte Skaia geglaubt, dass alles, angefangen bei der Katze, nur ein Traum gewesen wäre. Aber sie lag nicht zu Hause in ihrem weichen Bett, sondern saß auf einem harten Klodeckel in einer engen Toilette, in einem abgeschiedenen

Gang irgendwo in der Burg. Ja, in der geheimnisvollen Burg, die so oft Skaias Neugier geweckt hatte. Aber solange sie in diesem öden Trakt eingesperrt war, hatte sie rein gar nichts davon.

Wo wohl die Katze geblieben war? Hinter keiner der Türen, an denen Skaia mit den Robolden vorbeigekommen war, hatte sie ein Fauchen, Kratzen oder Kreischen vernommen. Vielleicht war das Tier in ein Labor gebracht worden, wo man es mit allerlei Apparaten untersuchte? Vielleicht lag es unter riesigen Lupen, starrte auf spitze, medizinische Instrumente und lauschte mit schreckgeweiteten Augen den Beratungen der Forscher: „Können wir sie im Käfig halten, oder müssen wir sie ausstopfen?"

Es war nicht das Gongen der Stundenkugel, das Skaia aus ihren trüben Träumen riss, sondern die Tatsache, dass schwere Schlüssel gegen ihre Zellentür schlugen. Verschlafen rappelte sie sich aus den Decken hoch. Gab es Frühstück? „Bananenchips in Honigsoße", wünschte sie sich, bevor sie sehen konnte, was auf dem Tablett tatsächlich hereingebracht werden würde. Aber von Bananen keine Spur. Nicht mal ein Tablett konnte sie entdecken, als die Wachrobolde in die Zelle traten.

„Du mitkommen!", schnarrte der eine, und der andere fügte hinzu: „Guter Herrscher".

„Ihr könnt ja doch reden." Skaia war baff. Nachdem sie am Tag zuvor in die Zelle gestoßen worden war, hatte sie — außer sich vor Wut und Angst — tausend Fragen durch die Tür geschrien. Auf keine einzige hatten die Wachen geantwortet. Als Skaia schließlich matt und heiser an der Tür lehnte, war sie sich sicher, dass man den beiden keinen Sprachchip eingebaut hatte. Doch sie hatte sich geirrt. Sicher, der Chip war nicht der leistungsfähigste, aber die beiden Blechdeppen schafften damit immerhin Zweiwortsätze.

„Was soll das heißen: ‚Guter Herrscher‘?“, wollte Skaia wissen.

Der Robold gab keine Antwort.

Sein Kollege raunzte sie an: „Du aufstehen!“

Angenehm war das nicht mit den beiden. Folgsam schwang sie die Beine aus dem Bett und schlüpfte in ihre Schuhe. Den Rest ihrer Kleidung hatte sie gar nicht erst ausgezogen.

„Was ist nun mit dem Guten Herrscher?“, versuchte sie es noch einmal bei dem Robold, der vor ihr durch die langen Flure marschierte. Sein Kollege blieb dicht hinter ihr. Weglaufen konnte sie also nicht.

„Ist gut“, erklärte der Robold wenig erhellend.

Hinter Skaia schnarrte es: „Du sehen.“

Natürlich würde Skaia sehen, was passierte. Aber sie hätte es gerne vorher gewusst. Als Gesprächspartner waren die zwei doch unbrauchbar. Seufzend gab sie es auf, Fragen zu stellen. Wenn es nur nicht so schwierig gewesen wäre, sich alles selbst zusammenzureimen.

Nun gut, sie war einer Katze gefolgt. Einem Wesen, das als Botschafter des Bösen galt. Und sie war in das Gelände hinter der Mauer geraten, was für Solterraner offenbar tabu war. Obwohl nirgends ein „Betreten verboten!“-Schild hing! Dann wäre sie wenigstens gewarnt gewesen und hätte sich daran gehalten. Oder? Im Nachhinein war ihr klar, dass die Eingeweihten es nicht gutheißen konnten, wenn man sich mit den witzigen Figuren auf der Wiese vergnügte. Sie waren zu nichts Vernünftigem zu gebrauchen. Und hatte der Winzling im Glashaus, dieser Kapellmeister, nicht angedeutet, dass all das weggesperrt worden sei, was nicht in die Solterraner Geisteswelt gepasst habe? Jemand wie er, der übergangslos von beleidigtem Gegreine in schwärmerische Verzückung fiel, wäre in Solterra tatsächlich nicht tragbar gewesen, sondern eine Gefahr für die öffentliche Ordnung.

Die Musik, die er dirigiert hatte, war verwirrend gewesen. In Solterra gab es nur einfache Musikstücke, die aus wenigen, klaren Akkorden bestanden und ausschließlich dann durch alle Lautsprecher dröhnten, wenn Anordnungen verkündet wurden. Was der Kapellmeister angestimmt hatte, war dagegen schmeichlerisch gewesen, traumhaft schön und noch dazu gespielt von diesen angeblich verzauberten Instrumenten. Dabei waren Zauber, Spuk und all die schrecklichen Mächte der Finsternis längst besiegt und aus der Welt verbannt. Skaia war sich sicher: Sie hatte etwas gesehen und gehört, das verborgen bleiben sollte.

Aber sie würde einfach versprechen, niemandem davon zu erzählen. Dann könnte man sie wieder laufen lassen. Hoffentlich bald. Denn wenn sie sich sputete, gelänge es ihr vielleicht noch, Aldoro zu Hause zu erwischen. Im Moment machte er sich wohl wenig Sorgen. Das war der Vorteil davon, dass Skaia schon zweimal auf dem Sonnenmast eingeschlafen und nicht rechtzeitig zum Frühstück zurück gewesen war. Aber wenn sie es nicht schaffen sollte, ihre Lernsachen zu holen und mit wehenden Fahnen zur Erziehungsanstalt zu eilen, dann würde es Ärger mit Klirr geben. Sie konnte ja nicht einmal erklären, warum sie zu spät dran war. Dass man sie in der Burg aufgehalten hatte, würde keiner glauben. Es war vertrackt: Die Wahrheit konnte sie nicht sagen. Aber wenn sie sich eine Ersatzwahrheit ausdachte, würde ihr Klirr wieder Lügenhaftigkeit vorwerfen und verkünden, dass sie die Klasse endgültig wiederholen müsse. Das hieße noch ein Jahr Klirr. Bei diesem Gedanken schüttelte es Skaia.

Sie hatte mit ihren Wärtern mittlerweile sechs ellenlange Gänge durchmessen, war dabei um x Ecken gebogen, hatte kahle Räume passiert und war eine Wendeltreppe über zwei Etagen hochgestiegen. Die Zelle, in der sie geschlafen hatte, musste sich in einem sehr, sehr abgelegenen Trakt befinden. Das war vermutlich auch der Grund dafür, dass bislang kaum etwas an die Erzählungen der Urgroßmutter erinnerte. Von Pracht und Glanz keine Spur. Erst als sie an eine Tür mit zwei Flügeln kamen, entdeckte Skaia ein hübsches Detail. Wo eigentlich die Türklinke sitzen sollte, prangte eine kleine, goldene Sonne. Als der vorneweg gehende Robold darauf drückte, erkannte Skaia, dass sie ein verzierter Mechanismus zum Öffnen der Tür war. Dahinter tat sich ein Treppenhaus auf, das Skaia staunen ließ. Auf hohen Sockeln saßen, aus Marmor gehauen, Gelehrte mit ihren betroddelten Mützchen. Aber zum Schauen blieb kaum Zeit. Die Robolde eilten an den Skulpturen ebenso ungerührt vorbei wie zuvor an all den schmucklosen Wänden. Skaias Blick blieb an den Figuren hängen, während sie weiterlief. Einer der Mützenmänner betrachtete mit schief gelegtem Kopf ein längliches Glasröhrchen, das er in der Hand hielt. Weitere Gedanken konnte sich Skaia nicht darüber machen. Sie hatte nicht darauf geachtet, dass die letzte Stufe gekommen war — und stürzte.

Die Robolde warteten, bis sie sich wieder hochgerappelt hatte. Sie hätten ihr ruhig helfen können! Lebten in der prächtigen Burg und waren solche Stoffel. Wenn Skaia hier wohnen würde, wüsste sie, wie man sich zu benehmen hätte.

„Du schön“, schnarrte unerwartet der vordere Robold. Oh! Wie kam er jetzt darauf? Wollte er nett sein? Unsinn! Die Robolde waren ja so konstruiert, dass sie niemanden mit eigenen Gefühlen belästigten. Das war nur das Höflichkeitsprogramm, das sich ab und zu einschaltete.

Skaia wollte gerade ebenso höflich „Danke“ sagen, da klappte der Robold seine Brust auf. Aus einem der zahlreichen Fächer, die sich im Inneren befanden, fischte er einen Kamm und reichte ihn Skaia. Dann beugte er sich zu ihr. Dort, wo beim Menschen das Herz lag, war bei ihm ein Spiegel eingebaut, in dem Skaia ihren zerzausten Schopf betrachten konnte. „Schön machen“, forderte der Robold sie auf.

Aha! Das war also gar kein Kompliment gewesen. Skaia ärgerte sich. Sie hasste es, sich zu kämmen. Mit ihren dichten Haaren war es jedes Mal ein fürchterliches Geziepe und Gezerre, und danach sahen sie nicht besser aus als vorher. Sie kämmte sich nur im äußersten Notfall.

„Für wen soll ich mich denn kämmen?"

„Du sehen", mischte sich der zweite Robold ein.

„Ja, das hast du vorher auch schon gesagt, dass ich es sehen werde." Es war zum Auswachsen mit den beiden Idioten!

„Sehen ... Guter", rang sich der angeblaffte Robold ab. „Guter Herrscher", setzte er hinterdrein und deutete zur nächsten Tür. Auch sie war mit einer Sonne geschmückt. Aber wie! Über beide Flügeltüren breiteten sich die leuchtenden Strahlen aus. Sollte der Gute Herrscher dort drinnen sein?

„Sonnensaal ... schön", tat der Robold kund, während sein Kollege immer noch den Kamm vor Skaias Gesicht hielt.

„Na gut", sagte sie und griff nach dem Ding. Sollte das dahinten wirklich der Sonnensaal sein und sie würde ihn nur ordentlich gekämmt betreten dürfen, dann war das ein Notfall. Beherzt fuhr sie mit dem Kamm durch ihr Haargestrüpp. Sollte es ruhig ziepen! Angespannt presste sie die Lippen aufeinander, denn die Zähne des Kammes zogen und zerrten heftig, bis alles durchgeackert war.

Fast feierlich gab Skaia das Folterwerkzeug dem Robold zurück. Der ließ seine Klappe zuschnappen und schritt in Richtung Tür. Skaia schwankte ein wenig, als sie ihm nachlief. Ganz geheuer war ihr die Vorstellung nicht, vor den Guten Herrscher zu treten. Aber der Sonnensaal! Der Sonnensaal! In ihm war die böse Macht der Nacht vor vielen Generationen zu Fall gebracht worden. Seither überstrahlte der Glanz der Sonne Solterra ohne Unterlass in seiner ganzen Herrlichkeit.

„Das Erhabenste, was ich in meinem Dasein erleben durfte, war der un-, un-, unvergleichliche Sonnensaal", hatte

Skaias Mutter ihre Großmutter zitiert. „Trittst du ein, dann siehst du", hier lächelte Skaias Mutter immer geheimnisvoll, „dann siehst du zunächst nichts. Denn Wolken umwogen dich, ballen sich zu Schafsgestalten, Löwenköpfen, zu fliegenden Fischen, fantastischen Geschöpfen. Schreitest du ohne Angst hindurch, zerstieben sie und geben dir den Blick frei. Neben dir, über dir ragen Säulen empor. Über viele Geschosse streben sie, gefasst in Silber und Gold, nach oben. Tragen dort einen Kreis weiblicher Wesen mit Schalen in den Händen. Obwohl du weißt, wie unerreichbar fern sie sind, nimmst du den Duft wahr, der aus den Schalen dringt. Ist er süß wie Honig? Hat er die bittere Note von Mandeln? Du kannst es nicht sagen. Leicht ist er. Flüchtig. Und sofort in deinen Sinnen. Rauch steigt auf. Streift durch die Zeichen und Buchstaben der weisen Texte, die sich hoch oben quer über den Säulenring spannen. Und dann: die Sonne. Sie füllt den Himmel, ist das Dach des Saales. Durchflutet ihn mit unendlichem Licht und wunderbarer Wärme. Die Menschen darunter sind winzig."

Sie waren vor der Tür angekommen. Als der Robold sie öffnete, hielt Skaia die Luft an. Licht strömte heraus. Skaia wurde hineingedrängt in blendendes Weiß. Sie sah nichts. Aber irgendwo ächzte es in kurzen, rhythmischen Abständen. Skaia wurde weiter geschubst. Sie spürte die metallene Hand ihres Hintermannes. Obwohl er hart gegen ihre Wirbelsäule drückte, war sie froh zu spüren, dass sie nicht alleine blind durch das Licht gehen musste. Das Ächzen kam näher. Es mischte sich mit einem anderen Geräusch. Einem spritzenden? Einem sprühenden? Plötzlich lief Skaia durch Nebel. Mit bitterem Geruch stieg er ihr in die Nase. Irritiert drehte sie den Kopf nach rechts. Von dort schien die Wolke zu kommen. Skaias Augen hatten sich allmählich an die Helligkeit gewöhnt. Sie nahm den Umriss eines dicken Rohres wahr, das hin und her schwang. Dabei gab es das monotone

Ächzen von sich. Dazwischen stieß es Dampfwolken aus, die sich in diesem riesigen Raum aber rasch verloren. Beeindruckender waren die Säulen. Zahllose Säulen. Skaia legte den Kopf in den Nacken. Immer weiter führten sie hinauf. Stakten hinein in das Licht, das immer greller wurde, je höher Skaia blickte. Weit oben erahnte sie Körper. Aufrecht. Weihevoll. Und die Buchstabenbänder? Skaia ahnte sie nur, denn sie musste den Blick abwenden. Unerträglich. Wer konnte all die Helligkeit ertragen?

Die Hand hinter ihr drückte und schob. Skaia blinzelte. Sie sollte sich auf das konzentrieren, was vor ihr lag. Sie hatte sowieso Mühe, dem zügigen Schritt des vorderen Robolds zu folgen. Unbeirrt steuerte er auf das Ziel zu. Von Weitem sah Skaia nicht mehr als eine stattliche Anzahl weißer Punkte. Doch mit jedem Meter wurden aus ihnen mehr und mehr Menschen. „Die Eingeweihten", dachte Skaia ehrfurchtsvoll. Zwölf Gestalten in weißen, wallenden Priestergewändern, die Köpfe von Kapuzen verhüllt, umstanden einen riesigen, alten Polstersessel. Dort, wo er nicht abgewetzt war, konnte man eine seidig schillernde, rote Bespannung erkennen, die in eine Art Röckchen überging. Fast bis zum Boden verdeckte es die hölzernen Beine. Im Sessel saß ein alter Mann. So weit nach vorne gebeugt, dass Skaia meinte, er suche etwas am Boden. Allerdings blieb er auch in dieser Haltung, als er zu sprechen begann.

„Muss ich … noch … lange … hier sitzen?"

„Wie Bröckchen fallen die Wörter aus seinem Mund", dachte sich Skaia. Angeekelt betrachtete sie den Greis. Das sollte der Gute Herrscher sein, „Yaho, der Weitsichtige"? Er war mindestens fünfundsechzig. Oder siebzig. Sein Gesicht, seine Hände hatten Risse. Schienen unendlich trocken. Sonnengegerbte, dunkle Haut, gehüllt ins verwaschene Gelb eines unförmigen Umhangs — welch ein Gegensatz zu dem, was hinter seinem Sessel gut zwei Meter hoch aufragte. Skaia wurde ganz ehrfürchtig, als sie nach oben sah. Auf einem chromblitzenden Podest stand, mit rotem Samt beschlagen, ein Kasten. Er war vorne offen und präsentierte eine majestätische Halskette: zwei silberne Bänder, die in regelmäßigen Abständen sieben goldene Kugeln hielten. Tatsächlich! Sie stand vor dem Allerheiligsten, dem Siebenfachen Sonnenkreis! Skaia hörte vor Aufregung kaum, wie von den Eingeweihten her eine düstere Stimme tönte: „Das Mädchen ist eingedrungen in den Totgesagten Park ...“

„Mit dieser Katze. Einem scheinweißen Tier ...“, fiel ihr eine strenge Stimme ins Wort. Skaia hatte die Katze bisher gar nicht bemerkt. Aber jetzt hielt ein weiterer Robold das Tier, das er am Nacken gepackt hatte, unsanft in die Höhe. Die Katze fauchte und schlug mit ihren Pfoten hilflos ins Nichts. Dann gab sie auf und hing schlaff wie ein leerer Sack in der Luft.

„... sicher geschickt von der finstersten Macht“, klagte eine dritte Stimme schrill an. Der Mann, zu dem sie gehörte, trat vor. „Das Mädchen spielte!“, ereiferte er sich. „Schaukelte!“

Erregtes Gemurmel erhob sich in den Reihen der Eingeweihten.

„Sprach mit dem Kapellmeister!“

Erschrocken holten einige tief Luft.

„Schlecht“, brummelte der greise Yaho vor sich hin.

„Das Mädchen muss verhört werden!“, forderte der Schrille.

„Wir müssen herausfinden, was es dort wollte!“, erklärte der Strenge.

„Wer nicht wachsam ist, wird untergehen!“, warnte der Düstere. Erwartungsvoll umringten sie den in sich zusammengesunkenen Guten Herrscher.

Er starrte weiter in den Boden. Dann hatte er dort unten offenbar eine weise Antwort gefunden. Seine Lippen zitterten und brachten stockend heraus: „Wenn es ... nicht ... lange dauert ...“

Wie auf Kommando fuhren die drei Eingeweihten herum. Feuerten ihre Fragen auf Skaia ab: „Für wen arbeitest du?“

„Wie bist du über die Mauer gekommen?“

„Weißt du überhaupt, in welche Gefahr du uns bringst?“

„Was hat dir der Kapellmeister erzählt?“

„Wie hast du die Katze kennengelernt?“

„Was will sie von dir?“

„Wie kannst du das deiner Familie antun?“

Gemeinsam kamen sie auf Skaia zu. Sie konnte nicht zurückweichen, denn hinter ihr standen die beiden Wachrobolde. Immer näher drängten die drei heran, und ihre Fragen nahmen kein Ende. Fiel Skaia eine Antwort ein, waren die Männer längst weiter. Alles verwirrte und verknotete sich in Skaias Kopf. Gleich würden Schrill, Streng und Düster sie berühren. Sie schütteln.

Skaia schwitzte. Rang nach Atem. Holte tief Luft — und schrie: „Ich habe überhaupt nichts gewollt! Lasst mich in Frieden! Ich weiß nicht, wovon ihr redet!“

Ihr Schrei hatte eine verblüffende Wirkung: Die Eingeweihten zogen erschrocken die Köpfe ein. Und vorsichtig wandten sie ihren Blick nach oben zum Licht. Von fern kam ein Quietschen. Wie bei einem Wetterhahn, dessen rostiges Gestänge vom Wind bewegt wird. Dann stürzte etwas vom Himmel. Schlug direkt vor dem Sessel auf. Genau im Blickfeld des Guten Herrschers. Ein Buchstabe aus Eisen lag da. Ein A, so groß wie Skaias Brustkorb. So sahen also die Schriftzeichen aus, die sich über den Himmel der Halle spannten. Das A war fast auseinandergebrochen. Und man sah es nicht nur an dem breiten Riss, wie mitgenommen der massige Buchstabe war. In sich vollkommen verzogen, machte er auf Skaia den Eindruck, als ob er unter dem gleißend heißen Sonnenlicht dort oben stark gelitten hatte.

„Oh ... schlecht ... schlecht", murmelte Yaho. „So morsch
... Nicht ... schreien!"

Skaia kam nicht dazu, über seine Worte nachzudenken,
denn da stürzte noch ein Teil herab. Ein unterdrückter Aufschrei durchfuhr die Eingeweihten. Das Geschoss hatte den
Kasten mit dem Allerheiligsten getroffen. Er kippte nach vorne. Der Siebenfache Sonnenkreis segelte über Yaho hinweg.
Mit schreckgeweiteten Augen verfolgten Schrill, Streng und
Düster, wie er scheppernd vor ihnen aufschlug. Sie hielten
sich die Hände vor die aufgerissenen Münder, sahen stumm
zu, wie die Kugelkette über den Boden polterte.

Was hatte Skaias Geschrei da ausgelöst? Eine Welle aus
Schuldgefühlen überschwemmte ihr Innerstes. Sie musste alles wieder gut machen. Yaho blickte ihr fragend in die Augen.
Da griff Skaia, ohne weiter nachzudenken, nach dem Sonnenkreis. Warm fühlte er sich an. Aber in diesem völlig überheiz
ten Saal wirkte wohl alles warm. Auf einer der Kugeln spürten
ihre Finger etwas Erhabenes.

„Du musst ihn dir umhängen", dachte Skaia unwillkürlich.
Nein, das dachte nicht sie. Die Katze! Aus schmalen Augen-
schlitzen blinzelte sie zu Skaia herüber.

Auf der anderen Seite reckten die drei Eingeweihten die
Arme zum Sonnenkreis. „Nein", „Nicht", „Auf keinen Fall",
formten ihre Münder.

Doch Skaia hörte sie nicht. In ihren Ohren rauschte das
Blut. Vor ihren Augen verschwamm alles in Gelb. Dann
spürte sie, sah sie den Sonnenball. Wie er versank. Wieder
und wieder versank. Orange erst, dann röter. Fast dunkel.
Alles fing Feuer. Tiere sprangen durch die Flammen. Skaia
musste fliehen. Obwohl sie keine Beine hatte. Ein Fisch geworden war. Oder ein Vogel. Wo waren die Flügel? Ein Auge
glotzte aus einer goldenen Kugel. Schnappte mit metallenen
Lidern nach ihr. Hilflos stolperte sie nach vorne. Da: der Gute Herrscher. Mühsam richtete er sich auf. Wie heiß die Ku-

geln geworden waren. Weg! Besinnungslos warf Skaia den Sonnenkreis Yaho in die Arme.

„... das nicht!", hörte sie hinter sich Schrill. Von überall rückten die Eingeweihten heran. Die Kleider klebten an ihr. Doch nichts war verbrannt. Was war geschehen? Und was geschah da mit Yaho? Seine Augen flackerten wirr. Die Wimpern drückten Tränen fort. Aus einem Mundwinkel rann ein Speicheltropfen. Tränkte die ausgedörrte Haut. Plötzlich schien ein großer Atem in den Körper des greisen Mannes zu fließen. Mit sicheren Händen hob Yaho den Siebenfachen Sonnenkreis in die Höhe — und streckte den Kopf hindurch. Als mächtige Kette lag das Heiligtum um seinen Hals.

„Aber Herr ..."

„O Weitreichender ..."

„Ihr könnt nicht ..." Streng, Schrill, Düster und hinter ihnen die versammelte Schar der Eingeweihten umringten Yaho. „... zurück ...", „ ... für alle am besten ...", „... Zukunft Solterras ...", „... nicht beirren ...", „... in den Kasten ...", redeten sie auf ihn ein. Mit tausend Fingern griffen sie nach ihm, zogen an seinen Kleidern, drückten ihn in seinen Sessel, rüttelten an ihm und wagten es doch nicht, den Sonnenkreis zu fassen.

Da ließ Yaho den großen Atem wieder frei. Ein Basston, der anschwoll, immer weiter schwoll, lauter wurde, so laut, dass die Eingeweihten sich die Ohren zuhielten. Als es erneut Buchstaben vom Himmel hagelte, warfen sie die Arme schützend über ihre Köpfe. Flüchteten in alle Richtungen. Schrill robbte auf dem Boden davon. Streng rannte den Robold um, der immer noch die schreiende Katze festhielt. Der Maschinenmann stürzte, das Tier kam frei und sprang durch das scharfkantige Buchstabengeprassel. Düsters Kopf steckte im roten Kasten. Wie eine weitere Kapuze hatte ihn sich der Eingeweihte übergezogen. Bei jedem Buchstaben, der darauf donnerte, jaulte er.

„Das sind ja ganze Bibliotheken, die es da regnet“, staunte Skaia und war froh, dass sie unter dem Sessel des Guten Herrschers Schutz gesucht und gefunden hatte. Obwohl auf die gleiche Idee auch eine ziemlich räudige Ratte gekommen war. Einige Tage zuvor hätte Skaia sich mehr darüber gewundert, dass die Ratte eine Kette mit goldenen Perlen um den Hals trug, aber langsam gewöhnte sie sich das Wundern ab.

Um den Sessel verstreut lagen nicht nur Ypsilons und andere Buchstaben aus Eisen, sondern auch absonderliche Schriftzeichen aus fremden Alphabeten: rechteckige, kringelige, wurmartige, gezackte, wellenförmige, kunstvoll verschlungene und eines, das wie ein Schiffchen aussah.

Allmählich ließ der Hagel nach. Nur noch vereinzelt fielen Zeichen herab. Schnuppernd lugte die Ratte unter dem Röckchen des Sessels hindurch in den Saal. Dann drehte sie sich zu Skaia. Als ob sie ihre Meinung hören wollte, ob man sich wohl wieder ins Freie wagen könne.

„Wenn du mich fragst, ich habe im Moment nicht die geringste Lust, je wieder unter diesem Sessel hervorzukommen. Hier ist wenigstens kein Platz für Eingeweihte, die mich verhören wollen“, raunte Skaia der Ratte zu und dachte gleichzeitig: „Jetzt rede ich schon mit Nagern!“

Das Murmeln der Eingeweihten erfüllte wieder die Halle. Streng schnaubte: „Wo ist das Mädchen?“

Schrill japste: „Und wo, wo, wo ...“

„Fort! Yaho ist fort!“ Erschrecken legte sich über Düsters Erkenntnis. Dann setzte ungläubiges Getuschel ein: „Aber hier ist sein Gewand ...“ „Er kann kaum nackt ...“ „Und der Sonnenkreis?“ „... hat ihn mitgenommen?“ „Aber wir brauchen doch ...“ „... kann einfach nicht sein!“ „Irgendwo liegt er vielleicht ...“ Mit einem Mal war die größte Suchaktion im Gange. Einige der Eingeweihten umrundeten die zahllosen Säulen, die Robolde stocherten mit ihren Armen im

Kabelgewirr hinter dem Nebelgerät herum, und Düster steuerte direkt auf den Sessel zu.

„Hier ist der Sonnenkreis nicht", dachte Skaia angestrengt in seine Richtung, hatte aber wenig Hoffnung, dass der Gedanke in seinem Hirn ankam. Schon stand der Eingeweihte mit seinen großen Schuhen wenige Zentimeter vor Skaias Nase. Ein einziger, kräftiger Ruck, und der Sessel schlitterte nach hinten. Ohne Schutz, hilflos war sie dem Düsteren ausgeliefert.

„Du!", donnerte er. „Du bist das Unglück von Solterra!" Dunkel schoben sich seine Augenbrauen über Skaia zusammen. Machten sie winzig. Und einsam. Aldoro war weit weg, wusste von nichts. Die Katze war geflohen. Selbst die Ratte hatte sich aus dem Staub gemacht. Hatte ihren goldbewehrten Hals gerettet. Nur Skaia saß da wie auf dem Präsentierteller.

5.

KANNST DU

SCHWEIGEN?

Wieder war alles weiß. Das Bett, der Tisch, der Stuhl, die Bücher, die Tür und die Wände. Was für ein Unterschied zu all den hochroten Köpfen der Eingeweihten, die sich im Sonnensaal über Skaia gebeugt hatten. Sie war direkt froh gewesen, als die beiden Wachrobolde sie vom Boden aufgehoben und abgeführt hatten. Von ihnen kamen wenigstens keine Vorwürfe. Stumm brachten sie sie zurück in den abgelegenen Zellentrakt. Diesmal hatte Skaia ganz und gar keine Lust gehabt, aus ihnen etwas herauszubekommen. Was auch? Wenn schon die Eingeweihten wegen des Verschwindens Yahos und des Sonnenkreises völlig verwirrt waren, konnten die beiden Blechbüchsen die vielen Fragen, die sich in Skaias Kopf drängten, sicher erst recht nicht beantworten. War sie tatsächlich schuld an dem ganzen Chaos? Und was würde jetzt geschehen ohne Yaho und den Sonnenkreis? Wenn sie an die Kugeln des Siebenfachen Sonnenkreises dachte, spürte sie auf den Fingerkuppen gleich wieder das furchtbare Feuer.

Dabei hatte sie mit all dem gar nichts zu tun. Warum konnte sie nicht einfach nach Hause gehen? Selten hatte sie sich so nach Aldoro gesehnt. Er hätte sie getröstet. Ihr gesagt, dass sie nur zufällig in all die unglücklichen Verwicklungen geraten war. Ihm wären Yaho und der Sonnenkreis egal gewesen. Hauptsache, er hätte Skaia abholen können. Und er hätte sich gemeinsam mit Skaia eine Ausrede für Klirr einfallen lassen.

„Hat denn jemand meinen Bruder verständigt, dass ich hier in der Burg gefangen gehalten werde?" Bittend, bettelnd klang die Frage, die Skaia da herausrutschte.

„Nicht wichtig."

Skaia hätte heulen können. Aber Heulen brachte nichts. Sie sollte lieber nachdenken, bevor sie mit den Robolden redete. Was war von denen schon zu erwarten? Bestimmt nicht, dass sie sie verstanden. Trotzdem wurde Skaia wütend und schrie die beiden an: „Was ist denn dann wichtig eurer Meinung nach?“

„Guter Herrscher“, kam als blecherne Antwort von vorne.

„Der ist aber weg!“, gab Skaia giftig zurück.

„Suchen“, tönte es von hinten.

„Und wenn er nie nie wieder auftaucht?“

„Suchen“, beharrte der Robold.

„Dass so dumme Maschinen wie ihr in der Burg überhaupt tätig sein dürfen“, schrie Skaia. „Kapiert ihr denn nicht: Wenn alles Suchen nichts nützt, überhaupt gar nichts nützt, wenn er einfach nicht mehr gefunden wird?“

„Neuen suchen“, kam es ungerührt von vorne.

Einen neuen Guten Herrscher? So einfach war das? Eine Frechheit! Ihr machten die Eingeweihten die Hölle heiß, und die beiden Robolde taten so, als sei alles überhaupt kein Problem.

„Der neue Gute Herrscher wird sich aber schwertun. Der Sonnenkreis ist schließlich auch weg!“

„Suchen“, kam es von hinten.

„Und wenn er sich nicht findet? Sucht ihr dann auch einen neuen?“, gab Skaia hämisch zurück.

Darauf kam keine Antwort mehr. Skaia war zufrieden. Klar. Der Sonnenkreis war schließlich einzigartig.

„Er ist das Herz von Solterra. Aus ihm schöpfen sich die Kraft des Guten Herrschers, das Wissen der Eingeweihten und das Vertrauen des Volkes.“ So stand es im Weisheitslehrebuch. Von den weißen Wänden ihrer Zelle angeödet, hatte Skaia ins Bücherregal gegriffen und unter „Sonnenkreis“ nachgeschlagen.

„Von Ymir im Feuerregen Muspelheims aus dem Eise Niflheims geschaffen, ging er von Hand zu Hand, von Thrudhgelmir zu Bergelmir, von Bergelmir zu Talemir, von

Talemir zu Obskurir, von Obskurir zu Luminir, von Luminir zu Bierzumir, von Bierzumir zu Wiedumir, von Wiedumir zu Soichdir, von Soichdir zu ...“ Na, das war ja nicht gerade aufregend. Dass Lehrbücher immer so langweilig geschrieben sein mussten. Skaia überflog die weiteren Namen. Elfmal musste sie umblättern, bis sie das Ende der Aufzählung fand: „... von Zetero zu Mordio, von Mordio zu Kakao, von Kakao zu ’aribo, von ’aribo zu L’unio. L’unio war der letzte Erbe Ymirs. Als er starb, gab er den Siebenfachen Sonnenkreis in die Obhut Sarastros, des höchsten Eingeweihten, der mit seiner Hilfe die Finsternis vertrieb und das immer strahlende Sonnenreich zu schaffen imstande war. Denn im Siebenfachen Sonnenkreis liegt das Wissen um Vergangenheit, Gegenwart und Zukunft, um Glück und Unglück der Welt verborgen. Wer ihn berührt, ahnt das Wohl und Wehe des Schicksals. Wer ihn berührt, ist berufen zu handeln. Wer ihn berührt, mag sich verwandeln. Wenn er würdig ist.“ Für Skaia klang das Meiste wenig überzeugend. Wo war da die wissenschaftliche Genauigkeit, die in Solterra bei allem verlangt wurde? Unerklärliche Kräfte waren verpönt. Offenbar aber nicht beim Sonnenkreis. Vielleicht, weil er viel älter war als Solterra selbst? Angesichts der seitenlang aufgezählten Hände, durch die er gegangen war, musste er uralt sein. Ein Wunder eigentlich, dass er nicht komplett abgegriffen aussah. Nachdenklich schlug Skaia das Buch zu. Die Lektüre hatte sie kaum weitergebracht. Aber wahrscheinlich war Skaia einfach noch nicht weise genug, die Worte zu verstehen. Sie schlug das Buch wieder auf und blätterte es ziellos durch. Endlose Ausführungen über die Weisheit der Eingeweihten, über die Geschichte der wichtigsten Techniker von Solterra, über Medikamente, die den unseligen Einfluss von Gefühlen auf den klaren Denkprozess einschränkten, über die unterschiedliche Größe weiblicher und männlicher Gehirne. Nichts half ihr weiter. Überhaupt gab das Buch keine Antworten auf ihre

Fragen: Warum waren Yaho und der Sonnenkreis verschwunden? Was hatte die Katze von ihr gewollt? Was hatte es mit dem Kapellmeister und all den lustigen Dingen im Totgesagten Park auf sich? Nicht einmal erwähnt wurde der Park in diesem Buch. Dabei behauptete Klirr immer, dass es das weiseste Werk aller Zeiten und Welten sei.

„Wahrscheinlich ist Klirr einfach nur der dümmste Erzieher aller Zeiten und Welten und hat keine Ahnung von nichts", ärgerte sich Skaia. Sie hob das Buch mit beiden Händen über ihren Kopf und überlegte, ob es ihr guttäte, das „weise Werk" gegen die Wand zu werfen. Oder würde sie dann von den Robolden ein medizinisches Mittel verabreicht bekommen, das den verderblichen Einfluss ihrer aufgewühlten Gefühle einschränkte?

Skaia entschied sich für das Werfen. Das Buch krachte gegen das Bücherbord. Riss die Bretter und alle weiteren, sicher auch sehr weisen Werke mit sich zu Boden. Mit Genugtuung betrachtete Skaia den wüsten Haufen. Und an der weißen Wand, wo das Bord gehangen hatte, bemerkte sie zufrieden einen dunklen Strich, den wohl eines der gestürzten Bretter hinterlassen hatte. Einige Zeit begutachtete sie ihn kritisch, überlegte, ob er wie ein Kleiderbügel ohne Haken aussah oder eher wie der fiese Mund von Klirr. Mehr Möglichkeiten fielen ihr nicht ein. Letztlich war er nur ein hässlicher Schmutzstreifen an einer hässlichen Wand.

Irgendwann begann Skaia wieder, gegen die Tür zu trommeln und zu schreien. Aber die Robolde reagierten nicht. Vielleicht hielten sie auch gar nicht mehr Wache. Vielleicht war die Einzige, die Skaias Geplärr hörte, sie selbst? So wie sie die Einzige war, die sich bedauerte. Keiner kümmerte sich um sie. Niemand hatte ihr etwas zu essen gebracht. Nie würde ihr Bruder sie hier finden. Sie war eine vergessene Gefangene. Und sie wusste nicht einmal, warum.

Mit einem klangvollen Gongschlag meldete sich ihre Stundenkugel. Das erste Mal an diesem Tag. Wahrscheinlich war sie genauso verwirrt wie Skaia selbst. Kaum war ihr Ton verklungen, flog die Tür auf und einer der Wachrobolde trat ein. Er trug ein Tablett vor sich her. Als er es auf dem Tisch absetzte, sah Skaia, was neben Wasserkrug und Glas da im Teller dampfte. „Weiße Bohnen?", rief sie.

„Du essen!", forderte der Robold Skaia auf. „Sehr gesund!"

Missmutig setzte sich Skaia auf den Stuhl und stierte in die Bohnen, während der Robold wieder abzog. Sie stocherte im Essen herum, doch nach ein paar unwilligen Bissen merkte sie, wie sie der Hunger überfiel. Auch wenn sie Bohnen nicht ausstehen konnte — sie machten wenigstens satt. Skaia hatte ihren Teller noch nicht leer gegessen, da ging erneut die Tür auf, und ein Robold im blauen Schürzchen eilte herein. Brummend stellte er sich neben den Tisch und wartete, bis Skaia nicht nur den Teller, sondern auch den Krug geleert hatte. Kaum hatte sie das Glas zum letzten Mal abgestellt und den Löffel in den Teller zurückgelegt, griff er sich Besteck und Geschirr. Sein Brustpanzer sprang auf und offenbarte eine ganze Reihe von Tellern, Tassen und Gläsern, Messern, Gabeln und Löffeln. An allen klebten Schaumkrönchen. Rasch steckte er Skaias Geschirr und Besteck dazu, und die Brust schloss sich wieder. Erneut begann er zu brummen. Zugleich zog er aus seiner Schürze einen Lappen, sprühte aus dem Mund eine zitronig riechende Flüssigkeit an die Wand und wischte mit einer einzigen Handbewegung den Schmutzstreifen weg. Dann klappte er seinen Arm aus. Er wurde immer länger. Als er den Boden berührte, knickte er zweimal um und hatte die Form eines Besens angenommen. Rasch kehrte der Putzrobold den Bücher- und Bretterhaufen aus der Zelle.

Dann war Skaia wieder allein. Sie kam sich vor, als sei sie gerade selber weggeputzt worden. Als sei sie überhaupt nicht mehr da. Sie hatte nichts mehr zum Werfen, die Bohnen lagen ihr wie ein schwerer Sack im Magen, und sie war müde. Ihre Augenlider sanken nach unten. Skaia ließ es geschehen. Es gab ja sowieso nichts zu sehen. Oder zu tun. Oder zu sagen. Ob die Sonne wohl schon unterging? Sie konnte es nicht sagen. Dem Fenster gegenüber war eine weitere Wand. Das wusste sie. Dazu musste sie nicht einmal die Augen öffnen. Eine Wand mit einem mächtigen Schatten darauf. Ganz schwer. Und dunkelgrau. „Wenigstens nicht weiß", dachte Skaia noch. Dann schlief sie ein.

Doch es war kein tiefer, traumloser Schlaf, in den sie fiel. Vielmehr stürzte sie in dunklem Nichts einem bunten Etwas hinterher. Einem Karussell mit blinkenden Lampen. Auf einem der Pferderücken hüpfte der Kapellmeister herum und feuerte seine Instrumente an. Glöckchen und Flöte, Fagott und Zither, alles ritt dem Dirigenten hinterher und lärmte so laut, dass Skaia die Ohren klingelten. Untermalt wurde das Ganze von den dumpfen Schlägen der Trommel. Dann flog Kygo an ihr vorbei. „Erforschen, entdecken, erfinden!", rief er ihr ernst zu — und war schon wieder weg. An seine Stelle wurde Düster gewirbelt, der unkte: „Ein Unglück! Was für ein Unglück!" Sofort packte ihn ein Putzrobold unsanft an der Gurgel, klappte ihn handlich zusammen und steckte ihn in seine Spülmaschinenbrust. Die Ratte, die die ganze Zeit auf der untersten Stufe des Karussells gehockt hatte, lachte sich ins Fäustchen und rannte schnell fort. Dann trudelte wieder der Kapellmeister samt seinem kleinen Orchester vorbei. Die Runde wiederholte sich. Alles von vorne. Alles noch einmal. So ging es immer im Kreise. Ohne Ende. Skaia wurde schwindlig und schlecht. Egal, wohin sie auch ihren Kopf drehte, um das Spektakel nicht mehr sehen zu müssen — überall tauchte das Karussell mit seiner wilden Besetzung wieder auf. Ein Gongschlag dröhnte, und mit einem Mal regnete es Katzen. Weiße, schwarze, gescheckte. Und alle hatten einen dunklen Fleck auf der Nase. Als mindestens zehn von ihnen unsanft an Skaias Kopf abgeprallt waren, erschien vor ihr Klirrs fette Visage.

„Habe ich es dir nicht gesagt? Habe ich dir nicht gesagt, dass es schlimm endet mit kleinen Mädchen, die sich nicht an die Regeln der Vernunft halten? Schlimm endet es! Schlimm!! Schlimm!!!“

Skaia zappelte mit Händen und Füßen, um sich gegen all das zu wehren. Sie riss die Augen auf.

Mit einem Lidschlag verschwand das Dunkel, und alles erstrahlte wieder in reinstem Weiß. Skaias Herz raste. Sie hatte nur geträumt.

„Schlimm, schlimm ...“, seufzte da Klirrs Stimme. Erschrocken fuhr Skaia herum. Die Krönung ihres Alptraums stand bei ihr in der Zelle. Verdrießlich knetete Klirr die Wülste seines Doppelkinns. „So einen guten Schlaf hätte ich auch gerne. Nicht mal vom Gong deiner Stundenkugel wirst du wach. Kein Wunder, dass du dauernd zu spät in den Unterricht kommst.“

Skaia war noch benommen, weshalb ihr keine brauchbare Erwiderung einfiel. Sie konnte ja schlecht sagen, dass sie Klirr nur zu gerne ihren „guten Schlaf“ mitsamt seinen Schrecknissen gegönnt hätte oder dass sie lieber weiter alpträumen würde, als ihn erdulden zu müssen. Klirr schien allerdings gar keine Antwort von ihr zu erwarten.

„Ich weiß zwar nicht genau, warum man dich hier eingesperrt hat, aber ich bin sicher, dass der Gute Herrscher seine Gründe dafür hat.“ Dann trat er mit schweren Schritten an Skaias Bett und beugte sich zu ihr herunter. Böse funkelte er sie an. „Weißt du eigentlich“, zischte er, „was du mir angetan hast? Eine meiner Schülerinnen im Zellentrakt der Burg! Wie steh ich denn da? Wie schnell ist der Ruf ruiniert!

Was für ein Elend. Erst dein nichtsnutziger, begriffsstutziger Bruder. Und jetzt du! Schlägst ihn noch um Längen in Impertinenz, Ignoranz, Ineffizienz!" Skaia hatte keine Ahnung, was die drei I-Wörter bedeuteten. Aber sie waren widerlich, denn bei jedem einzelnen stieß Klirr ihr seinen spitzen Zeigefinger gegen die Brust. „Oder anders gesagt, damit du es kapierst: So frech, unwillig und unfähig wie du ist kein Mensch in ganz Solterra!" Ganz rot war Klirrs Kopf geworden. „Aber das wird sich ändern", versprach der Erzieher und setzte ein Lächeln auf, das Skaia schaudern ließ. „Jeden Tag nach dem Unterricht werde ich kommen und mit dir arbeiten. Disziplin! Gehorsam!! Demut!!! Und heute fangen wir an! Du kannst dich waschen und anziehen, aber dann geht es los! Erst wirst du schreiben ‚Ich darf meinen Erzieher nicht belügen.' Fünfzigmal. Nein, hundertmal. Dann: ‚Ich gehe brav zu Bett und stehe brav auf, wenn die Stundenkugel es befiehlt.' Hundertmal. Nein, zweihundertmal ..."

Oh je, Skaia würde ganze Blöcke vollschreiben müssen mit all den sinnlosen Wiederholungen. Klirr im Einzelunterricht. Stundenlang. Jeden Tag. Selbst wenn sie das schlimmste denkbare Verbrechen begangen hätte, wäre ihr diese Strafe zu hart erschienen. Und keine Erlösung in Sicht.

Schlüssel schlugen gegen die Zellentür, drehten sich im Schloss. Einer ihrer Wachrobolde trat ein.

„Du mitkommen", schallte es aus seinem Sprechschlitz.

„Los, trödle nicht!" Klirr war voller Tatendrang. „Du willst doch rasch wieder hier sein!"

Skaia wollte gar nichts. Aber was half es? Frustriert stieg sie aus dem Bett und tappte über den kalten Boden. Folgte mit gesengtem Kopf dem Robold. Mit einem Klacken schloss sich hinter ihnen die Tür.

Willenlos lief Skaia zwischen ihren beiden Bewachern durch den Gang. Auf der Höhe des Klos vermutete sie ein Zimmer mit Waschbecken, vielleicht sogar einer Badewanne.

Sie fühlte sich inzwischen klebrig in ihren Kleidern. Immerhin würde sie Klirr besser ertragen, wenn sie sich zuvor erfrischt hatte. Zu ihrer Verwunderung wurden die Robolde keine Spur langsamer. Nicht einmal, als sie ans Ende des Ganges kamen. Schwungvoll riss ihr Vordermann die Tür auf, die den Zellentrakt vom Rest der Burg abkapselte.

„Ist es bis zum Bad auch wieder eine halbe Weltreise?", meckerte Skaia. Mit Socken und Schuhen wäre es ihr längst nicht so kalt geworden. Aber die beiden Heinis hatten ja mal wieder nichts davon gesagt, dass sie weiter zu laufen hätten.

„Du umziehen", schnarrte es von hinten.

Sie sollte sich umziehen? Gingen sie denn zu einer Kleiderkammer, in der jemand irgendwelche Kleidungsstücke für sie herausgesucht hatte? Aber ob die dann passten? Skaia konnte es sich nicht recht vorstellen. So viele Mädchen in ihrem Alter waren ja wohl noch nicht in der Burg eingesperrt gewesen. Die öden Gänge und die kahlen Räume, die sie durcheilten, kannte Skaia schon. Auch die Wendeltreppe stiegen sie wieder nach oben. Ebenso das prächtige Treppenhaus. Doch sie bogen ein Stockwerk unterhalb des Sonnensaals in einen Gang ab, der an üppig verzierten Türen vorbeiführte. Überall entdeckte Skaia die Sonne als Schmuckelement. Staunend wandte sie den Kopf in alle Richtungen — und stieß auf einmal gegen den Robold. So plötzlich war er stehen geblieben, dass Skaia es zu spät bemerkt hatte. Automatisch murmelte sie eine Entschuldigung. Und ärgerte sich gleichzeitig über ihre eigene Höflichkeit. Die zwei waren schließlich auch nicht nett zu ihr. Grimmig verfolgte Skaia, wie sich die Robolde an der mächtigen Tür vor ihr zu schaffen machten, beide Flügel weit aufschlugen — dabei jeweils mit einer Armbewegung, die möglicherweise elegant wirken sollte, in den sich öffnenden Raum hineinwiesen — und sich, als Skaia zögernd hineintrat, verbeugten.

„Du umziehen", wiederholte dabei der eine Robold.

„Neues Zimmer", ergänzte der andere.

Dann knickten die beiden noch tiefer ein. Was war das nun wieder? So viel plötzliche Ehrerbietung war verdächtig. Vorsichtig trat sie ganz nah an einen der Blechmänner heran. Um in sein Gesicht zu sehen, musste sie sich bücken.

„Was soll das denn?", fragte sie und wusste nicht recht, ob die Spielchen der beiden sie mehr verängstigten oder verärgerten.

Sie bekam keine Antwort. Stattdessen spürte sie eine Hand auf ihrer Schulter. Entsetzt wirbelte sie herum. Doch als sie sah, was sie so erschreckt hatte, musste sie lachen. Und weinen. Alles gleichzeitig. Die Tränen liefen einfach so aus ihr heraus, und ihre Brust bebte vor Gelächter. Mit langen Armen umschlang sie ihren Bruder. Nie mehr würde sie ihn loslassen. Sie spürte seine Wange an ihrem Gesicht, roch seine Haare, und es war ihr völlig gleichgültig, wie er in die Burg und in dieses prächtige Zimmer gekommen war.

Sie fühlte seinen Atem, als er ganz sanft sagte: „Bin ich froh, dass es dir gut geht!" Dann wischte er ihr zwei, drei Tränen aus dem Gesicht, was nicht viel Sinn hatte, denn es kamen immer neue nach. „Ab jetzt wird alles gut", versprach er, als ihm Skaia in die dunklen Augen blickte.

„Woher willst du das wissen", schniefte sie und hoffte dennoch, dass er recht hatte.

„Na, weil ich alles weiß."

Skaia sah ihren Bruder zweifelnd an.

„Zumindest behaupten das die Eingeweihten", erklärte Aldoro stolz.

„Ach, die ...", sagte Skaia abfällig. Sie war wahrlich nicht gut auf die Eingeweihten zu sprechen.

„Ja, ja, ich weiß. Die sind auch gar nicht so wichtig. Hauptsache, der Gute Herrscher ..."

„Der Gute Herrscher ist ..." Skaia zögerte. Dann wurde ihr Gesicht sehr ernst. „Kannst du etwas für dich behalten?"

Aldoro nickte.

„Der Gute Herrscher, ... der ist ... weg!" Skaia hatte nach dieser Eröffnung erwartet, dass Aldoro schockiert wäre. Oder wenigstens verblüfft. So eine Neuigkeit gab es schließlich nicht alle Tage.

Aber Aldoro prustete los. Es dauerte eine Weile, bis er der irritierten Skaia eine vernünftige Antwort geben konnte. „Also", begann er und bemühte sich um ein ebenso ernstes Gesicht, wie Skaia es vorhin aufgesetzt hatte. Obwohl ihm die Züge immer wieder zu einem Grinsen entglitten, fuhr er mit bedeutsamer Stimme fort: „Kannst auch du schweigen, Schwester?"

Skaia schlug kurz bestätigend die Augenlider nieder.

„Dann höre genau zu: Ich, Aldoro, werde der neue Gute Herrscher!"

Es kam selten vor, dass Skaia keine Antwort parat hatte, aber jetzt war sie sprachlos. Ungläubig hörte sie den Erklärungen ihres Bruders zu, die reichlich durcheinander aus ihm heraussprudelten. Erst nach und nach fügten sie sich zu einem Bild dessen, was geschehen war.

Natürlich war Aldoro zum Sonnenmast gelaufen, als er sie morgens nicht in ihrem Bett vorgefunden hatte. Dafür, dass sie auch dort nicht war, legte er sich noch eine mögliche Erklärung zurecht: „Vielleicht ist sie gleich zur Erziehungsanstalt gelaufen, um nicht zu spät zu kommen. Ohne Bücher und Hefte ... Na prima, das gibt wieder einen Brief von Klirr."

Doch dann kam der Abend, und Skaia war noch immer nicht aufgetaucht. Sie hätte längst über ihren Hausaufgaben sitzen müssen. In einer Stunde würde es „Verschwundene Bohnen" in Ingwersud geben, eine Neuschöpfung Aldoros, zu der er die Bohnen pürieren und in Weinblätter wickeln wollte. Doch als er eine der großen Dosen geöffnet hatte und auf das grüne Gewirr starrte, das in trüber Flüssigkeit schwamm, mochte er nicht loslegen. Inzwischen machte er sich Sorgen. Er ließ die Bohnen Bohnen sein und schlug den Weg zum Bezirksamt ein.

Dort traf er natürlich keinen Menschen mehr an. Die Leute waren alle zu Hause und bereiteten das Abendessen vor, damit sie sich bald zu Bett begeben könnten. Dennoch gab es jemanden, der Stellung hielt. An einem Schalter im Foyer saß der Abendrobold und nahm alles entgegen, was den Bürgern Dringendes auf der Seele brannte. Aldoro musste angeben, wie Skaia aussah, wie alt, wie groß, wie schwer sie war und wann er Skaia wo zuletzt gesehen hatte. Als der Robold auch noch die Noten von Skaias letztem Zeugnis wissen wollte, war Aldoro überfragt. Außerdem: Wozu sollte das denn wichtig sein, wenn man ein vermisstes Mädchen wiederfinden wollte?

„Das Zeugnis ist eine Entscheidungshilfe beim Erstellen der Dringlichkeitsstufe“, beschied der Robold Aldoro und forderte ihn auf, am nächsten Tag mit den entsprechenden Unterlagen wiederzukommen. Aldoros Drängen, auch ohne Zeugnis etwas zu unternehmen, die Suche nach Skaia wenigstens einzuleiten, entlockte dem Robold keinerlei weitere Reaktion. Er hatte sich einfach abgeschaltet. „Ach herrje, Schlafenszeit!“, wurde Aldoro klar, als seine Stundenkugel gongte. Da hatte es in Solterra keine Probleme mehr zu geben. Da herrschte Ruhe! Also war erst einmal nichts zu machen.

Ratlos trottete Aldoro nach Hause und aß etliche der Bohnen direkt aus der Dose, um mit dem Hunger auch die Angstbilder zu betäuben, die allmählich in ihm aufstiegen: Skaia mit gebrochenem Bein am Boden liegend, unfähig, sich nach Hause zu schleppen, Skaia wimmernd hinter einer Tür, die ins Schloss gefallen war und keinen Griff zum Öffnen hatte, Skaia leblos in einem wassergefüllten Bottich. Aldoro fand keine Ruhe. Lief wieder auf die Straße. Suchte die Wege ab, die Skaia normalerweise nahm. Zur Erziehungsanstalt, noch einmal zum Sonnenmast. Zum Haus des Wissens, wo Skaia ab und zu in einem der vielen Bücher nachschlug, wenn Klirr etwas nicht verständlich genug erklärt hatte. Auch zum Haus der Zeit schaute Aldoro. Selbst an der Burg, die Skaia so faszinierte, schlich er vorbei. Dann zog er immer größere Kreise rund um das Haus, in dem sie wohnten, ließ seinen Blick schweifen, soweit es nur ging. Er rief ihren Namen. Immer lauter wurde er dabei. Es war ihm egal, dass an einigen Fenstern Köpfe erschienen und ihn einen Randalierer schimpften. Dann wurden die Fenster zugeknallt, was wieder andere zum Schimpfen veranlasste. Aldoro war egal, was für ein Chaos er auslöste. Er hatte Skaia nicht gefunden und wusste nicht, wo er noch hätte suchen können. Auch wenn es ihm unerträglich schien, er musste auf das Ende der Schlafenszeit warten. Dann würde er sofort ins Bezirksamt eilen.

Er legte sich angezogen aufs Bett, um in aller Frühe los spurten zu können. Erst lag er stundenlang unruhig herum und konnte beim besten Willen nicht einschlafen, und als er doch einnickte, versank er in einen schweren Traum, der ihm vorgaukelte, er wälze sich noch immer wach auf dem Bett und sehne sich völlig erschöpft nach dem erlösenden Schlaf.

Als die Sonne schon ziemlich hoch stand, riss ein Geräusch Aldoro aus diesem Elend. Er fühlte sich völlig gerädert, blinzelte ins Licht und erschrak. Vor seinem Bett standen drei Robolde. Zwei von ihnen schienen darauf zu warten, dass ihnen der dritte Befehle gab. Der war allerdings noch damit beschäftigt, zwischen einem Monitor, den er aus seiner Brust geklappt hatte, und Aldoro prüfend hin und her zu blicken.

„Er ist es!", verkündete er. Aldoro machte sich auf alles gefasst. Wahrscheinlich würden sie ihn wegen Ruhestörung zur Schlafenszeit vor den Richter schleifen. Oder sie waren von der Ernährungsanstalt geschickt worden, um den säumigen Schläfer zur Arbeit zu holen. Aldoro rutschte in seinem Bett ganz nach hinten und suchte Halt an der Wand, als der Oberrobold sich zu ihm beugte. An der Metallbrust prangte ein runder Magnet, auf dem „Hofrobold erster Kategorie" stand.

„Oh Wertester, oh Sonne Solterras, wenn Ihr so gütig sein wollt, Euren Dienern zu folgen!" In derart schwülstigem Tonfall, den Aldoro noch nie bei einem Robold vernommen hatte, wurde er darüber aufgeklärt, dass die Eingeweihten nach ihm geschickt hätten. Denn er sei „hochwohlgeboren" und auserkoren für eine große Aufgabe.

Obwohl der Robold auf dem Weg zur Burg andauernd bekundete, Aldoro „als Adjutant stets zu Diensten" zu sein, war aus ihm nicht mehr herauszubekommen. Auf jede Frage antwortete er weitschweifig, aber reichlich unklar. Dazu brachte er seinen Sprechschlitz in eine sichelartige Form, wohl um ein freundlich lächelndes Gesicht zur Schau zu tragen. Seine beiden Kollegen, die vorneweg marschierten, sagten keinen Ton. Ihre Aufgabe bestand wohl darin, mit ihrem scheppernden Gleichschritt für möglichst viel Aufsehen zu sorgen. So jedenfalls kam es Aldoro vor. Die Menschen, denen sie begegneten, wichen respektvoll zur Seite und blickten verstohlen auf Aldoro und den Robold, der aufgeregt von „Solterras Schicksal" und „Großer Zukunft" schwafelte, bis sie an die Burg kamen. Längst war sich Aldoro sicher, dass das Ganze ein Missverständnis sein musste. Der Robold konnte wahrscheinlich viel besser reden als Personen aufspüren. Aber wenn Aldoro erst einmal in der Burg wäre, könnte er vielleicht jemanden dazu bewegen, die Suche nach Skaia in die Hand zu nehmen. Den Gefallen würde man ihm wohl tun, wenn man ihn schon hierher brachte, nur um dann festzustellen, dass er der Falsche war.

In den Gängen der Burg kam ihnen ein Robold mit weißer Schürze entgegen. Er hielt Aldoro ein Tablett mit süßen Säften unter die Nase und eines mit frischem Obst und flötete: „Gruß aus der Küche!"

Aldoro, der keine Zeit zum Frühstücken gehabt hatte, nahm erfreut ein Glas mit orangenem Inhalt und einen Apfel. Es ging schnellen Schrittes weiter. Mit dem halb leeren Glas in der einen und dem angebissenen Apfel in der anderen Hand, gelangte er an der Seite der Robolde in den Sonnensaal. Beim Durcheilen des wabernden Rauches musste Aldoro ziemlich husten. Dass dabei einige Apfelbröckchen in den Raum flogen, konnte zum Glück niemand erkennen. Dann standen sie vor ihm. Die zwölf Eingeweihten!

Eine strenge Stimme fragte: „Bist du Aldoro?" Aldoro wollte bejahen, doch die Stimme fuhr fort: „Urenkel der Sinistra?" Auch dies wollte Aldoro bejahen, aber er kam nicht dazu. Denn eine andere Stimme mischte sich düster ein: „So bist du der Allerletzte aus dem Geschlechte Taminos. So ist dies dein Platz!" Mit weit ausholender Geste wies er auf den zerschlissenen Sessel des Guten Herrschers. Erwartungsvoll blickten die Eingeweihten auf Aldoro. Aber dem fiel erst einmal gar nichts dazu ein.

Jetzt machte Aldoros langer Bericht Sinn. In Skaias Kopf überschlug sich alles und sprudelte aus ihr heraus: „Mutters Großmutter — natürlich! Deshalb wusste sie, wie es in der Burg aussieht! Also ist Yaho ein entfernter Verwandter von uns, und jetzt, wo er weg ist, bist du an der Reihe! Wahnsinn! Dann wohnen wir ab sofort in der Burg und haben einen Haufen Robolde, die alles für uns machen müssen, meine Strafarbeiten zum Beispiel. Außerdem untersagen wir dem Küchenpersonal, jemals wieder Bohnen zuzubereiten!"

„Ja, großartig!", lachte Aldoro. Dann umschlang er Skaia noch einmal, und ihr war so, als ob er heimlich schniefte. „Ich bin so froh, dass dir nichts Schlimmes passiert ist."

Gerade wollte Skaia Einspruch erheben und von all den unglaublichen Vorkommnissen erzählen, die sie hatte durchmachen müssen, da kam ihr jemand zuvor.

„Oh Wertester, oh Sonne Solterras", säuselte der Robold, der Aldoro in die Burg gebracht hatte. „Seid Ihr bereit für die Einweisung?"

„Jetzt schon?", gab Aldoro erstaunt zurück. Dann erklärte er Skaia: „Die Eingeweihten wollen mir erläutern, was auf mich zukommt. Die ganzen Feierlichkeiten, die ... äh, die ..."

„Die Probe natürlich, oh Hochwohlgeborener", sprang der Robold ein und formte aus seinem Sprechschlitz einen Lächelschlitz.

„Wie? Was für eine Probe?" Aldoro starrte den Robold entgeistert an.

„Die Probe, bei der Ihr inmitten von Feuersbrunst und Wasserfluten steht."

Aldoro wurde bleich.

Skaia ereiferte sich: „Was soll das heißen? Kein Mensch kann im Feuer stehen, ohne zu verbrennen. Und im Wasser schwimmt man besser, wenn man nicht ertrinken will."

„Oh Wertester, welch weise Schwester Ihr Euer eigen nennen dürft!", lobte der Robold Aldoro, ohne Skaia auch nur eines Blickes zu würdigen. „Doch Ihr müsst wissen, der Siebenfache Sonnenkreis ist es, der Euch bei dieser Probe beschützen wird!"

Erleichtert atmete Aldoro auf.

Noch bevor Skaia einwenden konnte, dass der Sonnenkreis doch verschwunden war, drängelte der Robold: „Oh Wertester, wenn Ihr jetzt belieben würdet, mich zu begleiten!"

„Dann komme ich aber auch mit!", verlangte Skaia, obwohl sie keinen großen Wert auf ein Wiedersehen mit den Eingeweihten legte.

„Oh Sonne Solterras", sagte der Robold, und sein Lächeln kippte um in einen misslaunigen Bogen, „in all Eurer Weisheit werdet Ihr erkennen, dass nur der zukünftige Gute Herrscher an den Einweihungen teilnehmen kann."

Aldoro schien unschlüssig. Dann nahm er Skaia in den Arm und flüsterte ihr ins Ohr: „Ich werde dir alles haarklein berichten. Und du mir dann auch — versprochen?"

Sie zögerte, doch dann nickte sie.

Als er mit dem Robold aus dem Raum verschwand, rief er den beiden Wachrobolden, die Skaia hierher gebracht hatten und immer noch an der Tür warteten, zu: „Kümmert euch um meine Schwester, damit es ihr an nichts fehlt." Es klang fast wie der Befehl eines richtigen Herrschers, dachte sich Skaia und fühlte einen seltsamen Stolz in sich aufsteigen.

6.

ERKUNDUNGEN

Erst jetzt bemerkte Skaia, wie riesig das Zimmer eigentlich war. Da hätte ihre Wohnung mindestens fünfmal hineingepasst. Es gab Tische in verschiedenen Größen: einen schmalen, langen, der an der Wand stand und gespitzte Bleistifte sowie einige Stapel Papier bereit hielt, einen kleinen, grazilen, auf dem man höchstens ein paar Teetassen abstellen konnte, einen mächtigen, dunklen, an dem zweifellos ein mehrgängiges Menü für zwölf Personen hätte aufgetragen werden können, einen niedrigen mit Glasplatte, an den sich ein Sofa schmiegte, das mit Kissen in allen Farbschattierungen der Sonne geradezu überfüllt war. Was Skaia mit den vielen Tischen anfangen sollte, war ihr nicht klar. Besuche empfangen? Aber es wollte sie ja nie jemand besuchen. Obwohl: In die Burg würden wohl selbst diejenigen kommen, die Skaia sonst nicht beachteten.

Nein, sie würde keinen Einzigen einladen! Lieber setzte sie sich selbst jeden Tag auf einen anderen Stuhl, um alles ganz alleine zu genießen! Insbesondere den breiten Sonnenstrahl, der durch die großen Fenster herein- und direkt ins Wasser eines üppig verzierten Brunnens fiel, der die Mitte des Raumes für sich beanspruchte. Über der muschelförmigen Brunnenschale erhob sich, in kühnem Schwung aus Stein gemeißelt, eine Welle, auf deren Spitze ein Schifflein ins Irgendwo segelte. Die Goldfische, die aus der Welle sprangen, spien Wasser, als Skaia näher trat. In lauter kleinen Regenbogen funkelte das Sonnenlicht durch die plätschernden Strahlen. Allerdings röhrte es gleichzeitig im Sockel des Brunnens so unanständig, als drohten die darin befindlichen Wasserleitungen, etwas Übles auszuspeien.

An das „Tischeundfischezimmer“, wie Skaia den Raum taufte, schlossen sich ein Schlafraum mit Himmelbett an, ein Bad mit goldenen Wasserhähnen, eine Toilette mit goldener Klobrille und eine Kammer, deren Einrichtung nur aus einer Schrankwand bestand. Als Skaia die erstbeste Tür öffnete, war ihre Verblüffung groß. An einer langen Garderobenstange hingen ihre sämtlichen Kleider. Während sie zu Hause die alte Garderobenkiste komplett ausgefüllt hatten, wirkten sie hier verloren. Hinter den nächsten Türen entdeckte Skaia noch mehr ihrer Habseligkeiten: die Tierbilder, den Quagga-Schädel, das Mobile mit den Trockenpflanzen und die beiden Pappkartons voller Fotos, die Skaia mit Aldoro und ihren Eltern zeigten. Außerdem Bücher, Hefte, Stifte und Hilfsmittel für den Unterricht bei Klirr und den anderen Erziehern. So wie die Sachen vor ihr in diesem hohen Ungetüm von Schrank lagen, wirkten sie mickrig. Skaia verspürte überhaupt keine Lust, ihre Habseligkeiten in den Zimmern zu verteilen. Sie wusste ja noch gar nicht, ob sie tatsächlich hier bleiben wollte. Ausgesucht hatte sie es sich nicht.

Nachdem sich Skaia geduscht und umgezogen hatte, war sie bereit zu erkunden, was die Burg alles bot.

Die beiden Robolde standen immer noch vor der Tür. „Auch gut", dachte sich Skaia im Vorbeilaufen. „Los, ihr könnt mich führen! Wo geht es da hin?", rief sie und freute sich am mächtigen Hall, den ihre Worte verursachten.

Die Kniescharniere der Robolde knirschten. Offensichtlich hatten sie wenig Übung im Laufen. Sie marschierten immer nur. „In Bibliothekstrakt", antwortete der eine.

Und der andere rief: „Du warten!" Aber Skaia dachte gar nicht daran. Sie sprang schnell weiter, bog um eine Ecke, rutschte ein Treppengeländer abwärts, versteckte sich hinter Säulen und Türen, kicherte in sich hinein, als die Robolde suchend herumirrten. Dann überraschte sie die beiden hinterrücks mit umso lauterem Geschrei. Nach etlichen hoch- und runtergehechelten Treppenhäusern zeigte sich, dass die Robolde zumindest Ausdauer hatten. Während Skaia ins Keuchen kam, waren die Robolde kein bisschen erschöpft. Und sie hatten nicht verstanden, was die wilde Jagd kreuz und quer durch die Stockwerke sollte.

„Ist Umweg", bemühte sich der eine, Skaia aufzuklären.

„Bibliothek da!", gab der andere zu bedenken und deutete schräg nach oben. Aber das interessierte Skaia im Moment nicht. Denn direkt neben ihr war eine hohe Schwingtür, und dahinter wurde einiger Lärm veranstaltet. Endlich mal Leben in der Burg! Bisher hatten die meisten Räume unbewohnt gewirkt, selbst wenn manche von ihnen ähnlich prächtig eingerichtet waren wie ihre eigenen Zimmer.

„Nur Küche", schnarrte einer ihrer Begleiter.

„Umso besser", gab Skaia zur Antwort und schob die Tür so weit auf, dass sie ihren Kopf hindurchstrecken konnte. Sie staunte nicht schlecht. Gemessen an Länge und Breite des Raumes und angesichts der weiß gekachelten Wände hätte es sich genauso gut um eine Schwimmhalle handeln können, wären nicht überall Bratrohre, Kühlschränke, Rührmaschinen, Saftpressen und andere Gerätschaften in Aktion gewesen. Dazwischen wuselten Robolde umher. Da sie mit ihrem silbrig-metallenen Äußeren der Edelstahleinrichtung recht ähnlich sahen, musste man sehr genau hinsehen, wollte man erkennen, wie sie hier einen Deckel hoben, um irgendeine Flüssigkeit nachzugießen, wie sie dort ein Brett mit Mehl bestäubten oder eine Lauchstange in dreißig exakt gleiche Teile zerstückelten. Viel auffälliger war ein Mann, der einen langen, weißen Kittel trug und auf dem Kopf eine Mütze, die ihn als Koch auswies. Wie eine Furie fegte er durch die Küche, um erst hier, dann dort die Robolde mit lauter Stimme zurechtzuweisen. „Viel schmaler, du Dussel", rief er, „wie soll der Lauch denn sonst durchs Sieb passen?" Energisch schwenkte er die gerupfte Gans, die seine Linke an der Gurgel fest umklammert hielt. Schlapp schwankte der käsige Körper jeder seiner Bewegungen hinterher. Beim nächsten Robold probierte der Koch das, was im Topf vor sich hin brodelte. Er schien zufrieden. Dem benachbarten Robold legte er die Gans zum Ausnehmen hin. Dann griff er sich ein Glas, schüttete sich die Hälfte dessen, was darin dunkelrot schwappte, in die Kehle und ließ den Blick über sein Reich schweifen wie ein König. Doch sogleich war es mit der Ruhe wieder aus. „Nischt kneten! Um 'immels Willen!" Mit dem Glas in der Hand sprang er durch die Küche und schlug dem Robold, der offenbar drauf und dran war, sich an einem Teig zu versündigen, den unförmigen Klumpen aus der Hand. „Wird doch säh! 'olskopf! In den Kühlschrank!" Der Robold bekam eine Ohrfeige verpasst. Es schepperte, aber der Robold schrie weder auf noch rieb er sich die Wange. Er schaute nicht einmal verstört.

Dafür entfuhr Skaia ein überraschtes „Oh", und sogleich verspürte sie den messerscharfen Blick des Kochs.

„O'?", ahmte der Koch sie nach. „'aben wir einen Gast?" Schon stand er neben ihr. „Komm ru'ig 'erein! Aber deine swei Robolde bleiben draußen. Noch mehr von der Sorte kann isch nischt ertragen." Er zog Skaia in die Küche. Hinter ihr schloss sich die Schwingtür. „Du bist bestimmt die Schwester des neuen ‚Guten'. Gestatten: Missjö Sufflee ist mein Name. Wie schön, dass du mir einen Besuch abstattest. 'at lange keiner mehr gemacht. Isch könnte 'ier vergammeln, und keiner würde es merken."

„Wieso? Dann gäbe es keine Mahlzeiten mehr, und das merkt ja wohl jeder!", widersprach Skaia.

„Ach was, isch könnte auf einem Butterfleck ausrutschen, mit dem Kopf im Suppentopf landen und darin ersaufen. Die Blech'einis 'ier würden einfach weiterwursteln. Irgendetwas Essbares bringen sie schon zustande. Und die 'errschaften da oben würden sischer noch nischt einmal den Unterschied bemerken."

„Mein Bruder würde es bestimmt bemerken. Der ist nämlich selbst ein guter Koch."

„Tatsäschlisch?"

„Ich kennen keinen, der Bohnen besser zubereiten kann als er!"

„Ach, 'errje — du bist das mit den Bohnen! Da 'inten", er zerrte sie quer durch den Raum zu einer Herdplatte, auf der ein kleines Töpfchen stand, „da sind deine Bohnen." Abscheu schwang in seiner Stimme, als er den Deckel hochhob und den Blick freigab auf das Gemüse, das Skaia nur zu gut kannte.

Es dauerte eine ganze Weile, bis ihr der Koch glaubte, dass sie keineswegs jeden Tag Bohnen serviert bekommen wollte. Schließlich nickte er und meinte: „Sischer, Bohnen sind nischt das Schleschteste — außer man hat gerade eine kräftige Lauch-Kartoffelsuppe mit Sahne-Kräuter-'äubschen zur 'and, eine Gans an Champagner-Trüffeln und einen Apfel-Karamelkuchen." Von seiner eigenen Menüfolge begeistert, eilte er mit Skaia durch die Küche und zeigte auf Töpfe und Bratrohre, in denen das alles gerade gekocht und gebacken wurde. Nach all den widerlichen Bohnen-Wochen ließ sich Skaia gerne von seiner Begeisterung anstecken. Ihr lief das Wasser im Munde zusammen, und sie versprach, in Zukunft öfter in die Küche zu kommen und seine Künste zu loben. „Aber nur, wenn es wirklich lecker war", fügte sie hinzu.

Missjö Sufflee ging darauf nicht ein. Stattdessen beklagte er sein Schicksal. Für einen Hofkoch sei es blamabel, weniger als zwei Dutzend Personen zu verköstigen. Außer den Eingeweihten und dem ‚Guten' gäbe es in der ganzen Burg ja nur noch das Fräulein Martha aus der Bibliothek, und die sei überhaupt die Einzige, die einen Leckerbissen zu schätzen wisse.

„Und die Gefangenen", ergänzte Skaia.

„Da warst du die einsige weit und breit", wiegelte der Koch ab. „Nun gut, ein paar Ersie'er für disch sie'en demnäschst noch in die Burg ein, aber fett machen sie das Kraut auch nischt.“

Bei dem Wort Erzieher horchte Skaia auf. Nicht, dass sie sich darum gerissen hätte, gleich mehrere eigene Erzieher zu bekommen, aber immerhin wäre sie dann ja wohl Klirr los. Sie hatte kaum an ihn gedacht, seit sie ihn in der Zelle zurückgelassen hatten. Ob er vielleicht darin eingeschlossen war? Skaia musste in sich hineinkichern, als sie sich vorstellte, wie er in der Zelle tobte und keiner Notiz davon nahm, weil der Trakt so abseits lag. Das schadete gar nicht, wenn er eine Weile aus dem Verkehr gezogen war. In ein paar Tagen konnte Skaia ja nachfragen, ob man ihn vergessen hatte.

„Du findest das auch noch lustig?“, riss sie Missjö Sufflee aus ihren Gedanken. „Isch nischt. Frü’er“, sagte er mit gesenkter Stimme, „gans frü’er, meine isch, du weißt schon, bevor sich Tag und Nacht bekämpften, da gab es noch Festtafeln, die eines Hofkochs würdig waren.“ Skaia schaute ihn erstaunt an. Es war nicht üblich, dass jemand gut von der Zeit vor Solterras Sieg über die dunkle Macht sprach. Genaugenommen wurde überhaupt kein Wort darüber verloren.

„Stell dir vor: eine Tafel, so lang, dass du gar nischt bis ans Ende se’en kannst. L’unio und L’una, das Herrscherpaar über Tag und Nacht, lassen für den versammelten Hofstaat und die hochwohlgeborenen Gäste aus allen Reichen vierundswansig kunstvoll versierte Schiffe auftragen, die schwer an den köstlischsten Köstlischkeiten tragen: Forellen in süßem Wein gekocht, Wildschweinlende mit gelber Königssuppe, Fasanenfleisch in trübem Aspik, gebratener Steinbutt in Pflaumensoße, salzige Törtschen mit Hummerschwänzen, Schneckensuppe, Krebstorte, Austern mit Orangen und Pfeffer, Küken mit ausgebackenen Leberwürstschen, Schwalbennester, gebratene, kalte Sperlingsvögel, Makkaroni mit ’onig, in gesuckertem Rosenwasser gewaschene Butter, gekochte Kalbsbrust mit Ringelblumen, junge Kiebitse im Tiegel, Turteltauben mit gebratenen Ginsterbeeren, Mortadellascheiben mit Sucker und Simt, Kastanien in Rosenblättern. Zum Dessert trug man Obstgärten aus Marsipan 'erein. Unter den süßen Bäumschen lagen nicht nur allerlei Sorten von Äpfeln, Beeren und Südfrüschten, sondern auch Schalen voller Melonenkerne mit weißem, kandierten Anis, Konfekt aus Pinien und Pistazien, mit Moschus parfümierte Mandeln, Paradiesäpfel in Körbschen sowie Suckerpasteten mit lebenden Vögeln darinnen."

„Mit lebenden Vögeln?" Skaia hatte der nicht enden wollenden Aufzählung bereits recht skeptisch gelauscht, aber das nun war völlig unglaubwürdig.

„Ja, natürlisch", bekräftigte der Koch und goss sich aus einer bauchigen Karaffe sein Glas voll, leerte es allerdings gleich darauf wieder zur Hälfte. „Und das war noch nischt einmal das Tollste! Mit einem Male nämlisch klappte der größte der Marsipanbäume auseinander, und heraus trat unter allerlei Geraune der vornehmen Gesellschaft der 'ofswerg. Und bei jedem seiner Scherse, die er mit den Tafelnden trieb, warf er bunte Bonbons in die Runde."

Der einzige Zwerg, den Skaia kannte, war der unappetitliche Meister der Zeit, weshalb sie sich kein bisschen vorstellen wollte, wie es wohl aussah, wenn so einer über eine gedeckte Tafel schlurfte und seinen viel zu langen Kittel über das ganze Essen schleifte. Sie hatte offenbar allzu angewidert dreingeschaut, denn der Koch schloss aus ihrer Miene: „Na, du bist anscheinend auch nischt anders als die anderen Banausen."

„Mir kommt das alles nur sehr fantastisch vor", gab Skaia zu.

„Glaubst du, isch 'abe das erfunden?" Missjö Sufflee war empört. „Das kannst du alles nachlesen. In der Bibliothek. So, und jetzt lass misch allein. Isch habe noch su kochen." Er machte mit einem derart entschlossenen Ruck auf dem Absatz kehrt, dass sein Glas leicht überschwappte. Erschrocken schüttete der Koch gleich den ganzen Inhalt in sich hinein.

„Auch gut, Hauptsache die Bohnen sind vom Tisch!", dachte Skaia und trollte sich aus dem Reich des Küchenchefs.

„Du Bibliothek?", empfingen sie draußen ihre beiden Begleiter. Skaia nickte und folgte dem voranschreitenden Robold. Immerhin war Fräulein Martha allem Anschein nach die einzige Person in der Burg, die sie noch nicht kennengelernt hatte. Und außerdem: Wenn Missjö Sufflee in der Bibliothek sogar etwas über üppige Speisenfolgen bei den rauschenden Festen in der Dunklen Zeit gefunden hatte, dann würde sie sicher auch etwas über Katzen finden — und über diesen Totgesagten Park. Keine acht Flure und dreihundert Stufen später waren sie im Bibliothekstrakt angekommen. Skaia fiel direkt vor die geöffnete Tür zum Lesesaal, als sie an einem breiten Riss im Läufer hängen blieb und stürzte. Der Robold, an den sie sich noch hatte klammern wollen, war schnell weggesprungen.

Skaia rappelte sich hoch und nannte den Robold einen „Idioten". Dann erst sah sie den massiven Schreibtisch, hinter dem eine Frau wie eine Wächterin saß. An ihr musste man vorbei, wollte man die Schätze der Bibliothek erkunden. Die Finger ihrer linken Hand steckten in einem Karteikasten, fast so, als wären sie darin festgewachsen. Mit der rechten ruckelte die Frau an ihrer Brille, um Skaia ins Visier zu nehmen. Spitz wie Pfeile zielten Nase und Kinn auf Skaia. Wenn man es recht bedachte, war an der Frau alles spitz. Die Wangenknochen drängten wie kleine Kegel nach vorne, die Brille hatte seitlich der Gläser kleine Ausleger, mit denen man vermutlich gut Kerne aus Zitronenscheiben pulen konnte. Die Ohrläppchen wiesen wie kleine Messer hinab zu den knochigen Schultergelenken, die sich unter der schneeweißen

Bluse abzeichneten. Und bei jeder Kopfbewegung stieß ein schwarzes Haarbüschel, das sich aus dem straffen Dutt befreit hatte, in die Luft.

„Fräulein Martha?", fragte Skaia.

„Bitte?", kam es zurück.

„Ich wollte in ein paar Bücher hineinschauen", erklärte Skaia.

„Deinen Ausweis!"

„Ich habe keinen Ausweis."

„Dann kannst du auch nicht herein."

„Aber ich wollte doch nur ganz kurz ..."

„Wie stellst du dir das vor, Kind? Das ist ganz unmöglich. Ich habe meine Vorschriften. Jeder braucht zuerst einen Ausweis! Hat er einen Ausweis, kann er damit herein. Jederzeit. Selbst, wenn hier nicht besetzt ist. Aber ohne Ausweis? Nein!"

„Können Sie mir denn keinen ausstellen?"

„Warum sollte ich das nicht können? Hat das jemand behauptet?"

„Nein, aber ..."

„Na also." Mit einem Kopfschütteln wandte Fräulein Martha sich ihren Karteikärtchen zu. Sie kramte sich durchs Alphabet, zog ab und zu ein Kärtchen heraus, machte darauf Notizen und steckte es wieder zurück. Es sah ganz und gar nicht danach aus, als ob sie dabei war, Skaia einen Ausweis auszustellen.

„Wollten Sie mir denn nicht ..."

Die Bibliothekarin fuhr hoch. „Wie? Was? Du bist ja immer noch da. Was willst du denn noch?"

„In die Bibliothek!"

„Aber du weißt doch, ohne Ausweis ..."

„Dann stellen Sie mir bitte einen aus!", sagte Skaia und betonte dabei jedes Wort so nachdrücklich wie sie nur konnte.

Die Bibliothekarin warf Skaia einen entnervten Blick zu. Dann forderte sie: „Nummer, Name."

Folgsam nannte Skaia ihre zwölfstellige Personenkennzahl und ihren Namen, woraufhin Fräulein Martha aus einer Schublade einen dicken, an den Kanten leicht ramponierten Ordner aufschlug. Es waren allerdings nur wenige Blätter darin abgeheftet. Rasch hatte Fräulein Martha sie durchgesehen.

„Liegt kein Antrag vor", gab sie bekannt. „Kein Antrag, kein Ausweis, keine Bücher."

Als Dreizehnjährige hatte sie in Solterra längst genug Erfahrungen dieser Art gemacht und sich abgewöhnt, ärgerlich zu werden. Man konnte froh sein, wenn der jeweils Zuständige kein dickes Nachschlagewerk auf den Tisch wuchtete und erst einmal stundenlang blätterte, um zu prüfen, welche Voraussetzungen es unter welchen Bedingungen eventuell möglich machten, überhaupt einen Antrag zu stellen — und welche Einschränkungen dabei zu beachten waren.

Insofern war es von Skaia fast frech, als sie Fräulein Martha entgegnete: „Dann stelle ich eben einen Antrag!"

Fräulein Martha wurde noch spitzer im Gesicht, was nur dadurch möglich war, dass sich ihre Lippen fischmäulig nach vorne stülpten. Dann ratterten die Regeln aus ihr heraus: „Antragsberechtigt sind Eingeweihte, Wissenschaftler, sofern sie von mindestens drei führenden, ebenfalls antragsberechtigten Kollegen empfohlen worden sind, die Direktoren der zwölf zentralen Anstalten und deren Vertreter, Erzieher, wenn sie eine herausragende Position bekleiden oder ein berechtigtes Interesse nachweisen können, sowie alle Träger des Sonnenordens erster Klasse. Gehörst du zu einer dieser Gruppen?"

Skaia musste zugeben, dass sie sich in der Aufzählung nicht wiederfand. Aber Missjö Sufflee fiel auch nicht gerade unter diese Bedingungen. Dennoch hatte er Zutritt erhalten.

„Und der Koch?“

„Der Koch?“ Fräulein Marthas Augen zuckten mit einem
Mal irritiert hin und her.

„Hat wahrscheinlich ein Törtchen vorbeigebracht. Weil er
weiß, wie gerne Sie die haben“. Skaia hatte keine Ahnung, ob
sie mit ihrer Strategie Erfolg haben würde, schließlich konnte
sie bloß Vermutungen darüber anstellen, wie Missjö Sufflee
diesen Bibliotheksdrachen gnädig gestimmt hatte.

„Er hat nur geblättert. Nichts ausgeliehen. Keinen Ausweis bekommen. War immer unter meiner Aufsicht.“

Wenige Augenblicke später stand Skaia mitten in der Bibliothek. Sie hatte Fräulein Martha zu bedenken gegeben, dass
der Gute Herrscher solcherlei Ausnahmen höchstens dann
schätzte, wenn sie auch für seine Schwester galten.

„Aber die Robolde bleiben draußen!“ Darauf hatte Fräulein Martha bestanden. Skaia war das nur recht. So konnte sie
ungestört herumstöbern.

Nach links und nach rechts zogen sich die Regale hin.
Skaia schritt sie ab, während sie die angeschriebenen The-
menbereiche überflog. „Verwaltung und Organisation“,
„Forschung und Technik“, „Sein und Zeit“, „Schlafen und
Wachen“, „Kunst und Vernunft“, „Sonne und Erleuchtung“,
„Eingeweihte und Herrscher“ zogen meterweise an ihr
vorbei, bis sie bei „Vergangenheit und Zukunft“ stoppte. Ob
sie hier fündig werden würde? Über ihr, gerade so hoch, dass
sie mit den Händen drankam, stand ein vielbändiges Nachschlagewerk. Goldgelb leuchtete der Titel auf dunklem
Grund: „Die Geschichte Solterras“. Skaia angelte sich den
ersten Band. „Von den Anfängen bis zu Taminos Ende“
verkündete die erste Seite. Aber die Anfänge stellten sich
nicht als das heraus, was Skaia erhofft hatte. Das, was dort zu
lesen war, hatte Skaia so ähnlich auch schon bei Klirr im
Unterricht gehört: „Einst standen am Himmel zwei Gestirne,
die Sonne und der Mond. Während die Sonne des

leuchtenden Tages die Menschen wärmte, brachte die Nacht Finsternis übers Land, denn der Mond leuchtete nur schwach. Von der eigenen Unzulänglichkeit verbittert, wurde die Königin der Nacht böse und schickte allerlei dunkle Gefühle in die Herzen der Menschen, sodass manche nicht mehr bei klarem Verstande entscheiden konnten, was richtig und was falsch war. Sie sandte ihre Tochter Pamina und den Prinzen Tamino aus, Sarastro, den Herrscher der Sonne, zu erdolchen. Doch seine Weisheit und Güte führten die beiden ins Licht der Erkenntnis. Fortan wollten sie selbst dem Sonnenreich dienen und halfen Sarastro, die unselige Macht der Nacht unschädlich zu machen." Dem Absatz folgte eine ausufernde Beschreibung, wie Tamino zum ersten Guten Herrscher erhoben wurde. Von der Königin der Nacht und ihrem Reich war keine Rede mehr. Wenigstens fand Skaia im Stichwortregister die Feuer- und Wasserprobe. Diese wurde in einigen Bänden geschildert, wenn es darum ging, wie die Nachfahren Taminos und Paminas eingeweiht und damit zum Guten Herrscher wurden. Stets trugen die auserwählten Männer den Siebenfachen Sonnenkreis, der sie aus dem Toben und Tosen der Naturgewalten unversehrt hervorgehen ließ. Ein weiterer Blick ins Register war jedoch enttäuschend: Der Totgesagte Park wurde nirgends erwähnt. Unruhig ließ Skaia ihren Blick über die benachbarten Bücher schweifen. „Standhaft, duldsam, verschwiegen — Die Weisheit der Herrscher", „Das Gute unter der Sonne — Die Herrscher und ihre Talente", „Den Robold im Herzen — Der Weg zum klaren Urteil", „Ausgewählt und eingeweiht — Große Denker". Alle rühmten die Vernunft, mit der solterranische Männer die Geschicke des Landes geleitet hatten. Nur ein schmaleres Bändchen, das sich in dieses Regal offenbar verirrt hatte, verhieß etwas anderes: „Schlafen mit Schafen". Es stammte aus der Feder von Agrypo, dem Großmeister der Schlafwissenschaft. Soweit Skaia wusste, erklärte er darin, wie man mit Schäfchenzählen so müde wurde, dass man innerhalb kürzester Zeit einschliefe. Neugierig blätterte sie das Buch auf. Doch schon nach ein paar Zeilen Lektüre musste sie gähnen. Bereits die Einleitung war so unglaublich langweilig, dass Skaia nicht am Erfolg des Büchleins zweifelte.

So kam sie nicht weiter. Sie musste Fräulein Martha fragen.

„Was? Totgesagter Park? Kenn ich nicht!", gab die Bibliothekarin kund. „Und die Bücher über die Dunkle Zeit sind natürlich in einer Sonderabteilung, der Alten Bibliothek." Sie wies mit einer Hand vage in die Richtung einer Regalreihe, die Skaia nicht abgelaufen war. „Nur zugänglich mit Ausweis!"

Herrje — sollte Skaia die unsägliche Ausweisdiskussion mit Fräulein Martha ein zweites Mal führen? Bevor sich Skaia dazu aufraffen konnte, legte Fräulein Martha nach: „Und von Kindern werden diese Werke grundsätzlich ferngehalten. Aus Jugendschutzgründen."

„Na, das werden wir ja sehen, ob mein Bruder eine derart dumme Regelung nicht aufheben wird", gab Skaia zurück. Da gongten die Stundenkugeln von Skaia und Fräulein Martha.

„Essenszeit", stellte Fräulein Martha fest, und es klang wie ein Urteilsspruch, der zu Skaias Ungunsten ausfiel. Denn ohne auf irgendeinen Einspruch zu achten, drängte die Bibliothekarin Skaia auf den Gang, schloss die Tür und eilte davon.

„Zum Zimmer", schlug einer der Robolde vor.

„Zum Essen", ergänzte der andere.

Auf dem größten Tisch war für Skaia aufgetragen worden. Und obwohl ihr der Koch wenig sympathisch war, musste Skaia zugeben, dass er sein Handwerk beherrschte. Nach den langen Bohnenwochen aß sie alles auf, was in den vielen Schüsseln für sie bereitstand. Selbst die kleinsten Krümel des

Apfel-Karamelkuchens tupfte sie mit angefeuchtetem Finger vom Teller. So etwas Köstliches hatte auch Aldoro noch nicht zustande gebracht. Wo blieb er eigentlich? War er immer noch bei den Eingeweihten? Was gab es da so ewig zu besprechen? Bestimmt dauerte es auch Aldoro viel zu lange, und er wollte lieber von Skaia hören, was sie erlebt hatte, als sich nur dauernd von den Eingeweihten unterweisen zu lassen. Während Skaia vor sich hingrübelte, verlor sich ihr Blick im glitzernden Plätschern des Springbrunnens. Bis sie erschreckt zusammenfuhr. Es hatte geklopft. Und schon war einer ihrer beiden Robolde eingetreten.

„Die Gesellschaftszofe", meldete er. Skaia überlegte noch, ob sie huldvoll sagen sollte „Ich lasse bitten" oder ob es besser wäre, erst einmal zu fragen, was eine Gesellschaftszofe überhaupt sei, als die Angekündigte bereits hereinstürmte. Sie war einer der wenigen Robolde, denen man weibliche Formen gegeben hatte. Auf dem Kopf trug sie ein weißes, gestärktes Häubchen, und in den Händen hielt sie ein Strickzeug, mit dem sie eifrig klapperte. Möglicherweise war es ein Schal, den sie vor Kurzem angefangen hatte. Mit einer angedeuteten Verbeugung sprang sie auf Skaia zu und stellte sich vor. „Gestatten: Lallah Rock, Gesellschaftszofe erster Ordnung, Zofe für morgens und abends sowie Gesellschafterin für die langen Stunden dazwischen. Sehr erfreut, zu Ihren Diensten, haben Sie wohl gespeist, geht es Ihnen gut heute?"

Wenn sich Skaia je eine Gesellschafterin gewünscht hätte, um ebenso geistlose wie endlose Plaudereien zu führen, wäre Lallah Rock vermutlich die richtige gewesen. Aber Skaia hatte nie daran gedacht, ihr Leben mit einer so aufgedrehten Person zu teilen, noch dazu, wenn es gar keine Person, sondern nur ein Robold war. Nur half ihr das jetzt nichts.

„Das gehört zum Hofzeremoniell", musste sie sich von Lallah aufklären lassen. „Sie wissen doch, die Regeln in der

Burg. Ich habe für Sie etwas organisiert. Wenn Sie sich einmal einsam fühlen ...“

Skaia schöpfte Hoffnung. Sollte das bedeuten, dass Lallah sie auch wieder alleine ließ?

Wie auf Kommando sprang erneut die Tür auf, und der Robold meldete: „Der Umarm-O-Mat.“

„Ist das nicht ein wunderbares Gerät?“, freute sich Lallah, als ein ganzer Trupp Robolde eine mindestens zwei Meter hohe Maschine herein schleifte. Erst rumpelten sie so ungeschickt gegen den Brunnen, dass Skaia Angst hatte, er würde zu Bruch gehen. Dann aber rissen sie die Maschine gerade noch rechtzeitig herum. Nur die Schwanzflosse eines Fisches wurde abgeschlagen und flog in hohem Bogen durchs Zimmer. Mit reichlich Gelenkgeklapper wuchteten die Robolde das Ding ins Schlafzimmer und stellten es direkt gegenüber dem Bett ab.

Skaia wurde wütend. Glaubte hier eigentlich jeder, über sie bestimmen zu können? „Ich will das nicht in meinem Zimmer!“, schrie sie die Robolde an.

Die schienen sich aber nicht angesprochen zu fühlen. Ohne auf Skaia zu achten, verließen sie die Räume. Ein paar von ihnen schwankten nach der heftigen Anstrengung.

Lallah gab ein mechanisches „Hahaha“ von sich und warf ihre Arme in die Luft, dass das Strickzeug in ihrer Linken nur so klapperte. „Sie werden ihn lieben. Er ist so kuschelig gepolstert.“ Sie klopfte dem Koloss auf die weit ausladenden Greifer. Die Staubkörner, die vom plüschigen Stoffbezug aufstiegen, stoben durch die Sonnenstrahlen.

Skaia hatte schon von diesen Umarm-O-Maten gehört. Aber diese Geräte wurden immer nur jenen Waisenkindern zugeteilt, die nicht einmal mehr Geschwister oder andere nahe Verwandte hatten.

„Wenn Sie sich auf dieses Podest vor die Greifarme stellen“, erklärte Lallah und mischte ihrer Stimme immer mehr Begeisterungsklang bei, „nimmt er Sie in den Arm.“

Skaia hatte wahrlich keine Lust, sich das vorzustellen, geschweige denn, es auszuprobieren. Warum sollte sie auch? Sie konnte jederzeit ihren Bruder umarmen!

„Alle Menschen, die keinen anderen Menschen mehr haben, lieben den Umarm-O-Maten“, sagte Lallah und klimperte mit ihren metallenen Augendeckeln.

7.

VERSCHLOSSENE

TORE

Lallah war eine Plage! Sie plapperte ohne Unterlass über das wunderbare Wetter, über die fröhlichen Farben der Vorhänge oder über das hervorragende hydraulische System, das die Springbrunnen zum Plätschern brachte. Sie klapperte mit ihren Stricknadeln und wollte von Skaia wissen, welche Wolle sie für die nächsten Söckchen wählen sollte. Und sie machte ein Riesentamtam um das Entkleiden Skaias vor dem Zubettgehen. Sie sprang so aufgedreht um Skaia herum, als ob es darum ginge, sie von einer mindestens dreizehnteiligen Abendgarderobe zu befreien, ihr vorsichtig ein Diadem aus dem Haar zu zupfen und eine mehrere Meter lange Schleppe faltenfrei aufzurollen. Dabei trug Skaia nur ein einfaches Hemd und eine ganz banale Hose über der Unterwäsche. Auch den Schlafanzug hätte Skaia alleine viel schneller anziehen können. Der Tag endete mit Lallah, und der nächste begann mit ihr.

Als die Stundenkugel gongte und Skaia die Augen aufschlug, stand die Roboldine schon bereit. Sie flötete irgendetwas von einem großartigen neuen Morgen, an dem es wieder viel zu lernen gebe. Sie folgte Skaia ins Bad und schüttelte vorwurfsvoll den Kopf, als sie den Pyjama vom Boden aufklaubte, den Skaia absichtlich hatte fallen lassen. Während Skaia unter der Dusche stand, rauschte davor Lallahs Gerede. Dann musste sich Skaia umständlich abtrocknen lassen und etliche Vorschläge zur „Garderobe des heutigen Tages" anhören. Schon aus Trotz ging sie auf keinen davon ein, sondern zog einfach das gleiche an wie am Vortag. Schließlich kam das Schlimmste: Lallah ließ ihre Brust aufklappen und zog etwas Silbernes hervor. Wie ein Messer blitzte es auf. Lallah stürzte sich damit auf Skaias Haare. Ein Kamm! Dafür hatte Lallah sogar das Strickzeug zur Seite gelegt. Skaias Fluchtversuch war zum Scheitern verurteilt. Mit stählernem Griff hielt Lallah sie fest, und Skaia merkte bald, dass es keinen Sinn hatte, sich zu widersetzen.

„Wir wollen doch ein schönes Burgfräulein sein, wenn heute die neuen Erzieher kommen", säuselte Lallah und zog den Kamm so entschlossen durch Skaias Haare, dass die Prozedur zur Kopfmassage geriet. Wenn das morgendliche Kämmen Pflichtprogramm war, wollte Skaia ganz bestimmt kein Burgfräulein sein. Mal abgesehen davon, dass neue Erzieher besser waren als Klirr und Missjö Sufflees Kochkünste besser als Bohnenvariationen, hatte Skaia allmählich den Eindruck, dass sie herzlich wenig davon hatte, Schwester des Guten Herrschers zu sein und in der Burg zu leben. Weder Fräulein Martha war dadurch zu beeindrucken noch die Wachrobolde am Eingangsportal.

Skaia hatte sich am vergangenen Nachmittag vor ihnen aufgebaut und versuchsweise befohlen: „Öffnet das Tor für die ‚Gute Schwester'!" „Gute Schwester" fand sie viel einfacher als dieses umständliche „die Schwester des Guten Herrschers". Aber die beiden reagierten überhaupt nicht. Dafür meinte einer ihrer beiden Robolde: „Geht nicht."

„Du dableiben", ergänzte der andere.

Skaia starrte die beiden verblüfft an, bis der erste erklärte: „Ist Anweisung."

Und der zweite fügte hinzu: „Von Eingeweihten."

Zwar hatte Skaia nichts anderes vor als ziellos in den Straßen der Stadt umherzuschlendern, aber trotzdem merkte sie mit einem Mal, wie wichtig es für sie war. Sie konnte nicht den Rest ihres Daseins in dieser Burg verbringen, zumal das Leben hier weit weniger angenehm war, als sie es sich ausgemalt hatte. Lieber wollte sie außerhalb der Mauern „sinnlos Zeit totschlagen", wie es Klirr missbilligend genannt hätte.

„Ich muss sofort meinen Bruder sprechen", forderte sie von den Robolden. „Ihr führt mich zu ihm. Und ich will jetzt kein ‚Geht nicht' hören! Verstanden?"

Das klappte. Wortlos gingen die beiden voran.

„Gut, dass sie zu beschränkt sind, um auf die Schnelle etwas zu erwidern", dachte sich Skaia und beschloss, ihre beiden Dauerbegleiter in Zukunft Simpel und Gimpel zu nennen. Nach einem treudoofen Zwillingspaar klang das, fand sie und freute sich über ihren Einfall.

In den Gärten waren die Rasenflächen von verblichenem Grün, das stellenweise in strohiges Braun überging. Niedrige Rabatten mit zerzausten Sonnenblumen und strenge Buchsbaumhecken säumten einen Teil der geradlinig angelegten Wege. Die anderen waren als Alleen gestaltet, in denen man ganze Ehrengarden von strammstehenden, kegelförmig beschnittenen Eiben abschreiten konnte.

Simpel und Gimpel steuerten ein Gebäude an, das Skaia bekannt vorkam. Natürlich: der Weisheitstempel mit seinen Säulen, die sich unterhalb des Daches in steinerne Köpfe verwandelten. Sie hatte doch diesen Bastelbogen. Die beiden Fassaden, die den Weisheitstempel rechts und links flankierten, sahen fast genauso aus, nur waren sie ziemlich heruntergekommen. Und in den eingemeißelten Schriften über den Eingängen unterschieden sie sich. Links hieß es: „ZUR CK UR N UR!". Und rechts: „VOR N MIT V NUNFT!" Über dem Weisheitstempel prangte in Goldlettern:

„ S ZEIGEN D E PFORTEN,
ES ZEIGEN DIE SÄUL N,
D SS WEISHEI UND ARBEIT
U D KÜNSTE HIE WEILEN;
WO THÄTIGKEIT TH ONET
UND MÜSSIGGANG WEIC T,
ERHÄLT S INE HERRSCHAFT
 AS LASTER NICHT LEICH ."

Darüber thronte tatsächlich jemand: der leichtbekleidete Mann, den Skaias Urgroßmutter immer als Osiris bezeichnet hatte. Da seine Krone aus Sonnenstrahlen ebenfalls golden leuchtete, fiel es richtig auf, dass ein Zacken herausgebrochen war.

Der Robold, dem Skaia den „Simpel" zugedacht hatte, wies auf das Hauptportal und meinte: „Da Einweisung."

Gimpel ergänzte: „Für Probe."

„Betreten verboten", erklärte Simpel und schüttelte den Kopf, als würde er dies bedauern. Vielleicht war bei ihm auch nur eine Schraube locker, und er wollte mit dem Gewackel herausfinden, welche.

Skaia musterte das Portal. „Ich sehe überhaupt nicht ein, warum ich dauernd vor verschlossenen Türen stehen muss." Dann schritt sie entschlossen darauf zu. Streckte die Hand nach der weit oben liegenden Klinke aus. Als ihre Fingerspitzen das kalte Metall berührten, donnerte eine tiefe Stimme: „Zurück!" Und Skaia wurde nach hinten geschleudert. Benommen saß sie eine Weile am Boden.

Über ihr schüttelte Simpel wieder den Kopf.

„Magst du das nicht mal für mich versuchen?", fragte sie ihn.

Simpel schüttelte den Kopf noch mehr. Vielleicht war bei ihm ja doch keine Schraube locker.

Zu blöd. Alles, was sie in der Burg unternahm, ging schief. Dabei würde ein Wort von Aldoro genügen, und alles würde sich fügen. Da hatte sich Skaia geschworen: Egal, wie schwierig es sein sollte, an ihn heranzukommen, sie musste es schaffen. Es war ihr nur noch nicht klar, wie.

Vorerst hieß es aber erst einmal Zähne zusammenbeißen unter der Kamm-Attacke von Lallah. Das Kämmen schien Skaia fast länger zu dauern als das kurze Frühstück, das ihr vergönnt war, bevor die neuen Erzieher nacheinander antraten.

„Erste Stunde: Maschinenkunde!" Der Mann, der dies fröhlich ausrief, grinste übers ganze Gesicht. Dass es dadurch noch breiter wirkte, als es sowieso schon war, schien ihm nicht bewusst zu sein. Aber vielleicht war es ihm auch egal. Nichts konnte die gute Laune des Erziehers namens Grund trüben. Nicht einmal die Tatsache, dass Skaia für sein Fach wenig Enthusiasmus aufbrachte. Unverdrossen erklärte er ihr bis ins kleinste Detail, wie ein Wackelmotor funktionierte, „den wir", wie er betonte, „mit Recht als das Nonplusultra in der solterranischen Technik bezeichnen dürfen!" Dann stellte er in Aussicht, dass Skaia der besseren Anschaulichkeit wegen in der nächsten Stunde selber „einen kleinen Wackler" bauen dürfte. So sei schon eine ganze Reihe späterer Erfinder aus seinem Unterricht hervorgegangen. Nicht von ungefähr gebe es unter Erfindern das geflügelte Wort „Egal was ich tat, ich tat es nicht ohne Grund".

Ihm folgte sein Kollege Merks. „Regel Nummer eins: Stets aufmerken in Regelkunde. Dann wirst du nie in Schwierigkeiten geraten."

Das Fach war für Skaia neu. Hätte sie es früher schon gehabt, wäre ihr möglicherweise die ganze Aufregung der Gefangennahme erspart geblieben, sinnierte sie.

Merks sah sie streng an. „Nicht nachdenken, aufpassen!" Weil sich Skaia auch gleich zusammennahm und gedankenlos mitschrieb, was Merks alles verkündete, war ihr am Ende der Stunde seltsam unklar, was sie nun alles gelernt hatte. Aber immerhin: Sechs Seiten voller Regeln, die ihr Merks diktiert hatte, zeugten davon, dass es eine Menge sein musste.

Ohne Pause folgte Ordnungskunde. In dem Buch, das Skaia dazu hatte, war sie mit der Klasse gerade beim Kapitel „Verfertigen von Listen" angekommen. Thäter, ihr neuer Erzieher, rümpfte die Nase und murmelte „Na, dann haben wir aber noch viel vor uns". Er fragte Skaia ab, was sie über einfache und doppelte Listen, Kreuz- und Paarlisten, verschachtelte und verquere Listen, rückläufige Listen und Listen in Listen wusste. Da Skaia nicht alles über deren Aufbau, Erscheinungsformen, Erstellungsproblematiken, Funktionsweisen und Nutzanwendungen parat hatte, schloss er die Stunde mit der Erkenntnis: „Na, da haben wir ja noch viel zu lernen!“.

Kreaturenkunde war immer Skaias Lieblingsfach gewesen. Nicht nur, weil sie es faszinierend fand, mit welchen Tricks sich Tiere und Pflanzen durchs Leben schlugen, sondern auch deshalb, weil bisher alle Erzieher, bei denen sie Kreaturenkunde genossen hatte, selbst wie die absonderlichsten Kreaturen ausgesehen hatten. Warum das so war, konnte sich Skaia nicht erklären. Aber Hauptsache, man hatte seinen Spaß dabei. So gesehen war sie neugierig auf den Erzieher Klüglich. Umso mehr enttäuschte sie sein Äußeres. Er war durchschnittlich groß, weder besonders dick noch dünn, hatte mittelbraune Haare, war also schlicht das, was man unscheinbar nannte. Mit tonloser Stimme betete er den Lehrstoff herunter, der sich in dieser Stunde zur Gänze um Wasserwesen drehte. Er zeigte Abbildungen von Kofferfischen, die in der Tat die öde braune Farbe alter Lederkoffer, aber auch zwei Hörner an ihrer Stirn hatten. Wer so hässlich war, musste wahrscheinlich immer wieder die Koffer packen, weil ihn niemand neben sich haben wollte.

„Dann die Wimperlinge. Sie gehören zur Gruppe der Aufgusstierchen“, erläuterte Klüglich und deutete auf einige recht blasse Wesen, was Skaia zum Widerspruch reizte: „Aber sind das nicht Blumen?“ Die Wimperlinge waren immerhin mit Stängeln am Boden festgewachsen und hatten so etwas wie Blütenköpfe. Die Reaktion, die Skaia mit dieser Frage bei Klüglich auslöste, war verblüffend. Schlagartig leuchtete sein Gesicht krebsrot, als ob es gleich zerspringen würde. Gepresst verneinte Klüglich Skaias Frage und schob eine knappe Erklärung über Zellmund, Fortbewegung und Verdauung der

Wimperlinge nach. Der Farbeffekt in Klüglichs Gesicht war äußerst interessant, auch wenn er rasch nachließ. Schon sprach der Erzieher wieder monoton über rosafarbene Staatsquallen, deren Tentakel in trompetenförmigen Trichtern endeten und über beige Geißelhütchen, die zum Teil wie die reinsten Ritterhelme, zum Teil sogar wie Fliegende Untertassen aussahen. „Geißelhütchen werden auch Dinoflagellaten genannt. Als Dinoflagellaten fasst man Angehörige der Klassen Desmophyceae und Dinophyceae zusammen, letztere mit der fossil bedeutsamen Ordnung Peridiniales.“

„Es tut mir Leid, aber ich kenne die Klassen Desmopfdingsda und Dinodingsda nicht“, meinte Skaia und hoffte, dass sich Klüglichs Gesicht erneut verfärben würde. Sie wurde nicht enttäuscht. Nur, dass es diesmal nicht rot anlief, sondern total erbleichte. So ein weißes Gesicht hatte Skaia noch nie gesehen. Aber auch dieser Effekt verschwand mit der — diesmal gestotterten — Erklärung Klüglichs zu den unklaren Klassen bald wieder. Skaia war zufrieden. Auch dieser Kreaturenkundler fügte sich ein in die Reihe seltsamer Geschöpfe, die Skaia in diesem Fach kennengelernt hatte. Wer konnte schon so rasch seine Hautfarbe wechseln wie ein Chamäleon? Diese Stunden konnten spannend werden. Vielleicht brachte sie mit ihren Fragen auch ein Grün bei Klüglich zustande. Oder ein Violett?

Skaia hatte inzwischen ziemlich großen Hunger und freute sich auf das Menü von Missjö Sufflee. Die eine Stunde Sonnen- und Heimatkunde, würde sie auch noch hinter sich bringen. Und da die bisherigen Erzieher alle angenehmer waren als Klirr, war sie guter Dinge. Bis die Tür aufging.

„Du hättest mich da unten vermodern lassen in der Zelle, nicht wahr?“ Die Doppelkinnwülste wabbelten, als Klirr auf sie zukam.

Der Mann war wie ein Bumerang. Man wurde ihn einfach nicht los. Skaia war so verblüfft, dass ihr nicht einmal einfiel, ihm zu widersprechen.

„Aber die Welt dreht sich nicht so, wie du es willst! Du hast keine Ahnung, wie sie sich dreht. Und du würdest auch ahnungslos bleiben, hättest du nicht jemanden, der dir alles erklärt. Was wärst du denn ohne deinen guten, alten Klirr?" Er ließ seine fleischige Hand auf Skaias Kopf fallen und tätschelte sie.

Angewidert wand sich Skaia weg.

„Und keine Angst. Natürlich werde ich mich weiter um dich kümmern." Klirrs Hand packte ihr Kinn und hielt es fest. Er stierte sie an. „Dir beibringen, wie vernünftige Menschen miteinander umgehen." Ein bedrohliches Schnaufen folgte seinen Worten. Dann ließ er Skaia los und rief nach der Hausaufgabe, die er zuletzt gestellt hatte. Dass Skaia nicht einmal eine Seite über das Buch „Die Geschichte der Zeit" präsentieren konnte, nahm er zum Anlass für viel Geschrei. „Und das nach mehreren Tagen!" Er ließ keine Ausrede gelten. Erst recht nicht Skaias Hinweis auf ihre „durchgedrehte Stundenkugel". Den Rest der Stunde zählte er allerlei Daten aus der Zeit-Geschichte auf und fragte sie im Fünf-Minuten-Abstand gleich wieder ab. Stockte Skaia mit ihren Antworten, ergoss sich sofort ein Schwall von Vorwürfen über die „immer noch und immer wieder schwache Schülerin". Zäh floss die Stunde dahin.

„Noch Fragen?", beendete Klirr wie immer seinen Unterricht. In der Klasse gab es nie jemanden, der sich daraufhin gemeldet hatte. Die Gefahr war einfach zu groß, Klirr noch einen Grund zu liefern, über „diese unglaubliche Fülle des Unwissens" zu lamentieren und — noch schlimmer — die Stunde durch weitere Erklärungen zu verlängern. Im Einzelunterricht hatte Skaia aber bereits so viel Unerträgliches über sich ergehen lassen, dass sie auch noch die Fragen wagen konnte, auf die sie immer noch keine Antwort bekommen hatte.

„Was ist eigentlich der Totgesagte Park? Und warum ist es verboten, ihn zu betreten?“

„Das hat mit unserem Thema nichts zu tun!“ Kopfschüttelnd hob Klirr zu einer längeren Klage an, aber Skaia kam ihm zuvor: „Wissen Sie es nicht?“

Dem Erzieher blieben die Worte im Hals stecken.

„Sie können ja in der Burgbibliothek nachschlagen“, nutzte Skaia die Sprechpause. „Oder haben Sie keinen Ausweis?“

Irritiert klapperte Klirr mit den Augenlidern, bevor er seine Sprache wiederfand: „Das ist doch unglaublich. Natürlich habe ich den. Und jetzt ist Schluss.“ Er machte auf dem Absatz kehrt und verschwand aus Skaias Zimmer. Die Tür ließ er offen. Skaia konnte sehen, wie er schnaufend den Weg zum Bibliothekstrakt einschlug. Und sie freute sich, dass er vor lauter Zorn ganz vergessen hatte, ihr etwas aufzugeben. Na, offenbar lohnte es sich doch, am Ende der Stunde Fragen zu stellen!

Freilich rettete das Skaia nicht vor den Hausaufgaben, die sich Klirrs Kollegen ausgedacht hatten. Sie war Stunden damit beschäftigt, Listen anzulegen, Schaltpläne zu zeichnen und Wimperlinge zu beschreiben. Anschließend bestand Lallah darauf, mit ihr „Konversation zu treiben“. Ihr Gespräch über die wärmenden Strahlen der Sonne, die erfreuliche Farbe der Stuhlbezüge und die leider vom Springbrunnen abgebrochene Schwanzflosse schleppte sich mühsam dahin, bis Skaias Stundenkugel das Signal zum Zubettgehen gab. Skaia hätte den Tag als ziemlich danebengegangen abhaken müssen, wenn nicht wenigstens das Mittagsmahl von Missjö Sufflee wieder köstlich gewesen wäre: „Karamellisiertes Täubchen, umzingelt von wilden Kräutern, gefolgt von Lavendeleis auf Quittenküchlein“ — und wenn sie nicht noch etwas vorgehabt hätte.

8.

LIST

UND TÜCKE

Unter Lallahs Regie war das Zubettgehen wieder ein halber Staatsakt gewesen, und es hatte ewig gedauert, bis sich die Roboldine endlich zurückzog.

Hätte sie gesehen, wie schnell Skaia wieder aus dem Bett hüpfte und in ihre Kleider schlüpfte, wäre sie bestimmt verblüfft gewesen und hätte es vor allem höchst unschicklich gefunden. Aber weder Lallah noch sonst jemand sollte merken, dass sich Skaia auf die Socken machte, um zur Schlafenszeit durch die Burg zu geistern. Deshalb konnte sie auch nicht einfach durch ihre Zimmertür spazieren, vor der Simpel und Gimpel bereitstanden, um sie überall hin zu begleiten.

Die langen Kordelschnüre, die die Vorhänge effektvoll rafften, waren ideal. Skaia musste nur zwei davon fest genug verknoten. Das reichte. Vom Fensterkreuz bis in den Garten ging es nicht allzu weit hinunter. Ein Stockwerk. Und Skaia war eine gute Kletterin. Die Kordeln ließ sie hängen für den Rückweg. Die untergehende Sonne tauchte die Gärten in rotes Abendlicht. Skaia huschte an den Mauern entlang. Sie musste um den ganzen Westflügel herumlaufen. Neben ihr lag der See mit einer Holzhütte am Ufer. Sicher waren darin die Ruderboote untergebracht, mit denen man zur Insel gelangen konnte. Aber Skaia hatte ein anderes Ziel. Direkt unter dem Sonnensaal, dessen Mauern turmhoch über alles andere hinausragten, hatte Aldoro sein „Gemach", wie Lallah es nannte. Und obwohl es im ersten Stock lag, war es völlig unproblematisch zu erreichen. Zwei ausladende Treppen führten vom Garten direkt hinauf zur Glastür, hinter der Aldoro ruhte. Und diese Tür würde sich für Skaia öffnen.

Die Gardinen waren zwar halb durchsichtig, aber viel konnte sie dennoch nicht erkennen. Der Raum schien ziemlich groß, und Aldoros Bett stand weiter weg von der Tür, als Skaia gehofft hatte. Zu dumm. Sie konnte ja schlecht schreien und gegen die Scheiben hämmern. Außer Aldoro sollte keine Menschenseele etwas mitbekommen. Doch siehe da: Skaias vorsichtige Klopfzeichen und ihre verhaltenen Rufe taten auch ihre Wirkung. Im weißen Nachthemd näherte sich Aldoro der Tür. Müde wirkte er. Die Haare durcheinander. Ein mattes Lächeln, als er seine Schwester erkannte. Skaia war so froh, dass sie ihn gefunden hatte. Niemand konnte sie davon abhalten, ihren Bruder zu sehen.

„Mach auf", rief Skaia fast zu laut.

Aber Aldoro schüttelte den Kopf.

„Was denn? Du musst nicht schlafen, du bist der Gute Herrscher und kannst machen, was du willst. Komm, ich muss dir so viel erzählen. Und du mir auch!"

Aber Aldoro legte sich wortlos einen Zeigefinger auf den Mund.

„Nein, ich bin nicht still! Ich bin von einem Haufen Robolde gefangen genommen und in eine Zelle geworfen worden. Und ich weiß nicht einmal warum! Jetzt mach auf!" Langsam wurde sie sauer. Hatte keine Lust auf die Gestikuliererei, die Aldoro da hinter dem Glas veranstaltete, anstatt sie reinzulassen. Was wollte er denn? Warum deutete er mit der einen Hand auf sich selbst und hielt sich mit der anderen den Mund zu? Wollte er nicht mit ihr reden? Die Falten, die sich auf seiner Stirn bildeten, kannte Skaia nicht. Nein, er war nicht böse auf sie, er quälte sich mit dem Stillschweigen. Was hatten die Eingeweihten mit ihm gemacht? Ihm ein Schweigegelübde abgenommen? Er wirkte traurig. Die ganze Zeit hatte Skaia geglaubt, sie sei diejenige, die geschwisterlichen Trost nötig hatte nach all den Erlebnissen der letzten Tage. Daran, dass es genau umgekehrt sein könnte, hatte sie nicht gedacht.

Plötzlich kam Aldoros Gesicht ganz nah an die Scheibe. Stumm formten seine Lippen einen Satz.

Skaia war nicht geübt im Lippenlesen. Hilflos schüttelte sie den Kopf.

Aldoro versuchte es noch einmal und noch einmal. Bis Skaia verstand. „Geht es dir gut?“, wollte er wissen. Darüber ein besorgter Blick.

Skaia war gekommen, um alles loszuwerden. Alles über die Katze, den Kapellmeister, den verschwundenen Guten Herrscher, die Eingeweihten, den Bibliotheksdrachen Fräulein Martha, über Lallah und über Klirr. Alles wollte sie aus sich herausprudeln lassen und sich in seinem Arm aufgehoben fühlen. Stattdessen konnte sie Aldoro nur anstarren. Und ihn mit einem „Ja“ von der Angst befreien, sie käme alleine nicht zurecht. Als sie ihm zunickte, spürte sie Tränen aufsteigen. Nur nicht blinzeln, sonst würden sie über die Wangen kullern! Skaia riss sich zusammen. War froh, dass sich Aldoros Miene ein wenig aufhellte.

Aufmunternd versuchte er sogar ein unbekümmertes Lachen, aber es gelang ihm nicht so recht. Noch ein Winken, dann verschwand er in der Tiefe seiner Räume. Die Gardinen wehten ihm hinterher.

Skaia verfluchte das Schicksal, das gerade ihren Bruder zum Nachfolger des Guten Herrschers machte. Es gab genug andere! Und was am schlimmsten war: Am Ende musste sie sich selbst die Schuld am Verschwinden Yahos geben. Wäre sie nicht in den Totgesagten Park eingedrungen, hätte es kein Verhör gegeben, und Yaho säße immer noch auf seinem abgewetzten Stuhl. Aldoro stünde zu Hause am Herd, würde in seiner neuesten Bohnenvariation rühren und mit Skaia über Klirr lästern.

Was blieb ihr übrig, als in ihr Schlafzimmer zurückzukehren, auch wenn alles in ihr rebellierte. Musste sie den Rest ihres Daseins tatsächlich in der Burg verbringen? Gemartert von Lallahs Geschwätz, verfolgt von Simpel und Gimpel, abgewiesen von den Wachen am großen Eingangstor? Und alles im Wissen, dass Aldoro in der Nähe, aber so unerreichbar war wie auf einem fernen Planeten?

Schwer schien sich Skaias Schatten an der Fassade entlang zu schleppen, immer wieder zerrissen von Fenstern und Türen, hinter denen wahrscheinlich niemand hauste. Obwohl: Eine Tür stand offen. Ganz so, als wohnte dort einer, der besonders viel Luft zum Atmen brauchte. Skaia kam nicht dazu, sich Gedanken darüber zu machen, denn ihre Aufmerksamkeit wurde plötzlich von etwas anderem beansprucht. Aus der Hütte am Ufer kam ein Boot!

Skaia wusste nicht, was für Folgen es haben würde, wenn man sie bei ihrem heimlichen Ausflug erwischte, aber sie wollte es auch gar nicht erfahren. Sie musste ein Versteck finden! Die nächsten Hecken waren gut 100 Meter entfernt, Bäume noch viel weiter. Das Boot glitt ins Freie, und Skaia staunte. Vorne im Bug saß Lallah und hielt einen kleinen Sonnenschirm in die Höhe. Ausgerechnet! Ihr gegenüber zog der Robold, den Skaia als Aldoros schmeichlerischen Adjutanten kennengelernt hatte, die Ruder kräftig durchs Wasser. Lallah gab ein blechernes „Haha" von sich. Noch war sie von den offenbar amüsanten Äußerungen ihres Begleiters abgelenkt, aber bestimmt würde sie sich gleich dem Schauspiel der schon längst aufgehenden neuen Sonne zuwenden und dabei Skaia entdecken. Sie musste endlich verschwinden. Es blieb nur die geöffnete Tür.

Ein leises Pfeifen empfing sie. Der Mann, der in dem Zimmer schlief, schien eine hochgradig verstopfte Nase zu haben. Obwohl es sich so anhörte, als ob er kaum Luft bekäme, hatte er sich die Decke über den Kopf gezogen. Am anderen Ende ragten zwei gelbliche Füße heraus. Dazwischen ein gewaltiger Berg aus Leibesfülle und Bettzeug, der sich gleichmäßig hob und senkte. Gut so. Skaia brauchte nur leise das Zimmer durchqueren und dann auf den Gang entwischen. Auf Zehenspitzen schlich sie Richtung Tür. Auf halber Strecke kam sie an einem Schreibtisch vorbei, auf dem das schiere Chaos herrschte. Eine angenagte Birne hatte die obersten Blätter eines schlampig zusammengeschobenen Papierstapels angesabbert. In einer Tasse war der Rest einer dunklen Brühe angetrocknet und hielt klebrig einen Stift fest, der wohl zum Umrühren benutzt worden war. Dazwischen überall Bücher. Ein paar waren über den Rand des Tisches gerutscht und auf dem Boden gelandet. Besser gesagt: auf zwei langen, braunen Strümpfen. Skaia hätte sich wohl angewidert abgewandt, wenn ihr Blick nicht an einem kleinen Kärtchen hängen geblieben wäre, das strahlend weiß neben der dreckigen Tasse lag. Was darauf geschrieben stand, verblüffte und erschreckte sie gleichermaßen. Ein Bibliotheksausweis, frisch ausgestellt von Fräulein Martha. „Erzieher in herausragender Position" stand darauf. Und der Name von Klirr.

Da drang von draußen ein Aufschrei herein, gefolgt von heftigem Geplätscher. War Lallah mit ihrem Verehrer gekentert? Wahrscheinlich brannten ihr gerade alle Sicherungen durch. Ein schweres Los für Lallah. Und für Skaia eine Katastrophe. Denn Klirr fuhr, aus dem Schlaf gerissen, unter seiner Decke hoch.

Skaia war schon am Boden. Blitzschnell robbte sie unter das breite Bett. Er durfte sie nicht sehen. Die Bettfedern wölbten sich nach unten und drohten Skaia zu erdrücken, als sich Klirr keuchend erhob. Warum blieb er nicht einfach liegen und schlief wieder ein? Seine Füße patschten vor Skaias Nase auf den Boden. Dann schlurften sie zur Gartentür, die sogleich mit einem Scheppern zuflog.

„Drecksgesindel", krächzte Klirr. „Jetzt kann ich wieder von vorne anfangen." Er klappte ein Schranktürchen auf und holte zu Skaias Entsetzen einen menschlichen Kopf heraus. Missmutig knallte er ihn auf den Schreibtisch. Ein metallisches Klong ertönte, und ein weiteres Buch plumpste zu Boden. Klirr starrte auf den Kopf, der bei genauerem Hinsehen reichlich künstlich wirkte. „Also los, du Kasper!", sagte Klirr und versetzte dem Kopf einen Schlag. Wie auf Kommando begann der sich zu regen. Er gähnte! Zog seinen Mund schief und jaulte müde. Klirr schaute zu. Der Kopf gähnte. Und gähnte und gähnte. Immer wieder anders und trotzdem monoton. Bis auch Klirr ins Gähnen kam. Skaia schaute weg und hielt sich die Ohren zu. Presste die Lippen aufeinander. Schluckte dem Gähnen, das auch in ihr aufsteigen wollte, entschlossen entgegen. Sie dachte an ihren Sonnenmast, an die Zauberinstrumente, die so schön geklungen hatten, an den überdrehten Kapellmeister, an alles, für das es sich wach zu bleiben lohnte.

Als Klirr wieder ins Bett plumpste, wusste sie, dass das Schlimmste vorbei war. Klirr hatte sich müde gegähnt. Bald stellte sich das Nasenpfeifen wieder ein. Skaia wartete nur kurz. Dann kroch sie unter dem Bett hervor und verdrückte sich.

Während sie durch die leeren Gänge lief, versuchte sie sich zu erinnern: Hatte Fräulein Martha nicht behauptet, mit Ausweis käme man zu jeder Zeit in die Bibliothek? Skaia drehte Klirrs Kärtchen in ihren Händen hin und her. Sie würde es versuchen. Wenn es nicht klappte, konnte sie den Ausweis immer noch klein schneiden und im Klo versenken. Das wäre auch nicht schlecht. Skaia stellte sich die Szene köstlich vor: Klirr und Fräulein Martha im erbitterten Streit um einen neuen Ausweis. Weil nicht einmal geklärt werden konnte, wo der erste abgeblieben war. Weil Klirr offensichtlich so verantwortungslos war, dass er auf seine Dokumente nicht Acht gab.

Doch die Karte war perfekt. Skaia hielt sie nur an das Magnetfeld, das neben der Klinke angebracht war, und schon sprang die Bibliothekstür auf. Skaia grinste zufrieden — auch, weil ihr klar wurde, dass Klirr in jedem Fall Zoff mit Fräulein Martha haben würde. Denn seine Karte gehörte jetzt Skaia.

Als Erstes eilte sie zu dem Regal, wo sie schon in einigen Büchern geblättert hatte. Wie vermutet, fand sie in dem Band

„Standhaft, duldsam, verschwiegen — Die Weisheit der Herrscher" einiges über das Schweigegelübde des Guten Herrschers. Als sie las, dass es nur in jener Zeit galt, in der der Auserwählte auf sein Amt vorbereitet wurde, atmete sie erleichtert auf. Ihre Freude wurde im nächsten Kapitel allerdings gleich wieder getrübt.

„Keinen Vertrauten gibt es für den Herrscher außer den zwölf Eingeweihten. Diese Dreizehn sind es, die die glänzende Macht der Sonne immer von neuem gestalten. Stört keiner ihre Kreise, wächst unter ihnen die Weisheit", hieß es da. Wusste Aldoro das? Dass er Skaia kaum noch beachten durfte? Hatten die Eingeweihten ihm das gesagt? Was für ein Spiel spielten sie? Skaia musste Aldoro einfach sprechen! Und zwar vor der Feuer- und Wasserprobe, die er ohne den Sonnenkreis ja gar nicht bestehen konnte. Tief in Gedanken stellte sie das Buch wieder an seinen Platz.

Da knarrte die Eingangstür. Skaia fuhr herum und spähte zwischen den Regalen hindurch. Es war doch Schlafenszeit! Welchen Büchernarren trieb es da in die Bibliothek? Mit offenem Mund beobachtete sie, wer hereintrat. Es war nicht nur eine unruhige Seele, die zu seltsamer Stunde ins Reich von Fräulein Martha schlich. Es waren gleich zwölf. Die Eingeweihten gaben sich leise die Klinke in die Hand. Skaia hatte geglaubt, sie sei die Einzige, die sich dem Zwang der Stundenkugel widersetzte — aber hier unternahm der Großteil der Burgbewohner heimliche Spaziergänge.

Begegnen wollte sie den zwölf Männern keinesfalls. So versteckte sie sich hinter einem abseits stehenden Regal mit dickleibigen Bänden. Hoffentlich suchten die Eingeweihten nicht gerade in diesen Büchern etwas.

Skaia hatte Glück. Die Eingeweihten wollten offenbar gar nichts nachschlagen. Jedenfalls traten sie nicht an die Regale, sondern blieben im Eingangsbereich stehen und begannen mit gedämpften, aber aufgeregten Stimmen eine Unterredung.

„Brüder, es ist soweit. Wir haben Ersatz.“

„Wie sieht er aus?“ „Wird es wirklich niemandem auffallen?“ „So zeigt ihn doch!“, tuschelten sie durcheinander. Dann folgten mehrere „Aaahs“ und „Ooohs“.

„Nein, es wird niemandem auffallen. Ob er die Macht hat oder nicht, sieht man ihm nicht an. Und warum sollte Aldoro zweifeln?“ Die Stimme nahm den strengen Tonfall an, den Skaia nur zu gut kannte. „Es hat auch niemand daran gezweifelt, dass Yaho sich in die Stille eines Einsiedlerlebens zurückgezogen hat.“

„Schon. Aber wenn Yaho unterwegs ist zur Königin der Nacht?“, schallte es Streng schrill entgegen. „Mit dem echten Sonnenkreis!“

„Selbst wenn — er kann die Königin nicht befreien, nicht einmal mit dem Sonnenkreis. Das kann nur das Mädchen!“, schaltete sich die Stimme ein, die Skaia stets erschauern ließ. Düster verkündete sie: „Vergesst nicht — sie war bereits am Karussell! Sie ist diejenige, von der das Orakel spricht: ‚Am Karussell blähen die Pferde die Nüstern. Reiten bald wieder. Das Mädchen zieht an ihren Mähnen und lacht.‘ — ‚Und lacht‘!“, stieß er noch einmal voller Verachtung aus, sodass sich erschrockene Stille in der Bibliothek breitmachte.

In Skaias Ohren begann es zu rauschen. Dazwischen echoten böse Stimmen: „nur das Mädchen“, „das Orakel spricht“, “lacht und lacht“ … Skaia hätte sie am liebsten niedergeschrien.

Da fuhr Streng fort: „Das Orakel wird sich nicht erfüllen. Denn sie hat gezögert. Zu lange gezögert … Das Mädchen wird die Burg nicht mehr verlassen. Und Yaho ist nichts als ein alter Narr! Vielleicht ist er unterwegs zur sternflammenden Königin. Vielleicht hat er sich auch nur verkrochen. Ist überwältigt von der Lebensenergie, die ihm der Sonnenkreis verschafft. Oder er hat seinen kindischen Spaß daran, sich mit seiner Hilfe in alles Mögliche zu verwandeln. Es ist nicht von Bedeutung!"

„Was haben sie uns denn gebracht, all die Guten Herrscher? Wäre es ohne sie nicht einfacher gewesen?", ereiferte sich Schrill. „In dieser Familie herrschte nie der reine Geist. Immer waren sie anfällig für Gefühlsduselei."

„Ja, immer noch ist einiges zu spüren vom unseligen Erbe der dunklen Königin", sinnierte Düster. „Gut, dass die Eingeweihten stets stark genug waren, Solterra auf den richtigen Weg zu führen. Gut, dass Aldoro der Letzte ist aus der Linie der Guten Herrscher. Mit ihm werden wir es leicht haben."

„Es herrsche der Geist!", rief Streng.

Wie auf Kommando kam es vielstimmig zurück: „Der Geist herrsche!" Dann löste sich die Versammlung auf. Als sich hinter dem letzten Eingeweihten die Tür schloss, atmete Skaia erst einmal tief durch. Die Eingeweihten hatten den Siebenfachen Sonnenkreis gefälscht und hielten heimliche Treffen ab. Aldoro war ihre Marionette und Skaia selbst nichts anderes als ihre Gefangene, auch wenn ihre Zelle nicht mehr eng und klinisch weiß war, sondern riesig und mit so bunten Vorhängen versehen, dass Lallah nicht müde wurde, sie zu preisen.

Aber so einfach würde es Skaia den Eingeweihten nicht machen. Immerhin war sie, wenn sie es richtig verstanden hatte, eine Nachfahrin der mächtigen Königin der Nacht. Auch wenn es ihr bei diesem Gedanken kalt über den Rücken lief — sie hatte noch nie Gutes über die Königin gehört, sondern immer nur Andeutungen über ihre Grausamkeit, ihre Rachsucht und ihren Egoismus — fühlte sich Skaia stark. Zumindest war sie nicht gewillt, sich und Aldoro kampflos aufzugeben. Warum sollte sie ihren Bruder nicht warnen können und mit ihm gemeinsam fliehen?

9.

DAS BUCH DER

ORAKEL

Aufgewühlt war Skaia kreuz und quer durch die Bibliothek geeilt. Hatte zwischen den stets gleichförmigen Metallregalen den ganzen Raum durchschritten, bis sie plötzlich vor einem seltsam gestalteten Portal stand. Ein riesiges Buch aus Holz war da in die Wand eingelassen. In goldenen Lettern stand darauf „Alte Bibliothek". So hätte sich Skaia den Eingang zur Sonderabteilung, die Fräulein Martha erwähnt hatte, nie vorgestellt. Aber es war eindeutig. Neben dem Buch fand sich eine Magnetfläche, auf die Skaia Klirrs Ausweiskarte legen konnte. Über der Magnetfläche leuchtete warnend eine rote Schrift auf: „Eintritt für Jugendliche unter 18 Jahren verboten!" Skaia ärgerte sich. Bis 17 musste man sich andauernd mit irgendwelchen Verboten herumschlagen, aber mit 18 konnte man gleich Guter Herrscher werden. Was für dumme Regelungen! Skaia legte die Karte so lange auf die Fläche, bis sich das große Buch zu bewegen begann. Es schlug seinen Deckel auf und offenbarte einen hohen Durchgang.

Bei aller Eigenart dieser Tür hatte Skaia dahinter wieder die bekannten Regale erwartet. Doch sie wurde überrascht von Büchern aus Holz. Das Einzige, was sie mit den Regalen gemeinsam hatten, war ihre Höhe. Über den Raum verteilt waren es bestimmt ein Dutzend. Aber wo steckten die richtigen Bücher? Die, die vor neugierigen Blicken geschützt wurden? Die, die ihr mehr verraten würden über die Königin der Nacht und was sie, Skaia, mit ihr zu schaffen hatte?

„Sie ist diejenige, von der das Orakel spricht", hallte es immer noch in Skaia nach. Sie konnte mit dem Satz nicht viel anfangen, aber sie hatte ihn auch nicht vergessen. Irgendein Geheimnis lag über ihr, von dem sie selbst keine Ahnung hatte.

Hinter dem hintersten der hölzernen Bücher stieß Skaia auf einen mannshohen Globus. Seine obere Hälfte war hochgeklappt und gab den Blick frei auf Szenerien im Modellformat, die Skaia bekannt vorkamen. Sie konnte die drei

Tempel, an denen sie gestern gescheitert war, ausmachen, kleine Kulissen, die den Sonnensaal und einen Raum mit Springbrunnen darstellten, die Burggärten samt Sphinx, aber auch eine Säulenhalle und eine felsige Gegend, die es in Solterra nicht gab. Zwischen den Felsen, den Säulen, den Bäumen und Tempeln standen Figuren. Offenbar waren sie so konstruiert, dass sie sich auf Pfaden bewegen konnten, die sich als Schlitze durch die Landschaft zogen. Der ganze Globus war ein komplizierter Automat. Skaia fand sogar das Gewindeloch, in das man den Schlüssel zum Aufziehen stecken konnte. Wenn es denn einen Schlüssel gegeben hätte.

Kein Schlüssel, keine Vorführung. Aber wahrscheinlich war das Ganze sowieso nur eine mechanische Lobhudelei auf die Eingeweihten und ihr Reich. Denn da standen sie alle en miniature vor dem Weisheitstempel, in ihrer Mitte ein älterer Mann mit einem winzigen Sonnenkreis um den Hals. Skaia konnte es sich nicht verkneifen und tippte mit dem Finger gegen den Eingeweihten, der am weitesten vorne stand.

„Bewahret euch vor Weibertücken, dies ist ...“

Erschrocken sprang Skaia zurück. Die Figur hatte gesprochen und ihren Kapuzenkopf bewegt. Jetzt stand sie wieder still, als ob nichts gewesen wäre. Als ob sie zeigen wollte: Es gibt gar keinen Grund zu erschrecken, ich bin nur eine mechanische Figur, und wenn du mich nicht schubst, dann tue ich auch nichts!

Skaia versuchte es ein zweites Mal. Erneut wackelte der kleine Eingeweihte mit dem Kopf. „... des Bundes erste Pflicht! Manch weiser Mann ...“, gab er diesmal von sich, bevor seine Bewegung wieder verendete und seine Stimme verstummte.

Neugierig wandte sich Skaia den anderen Figuren zu. Was war der Mann im Federkleid für einer? Als Skaia ihn vorsichtig anstupste, gestikulierte er wild mit den Armen und krähte: „Diesen Baum da will ich zieren, mir an ihm den Hals zuschnü..." Nein, das war auch nicht besser. Ein blasser junger Mann brachte nicht mehr als ein seufzendes „Ah" zu Stande, und eine junge Frau warnte wankend: „Dein warten tödliche Gefahren. Dein warten tödliche Gefahren ..." Eigentlich hatte Skaia keine Lust, sich noch mehr über Tod und Verderben anzuhören. Aber die vier Damen, die sich in der seltsamen Felsengegend versammelt hatten, reizten sie doch noch. Drei von ihnen standen wie ein Schutzschild um die Vierte herum, die, in dunkles Tuch gehüllt, erhöht auf einem Felsen thronte. Hinter ihr eine dunkelblaue Scheibe, in die zahllose kleine Lämpchen eingesetzt waren. Diese Figur wirkte so unnahbar, dass Skaia zunächst die Finger von ihr ließ und erst einmal die drei anderen weiblichen Gestalten anstupste. Sofort fielen sie einander lallend ins Wort: „Die Ankunft unserer Königin." „Sie kommt." „Sie kommt." Mitten hinein rumorte es aus dem Inneren des Globusses. Und plötzlich, ohne dass Skaia irgendetwas getan hätte, ruckelte die Frau unter dem Lämpchenhimmel. Würgend entrang sich ihrem Mund: „Der Hölle Rache kocht in meinem Her..." Ein Röcheln, doch dann kam umso klarer: „Tod und Verzweiflung flammet um mich her ..." Ein hässliches Schleifgeräusch übertönte die Worte der Frau, bis ein hartes, metallisches Klacken beides auf einen Schlag beendete. Skaia starrte die Frau im dunklen Tuch an. Wenn das eine „Königin" war, wie die drei Damen angekündigt hatten, und wenn der Himmel um sie herum so finster war, konnte es dann sein, dass sie ... die Königin der Nacht war?

Am Ende stand Skaia vor jenem Automaten, auf dem einst der Kapellmeister gesessen hatte. Dessen Schlüssel er war. Warum musste alles so verwirrend sein? Sie wusste einfach zu wenig über die Geschehnisse in der Dunklen Zeit. Und ohne den Kapellmeister würde ihr auch der Globus nicht weiterhelfen. Aber was war mit den riesigen Holzbüchern?

Sie hatten alle eine Art Verschluss. Auf Skaias Augenhöhe waren die beiden Buchdeckel jeweils mit einem metallenen Bügel zusammengehalten. Am hinteren Buchdeckel waren die Bügel mit einem Scharnier fest angeschraubt. Aber mit dem vorderen waren sie geradezu banal verbunden. Die Bügel hatten jeweils ein Loch, in das ein knubbeliger Metallknopf eingerastet war, der aus dem Rand des vorderen Buchdeckels herauswuchs. Theoretisch musste Skaia nur die Knubbel aus den Löchern herausdrücken. Praktisch war das aber ein Problem, denn alle Knubbel, die Skaia untersuchte, saßen furchtbar streng. Doch sie gab nicht auf. Sie hielt die Luft an, drückte, presste, schob und stemmte sich schließlich mit ihrem ganzen Gewicht gegen den Knubbel irgendeines der Bücher. Mit einem lauten Quietschen schnappte der Verschluss auf.

„Aaau", schrie Skaia. Allerdings mehr aus Schreck, weniger, weil sie sich wehgetan hatte. Gerade noch rechtzeitig hatte sie ihre Hand zurückgezogen, bevor sie sie böse einquetschte.

Skaia konnte den Deckel aufziehen. Und siehe da: Hier standen die Bücher, von denen Fräulein Martha gesprochen hatte. Die Holzbücher waren nichts anderes als verschlossene Regale, in denen sich mächtige Schwarten und dünne Bändchen mit braunen, beigen und schwarzen Einbänden drängten. Viele waren aus dem Leim gegangen, manche hatten sogar ihre schützenden Buchdeckel verloren und wirkten kaum anders als Papierstapel, die von Fäden zusammengehalten wurden. Auch von Ordnung konnte in diesem Regal keine Rede sein. Kreuz und quer waren die Titel gestapelt, derart waghalsig neben- und übereinander, dass Skaia sich wunderte, warum ihr nicht gleich alles entgegenfiel. Sie musste ein Husten unterdrücken, so staubig war es hier. Offenbar hatte sich jahrzehntelang niemand um das Innenleben der Holzbücher gekümmert. Wahrscheinlich wollte

Fräulein Martha vermeiden, dass irgendjemand sah, wie schlampig diese Regale eingeräumt waren, und ließ deswegen kaum einen hier herein. Thematisch konnte Skaia keinerlei Zusammenhang zwischen den einzelnen Büchern feststellen, als sie die einzelnen Titel entzifferte. Von manchen musste sie erst den Staub wischen. Andere waren üppig geschwungen oder in einer altertümlichen Schrift gesetzt: „Das Irrlicht meines Herzens — Roman", „Zwölf Feinde müsst ihr sein", „Bist du mir Tag, bin ich dir Nacht — Gedichte", „Im Traumreich der Trollkirsche", „1000 Jahre sind ein Tag — Die Geschichte der alten Eiche", „Das Labyrinth oder der Kampf mit den Elementen — der zweite Teil der Zauberflöte", „Die schlimmsten Witze vom Nachtwächter Lampe" ... Einiges klang verlockend, einiges verrückt. Aber nichts klang so, dass Skaia hoffen konnte, Antworten auf ihre Fragen zu finden. So entschloss sie sich, ein zweites Regal in Augenschein zu nehmen.

Sie ruckelte an weiteren Verschlüssen. Alle waren fest eingehängt. Doch als sie die beiden Holzbücher musterte, die sich am nähsten an der Eingangstür der Alten Bibliothek befanden, traute sie ihren Augen kaum. Da war einer der Bügel nicht verschlossen. Nur angelehnt an den Knubbel.

In diesem Regal sah es nicht viel anders aus als im vorigen. Dennoch gab es einen entscheidenden Unterschied. Auf zwei Stapeln lagen obenauf Bücher, die vor kurzem jemand in der Hand gehabt haben musste. Zumindest war der Staub von ihren Umschlägen abgewischt worden. Das eine war die gut 300-seitige Beschreibung eines Festes am Hofe von L'una und L'unio, dem Herrscherpaar über Tag und Nacht. Daraus hatte Missjö Sufflee also seine beeindruckende Menüfolge. Das andere war ein Wälzer, auf dessen Deckel lediglich ein großes „O." prangte. Als Skaia das Buch aufschlug, offenbarte es sich als „Alle Orakel der Tages- und Nachtschatten, erlauscht und zusammengetragen von G. Heimnis".

Skaias Herz schlug schneller. Das war der ideale Fund. Wenn es ein Orakel gäbe, das sie selbst beträfe, würde sie es hier finden — falls es etwas mit diesen „Tages- und Nachtschatten" zu tun haben sollte.

Dummerweise gab es kein Inhaltsverzeichnis, geschweige denn ein Stichwortregister. Wie einfach wäre es gewesen, in solch einem Register unter „S" wie „Skaia" nachzuschlagen und dort zu lesen, dass das gesuchte Skaia-Orakel auf Seite 99 stünde. Aber selbst das hätte nichts genutzt, denn das Buch hatte nicht einmal durchgehende Seitenzahlen. Es sah eher so aus, als ob hier die verschiedensten Blätter zusammengebunden worden wären. Das erste bedruckte Blatt trug die Seitenzahl 316. Wenig später tauchte ein neuer Text mit der Seitenzahl 27 auf. Immer wieder waren die Seiten anders gedruckt. Manchmal gab es Überschriften, manchmal auch nicht. G. Heimnis hatte sein Buch offensichtlich zusammengeschustert, indem er Seiten aus anderen Büchern herausgerissen und hier eingefügt hatte. Dazwischen waren sogar handschriftliche Seiten, die Skaia kaum entziffern konnte:

„Wan bißweilen ein schein und hitz eines anderen hitzigen planeten oder gestirns gerad auff die Sonn schisset, alsdann wallet das geschmoltzene ertz auß dem tieffesten grund der sonnen, worvon bisweilen ein so unerträgliche hitz auf erden entstehet, dass menschen und vieh davon kranck werden."

Das erinnerte Skaia an ihr Verhör im Sonnensaal, wo auch sie gemeint hatte, vor Hitze zu vergehen. Auf den nächsten Blättern hieß es:

„Buchstaben zähle ich neun. Viersilbig bin ich. Nun erkenn mich
Welche von dreien zuerst, hat zwei der Buchstaben jede
Und was übrig die anderen fasst; aber fünfe sind lautlos

Aber die Summe der Zahlen enthält Achthunderte zweimal

Dreimal dreißig dazu mit sieben. Und weißt du, wer ich bin

Dann bist du nicht uneingeweiht in die göttliche Weisheit."

War das höhere Mathematik oder Irrsinn? Musste Aldoro so etwas verstehen, um weise zu werden? Skaia konnte sich nicht vorstellen, wie er das schaffen sollte. Schließlich war er nie ein Musterschüler gewesen, und Klirr hatte seinetwegen noch mehr Briefe geschrieben als wegen Skaia.

Auf einer Seite stand in großen Lettern nur „Morgen ist es vielleicht Nacht." An anderer Stelle hieß es: „Wenn die Männer rote Schuhe tragen und die Weiber hohe Hüte, dann ist das Ende nicht mehr weit." Das glaubte Skaia gerne. Zumindest wäre es in Solterra ein Verstoß gegen die allgemein erwartete Zurückhaltung, würde jemand mit roten Schuhen herumlaufen oder mit unsinnig hohen Hüten. Bekleidung hatte praktisch zu sein und sonst gar nichts. Wer auffallen wollte, und das galt in Solterra sowieso als anrüchig, konnte das ja mit besonderem Fleiß versuchen. Er musste nur etwas Geniales erfinden oder die Verwaltung revolutionieren, damit der Alltag noch reibungsloser funktionierte. Dann bekam er eine der zahlreichen Auszeichnungen, die es in Solterra gab, den „Allgemeinen Ordnungsorden am Bande" oder den „Rechtschaffenen Gedankenorden" in Bronze, Silber oder Gold oder die „Betroddelte Große-Geister-Mütze" oder oder oder ... Skaia hätte die Ehrenzeichen gar nicht alle aufzählen können, denn anders als Klirr, der etliche von ihnen errungen hatte, interessierte sie sich nicht dafür, was man leisten musste, um dieses oder jenes zu bekommen.

„Rote Schuhe, hohe Hüte ...", murmelte Skaia vor sich hin, ganz so, als könne sie damit irgendetwas herbeizaubern.

Etwa Klarheit darüber, was sie mit einem solchen Orakel anfangen sollte.

Endlos reihten sich die Vorhersagen in diesem Buch aneinander: „Teilt sich der Lindwurm geschmeidig, greift der Jüngling nach dem Bildnis und stürzt in sein Abenteuer", „Kommt der goldene Sarg zur Ruhe, stirbt die Hoffnung", „Werden die Federn des Harlekins dunkel, sitzen in seiner Brust die Schatten" ...

Längst vermutete Skaia, dass sie hier ewig blättern konnte, ohne Brauchbares zu entdecken. Das Orakelbuch war eine Ansammlung unverständlicher Formulierungen — zumindest in den Augen mäßig begabter Mädchen, die keine Einweisungen von den Eingeweihten bekamen. Skaia legte das Orakelbuch zurück auf den Stapel. Direkt auf das Buch mit dem Titel „Durch die Hölle der Königin". Sollte sie auch da noch einen Blick hineinwerfen? Um mehr über die Königin der Nacht zu erfahren? Aber Skaia fühlte sich k.o. Kein Wunder. Schließlich sollte sie schlafen. Seit Stunden! Wollte sie nicht völlig gerädert durch den nächsten Tag wanken, musste sie dringend zurück in ihr Zimmer, ins Bett. Die Hölle der Königin, die sicher kein Vergnügen war, konnte sie sich in einer der nächsten Schlafenszeiten mit frischerem Kopf ansehen. Sie hatte ja die Karte von Klirr.

Die Buchdeckeltür des Regals hinterließ sie so angelehnt, wie sie sie vorgefunden hatte. Dann huschte Skaia durch die Gänge und schlüpfte hinaus ins Freie, um über die Kordelschnur wieder in ihr Zimmer zu gelangen. Dort sank ihr Kopf wie ein Stein ins Kissen. Der Geruch von frischer Wäsche stieg ihr sanft in die Nase.

10.

FEUERSÄULE!

WASSERSTURM!

Es regnete. Nein, Skaia träumte nur, dass es regnete. Doch, es tröpfelte tatsächlich auf ihre Nase, als sie die Augen aufschlug.

„Verzeihen Sie, ich wollte Sie nicht ..." Lallahs Hand kam mit einem Tüchlein auf sie zu und wischte die Tropfen aus ihrem Gesicht. Aber das Tüchlein war ganz feucht.

Abwehrend schob Skaia die Roboldine fort und richtete sich im Bett auf.

„Es tut mir leid, ich wollte Sie nicht vor der Zeit wecken", entschuldigte sich Lallah. Wie auf Kommando gongte da die Stundenkugel. „So, aber jetzt!", rief sie, zog Skaia die Bettdecke weg und hinterließ auf dem Stoff kleine Wasserflecken.

Auch die Kleider, die sie für Skaia zurechtlegte, hatten feuchte Flecken. Eindeutig: Lallah leckte. Aber dass sie vor wenigen Stunden in den See gefallen war, verschwieg sie. Auf Skaias interessierte Nachfrage, was denn mit ihr los sei, erklärte sie sehr allgemein, dass es wohl einen Defekt in ihrem Flüssigkeitskreislauf gebe. Der hausinterne Robolddienst habe allerdings erst am Nachmittag einen Termin für sie, wenn sie sowieso zum Aufladen vorbeikäme. Zu schade, dass Skaia darauf verzichten musste, Lallah mit Anspielungen auf das Kentern des Ruderbootes zu ärgern, wollte sie sich nicht selbst verraten. Stattdessen ließ sie wieder die morgendliche Ankleide- und Kämm-Zeremonie über sich ergehen, bevor erst das Frühstück, dann die Erzieher auf dem Programm standen.

„Erste Stunde: Maschinenkunde", eröffnete Grund den Reigen und bastelte mit Skaia einen sehr schlichten Wackelmotor, damit sie das Prinzip „von Grund auf begreifen" könne. In der Tat wackelte der Motor am Ende der Stunde ziemlich stark, wenn man ihn anfasste. Nur anspringen wollte er nicht.

Merks Stunde fiel aus. Er hatte sich krankschreiben lassen. Dafür kam Thäter zur Tür herein und besprach die wenigen

Fehler in Skaias Hausaufgaben so ausführlich, dass Skaia den Eindruck hatte, sie hätte bei ihren Listen alles falsch gemacht. Vorwurfsvoll schloss Thäter seine Stunde Ordnungskunde mit den Worten: „Wie sollen wir so weiterkommen?"

Klüglich wenigstens war mit der Beschreibung der Wimperlinge zufrieden, die Skaia in ihr Kreaturenkundeheft notiert hatte. Aber die Stunde zog sich, denn Skaia hatte anderes im Kopf, als Klüglichs Farbenspiel im Gesicht weiter durchzutesten. Während sie gedankenlos alles mitschrieb, was Klüglich über Ringelwürmer und andere Gliedertiere diktierte, überlegte und verwarf sie alle möglichen Pläne, wie sie doch noch an Aldoro herankommen konnte. Sie war sich sicher, dass die Eingeweihten ihr den Zugang weiter verwehren würden. Sie musste auf eine günstige Gelegenheit warten.

„Die Inthronisations-Audienz-Feuer-und-Wasserprobe", rief Klirr lautstark in den Raum. „Morgen Vormittag wird sie stattfinden. Und weil wir Erzieher als Mitglieder des Hofes dabei sein werden, wird der Unterricht ausfallen, was natürlich sehr bedauerlich und eine absolute Ausnahme ist. Aber: was für eine Gelegenheit für unseren Lehrstoff! Obwohl nur reife und weise Menschen dabei sein können, wenn der neue Gute Herrscher die Spitzenkräfte der Gesellschaft empfängt, um vor ihren Augen den Kampf mit den Naturgewalten zu bestehen, steht es dir gut an, darüber Bescheid zu wissen, was da passiert."

Was? Aldoros Verwandlung zum Guten Herrscher war morgen schon? Mit Feuer- und Wasserprobe? Aber wie sollte das gehen ohne den echten Sonnenkreis? Oh, wie schwer fiel es ihr, sich die Besorgnis nicht anmerken zu lassen. Bemüht sachlich fragte sie Klirr über Details aus. Am Ende der Stunde war Skaias Plan klar. Und Lallah musste ihr helfen — freilich, ohne dass sie es bemerkte. Skaia würde es geschickt anstellen.

Statt sich nach dem Essen an den Schreibtisch zu setzen, um Lallah rasch loszuwerden, ließ Skaia ihre Gesellschaftszofe munter drauflos plaudern. Lallah lobte die famosen Muster der Stoffbezüge an den Greifern des Umarm-O-Maten und gab Empfehlungen ab, welche Kleidung Skaia zum morgigen großen Tag tragen sollte. Auch wenn sie der Zeremonie nicht beiwohnen dürfe, sei es schicklich, eine besonders würdevolle Garderobe zu wählen. Dabei klapperte fortwährend das Strickzeug in ihren Händen.

„Warum machst du eigentlich immer nur so langweilige Sachen wie Socken und Schals?" Skaia blickte Lallah herausfordernd an.

„Oh, dass Sie sich nur nicht täuschen. Socken sind eine Kunst! Die Ferse, oh, oh!", gab Lallah zurück und streckte den rechten Zeigefinger mahnend in die Luft.

„Wahrscheinlich bist du nur auf Socken und Schals programmiert. Und wenn du etwas anderes stricken wolltest, könntest du es nicht!" Skaia zweifelte zwar daran, dass sie bei der Roboldine Ehrgeiz oder Trotz heraufbeschwören konnte, aber sie wollte es wenigstens versuchen.

Und Lallah sprang darauf an. „War das noch nicht Thema in Maschinenkunde, dass wir längst nicht mehr nach so einfachen Vorgaben funktionieren? Mein Urgroßvorgängerinnenmodell, ja das konnte nur ‚zwei rechts, zwei links, zwei rechts, zwei links', und dann war der Schal fertig. Mir können Sie getrost irgendetwas aufzeichnen, und meine Chips errechnen blitzschnell, wie ich das stricken muss. Ein leichtes Frühlingskleidchen, eine Schleife fürs Haar oder Handschühchen, ganz zu Ihren Diensten!"

Das lief ja besser als erwartet. Keine zehn Sekunden später saß Skaia über einem Blatt Papier und malte. „So eine Schlafmütze wäre toll", erklärte sie.

Lallah schaute sich den Entwurf an, nickte und strickte rasch ihre Socke zu Ende. „Eine Mütze zum Schlafen? Wie

Sie wünschen! Mit diesen vielen Spitzen am oberen Ende und den Bommeln daran wird es ein wenig dauern", gab Lallah zu bedenken. „Aber wenn ich den Turbostricker aktiviere, können Sie sie schon heute im Bett tragen. Obwohl: Glauben Sie, dass das für die Haare gut ist? Gegebenenfalls müssen wir sie morgen noch gründlicher kämmen!" Dann legte Lallah los. Die Nadeln klapperten mindestens doppelt so schnell wie sonst. Dafür war die Roboldine nur noch halb so aufmerksam, wenn Skaia etwas zu ihr sagte. Umso besser.

Mit dem Geklapper im Hintergrund setzte sich Skaia an die Hausaufgaben. Alle Erzieher hatten ihr besonders viel aufgegeben, damit Skaia auch am nächsten Vormittag beschäftigt wäre, während sie selbst an Aldoros Zeremonie teilnähmen.

Als Lallah bereits ein breites Band auf ihren Nadeln hatte, war Skaia gerade mal mit Klüglichs Ausführungen zu den Staatsquallen durch. Es war schwierig, sich sämtliche Körperteile zu merken: die Fresspolypen, die Taster, die Gasflaschen, die Schwimmglocken, die Deckstücke und die Fangfäden mit Nesselkapseln. Wenn Klüglich wenigstens gesagt hätte, wo man diese Quallen mal besichtigen konnte. Vielleicht schwammen sie ja im See um die Sphinx herum? Als Skaia eine Stunde lang vergeblich versucht hatte, den wackeligen Wackelmotor zum Anspringen zu bringen und außerdem im Ordnungskundebuch das Kapitel „Sammeln statt suchen" komplett durchgelesen hatte, nahm Lallahs Werk bereits Formen an. Nach dem Abendessen und einem nochmaligen Gebastle am Motor entschuldigte sich Skaia bei Lallah, sie müsse etwas Luft schnappen. Doch Lallah war sowieso nicht ansprechbar. Mit rasender Geschwindigkeit näherte sie sich der Strick-Schlussrunde.

„Ihr müsst nicht mitkommen", versuchte Skaia, Simpel und Gimpel abzuhalten, ihr zur Küche zu folgen. Vergeblich. Nur gut, dass die beiden Robolde schon das letzte Mal draußen vor der Tür bleiben mussten. Und so war es auch diesmal.

„Was du?" und „In Küche?", wollten sie in ihrer Zweiwortsprache noch wissen, und Skaia gab knapp zurück: „Koch loben!" Freilich schwang Missjö Sufflee um diese Zeit nicht mehr den Kochlöffel. Selbst die Küchenrobolde hatten Pause. Still und verlassen lag die Küche da. Jetzt musste Skaia nur noch suchen.

„Du dick", bemerkte Gimpel und sah auf Skaias Bauch, als sie aus der Küche wieder herauskam.

„Fetter Nachtisch", log Skaia. Die kurzen Sätze waren praktisch. Man kam nicht in Verlegenheit, etwas genauer erklären zu müssen. Zumindest bei Simpel und Gimpel reichte diese Art des Sprechens völlig aus. Sie stellten keine weiteren Fragen. Sie hegten auch keinerlei Verdacht, was unter Skaias Pullover so auftrug. Auch an Lallah kam Skaia mit ihrem angeschwollenen Bauch problemlos vorbei. Sicher brachte sie ihre Eroberung ins Schlafzimmer und versteckte das Teil unter der Matratze. Als ob nichts gewesen wäre, setzte sie sich an den Schreibtisch und vertiefte sich in die Unterlagen zu Klirrs Stunde. Ganz genau studierte sie die Beschreibungen jener Zeremonie, die Aldoro morgen bevorstand. Ein Frösteln durchlief Skaias Körper. Es schüttelte sie bei dem Gedanken, was morgen geschehen würde. Was schief gehen konnte. Sie musste sich alles gut einprägen: wer wann in den Sonnensaal trat, wer wo warten musste, wer wen sehen konnte oder auch nicht. Sie prägte sich die entsprechenden Seiten im Weisheitslehrebuch so lange ein, bis die Stundenkugel zum Zubettgehen mahnte. Lallah, die kein Wort gesagt hatte, während Skaia am Schreibtisch saß, kam nun auf sie zugestürmt und präsentierte die Schlafmütze.

„Perfekt!", lobte Skaia, auch wenn es zweifellos ungünstig war, dass Lallah für die Bommeln ein schreiendes Neongrün gewählt hatte. Doch etwas Besseres würde Skaia nicht bekommen, und so setzte sie das wollene Ding mit einem extra erfreuten Lächeln auf. An einigen Stellen fühlte es sich feucht an, aber egal — Skaia wollte die Mütze ja nicht wirklich zum Schlafen benutzen. Sobald sich Lallah zurückziehen würde, konnte sie die Mütze zum Trocknen neben das Bett legen.

„Oh, die Mütze ist Ihnen vom Haar gerutscht", bemerkte Lallah am nächsten Morgen.

„Auch gut", kommentierte Skaia, „dann müssen wir die Haare nicht so ausgiebig kämmen".

Sie fühlte sich unwohl. Beim Frühstück bekam sie kaum einen Bissen hinunter, und als sie sich ausbat, in Ruhe ihre Hausarbeiten zu beackern, machte Lallah Schwierigkeiten.

„Ich kann ja inzwischen eine Mütze zum Wechseln für Sie stricken!", schlug die Gesellschaftszofe vor.

„Nein", sagte Skaia.

„Wollen Sie nicht wieder etwas Schwieriges aufmalen? Vielleicht mit wollenen Rüschen? Oder einer komplizierten Lochoptik?"

„Nein", wiederholte Skaia und spürte, wie Zorn in ihr aufstieg. Ungnädig schob sie Lallah aus dem Zimmer und schloss die Tür. Sie konnte jetzt niemanden gebrauchen. In den Gängen der Burg dröhnten die Fanfarenstöße aus den Lautsprechern. Es ging los. Unter der Matratze kramte Skaia den langen, weißen Kittel von Missjö Sufflee hervor. Dazu die Mütze, die sie sich tief ins Gesicht zog.

Simpel und Gimpel waren die Ersten, die ihr abkaufen mussten, dass sie einer der hochverehrten solterranischen Wissenschaftler mit Troddelkappe war — und dass dieser Wissenschaftler aus einem Zimmer kommen konnte, in das er nie hineingegangen war. Mit einigem Räuspern legte Skaia ihre Stimme tiefer, trat rückwärts aus der Tür und brummte ins Zimmer hinein: „Ihr, werte Schwester Skaia, wart die Erste, die mein Erscheinen aus dem Nichts bewundern durftet. Wie bin ich erbaut, diese von mir neu entwickelte Methode heute Eurem Bruder, dem neuen Guten Herrscher vorstellen zu dürfen." So geschraubt sprachen die gelehrten Männer doch immer, oder? „Gehabt Euch nun wohl, ehrwürdige Schwester, ich muss eilen, die Zeremonie beginnt." Damit schloss sie die Tür und ging raschen Schrittes, ohne einen Blick auf Simpel und Gimpel zu werfen, den Gang entlang. Ihr Herz pochte so laut, dass sie sich nicht sicher war, ob die Robolde ihr nicht doch misstrauisch folgten. Erst zwei Gänge weiter drehte sie sich um. Uff! Keiner da! Unter der Wollmütze war es ganz schön warm. Oder schwitzte sie so vor Aufregung? Vor ihrer Stirn baumelte eine der quietschgrünen Troddeln. Eigentlich hätte sie die Dinger wenigstens mit blauer Tinte aus ihrem Füller einfärben können. Warum fiel ihr das erst jetzt ein? Das Einzige, was sie noch machen konnte ... Hoffentlich kam niemand um die Ecke und überraschte sie! So schnell sie konnte, wischte Skaia mit den bunten Bommeln über den Boden. Holte allen Schmutz aus den Ecken. Mit ihren Schuhen trat sie auf die grünen Wollkugeln. Schon leuchteten sie nicht mehr ganz so giftig. Lallah wäre entsetzt gewesen, hätte sie gesehen, was Skaia mit ihrer neuen Mütze anstellte.

Im prächtigen Treppenhaus, das zum Sonnensaal hinaufführte, drängten sich die Gäste. Die Grüppchen, die sich gedämpft unterhielten, bestanden hauptsächlich aus Männern, aber es waren auch etliche Robolde und vereinzelt sogar Frauen darunter. Vor dem Sonnensaal hatte sich eine Schlange gebildet. Die meisten der Wartenden trugen dezente Kleidung. Wie froh war Skaia, als sie einige Männer in weißen Laborkitteln und mit Troddelkappe entdeckte. Dass ihr eigener Kittel nur der eines Kochs war, würde hoffentlich keiner bemerken. Alle hatten wichtige Mienen aufgesetzt und trugen die Nasen hoch. Keiner blickte zu ihr herunter. Niemand achtete auf sie, als sie sich eine günstige Position in der Schlange eroberte. Sicherheitshalber blieb sie ein gutes Stück hinter dem Meister der Zeit. Womöglich erkannte er sie wieder.

Langsam ruckelte die Schlange voran, hinein in den Sonnensaal. Die Eingeweihten hatten nebeltechnisch aufgerüstet. Um Skaia herum begann das Gehuste und Gekeuche. Wer war es schon gewohnt, sich in beißendem Rauch die Beine in den Bauch zu stehen? Die Frau, die direkt auf den Meister der Zeit folgte, hielt sich die Kehle und krümmte sich vor Husten. Bald hörte man sie nur noch. Mehr als die Schuhe des Vorder- und des Hintermannes war nicht mehr auszumachen. Dass sich die Situation weiter vorne wieder besserte, konnte man nur daraus schließen, dass sich jeweils derjenige, der am Kopf der Schlange stand, mit kräftiger Stimme vorstellte. „Allergio", tönte es gerade in den Raum, „Direktor der solterranischen Heilanstalt". Ein Trompetensalut trötete hinterher. Gleich würde Allergio ein paar Schritte auf Aldoro zu machen, um sich vor ihm zu verbeugen. Dass Aldoro in jenem abgewetzten Sessel saß, auf dem noch vor wenigen Tagen der gebeugte Yaho gethront hatte, erkannte Skaia zwar nicht, weil sie im Moment überhaupt nichts sehen konnte, aber so wusste sie es aus Klirrs Unterrichtsstunde.

„Quotas, Bereichsleiter in der Güterverteilungsanstalt", „Agrypo, Schlafforscher", „Fräulein Martha, Burgbibliothekarin" verkündeten die nächsten Stimmen. Unglaublich! Sogar der Bibliotheksdrachen war eingeladen. Am Ende sogar der Koch? Wurden denn alle wichtiger genommen als Skaia, die Schwester des zukünftigen Herrschers? Der Rauch um sie herum wurde dünner. Sie musste sofort raus aus der Schlange! Unauffällig drückte sie sich zur Seite in die Rauchschwaden hinein. Natürlich machte sich gerade jetzt ein Hustenreiz in ihrem Hals bemerkbar. Nur nicht darauf achten! Keinesfalls dem Reiz nachgeben. Was hätte es ihr genutzt, vom Nebel verborgen zu sein, wenn sie sich dann aber durch ein Hüsteln verriet? Während Aldoro unter dem gleißenden Sonnenhimmel einen ganzen Schwung von Bürgermeistern aus Solberg, Solfeggio, Solipsis, Soldateska, Solundhaben und Solarium abzunicken hatte, tastete sich Skaia blind durchs Gewaber. Die Stimmen und die Trompetenstöße halfen ihr zu orten, wo sie sich gerade befand.

„Klüglich, Erzieher bei Hofe" hörte sie. Welche Farbe sein Gesicht wohl gerade annahm bei der Vorstellung vor dem Guten Herrscher? „Phaseolus, Direktor der Ernährungsanstalt". Oh, das war einmal der oberste Vorgesetzte von Aldoro gewesen.

Ein vorsichtiger Schritt nach vorne, und der Nebel lichtete sich. Skaia blieb im Schatten einer Säule, damit niemand sie bemerkte. Sie selbst jedoch konnte Merks erkennen, der den Kopf einzog und sich dorthin trollte, wo all die anderen standen, die ihre Aufwartung schon gemacht hatten. Von Aldoro sah sie nur einen Unterarm auf der Lehne des Sessels. Sie ließ sich auf alle Viere nieder und kroch, umwallt vom theatralischen Bodennebel, auf Aldoros Sessel zu. Selbst die Eingeweihten, die sich zu beiden Seiten Aldoros aufgereiht hatten, konnten sie nicht sehen, solange sie sich nicht umdrehten.

Unter dem Sessel war es genauso unbequem wie damals, als sie dort Schutz vor den fallenden Buchstaben gesucht hatte. War es wirklich erst vor ein paar Tagen gewesen? Skaia erinnerte sich an die Ratte, mit der sie diesen Platz geteilt hatte. Und an die Schuhe von Düster, die sie direkt vor der Nase gehabt hatte. Jetzt waren es Aldoros alte Stiefel. Unter dem gelben Herrscherkaftan, den er sich hatte umlegen lassen, waren sie eine letzte Erinnerung an sein vergangenes Leben. Für einen kurzen Moment schloss Skaia die Augen und bat inständig in das Dunkel hinein, dass Aldoro sie hören und verstehen möge. Und nur er — niemand sonst!

Noch ein aufgeregtes Blinzeln, dann wagte sie es: „Aldoro!", zischte sie, und in ihrem Magen begann sich alles zu verknoten. Keine Reaktion ... Hatte Aldoro sie gehört?

Aber selbst wenn — er konnte sich schlecht nach unten beugen und ihr eine Antwort zuraunen. Da tippte der Absatz des rechten Stiefels kaum merklich auf den Boden. „Aldoro", zischte Skaia erneut. Und wieder tippte der Absatz. Er verstand sie. Er verstand sie!

„Klirr, Haupterzieher, Erzieher bei Hofe, Erzieher in herausragender Position. Welche Ehre, dass ich der Letzte im Reigen der Huldigungsgäste sein darf", säuselte Klirr und schaute missbilligend auf Aldoros Stiefel. Aber war Klirr tatsächlich schon der Letzte in der Schlange? Um Himmels Willen!

„Aldoro, Aldoro", zischte Skaia, und ihre Stimme wurde vor Panik lauter. „Du darfst die Feuer- und Wasserprobe nicht machen!" Aber Skaias Worte gingen im Trompetengeschmetter unter.

Aldoro erhob sich von seinem Platz. Oh nein! Düster schritt weihevoll auf ihn zu. In den Händen hielt er die Kette, die aussah wie der echte Sonnenkreis. Skaia konnte ihrem Bruder nichts mehr zuzischen, ohne dass es Düster bemerkt hätte. Aber sie musste ihn warnen. Mit dem falschen Sonnenkreis würde er die Probe nicht überstehen. Sie wusste nicht, was sie machen sollte. Aldoro hielt die Kette mit den zwei silbernen Bändern und den sieben goldenen Kugeln in die Höhe und wandte sich allen im Saal zu. Drehte sich auch um zum Sessel. Streifte unruhig Skaias Blick.

„Er ist nicht echt!", formte Skaia mit den Lippen und wagte sich ganz weit vor, damit er es verstehen konnte. „Mach keine Probe! Nein! Nein!!" Tränen schossen ihr in die Augen. Alles verschwamm.

Das Feuer kam aus dem Nichts. War einfach da. Verschlang Aldoro mit Haut und Haar. Die Flammen loderten in die Höhe. Flatterten hitzig, gelb und rot und grausam. Fauchten so laut, dass Skaia nicht einmal den Todesschrei ihres Bruders hörte.

Der Attacke des Feuers folgte das Wasser. Brüllend, ein Sturm der Gewalten. Eine tobende Macht mitten im Sonnensaal.

„Verbrannt, ertrunken", dröhnte es in Skaias Kopf. „Verbrannt, ertrunken ..."

Sie krümmte sich unter dem Sessel zusammen, presste die Augen zu, biss sich in den Arm und spürte nichts. In ihren Ohren rauschte das Wasser, das Aldoro vernichtet hatte. Rauschte, rauschte, verwandelte sich in zahllose klatschende Hände, die über Skaia wie dunkle Vögel ihre Kreise zogen. Sich flügelschlagend einen Spaß daraus machten, dem Tod zu applaudieren.

„Triumph, Triumph!" Die Hände verstummten. Übergaben an einen vielstimmigen Chor:

„Wer des Todes Schrecken überwinden kann,
der schwingt sich aus der Erde himmelan."
Was war das? Träumte sie?

„Es lebe Aldoro! Aldoro soll leben!
Er ist es, dem wir uns mit Freuden ergeben!
Stets mög' er des Lebens als Weiser sich freun,
er ist unser Herrscher, dem alle sich weihn!"

Das waren die Verse, die nach der geglückten Probe von allen gesungen werden mussten. Das Rauschen war weg. Das Wasser war weg. Doch inmitten des Sonnensaals — Skaia verstand nicht, wie das sein konnte — stand Aldoro. Ein Eingeweihter nahm ihm das Allerheiligste ab. In allen Gesichtern Ergriffenheit, Stolz und Erstaunen. Aber niemand blickte Aldoro so entgeistert an wie Skaia. Fassungslos, verwirrt und überschwemmt von unendlicher, nie gekannter Erleichterung.

Aldoro nickte den Menschen rundum gnädig zu. Auch Klirr. Aber der sah ihn nicht einmal an, sondern stierte stur unter den Sessel des Guten Herrschers.

11.

LAUTER

LÜGEN

Skaia rechnete mit vernichtenden Vorwürfen. Dass diese nicht längst auf sie eingeprasselt waren, erschien ihr wie ein Wunder. Während der gesamten Unterrichtsstunde hatte sie zwar den Eindruck gehabt, dass Klirr sie noch kritischer als sonst beäugte, aber es war ihm keine Andeutung, nicht die kleinste Spitze über die Lippen gekommen. Hatte er sie am Ende doch nicht erspäht unter Aldoros Sessel? Oder hatte er sie bereits bei den Eingeweihten verraten und ließ sie hier in ihrer Unsicherheit zappeln?

„Noch Fragen?", schleuderte er ihr entgegen. „Vielleicht zu gestern? Du hast schließlich brav in deinem Zimmer über deinen Aufgaben gesessen, während wir der Veranstaltung beiwohnten, oder ..." Jetzt flackerte ein Grinsen über sein Gesicht.

Tapfer antwortete Skaia: „Nein, keine Fragen!" Aber ansehen konnte sie ihn nicht.

Die anderen Erzieher waren heute nicht so einsilbig wie Klirr gewesen. Grund hatte ausführliche Mutmaßungen über die Steuerung angestellt, mit der man im Sonnensaal „derartig eindrucksvoll" Feuer und Wasser über den Auserwählten bringen konnte, ohne die anwesenden Gäste zu gefährden. „Nur gut, dass wir alle wussten, wie sicher ihn der Sonnenkreis schützen würde. Sonst hätte keiner geglaubt, dass er diese Naturgewalten überstehen könne. Für dich war es zweifellos besser, dass du es nicht miterlebt hast." Auch die anderen zeigten sich schwer beeindruckt von der Probe und zollten Aldoro höchsten Respekt für seinen Mut.

Skaia wollte das alles nicht hören. „Können wir bitte mit dem Lehrstoff weitermachen", forderte sie die Erzieher auf, wenn sie sich im Schwärmen über die Zeremonie verloren. Dass sie je einmal so einen Satz sagen würde, hätte sie nicht gedacht. Aber alles war besser als die Bilder von ihrem Bruder, der verschlungen wurde von Feuer und Wasser. Wieso er überlebt hatte, war ihr immer noch ein Rätsel. Aber Hauptsache, die Katastrophe war nicht eingetreten. Sie hatte ihren Bruder nicht verloren. Auch wenn er weiter unerreichbar für sie blieb. Auch wenn sie solche Sehnsucht hatte, sich in seine Arme zu werfen.

Das Letzte, was sie gestern von ihm wahrgenommen hatte, war ein Zwinkern in ihre Richtung gewesen. Dann hatte sich der Saal schnell geleert. Die Eingeweihten zogen Aldoro, den sie nun „Al d'oro" nannten, „den vom Sonnengold Durchdrungenen", mit sich fort. Die Gäste wurden von Robolden hinausgeschoben, nachdem Aldoros Adjutant mit einem Wink das Kommando dazu gegeben hatte.

Erst als alle verschwunden waren, hatte sich Skaia aus ihrem Versteck hervorgewagt, um den Rückzug anzutreten. Bei jeder Abzweigung in einen anderen Gang blickte sie vorsichtig um die Ecke, damit sie auch ganz sicher sein konnte, niemandem in die Arme zu laufen. So voller Menschen war die Burg ja sonst nie. Dummerweise musste sie einen ziemlichen Umweg machen. Den ganzen Westflügel bis ans Ende, dann in den Keller zur Küche. Die Mütze und den Kittel unter dem Pullover, schob sie sich still durch die Schwingtür. Es herrschte Hochbetrieb. Wahrscheinlich war Missjö Sufflee so glücklich wie selten. Endlich hatte er ein Riesenbankett zu bestücken.

„Wie soll isch denn so arbeiten? Dreimal in einen Topf 'inein geguckt, und isch bin gans schmutsig. Du da ..." Er gab dem Robold, der in einem Suppentopf rührte, die Order, ihn kosten zu lassen. Sogleich streckte ihm der Robold einen Löffel voller Suppe entgegen. Ungeduldig schlürfte Missjö Sufflee, zuckte aber erschreckt zurück. Es war zu heiß. Einige Tropfen spritzten auf sein hellblaues Hemd, gesellten sich zu den anderen Flecken, die dort bereits in allerlei Farben versammelt waren. „Dummkopf!", blaffte er seinen mechanischen Küchengehilfen an und schlug ihm mit der flachen Hand auf den Kopf. Dass dabei aus dem Glas, das er vor seinem Bauch hielt, Rotwein schwappte und sich über den Bund seiner Hose ergoss, merkte er erst gar nicht. Ohne seinen Kittel konnte er offenbar nicht arbeiten. Als er den Rotweinfleck dann doch entdeckte, geriet er in Rage. „Salz, Salz!" schrie er, sprang quer durch die Küche und stieß im Laufen gegen eine nach unten geklappte Backofentür. Zwischen den völlig unbeeindruckt weiterarbeitenden Robolden ging er zu Boden.

Das war die Gelegenheit, die Skaia nutzte. Mit wenigen Schritten hüpfte sie aus ihrer dunklen Ecke und warf den Kittel in jenen Schrank, aus dem sie ihn am Vorabend genommen hatte. Im Hinauslaufen griff sie nach einem Tablett voller Krapfen und hinterließ in den akkurat ausgerichteten Dreierreihen eine Lücke. Nach den aufwühlenden Erlebnissen im Sonnensaal hatte sie zwar null Appetit, aber irgendwie musste sie ja Simpel und Gimpel überzeugen, dass sie aus der Küche und keinesfalls von der Zeremonie kam.

Mampfend schritt sie auf ihre beiden Wachrobolde zu und gab vollmundig von sich: „Flaft ihr eigentliw im Ftehen, oder wawum feid ihr nift mit in die Küffe gekomm'?"

Simpels Kameraaugen surrten nach vorne. Wurden zu langen Teleobjektiven und stellten auf Skaia scharf. „Nicht gesehen?", fragte er. Gimpel klappte seine Brust auf und begann mit einem Akkucheck. Derweil verschwand Skaia in ihr Zimmer.

Und nun, eineinhalb Tage später, hatte sich Skaia immer noch nicht richtig erholt vom Schock, den die Feuer- und Wasserprobe bei ihr ausgelöst hatten. Ihre Gedanken verkrochen sich in hinterste Winkel. Mit dumpfem Kopf lag Skaia im Bett und hörte Lallah fragen: „Ist Ihr Schlaf mit dem Mützchen angenehm?"

Skaia nickte gedankenverloren. Was interessierte sie das Mützchen? Das Mützchen, das Lallah ihr mit großer Geste aufsetzte, bevor sie entschwand. Das Mützchen, das nicht so wärmte wie Aldoros Arme, sein Lachen, seine scharfen Gewürze in der Bohnensuppe zu Hause. Sie lag in einem Schlafzimmer, in dem sie die Bilder nicht aufhängen mochte, auf die sie früher so gern vom Bett aus geblickt hatte. Früher ... Das war keine Woche her! Alles war anders, und alles fühlte sich so an, als würde sich in ihr stumme Einsamkeit ausbreiten. Was half da eine Gesellschafterin aus Chips, Dioden und Stahl? Von ihr kam nur Geschwätz. Und ein Mützchen! Aber sie brauchte jetzt kein Mützchen mehr! Weg damit! Angewidert riss sich Skaia das Wollteil vom Kopf und warf es weit von sich. Es landete auf einer der klobigen Metallschienen, die dem Umarm-O-Maten die Füße ersetzten.

„Alle Menschen, die niemanden mehr haben, lieben ihn“, hatte Skaia Lallah noch im Ohr. Allein schon deshalb hatte sie das Monstrum bisher keines Blickes gewürdigt. Dabei sahen seine Polster tatsächlich kuschelig aus.

Vielleicht, wenn sie die Augen zumachte? Sich vorstellte, es sei ihr Bruder, und sie stünden zu Hause in ihrem kleinen Zimmer oder draußen im Licht des Sonnenunter-Sonnenaufgangs?

Zögernd trat sie auf das Podest. Es war mit Kork bezogen und kein bisschen kalt unter ihren nackten Füßen. Wie sie so dastand, nur mit dem dünnen Pyjama bekleidet, kam ihr der Umarm-O-Mat riesig vor. Wie einer, den nichts umwerfen konnte. Der allen Anfeindungen trotzte. Unter dessen Schutz man sicher war. Skaia sah nichts als das lebhafte Dunkelrot hinter ihren geschlossenen Lidern, als sie sich an die Polster schmiegte. Spürte nichts als den Wunsch, festgehalten zu werden. Die Greifer umfingen sie. Sicher. Kräftig. Ließen es nicht zu, dass sie fiel. Endlich musste sie nicht mehr standhaft sein. Nicht mehr stark. Sich keine Tricks ausdenken, um Klirr zu entkommen, um Aldoro zu sehen, um herauszubekommen, was mit ihr geschah. Heftig schlang sie ihre Arme um den Rumpf, an den sie sich lehnte. Traf etwas Hartes, Ölverschmiertes. Ein Zahnrad vielleicht. Irritiert öffnete Skaia die Augen und registrierte vor sich das Muster der Polsterbezüge. Es war nur ein mechanischer Klotz, auf den sie sich stützte. Nichts, was ihren Herzschlag fühlen konnte und die ganze Traurigkeit, die aus ihr heraus wollte. Es war nicht ihr Bruder.

Mit einem Mal hatte sie genug. Wie weit war es mit ihr gekommen? Sie umarmte ein empfindungsloses Ding. Loslassen! Sie musste loslassen.

Aber der Umarm-O-Mat kümmerte sich nicht darum. Er hielt sie weiter fest mit seinen Greifern. Skaia drückte und schob, versuchte, nach unten durchzuschlüpfen. „Verdammt, lass endlich los!" Mit dem einen Arm, den sie mühevoll freibekommen hatte, hämmerte sie dem Automaten auf die Schulter. Einen Kopf hatte er ja nicht. Mit aller Gewalt stemmte sie sich gegen die Greifer. Plötzlich krachte es im Inneren ihres Gegners. Skaia stürzte nach hinten. Plumpste mit Wucht auf den Boden.

Ein Arm des Umarm-O-Maten baumelte schwer hin und her, denn er hing nur noch an ein paar Kabeln und einem schimmernden Stahlseil. Das Schultergelenk war auseinandergebrochen.

Skaias Steißbein schmerzte, und sie merkte, wie die Kälte des Bodens an ihr hochkroch.

Eine Ewigkeit hockte sie da. Irgendwann begannen Geräusche in ihr Gehirn zu dringen. Spitz wie Steinchen, die auf eine Glasplatte fielen. Oder gegen ein Fenster ... Es kostete Skaia Kraft, sich vom Boden zu lösen. Sie hielt sich am Vorhang fest, als sie nach draußen lugte und erkannte, wer ein Stockwerk tiefer mit seinen Stiefeln Steinchen zusammenscharrte, um sie gegen ihr Fenster zu werfen. Aldoro! In seinen ältesten Kleidern, so schien es Skaia, jedenfalls ohne den gelben Herrscherumhang und mit so wild gelockten Haaren, dass selbst Lallahs Kamm nichts dagegen ausgerichtet hätte. Skaia riss das Fenster auf.

Und Aldoro flüsterte erleichtert: „Skaia! Endlich! Ich habe schon geglaubt, du hörst mich nie!"

„Komm rauf!", rief Skaia und dachte keinen Moment daran, dass es jemand mitbekommen könnte. Sie warf ihrem Bruder die zusammengebundenen Kordelschnüre zu, deren Ende sie am Fensterkreuz festband. Unter anderen Umständen hätte Skaia über ihren Bruder gekichert, wie er sich am Seil abmühte, aber jetzt reckte sie ihm so weit wie möglich ihre Arme entgegen. Fast konnte er schon seine Knie auf den Fenstersims abstützen, als etwas Unfassbares geschah: Dunkelheit fiel über das ganze Land. Nichts war mehr zu sehen. Weder Aldoro, noch das Seil, noch das Fenster noch sonst irgendetwas. Auf einen Schlag war alles weg. Nur noch Schwarz ringsum. Aber Skaia spürte Aldoros Hand, die ganz fest ihre Finger um Skaias Gelenke krallte. Und mit einem Mal war sie auch wieder sichtbar. So wie alles andere.

Was ging da vor sich? Spielten Skaias Augen ihr einen Streich?

„Was war das?", keuchte Aldoro, als er vom Fensterbrett ins Zimmer sprang. In seinem Gesicht stand absolute Ratlosigkeit. „Das war ja wie im Keller, wenn das Licht ausfällt." Aldoros Stimme zitterte ein bisschen. „Gar keine Sonne mehr."

„Ja", sagte Skaia verwirrt. Aber jetzt war ihr Bruder da. Und so wollte sie sich auch von einer plötzlichen Dunkelheit nicht mehr erschrecken lassen als nötig. Selbst wenn es so etwas noch nie gegeben hatte.

Draußen sank die Sonne dem westlichen Horizont entgegen und verstrahlte ein wärmendes Orangerot. Erleuchtete alles, was eben von Finsternis verschluckt gewesen war, hell und freundlich. Ein Lichtstreifen fiel auf Aldoro, als er sich auf das Himmelbett setzte und sich an eine der Eckstangen lehnte. Skaia zog die Beine an und kuschelte sich so nah an ihn, wie es nur ging.

„Ich muss die Eingeweihten fragen. Sie werden wissen, was das eben war ... Oder?“ Aldoro klang alles andere als überzeugt. „Weißt du ...“, Aldoro suchte nach den richtigen Worten, „... es ist vieles so seltsam. Die groß angekündigte Feuer- und Wasserprobe zum Beispiel — sie ist ein Schwindel! Es heißt immer, der Sonnenkreis beschütze den Auserwählten. Alles Quatsch!“

„Wie?“ Skaia richtete sich auf. Dass damit etwas nicht stimmte, wusste sie ja.

„Diese Feuersäule und auch das Wasser, es ist alles nur, wie soll ich sagen, so eine Art ... Kulisse. Ich stand da, und plötzlich war um mich herum eine riesige Glasröhre, und dahinter tobten die Flammen und dann das Wasser. Mir wurde nicht einmal warm. Ich habe mich ziemlich erschrocken. Die Eingeweihten hatten es mir zuvor nicht erklärt. Nur, dass ich mir keine Gedanken machen sollte und dass alles ganz ungefährlich sei, sofern ich ihren Weisungen folge. Wenn ich etwas frage, geben sie nur nebulöse Antworten. Und es ist keinen Deut besser geworden seit meiner Amtseinführung. Dabei hatten sie gesagt, dass mein Verständnis wachsen werde, wenn ich den Siebenfachen Sonnenkreis in Händen halte.“

Skaia lachte bitter. Was war eigentlich nicht Betrug hier in der Burg? Wenn die mächtige Probe nichts als Theater war, brauchte es natürlich nicht der echte Sonnenkreis zu sein, den Aldoro hochhielt. Funktionierte das Herrschaftssystem in Solterra auch ohne ihn? Die Eingeweihten schienen davon überzeugt. Aldoro jedoch brauchten sie als Kasperle, das vor den Bewohnern Solterras den Guten Herrscher spielte.

„Und wenn du sagst, du fühlst dich gar nicht berufen zum Guten Herrscher? Wenn du einfach kündigst und mit mir wieder nach Hause gehst? Oder wenn wir heimlich abhauen?"

„Dafür ist es zu spät. Seit der furiosen Feuer- und Wasserprobe glauben alle, dass ich der Richtige sein muss. Ein anderer hätte doch nie überlebt. Außerdem habe ich noch den Siebenfachen Sonnenkreis. Mit der Zeit wird er mich weiser machen und mir sagen, wann es richtig ist, dem Rat der Zwölf zu folgen und wann nicht."

Er hatte also nicht verstanden, was sie ihm bei seiner Probe zugeflüstert hatte. Es fiel Skaia nicht leicht, Aldoro die Hoffnung zu rauben. Aber was blieb ihr übrig? Er musste endlich erfahren, dass auch das Allerheiligste den weisen Männern nicht heilig war. So erzählte sie, was sie belauscht und beobachtet hatte. Vom gefälschten Sonnenkreis und vom plötzlichen Verschwinden Yahos bei ihrem Verhör. Aldoro war schockiert. Woran konnte er sich noch halten? Und Skaia erzählte immer weiter, endlich auch von der geheimnisvollen Katze, von ihren Erlebnissen und Entdeckungen im Totgesagten Park, von Simpel und Gimpel, die sie ständig verfolgten und von ihrem vergeblichen Versuch, zu ihm vorzudringen.

„Ja, wir sollen keinen Kontakt haben", bestätigte Aldoro matt. „Das behindere meine Entwicklung, sagen sie. Stünde dem ‚Goldenen Zeitalter', das mit meiner Herrschaft anbrechen könne, im Wege."

„Ich glaube, es steht hauptsächlich ihrer Allmacht im Weg!" Der Satz klang bissig, auch wenn Skaias Miene eher resigniert wirkte. „Ich habe den Eindruck, sie fürchten sich davor, dass sich dieses ominöse Orakel erfüllen könnte, wenn ich frei herumliefe. Vielleicht, weil die Katze meinte, ich solle mit ihr ins Reich der Nacht kommen."

„Oh", staunte Aldoro. „Aber das Reich der Nacht ist vor langer Zeit untergegangen."

„Das glaube ich nicht. Einige der Eingeweihten haben Andeutungen gemacht, dass Yaho dorthin verschwunden sein könnte. Angeblich, um die Königin der Nacht zu suchen. Wenn das stimmt, dann muss ihr Reich noch existieren. Und — weißt du was?“ Mit einem Mal hatte Skaia eine Erleuchtung. „Kannst du nicht heimlich einen Trupp Robolde ins Nachtreich schicken, damit sie Yaho einfangen und zurückbringen?“

„Und dann?“

„Und dann muss Yaho wieder Guter Herrscher werden. Und weil er den echten, mächtigen Sonnenkreis hat, können auch die Eingeweihten nichts dagegen machen.“

Für Aldoro war Skaias genialer Vorschlag offenbar zu schnell gewesen. Er schien nicht zu begreifen, dass sie nur so wieder in ihr früheres Leben zurückkehren konnten. Also erklärte sie es noch einmal von vorn. Bis sie ein nachdenkliches Nicken erntete. Er würde es versuchen.

12.

154

LICHTER

HER!

Merks war der Erste, der sich ereiferte.

Von seiner Krankheit halbwegs genesen, hatte er mit dem Thema „Korrektes Verhalten in Notfällen" begonnen. Wenn Skaia die Regeln richtig verstand, die sie in ihr Heft diktiert bekam, hatte sie alles falsch gemacht, als sie der Katze hinter die hohe Mauer gefolgt war, um sie zu „retten". Korrekt wäre es gewesen, erst den Bezirksbeauftragten zu informieren. Natürlich hätte sie während der Schlafenszeit auf dem Amt höchstens den Abendrobold angetroffen, der das Problem erst am nächsten Morgen hätte weitergeben können. Schließlich war es ja gar nicht vorgesehen, dass jemand um diese Zeit mit Notfällen ankam, denn es hatte ja jeder zu schlafen! So oder so — der Bezirksbeauftragte war der richtige Mann, um zu beurteilen, bei welcher der zwölf Anstalten die Zuständigkeit für das Problem lag. Das wiederum schien Skaia einleuchtend, denn sie selbst hätte das nie sagen können. Weder die Ernährungsanstalt noch die Erziehungs-, die Wissenschafts-, die Güterproduktions-, die Güterverteilungs-, die Erbauungs-, die Lebenszeit- und schon gar nicht die Schlafförderungsanstalt schienen ihr passend. Die Heilanstalt wäre fürs Nageln gebrochener Knochen die richtige Anlaufstelle. Aber für die Suche nach einem abgestürzten Tier? Verwaltungsanstalt, Planungsanstalt, Gerechtigkeitsanstalt?

„Es ist alles so einfach!", stöhnte Merks und unterstrich auf der kleinen Schiefertafel, die er mitzubringen pflegte, das Wort „Bezirksbeauftragter" so fest mit roter Kreide, dass sie quietschte. „Wenn sich die Leute wegen dieser Dunkelheiten jetzt direkt an die Anstalten wenden und manche sogar an die Burgpforten kommen, ist das völlig falsch! Sprächen sie bei den Bezirksbeauftragten vor, würden sie erfahren, dass es gar keinen Grund gibt zur Beunruhigung. Für alles haben die Experten eine vernünftige Erklärung! Für alles! Nur nicht dafür, dass es immer noch Menschen gibt, die das nicht verstehen. Was wollen sie denn mit ihren Ängsten? Die helfen doch nicht weiter!"

Skaia hatte noch gar nicht bemerkt, wie verunsichert die Solterraner waren, seit es immer wieder Augenblicke der Dunkelheit gab. Und sie dauerten immer länger. Hatten sie zunächst wie das Gegenteil von grellen Blitzen den Sonnenschein schwarz zerrissen, dauerten sie inzwischen schon einige Sekunden. Mit Grausen erinnerte sich Skaia an ein Erlebnis im Keller ihres Wohnblocks. Ausgerechnet als Aldoro sie runtergeschickt hatte, um ein Glas Gurken zu holen, war über ihrem Kopf die Glühbirne im Strahler geplatzt. Bis Skaia tastend die Tür gefunden hatte, war sie so verängstigt gewesen, dass sie geschnauft hatte wie ein Taucher, dem die Luft ausging. So hatte sie sich nie wieder fühlen wollen, aber jetzt geschah dies täglich.

Die Eingeweihten schienen sich auf die dunklen Momente eingestellt zu haben. Zumindest waren Lampen in der Burg aufgestellt worden. In den Wohnbereichen, in den Arbeitsräumen, in der Küche, in der Bibliothek. Sogar im Sonnensaal, hatte Simpel behauptet. Aber Skaia war sich nicht sicher, ob sie ihn richtig verstanden hatte, als er meinte „Sonnensaal Lichter". Sie konnte sich nicht vorstellen, dass selbst dort, wo die Decke des Raumes aus purer Sonne bestand, in den Dunkelsekunden kein einziger Strahl mehr zu sehen sein sollte.

Die Audienzen für die Anstaltsdirektoren, die seit ein paar Tagen in großer Zahl stattfanden, waren allerdings in einen anderen Raum verlegt worden. In einen weniger prächtigen, dem Sonnensaal direkt gegenüberliegenden. Durch seine Fenster konnte man gut beobachten, was sich vor der Burg tat. Skaia hatte überlegt, ob sie selbst eine Audienz bei ihrem Bruder beantragen sollte. Laut solterränischer Verfassung stand dies jedem Bewohner zu. Das Dumme war nur, dass die Anträge in der Regel abgelehnt wurden. Und wahrscheinlich war Skaia die Letzte, bei der man eine Ausnahme machen würde. Einschleichen ging auch nicht, denn die Anstaltsdirektoren betraten stets einzeln das Audienzzimmer. Wie hätte sie sich da unauffällig mit hineinschmuggeln sollen?

Nicht nur die Dunkelheiten machten Skaia nervös, sondern auch, dass sie rein gar nichts mehr von Aldoro gehört hatte. War es ihm denn nun gelungen, Robolde loszuschicken, die Yaho im Reich der Nacht suchten? Es machte sie ganz krank, dass sie nicht wusste, was vor sich ging.

Das vorhersehbare und unverrückbare Gongen der Stundenkugel, von dem sie sich schon so oft gegängelt gefühlt hatte, beruhigte sie auf einmal. Es war das Einzige, was sich gar nicht verändert hatte in all dem Tohuwabohu. Mit dem Gongen begann der Tag, der Unterricht, die Mittagspause, die Hausaufgabenzeit, die Nachmittagspause, das Abendessen, die Schlafenszeit. Alles wie immer, selbst wenn sie Klirr gegenüber ab und zu die Bemerkung fallen ließ, dass ihre Stundenkugel ja leider eine Macke habe. Sicherheitshalber.

Der Gong zur Nachmittagspause war kaum verklungen, da verließ Skaia ihr Zimmer. Sie steuerte das Treppenhaus an, durch das alle diejenigen mussten, die zu Aldoro wollten. Das schnelle Laufen durch die Korridore hatte sie sich abgewöhnt. Denn wenn ihr Simpel und Gimpel auf den Fersen bleiben wollten, mussten sie ebenfalls laufen, und dabei schepperten sie furchtbar laut. Skaia wollte sich dadurch nicht verraten. Immerhin hatte sie die beiden so weit, dass sie sich ebenfalls hinter Säulen oder Ecken versteckten, wenn Skaia es für richtig hielt, in Deckung zu gehen. Im Treppenhaus war es eine der Wissenschaftlerstatuen, hinter die sich Skaia kauerte, um das Kommen und Gehen zu beobachten. Ihre beiden Aufpasser hatten sich wenig erfolgreich hinter den Nachbarfiguren versteckt, denn sie ragten ein gutes Stück darüber hinaus.

„So sieht euch jeder!", zischte Skaia ungehalten. Es wurde ihr immer klarer, dass man die beiden dümmsten Robolde für sie abgestellt hatte. Wahrscheinlich waren sie sonst überall entbehrlich. „Wenn das Versteck zu klein ist, dann müsst ihr halt irgendetwas tun, damit sich keiner fragt, warum ihr hier rumsteht.“

„Was denn?“, wollte Gimpel wissen.

„Na ... von mir aus die Statuen abstauben.“

Wie auf Kommando klappten beide Robolde ihre Brustdeckel auf, zogen Tücher heraus und begannen, die Marmor-Körper zu polieren.

Der Direktor der Wissenschaftsanstalt trat aus dem Audienzraum und kam die Treppe herunter. Er war ins Gespräch vertieft mit Aldoros Adjutanten, der ihn nach unten begleitete, um dort gleich den nächsten Audienzgast in Empfang zu nehmen.

„Also, von dieser Theorie habe ich noch nichts gehört. Gut, in der Eile konnten wir noch nicht sämtliche Berichte über Wetterphänomene ausreichend studieren, aber ich weiß nicht ...“

„Herr Direktor, sicher werden Sie noch auf entsprechende Hinweise stoßen und wissenschaftlich belegen, was die Eingeweihten und der Gute Herrscher im Kontakt mit dem Sonnenkreis als Erklärung gefunden haben.“

Kurz darauf tauchte der Direktor der Verwaltungsanstalt auf. Er eilte dem Adjutanten immer ein paar Stufen voraus nach oben.

„Die Menschenmenge vor dem Tor wird immer größer! Das geht nicht! Wir müssen etwas unternehmen. Taschenlampen verteilen. Oder Beruhigungstabletten.“

Der Adjutant gab zu bedenken: „Dafür wäre aber dann die Heilanstalt zuständig.“ Noch ehe der Direktor am oberen Treppenabsatz angekommen war, flog die Tür des Audienzzimmers auf.

„Wenn nicht einmal der Wissenschaftsdirektor weiß, warum es dauernd dunkel wird, woher nehmt ihr dann die

Sicherheit, dass es sich um etwas Vorübergehendes handelt? Und dass es nichts Schlimmes bedeutet?"

Hinter Aldoro drängten die Eingeweihten aus der Tür und gaben ihm murmelnd Antwort: „Nun, äh …" „Es kann ja nicht …" „… immer schon so …" „… der Sonnenkreis" „… schützt uns und schenkt uns die richtige Eingebung." „Genau!"

„Ach, der Sonnenkreis?", rief Aldoro, raffte den wallenden Herrschermantel und eilte durch das Treppenhaus zur großen Tür des Sonnensaals. „Warum hängt er dann dort in seinem Kasten, wenn wir ihn so dringend brauchen?"

Mit missmutigem Gegrummle folgten ihm die Eingeweihten. Als Aldoro die Tür aufriss, zischte Streng: „Das ist nicht sehr weise, was du tust."

„Besonnenheit ist das Gebot der Stunde!", quietschte Schrill erregt.

Düster war neben Aldoro getreten. Er überragte ihn um Haupteslänge. Sein Mund blieb stumm, aber seine Miene sagte alles. Die Eigenmächtigkeit Aldoros passte ihm nicht. Ganz und gar nicht.

War es Düsters warnender Blick, die Aldoro davon abhielt, in den Sonnensaal zu stürmen und den Sonnenkreis zu holen? Skaia war sich nicht sicher. Plötzlich wandelte sich Aldoros Miene in pures Erstaunen. Und in der Tat: Aus der geöffneten Tür drang nicht allein das Licht der alles überstrahlenden Sonne. Ein Schatten fiel auf Aldoro und die Eingeweihten.

„Was macht der denn da?", schallte es dem Schatten schrill entgegen.

„Wer hat ihm den Zugang zum Sonnensaal gestattet?", wollte Streng wissen.

Düster erstarrte, die anderen tuschelten aufgeregt durcheinander. Als der Schatten aus dem Saal trat, stockte

Skaia der Atem. Es war Klirr. In seinen Händen hielt er den Sonnenkreis.

Wenn sich Skaia bei etwas Verbotenem ertappt fühlte, gelang es ihr meistens, ein besonders unschuldiges Gesicht aufzusetzen. Klirr machte es genauso. Mit sanfter Stimme, die ihn einige Überwindung kosten mochte, hielt er Aldoro den Sonnenkreis entgegen. „Ihr solltet ihn unbedingt tragen in diesen verwirrenden Zeiten. Ich war gerade auf dem Weg, ihn Euch zu bringen!"

Den Eingeweihten schien die Luft wegzubleiben vor so viel Frechheit. In Skaia blitzte die Hoffnung auf, dass Klirr zukünftig nicht mehr unbeaufsichtigt durch die Burg marschieren durfte. Ja, jetzt stellte sich heraus, dass man Klirr am besten gleich in der Zelle gelassen hätte. Wer wusste schon, was er mit dem Sonnenkreis tatsächlich vorgehabt hatte? Auch wenn er ihn im Angesicht der zwölf Männer Aldoro überreichte, der ihn sich mit einem unzufriedenem Seufzen um den Hals hängte.

„Und jetzt?", fragte er in die Runde der weisen Männer.

Streng antwortete: „Wie wir gesagt haben. Wir geben dem Volk eine Erklärung."

„Im Glanze des Sonnenkreises", ergänzte Schrill.

„Das wird sie beruhigen", prophezeite Düster, und seine Stimme sackte so weit nach unten, dass es Skaia schüttelte.

Aldoro schien es ähnlich zu gehen. Dennoch meinte er: „Na, wenn die Leute nur beruhigt sind. Alles andere wird sich finden ... Der Sonnenkreis hilft uns ja, oder?"

Einige der Eingeweihten nickten aufmunternd, obwohl Aldoro hämisch geklungen hatte. Dann wallten sie in ihren weiten, weißen Gewändern zurück in das Audienzzimmer. Aldoros Adjutant und der Verwaltungsdirektor, die in gebotenem Abstand von der Treppe aus die Szene mitverfolgt hatten, eilten ihnen hinterher. Klirr nutzte die Chance, dass ihn niemand weiter zur Rede stellte, hastete die Treppe hinab und verschwand.

Das Treppenhaus war wieder leer. Nur Simpel und Gimpel polierten noch immer die Figuren. Skaia kam hinter ihrem Gelehrten hervor und sprang die Stufen nach oben. Simpel und Gimpel folgten ihr mit wehenden Tüchlein.

Der Raum direkt neben dem Audienzzimmer war leer. Immer wieder gab es das in der Burg. An hochherrschaftliche Räume, die für bedeutende Zeremonien genutzt wurden, schlossen sich solche an, für die man offensichtlich seit Jahrzehnten keine Verwendung mehr hatte. Vielleicht sogar seit Jahrhunderten. Von hier aus wollte Skaia mit ansehen, wie Aldoro und die Eingeweihten sich aus der Affäre zogen. Die Türen schloss sie hinter sich, denn auf Simpel und Gimpel konnte sie dabei gut verzichten.

Das Fenster ließ sich problemlos öffnen, auch wenn Skaia dabei einige Spinnennetze zerstörte. Ein paar Fäden wehten ihr ins Gesicht. Unwirsch streifte Skaia sie mit dem Hemdsärmel ab.

Auf dem Platz vor der Burg stand eine große Menschenmenge. Und wie der Verwaltungsdirektor gesagt hatte: Es stießen immer noch Leute dazu. Von allen Seiten drängten sie auf den Platz. Die meisten in gedeckten Anzügen oder in Kostümen und mit Aktenkoffern. Sie kamen direkt von ihrer Arbeitsstelle. Einzelne steckten in Blaumännern, trugen grüne Gärtnerschürzen oder weiße Schlachterkittel. Auch Kinder waren dabei. Neben einem herrisch dreinblickenden Mann mit eisgrauen Haaren entdeckte Skaia ihren ehemaligen Klassenkameraden Kygo. Bei ihm war die ängstliche Miene nichts Außergewöhnliches, aber sie schien sich auf alle übertragen zu haben. In den Gesichtern war mehr zu lesen als der übliche, in Solterra zur Schau getragene Ernst, mit dem man das Leben bewältigte. Augenbrauen standen dichter beieinander, als wollten sie Schlimmes abwehren, darüber standen

Sorgenfalten. Münder waren zu schmallippigen Schlitzen geworden, Sonnenbräune hatte sich in kränkelnde Blässe verwandelt. „Was geschieht um uns herum?", schienen die Menschen zu fragen, „Wir warten auf eine Erklärung, die uns beruhigt!" Mit einem Mal wandten sich die Blicke nach oben. Das doppelflügelige Fenster über dem Portal, das von zwei der Eingeweihten geöffnet wurde, zog ihre Aufmerksamkeit an. Skaia beugte sich soweit aus ihrem Fenster, dass sie wenigstens Aldoros Nasenspitze sehen konnte.

Vielleicht spürten die Eingeweihten die unausgesprochenen Fragen nicht, jedenfalls begann Streng erst einmal mit Belehrungen: „Es entspricht nicht den Regeln, dass sich das Volk hier unten versammelt. Oder überhaupt versammelt. Wer Fragen hat, möge den Behördenweg einhalten!"

Falls er erwartet hatte, dass sich die Menge auf seine Ermahnung hin die Hände vor die Köpfe schlagen und sagen würde „Na klar, wie konnten wir nur so dumm sein!", hatte er sich getäuscht. Durch die Reihen ging vielmehr ein unwilliges Raunen.

„Glaubt ihr denn ernsthaft, dass euch in unserem wunderbaren Sonnenreich irgendetwas zustoßen könnte, solange wir weise über alles wachen?" Schrills Stimme überschlug sich. Sie war wenig dazu angetan, ermutigend auf die Leute einzuwirken.

So bemühte sich Düster als nächster: „Natürlich, keiner von euch hat es bisher erlebt, das Phänomen der Dunkelsekunden. Und dennoch ist es etwas, was immer wiederkehrt im Kosmos. Es wandert durch die Welten, und nun streift es uns. Winzige Sonnenfinsternisse, die vorübergehen. Die Wissenschaftsanstalt beobachtet dieses Geschehen im ganzen All schon lange, aber es tritt so chaotisch auf, dass eine zuverlässige Berechnung nicht möglich ist. Das Einzige, wovon man sicher ausgehen kann, ist, dass es auch wieder verschwindet!"

Skaia ließ ihren Blick über die Versammelten gleiten. Bei vielen schien sich die Anspannung zu lösen. Dass Kygo weiterhin verzagt dreinblickte, wunderte Skaia nicht. Düster war schließlich alles andere als ein Sympathieträger, der Licht in die Herzen brachte.

Aldoro hatte noch gar nichts gesagt. Dafür drängte sich Schrill erneut nach vorne. „Also alles wissenschaftlich erklärbar!" Und als ob er selbst nicht an die beruhigende Kraft dieser Worte glauben würde, fügte er hysterisch hinzu: „Und solange Solterra den auserwählten Guten Herrscher und den allmächtigen Sonnenkreis besitzt, kann uns nichts und niemand etwas anhaben, verstanden?"

Ein Eingeweihter war gerade dabei, das Fenster zu schließen, als sich aus der Menge eine einzelne Stimme erhob. Diese Stimme gehörte da eigentlich nicht hinunter. Sie gehörte in die Burg und nicht auf die Straße. „Einspruch", rief sie. „Ich bin Klirr, Haupterzieher, oder halt, Erzieher in herausragender Position bin ich."

„Aber sicher nicht mehr lange", schoss es Skaia durch den Kopf. Wenn sich Klirr öffentlich gegen die Eingeweihten und ihre Argumente stellte, riskierte er endgültig Kopf und Kragen. Seine Stellung bei Hofe auf jeden Fall. Was für ein Glück! Mit diesem Moment fiel der elende Quälgeist endlich von ihr ab. Ihr Leben in der Burg würde sich schlagartig verbessern.

Klirr zeigt mit ausgestrecktem Arm zum Fenster des Audienzzimmers hinauf. „Sicher, der Sonnenkreis ist der beste Schutz. Nur ..." Er holte theatralisch Luft. Dann stieß er aus: „Nur, das Ding, das Aldoro da um den Hals hat, ist eine Fälschung!"

Ungläubig starrten ihn die Leute an.

„Die Schwester des Guten Herrschers hat es mir verraten."

Was war Klirr für ein Schwein! Niemals hatte Skaia ihm etwas verraten. Niemals würde sie Klirr irgendetwas verraten. Jetzt wusste Skaia: Er hatte es mitbekommen, als sie unter dem Herrscherstuhl gekauert hatte und Aldoro in der größten Not vor dem falschen Sonnenkreis warnen wollte.

„Ich habe den angeblichen Sonnenkreis in Händen gehalten. Kein bisschen Feuer hat er in sich. Aber in jedem Lehrbuch kann man nachlesen: ‚Wer ihn hält, verspürt das Brennen seiner Energie'. Aber da ist nichts!“ Die Leute scharten sich enger um Klirr. Wollten jedes seiner Worte hören. „Wenn ihr mich fragt, ist Yaho mit dem Sonnenkreis aus Solterra verschwunden. Und deshalb fällt die Kraft der Sonne immer wieder aus! Wir fragen dich, Aldoro, wo ist der echte Sonnenkreis?“ Klirrs Blick blitzte nach oben, und alle Augen folgten ihm. Misstrauisch. Feindselig. Dunkel.

„Ich ... ich“, hörte Skaia ihren Bruder nebenan stottern. „Ich wollte ja nach ihm su... “ Der Rest war ein erstickter Schrei, den Aldoro von sich gab, als ihm eine Hand den Mund zuhielt. Der Gute Herrscher wurde vom Fenster weggezerrt, während Schrill lautstark die Menge beschimpfte. Skaia sank zu Boden. Rutschte am Fensterrahmen und an der Wand nach unten. Putz scheuerte an ihren Armen. Klirr hatte recht: Die Dunkelheit brach aus, weil der Sonnenkreis Solterra nicht mehr mit seiner Energie durchdrang. Die einzige Lösung war, ihn zurückzuholen. Aldoro hatte es nicht geschafft, Robolde mit diesem Auftrag loszuschicken. Jetzt war es zu spät. Der Glaube der Leute, ihr Guter Herrscher sei auserwählt, schmolz dahin. Und Skaia musste nach Klirrs Worten den Eingeweihten unwiderruflich als üble Verräterin erscheinen. Draußen entstand Tumult, als das Fenster nebenan scheppernd zuflog. Dann war die Sonne weg. Die Leute schrien erschrocken auf. Schon wieder ein dunkler Moment. Beinahe hätte Skaia auch geschrien, denn an einem Ellenbogen spürte sie plötzlich etwas Weiches.

„Jetzt stell dich nur nicht wieder an. Inzwischen kennst du mich doch“, dachte etwas in Skaias Kopf. Gleichzeitig leuchteten die bernsteinfarbenen Augen im Dunkel.

Die Katze!

„Was für eine schöne Gelegenheit für ein Wiedersehen, mein gutes Kind.“

Wo kam die Katze auf einmal her? Hatte sie sich die ganze Zeit in der Burg versteckt?

„Das habe ich nicht nötig. Ich war zu Hause. Die Dunkelheit, die euch zwischendurch überfällt, ist praktisch. Da kann man leicht hin und her wandeln zwischen den Reichen.“

Nur ganz am Rande registrierte Skaia Klirrs Bemühungen, sich bei den Menschen auf dem Platz wieder Gehör zu verschaffen. Inmitten der alles verschlingenden Finsternis.

Ganz nah schnurrte die Katze: „Vielleicht kannst du dich heute schneller entschließen, mitzukommen. Wir brauchen dich.“ Skaia traute sich nicht, nachzudenken, was das bedeuten könnte. Denn alles, was sie dachte, würde die Katze erfahren. Dass sie selbst vielleicht Yaho zurück... halt! Nicht denken! Keinesfalls.

„Was ist?“, wollte die Katze wissen, und schickte ihrer Frage ein ungeduldiges Maunzen hinterher.

„Wie soll ich denn mitkommen?“, dachte Skaia, „sie lassen mich ja nicht einmal aus der Burg!“

„Sei nicht albern. Jetzt müssen wir durch kein Tor mehr und über keine Mauern. Du musst es nur wollen.“

„Was?“

„Im Dunkeln zu bleiben.“

Wie lange hielt denn diese Dunkelheit noch an? Das musste die längste sein, die Solterra bisher erlebt hatte. Und wer konnte sich wünschen, darin gefangen zu bleiben?

„Wir brauchen dich“, wiederholte die Katze. „Und du brauchst uns. Glaube mir. Es ist dein Schicksal!“

Und Aldoro? Brauchte er sie nicht? Aber konnte sie ihm in der Burg überhaupt noch helfen? Würde sie nicht eher wieder in eine Zelle wandern?

„Bei uns bist du frei. Komm mit. Entscheide dich für die Finsternis. Dort ist es besser!"

In Skaias Kopf stürzten alle Bilder der letzten Tage ineinander und begruben jegliche Ahnung, was sie wollte und sollte. Ließen nur noch den Wunsch zu, befreit zu sein von diesen Alpträumen. Was konnte sie verlieren? Die Katze, die aus dem Dunkel kam, war warm. Würde den Weg zu einem Ort wissen, an dem sie sich ausruhen konnte.

„Wo ist das Dunkel?", dachte Skaia und war mit einem Mal dafür bereit.

„Du sitzt mittendrin. Willkommen in Moxó!"

„Wo?"

„Na, im Reich der sternflammenden Königin!"

13.

GESINDEL, GESANG,

GAUKELEI

„Aber, aber ...", begann Skaia und wusste nicht, wie ihr geschah. Obwohl das Licht Solterras nicht zurückkehrte, konnte sie nach und nach Konturen erkennen: die Katze, Felsen, Hecken und Büsche.

„Ja, das ist der Vorteil: Wer vor der Dunkelheit nicht die Augen verschließt, beginnt langsam zu sehen. Und zu sehen gibt es genug in Moxó, nicht nur den Mond", dachte die Katze Skaia an und blickte nach oben zu der silbernen Sichel, die am Himmel hing, als gehöre sie immer schon dorthin.

Die Sonne war verschwunden, die Burg war verschwunden, die Stimmen von Klirr und der aufgewühlten Menge waren verschwunden — ganz Solterra war weg.

„Falsch!", wies die Katze Skaia zurecht. „Natürlich ist es noch da. Wenn es so einfach wäre, das Reich der Sonne in Nichts aufzulösen ..."

„Dann?", fragte Skaia, aber die Katze dachte gar nicht daran, ihr zu antworten.

„Solterra ist nicht verschwunden, sondern du hast es nur verlassen. So wie du es gewollt hast." Aus dem Schnurren, das diesen Gedanken begleitete, glaubte Skaia so etwas wie ein Kichern herauszuhören. Aber es mochte Einbildung sein. „Und jetzt wird es Zeit, dass wir uns auf den Weg machen!"

„Wohin?", wollte Skaia wissen, obwohl sie die Antwort ahnte.

„Zur Königin der Nacht natürlich, wohin sonst. Schließlich bist du die Prinzessin!"

Skaia war völlig verblüfft. Doch zum Wundern ließ ihr die Katze kaum Zeit, denn wie damals im Totgesagten Park legte sie ein gehöriges Tempo vor. Skaia musste sich sputen, um sie nicht zu verlieren. Die „Prinzessin" strich sie erst einmal aus ihrem Kopf. Denn sie wusste nicht, wohin eine Unterhaltung darüber führen würde. Sie hatte Angst, ihre Gedanken könnten der Katze verraten, dass sie nur mitgekommen war, um Yaho zu finden.

Mittlerweile hatten sich Skaias Augen so an die Dunkelheit gewöhnt, dass sie den Pfad erkennen konnte, auf dem sie durch die düstere Gegend wanderten. Anstrengend war es trotzdem. Egal, wohin sie blickte: Überall hatte sie das Gefühl, die Schatten riesiger Wände lägen auf ihr. Immer wieder griff sie mit den Händen in das unbekannte Schwarz. Sie bekam nur Luft zu fassen, die sich nicht anders anfühlte als unter der Sonne auch. Was sie in den ersten Momenten besonders verwirrt hatte, waren die Farben gewesen, vielmehr das Fehlen der Farben. Gut, die Augen der Katze leuchteten immer noch bernsteingolden, aber ihr Fell war nicht mehr weiß, sondern schwarz. Die Büsche schmückten sich nicht mit fröhlichem Grün, und die Bäume wetteiferten nicht um den wärmsten Braunton der Rinden. Eher schienen sie grau wie die Felsen. Doch je länger Skaia der eilig trippelnden Katze hinterherlief und je öfter sie die vorbeistreifenden nächtlichen Gewächse beachtete, umso sicherer war sie: Alle hatten eine richtige Farbe, man musste nur genau darauf achten. Auch hier hatte jeder Busch sein eigenes Grün und jede Rinde ihr eigenes Braun, auch wenn alles dunkler wirkte als in Solterra. Bloß das Schwarz des vorauseilenden Katzenkörpers änderte sich nicht, selbst als Skaia aufholte und sich, soweit es im Laufen eben ging, forschend hinunterbeugte. Vom Weiß der Katze war kein einziges Härchen mehr übrig.

Hatte Skaia dieses Gehetze zunächst an ihren Ausflug in den Totgesagten Park erinnert, musste sie allmählich zugeben, dass es dort viel angenehmer gewesen war. Zum einen schien diese Tour durch die Nacht schier endlos zu werden, und zum anderen hatte sie den Eindruck, dass sie nicht alleine mit der Katze war. Sicher, sie befanden sich in einem Wald, und sogar Skaia als Stadtkind wusste, dass es im Wald Tiere gab. Aber waren es wirklich Tiere, die immer wieder rechts, links, vor oder hinter ihnen auftauchten? Mal erschien es ihr,

als hätte sie ein kleines Männchen mit roter Mütze gesehen —
sein langer Bart wehte hinter dem Stamm hervor, den es sich
flugs als Versteck gesucht hatte. Mal kauerte hinter einem
Felsen ein Vogel, so groß wie ein Kind. Etwas anderes kletterte dank seiner vielen Arme behände ins Geäst einer rauschenden Trauerweide. Die Silhouette eines spindeldürren, in
Fetzen gekleideten Mannes tanzte wie ein Verrückter im
Kreis herum und sang dazu mit heiserer Stimme vor sich hin.

„Butzemänner und andere zweifelhafte Wesen", dachte
die Katze Skaia zu. „Was sich eben alles so herumtreibt in
dieser Gegend. Ist nicht die feinste. Aber der Weg führt hier
durch, da kann ich nichts machen."

Beruhigend war das nicht. „Ist es denn noch weit?", wollte Skaia wissen. Zwar hoffte sie, dass es noch eine Weile dauern würde, bis sie an die Pforten des sicher mächtigen Köni-
ginnenpalastes kamen, denn noch hatte sie keine Vorstellung,
was dort auf sie zukäme und wie sie ihre Pläne verwirklichen
sollte. Aber allmählich glaubte sie, jeden Knochen zu spüren.
Sie war es nicht gewohnt, stundenlang zu laufen.

„Das Reich der sternflammenden Königin ist keine
Spielzeuglandschaft, die man mit zwei, drei Schrittchen
durchqueren kann. Wenn du meinst, das sei ein Sonntags-
spaziergang, muss ich dich enttäuschen."

„Aber ich bin erschöpft."

Die Katze blieb stehen. „Du willst also eine Pause."

Skaia nickte.

„Hier? Im Butzewald?"

„Ach ja ... äh, nein", gab Skaia zu. „Aber wenigstens ein
bisschen verschnaufen, bitte."

Die Katze ließ Skaia genau dreimal tief Atem holen, dann
ging es wieder weiter.

Als sie endlich den Wald hinter sich ließen, liefen die Beine von Skaia längst wie von alleine. Sie liefen, ohne dass Skaia
sie noch spürte. Manchmal hatte sie Mühe, die Augen offen

zu halten. Manchmal träumte sie, sie würde vom Weg abkommen und in einem wunderbar weichen Heuhaufen landen. Dann merkte sie, dass ihr die Augen für ein, zwei Sekunden zugefallen waren und sie neben dem Weg lief. Aber ein Heuhaufen war nirgends zu sehen. Wo hätte er auch herkommen sollen in dieser kargen Landschaft? Wo es außer ein paar zerzausten Sträuchern und dürrem Gras nichts gab? Wo es so unwirtlich war, dass Skaia dachte: „Hier müsste man Klirr aussetzen."

„Hier können wir schlafen", meldete sich die Katze in Skaias Kopf und hüpfte mit ein paar schnellen Sprüngen hinter den einzigen Felsblock weit und breit.

Skaia war erstaunt, dass der große, graue Stein auf der Rückseite eine Art Vordach formte, unter das sich müde Wanderer setzen konnten. Die Katze legte hier bestimmt öfters eine Rast ein. Es sah ziemlich selbstverständlich aus, wie sie es sich in einer kleinen Kuhle gemütlich machte.

Skaia war viel zu erschöpft, um lange nach der bequemsten Stelle zu suchen. Sie lehnte sich einfach irgendwo an die Felswand. Wie viele Stunden mochten sie gegangen sein? Skaia hatte ein paar Mal auf die Stundenkugel geblickt, aber umsonst. Die Flüssigkeit im Inneren war zu einer schwarzen Suppe geworden, die sich kein bisschen mehr veränderte. Die Kugel war wohl verwirrt. Kein Wunder: Wie sollte sie auch mitten in der Nacht mit den solterranischen Tageszeiten umgehen? Stöhnend streckte Skaia ihre Beine aus. Sie bewegte die Zehen, um wieder Gefühl in die Füße zu bekommen. Die silberne Sichel am dunklen Himmel war gewandert. „Ob sie auch versinkt und wieder aufsteigt, so wie die Sonne?", fragte sich Skaia.

„Natürlich!" Die Katze blinzelte herüber. „Die vielen kleinen Punkte, die Sterne, verändern sich nicht großartig, aber der Mond ist mal hier, mal da, mal größer, mal kleiner."

„Und woher weiß man dann, welche Stunde es geschlagen hat?“

„Wozu willst du das denn wissen? Sei nicht so kompliziert. Wenn du müde bist: Leg dich hin! Wenn du wach wirst: Steh auf! Wenn du Hunger hast: Iss etwas!“

Skaia wusste, dass es nicht so einfach war, wie die Katze tat. Im Moment hatte sie durchaus Hunger, fühlte sich aber gleichzeitig viel zu schlapp, um aufzustehen und nach etwas Essbarem zu suchen.

„Wenn du schläfst, merkst du den Hunger sowieso nicht“, erwiderte die Katze ihre Gedanken. „Also, schlaf lieber!“

Es hatte keinen Sinn, sich mit der Katze zu streiten.

„Träum was Schönes, Skaia“, kam es versöhnlich von den Bernsteinaugen, bevor sich die Lider darüber senkten.

„Du auch, Katze.“

„Lunetta.“

„Wie?“

„Ich heiße nicht Katze, sondern Lunetta. Und jetzt gib Ruhe.“

Es war eigentümlich, die Augen zu schließen, obwohl es sowieso dunkel war. Lieber schaute Skaia noch in den Mond, in das Hellste, was es im Reich der Nacht zu geben schien. Auf seiner leuchtenden Oberfläche entdeckte sie dunkle Stellen. Wie bei einem Silberlöffel, der nicht ordentlich poliert worden war. Die Sonne konnte man nie eingehend betrachten. Sie war zu grell. Schon nach einem Sekundenbruchteil musste man die Augen schließen. Hinter den Lidern tanzten dann grüne Flecken.

In Solterra war es zur Schlafenszeit ziemlich ruhig, denn sie galt ja für alle. Hier hörte Skaia, je intensiver sie lauschte, mehr und mehr Geräusche. Freilich nicht so nah, dass Skaia Angst hatte, im nächsten Moment würde einer dieser Butzemänner um die Ecke springen. Aber irgendwo geisterte ein Heulen durch die Nacht, gefolgt von einem Keckern. Ein

Rascheln, das nicht weit entfernt war, ein Surren, direkt am Ohr vorbei. Bei aller Müdigkeit, die Skaia in den Knochen saß, wurde ihr ganz kribbelig zumute. Sie wollte die ungewohnten Geräusche nicht hören. Sie begann zu summen — die hübsche Melodie, die der Kapellmeister mit den Zauberinstrumenten gespielt hatte. „Eine klitzekleine Nachtmusik" hatte er sie genannt, wie gemacht also, um den Tönen des Dunkels entgegenzutreten. Skaia glaubte, sehr leise zu summen, kaum hörbar.

Dennoch schimpfte es auf einmal in ihrem Kopf: „Wenn du unbedingt Musik machen willst, dann geh wenigstens außer Hörweite."

„Ich kann nicht einschlafen."

„Prima, dann kannst du ja Wache halten!"

„Ist das hier notwendig?" Mit einem Schlag war Skaia hellwach. Mussten sie sich selbst außerhalb des Waldes vor gefährlichen Gesellen in Acht nehmen?

Von Lunetta kam keine Antwort mehr. Die Katze ließ Skaia mit ihren aufgescheuchten Ängsten allein.

Zur Unsicherheit, wer in dieser Gegend um ging, kam eine ungewohnte Kühle, die über Skaias Beine kroch. Während sie gelaufen waren, hatte Skaia es als angenehm empfunden, dass es in Moxó bei Weitem keine solterranischen Temperaturen gab. Aber jetzt, am Boden sitzend, fröstelte sie.

Skaia musste sich unbedingt einen Plan zu-rechtlegen. Wie konnte sie Yaho überzeugen, mit ihr nach Solterra zurückzukehren? Würde sie ihn überhaupt rechtzeitig abfangen, bevor er den Sonnenkreis der Königin der Nacht übergab?

So viele Bilder gingen ihr durch den Kopf: Yaho, der stolpert und den Sonnenkreis verliert. Lunetta, vor der sich riesenhafte Tore öffnen. Eine Herrscherin, deren Gesicht überstrahlt ist vom Silbermond in ihrem Haar. Ein Krönchen, das auf Skaia zu kullert und scheppernd gegen ihren Schuh stößt. Die Sonne, die die Dunkelheit zerfetzt.

Skaia riss die Augen auf. Das war echt gewesen — nicht geträumt. Wieder blitzte blendende Helligkeit auf. Alles war weiß, fast nichts mehr zu erkennen. Nur einen Lidschlag lang. Dann war alles wieder schwarz.

„Lunetta, Lunetta!", rief Skaia.

Die Katze hatte sich eingerollt, das Schnäuzchen unter die Pfoten gesteckt. Dass sie wach geworden war, konnte man schon am Zucken ihrer Schnurrhaare erkennen, bevor sie unwillig reagierte: „Mmmmh ... Warum eigentlich müsst ihr Menschen immer so schreien?"

„Lunetta. Es war auf einmal alles ganz hell!"

„Ja und? Du kennst doch das grelle Licht der Sonne."

„Ja, schon ..."

„Wenn der Sonnenkreis bei uns im Reich der Nacht herumgeistert, hat das natürlich Auswirkungen."

Das hieß, dass Yaho tatsächlich im Reich der Nacht unterwegs war.

„Ja sicher. Der Sonnenkreis und Skaia — alles eilt zur Königin. Das ist aber kein Grund zum Schreien."

Skaia durchlief ein Schauer.

„Vorhin in der Helligkeit warst du wieder ganz weiß!"

„Was du nicht sagst." Demonstrativ rollte sich die Katze noch enger zusammen, und bald hob und senkte sich ihr Brustkorb gleichmäßig. Skaia brauchte noch lange, bis sie einschlief.

So sehr sich Skaia vor Kurzem geärgert hatte, dass sie nicht weiter gehen konnte als bis zu den Toren der solterranischen Burg, so wenig erfreulich fand sie es nach der Nachtruhe und dem erneuten Aufbruch, dass der Weg einfach nicht enden wollte. Wie lange sollte das so gehen: schlafen, gehen, Beeren sammeln und Lunetta beim Mäuse vertilgen zusehen. Skaia wurde nie richtig satt, während sich Lunetta zufrieden das Mäulchen schleckte. Dann wieder gehen, sammeln, essen, schlafen. Sie hatten die öde Staubgegend hinter sich gelassen, waren durch Wiesen mit dunklem Mohn gegangen, an Feldern entlang und um Ortschaften herum, in denen kein einziges Licht brannte. Skaia fragte sich, wie die Menschen so leben konnten. Immer im Dunklen. Warum zündeten sie nicht wenigstens eine Kerze an? Oder waren die Häuser, die sich in die Landschaft duckten, gar nicht bewohnt? Wenn Skaia ehrlich war, sehnte sie sich nach menschlicher Gesellschaft, aber sie sagte nichts. Ihr Magen war es, der sie verriet. Sein Knurren war irgendwann nicht mehr zu überhören. Und Skaia fragte sich, ob es im nächsten Ort wohl eine Gastwirtschaft gebe.

„Ist ja schon gut", antwortete die Katze. Kurze Zeit später gingen sie direkt auf die Häuser zu. Auch wenn es im Dorf dunkel war, still konnte man es nicht nennen. Der Bucklige, der ihnen schon kurz hinter dem ersten Haus nachlief, rief beständig: „Ihr seid nicht von hier, ja, ja? Nein, ihr seid nicht von hier, oder?" Aus einigen Fenstern schauten alte Weiber und blasse, junge Frauen heraus. Wahrscheinlich hatten sie gehofft, dass es sich bei den laut beschrienen Fremden um hübsche Kerle mit Feuer in den Augen handelte. Auf jeden Fall wirkten sie enttäuscht, als sie bei dem Buckligen nur Skaia und Lunetta entdeckten.

In der Dorfmitte stand ein Baum mit üppiger Krone. Kinder turnten im Geäst herum. Auf Skaias Gesicht breitete sich zum ersten Mal, seit sie durch die Nacht eilte, ein Lächeln aus. Sollte sie den Dorfkindern zeigen, dass auch sie eine tolle Kletterin war?

„Bähhh!" Wie auf Kommando streckten die Kinder ihre Zungen heraus.

„Da gibt es etwas." Die Katze trippelte auf ein Haus zu, über dessen Eingang ein Schild hing: „UNVERMEID-BAR".

Skaia hatte keine Lust, noch mehr Dorfbewohner kennenzulernen, doch ihr Magen rebellierte gegen den Gedanken, nicht einzutreten.

An der Tür stolperten ihnen zwei Männer entgegen. „Un’ ich wedde trotz’m, d’ss du nich’ bess’ sing’n kanns’ als du … äh, ich“, lallte der eine.

„Wettetette gilt!“, schrie der andere und grölte eine Melodie, in die der erste einfiel. Obwohl sie viel lauter waren als vorhin der Bucklige, öffneten sich keine Fenster. Die beiden waren wohl zu bekannt, als dass sich noch jemand für sie interessiert hätte.

„Die sind nicht von hier, sind gar nicht von hier“, plärrte der Bucklige Skaia und Lunetta hinterher, als sie eintraten. Glücklicherweise blieb er draußen auf der Straße.

Es wäre für ihn auch anstrengend geworden, mit seinem Geschrei gegen den Lärm, der drinnen herrschte, anzukommen. Auf dem Weg zu einem freien Tisch wurde Skaia von einem Musikanten-Quartett angerempelt. Sie trugen über den Köpfen ein Instrument, das am vorderen Ende Tasten hatte, am hinteren Knöpfe und dazwischen einen langen Blasebalg. Die vier bewegten sich voran wie ein Wurm. Blieb der erste stehen, während er weiter in die Tasten griff, drängten die drei hinteren so weit nach, bis sich der Balg ganz zusammengefaltet hatte. Dann spazierte der erste wieder los und zog das Instrument so weit auseinander, dass Skaia dachte, es würde zerreißen. Gerade rechtzeitig rückten aber die anderen wieder nach. Der Hintermann drückte dabei mit angestrengter Miene seine Knöpfe. Was sie spielten, klang sehr bewegend.

Bei vielen der Gäste rollten Tränen über Wangen. Ein Mann mit grüner Jacke und grünem Hütchen schluchzte hemmungslos. Ein klappriger Alter, der auf einem Barhocker am Tresen saß, hustete, fast im Takt. Zwei Frauen, die in einer Ecke saßen und aus deren Stirnen Geweihe wuchsen, schwenkten die Arme und riefen „Ola, Ola“.

Erst wunderte sich Skaia, wieso es in der Bar heller war als draußen. Dann, als sie an einem Fenster Platz nahm, staunte sie. Die Scheiben ließen das Mondlicht nicht einfach durch, sondern waren so gebogen, dass sie es sammelten und verstärkten. Wie überdimensionale Lupen zogen sie den Silberschein herein.

Kaum saß Skaia, stand neben ihr, wie aus dem Erdboden gewachsen, eine Frau mit langen, blauschwarzen Haaren.

„Was darf's sein?", wollte sie wissen. „Wir haben heute Toffelwoche." Sie sah Skaia auffordernd an.

Skaia gab den Blick zurück, sodass die Frau seufzte und ergänzte: „Also, wir haben Trüffeltoffeln, Müffeltoffeln, Tarantoffeln, Quarantoffeln, Logotoffeln, Gogotoffeln, Pantoffeln, Banntoffeln, Kartoffeln und natürlich Narrtoffeln. Als Brei, als Salat, als Taschen oder Puffer."

Kartoffeln fand Skaia langweilig, und die anderen Toffelsorten kannte sie nicht. „Gibt es nur Toffeln? Oder auch etwas anderes?"

„Mondbohnen gibt es auch."

Skaia entschied sich für Kartoffelbrei mit einem kleinen Trüffeltoffelsalat.

Doch als die Frau wenige Minuten später ein Schälchen Wasser für Lunetta brachte, verkündete sie: „Kartoffeln sind aus."

„Ich nehme auch irgendetwas anderes. Egal was, nur keine Mondbohnen." Sollte es mit dem Essen noch lange dauern, würde ihr Magen selbst die Musiker übertönen, die sich gerade vor Skaia und Lunetta aufbauten. Die Männer hatten lange graue Bärte, die Frau trug ein Kleid mit einem gelb-violetten, üppigen Blumenmuster.

„Sollen wir für euch aufspielen?", fragte die Sängerin.

Skaia wollte nicht unhöflich sein, kannte aber keine Lieder, die sie sich hätte wünschen können. Fragend sah sie

Lunetta an. Die schlabberte ihr Wasser und schaute nicht einmal hoch.

„Der Bucklige hat gesagt, ihr seid nicht von hier", hakte die Sängerin nach.

„Stimmt."

„Woher kommt ihr denn?"

„Aus Sol..." Weiter kam Skaia nicht.

„Das geht keinen was an", zischte die Katze ihr zu.

Aber es war zu spät. Der Tastenspieler zog die buschigen Augenbrauen hoch und pfiff leise durch die Zähne. „Oh, das ist selten. Aus Solterra ..."

„Ey, Ola, sing wieder", kreischten die beiden Frauen aus der Ecke der Sängerin zu.

„Ja, ja", entgegnete sie beschwichtigend und flüsterte dem Tastenmann irgendetwas ins Ohr.

Seine Augen leuchteten. „Ja! Ein uraltes Lied — ururur-alt."

Dann setzte sich der Musikwurm in Bewegung. Der Tastenmann schlug tiefe Töne an, und von den Knöpfen her dröhnte es wie Gebrumm. Darüber schwebte die Stimme von Ola: „Urzeit war es, da Ymir lebte."

„Ar var alda, ar var alda", sangen die Männer im Chor.

„Es gab weder Sand noch Meer noch salzige Wellen. Weder Erde noch Himmel. Nur gähnenden Abgrund und nirgends Gras."

„Ne upp himinn, ne upp himinn", sangen die Männer.

„Von Süden die Sonne, des Mondes Gesellin, hielt am Rande den Himmel. Ihren Platz kannte die Sonne noch nicht. Von seiner Macht wusste nichts der Mond."

„Sol valtiva, sol valtiva ...", ließen die Männer das kurze Lied in vielen verschlungenen Wiederholungen ausklingen.

Die zwei Frauen in der Ecke johlten und klatschen. Der Alte am Tresen, bei dem der Musikantenwurm zum Stehen gekommen war, blickte glasig zu Boden.

Skaia winkte die Truppe zu sich. „Ihr kennt euch aus in
der, in der ...“ Vor Aufregung geriet sie ins Stottern. „... in der
Zeit, als alles noch ganz anders war?“

„Nein, keine Ahnung“, sagte Ola.

„Aber das Lied. Das handelt davon.“

„Ja. Aber es ist nur ein Lied. Wir singen es, weil es in
seiner alten Sprache so geheimnisvoll und so schön ist.“

„Und traurig“, ergänzte der Mann an den Knöpfen und
nickte dem grün behüteten Mann zu, der sich mit dem
Schnupftüchlein Tränen aus den Augen wischte. Die Bedie-
nung scheuchte die Musiker fort, um mit dem Essen durch-
zukommen.

Die Toffelgerichte schmeckten ausgezeichnet, wobei sich
Skaia an das leichte Prickeln, das der Brei auf der Zunge
hinterließ, erst gewöhnen musste.

Kaum hatte sie aufgegessen, kam die Wirtin zurück.
„Einmal Narrtoffelbrei, einmal Trüffeltoffelsalat und ein
Schälchen Wasser — macht 3,30.“ Die Frau streckte Skaia die
Hand entgegen. Doch mit einem Mal verharrte sie und
wandte sich Lunetta zu. Was die Katze im Kopf der Wirtin
dachte, konnte Skaia nur erahnen, als die Frau antwortete:
„Gesandte der Königin?“ Es klang keineswegs ehrfürchtig.
Vielmehr schwang Gereiztheit in ihrer Stimme mit. „Kommt
das jetzt öfter vor?“

Lunetta blickte der Frau tief in die Augen, sandte wohl
bohrende Fragen in ihr Hirn.

„Also, wenn ihr das selbst nicht wisst, wen ihr alles in der
Gegend herumschickt, um arme Leute zu schröpfen ... So ein
Galgenvogel! Ein Kerl in dunklem Federkleid. Hatte einen
ganzen Schwarm Raben dabei, die alles anpickten, was ich
nicht in Sicherheit brachte. Behauptete auch dauernd, er sei
ein Gesandter der Königin. Und wenn wir ihm nicht alles
gäben, was er wolle, bekämen wir die flammenden Sterne zu

spüren." Sie war lauter geworden, und ihre Augen flackerten bei der Erinnerung an die Begegnung.

Immer mehr Gäste blickten herüber. Sogar die beiden Frauen in der Ecke unterbrachen ihren Streit, den sie mit ihren Geweihen ausfochten. Jetzt verfolgten sie die Anklagen und reckten die Hälse, um diejenigen, die da gescholten wurden, giftig anstarren zu können.

Lunetta schienen beruhigende Worte eingefallen zu sein. Die Frau ballte die Fäuste, dass die Knöchel ganz weiß wurden, aber sie lenkte ein: „Gut, ein Zimmer ist frei ..." Aus der Ecke krachten die beiden Geweihe wieder aufeinander, während sie schnell hinzusetzte: „Aber nur für eine einzige Übernachtung!"

Das Himmelbett war eines der wenigen Dinge, an die sich Skaia gerne erinnerte, wenn sie an die Burg dachte. Und wie sehr sie weiches Bettzeug vermisst hatte, merkte sie, als ihr Kopf im aufgeschüttelten Kissen versank. Das Zimmer war schlicht, aber um vieles besser als kalte Felswände und lehmige Böden. Den Schrank verschloss anstelle einer Tür ein zurechtgesägtes Brett. Wenn man die vier Holzriegel, die es festhielten, verdrehte, fiel es einem entgegen. Skaia hatte sich dabei einen Splitter eingezogen. Lunetta war in den Schrank gehüpft und hatte es sich auf einer zusammengefalteten Decke bequem gemacht.

„Wer war das, von dem sie erzählt hat?", wollte Skaia von ihr wissen. Seit sie die Angst in den Augen der Wirtin gesehen hatte, spukte ihr der Federmann im Kopf herum. Sie stellte sich vor, wie er mit den Flügeln schlug und wie der Wind, den er damit entfachte, durch das Dorf fegte, die Kinder vom Baum blies und den Bucklingen umwarf.

Lunetta antwortete nicht auf die Frage. Vielleicht war sie schon eingeschlafen. Skaia aber war schlecht. Ihr Magen fühlte sich an, als würde er Kapriolen schlagen. Waren das die

Narrtoffeln, die da rumorten? Matt schwang sie die Beine aus dem Bett.

Das Fenster war auf die gleiche unpraktische Art zu öffnen wie die Schranktür. Doch wie gut tat die frische Luft!

Über den Dorfplatz schlenderten zwei Leute. Sie gingen immer nur ein paar Schritte. Dann umarmten sie sich, murmelten und küssten sich lange, bevor sie weiterschlenderten. Das Huhn, das hinter einer Hausecke hervorkam und über den Anger stakste, war zehnmal schneller. Aufgeregt nahm es unter dem Baum Platz und kläffte wie ein Hund. Dann erhob es sich wieder und lief fort. Zurück ließ es ein Ei. Skaia konnte es eindeutig erkennen, weil es neongrün leuchtete. Wäre die grelle Farbe nicht rasch erloschen, hätte Skaia vielleicht ihren Blick nicht rechtzeitig auf etwas ganz anderes gerichtet, das sich viel heimlicher durch die Nacht bewegte. Ein Greis schlich direkt unter ihrem Fenster vorbei. Die weißen Haare hingen wie Spinnweben an seinem Schädel. Wehten bei jedem Schritt. Sein Mantel wirkte zerlumpt, doch zwischen den beiden Kragenspitzen strahlte es golden.

Skaia wusste genau, dass es sieben Kugeln an zwei silbernen Bändern waren.

Ihr Herz schlug laut, während sie leise die Treppe hinuntereilte. Als sie vorsichtig die Tür ihrer Herberge hinter sich schloss, sah sie den Mann immer noch. Er ließ gerade die letzten Häuser des Dorfes hinter sich.

14.

WO

PAMINA WEILTE

Sie fluchte und schrie. Es war zum Verrücktwerden. Wie konnte das sein? Wieso war sie nicht im Bett aufgewacht? Als sie das Gesicht noch mehr in das Kissen kuscheln wollte, hatte ihre Wange plötzlich wehgetan. Sie hatte die Augen aufgeschlagen und direkt vor sich eine Ameise über eine rissige Baumrinde marschieren sehen. Es gab kein Kissen. Kein Bett. Kein Zimmer. Keinen Schrank. Keine Katze. Nur Zypressen, deren Wipfel sich im Nachtwind wiegten.

Aufgeregt lief Skaia zwischen den Bäumen umher. Rannte, um dem Wald zu entfliehen, von dem sie nicht wusste, wie sie hineingeraten war. Weit konnte das Dorf nicht sein. Sie stolperte durch das Unterholz. Da aber nach ein paar hundert Metern kein Ende des Waldes in Sicht war, machte sie kehrt und lief in die andere Richtung. Doppelt so weit. Umsonst. Dann eben nach rechts. Doch bald glaubte sie, immer tiefer in den Wald hineinzugeraten. Also zurück. Das musste dann ja stimmen. Auch wenn es weit war. Viel zu weit, wie sich Skaia nach einer halben Ewigkeit eingestand. Sie hatte sich total verlaufen. In einem Wald, der riesig sein musste. Wahrscheinlich hätte selbst Lunetta hier Schwierigkeiten gehabt, sich zu orientieren. Es sah alles so gleich aus. An einem bemoosten Ast, der im Weg lag, blieb sie hängen. Sie hätte schwören können, dass sie den gleichen Ast schon öfter hier im Wald gesehen hatte, wenn auch immer an anderer Stelle. Jedes Mal hatte er sie an die Geweihe der beiden streitenden Frauen erinnert. Skaia stolperte und stürzte auf abgefallene Zypressenwedel. Sie zog die Beine an und lehnte sich an den nächstbesten Stamm. Sie musste nachdenken.

Das Letzte, an das sie sich erinnern konnte, war das Magendrücken, das sie im Bett verspürt hatte — und die Wirrnis im Kopf. Hatte sie etwas Verdorbenes gegessen? Diese ganzen Toffelsachen ... Die einen hatten nach Trüffel geschmeckt, die anderen irgendwie süß. Sie hatte doch Kartoffeln bestellt ... Aber ... Ja, genau, die Frau in der

„UNVERMEID-BAR" hatte ihr Narrtoffelbrei gebracht. Und Skaia war aus dem Haus gegangen. Jemandem hinterher. Und ein grünes Ei hatte geleuchtet! Was für ein Unsinn. Skaia schlug die Hände vors Gesicht. Die Narrtoffeln! Hatten sie ihr etwas vorgegaukelt? Und sie war blindlings drauflos gelaufen? In den nächstbesten Wald?

Wie weit war sie fort vom Dorf? Wollte sie nicht auf ewig im Dickicht hocken, musste sie sich aufraffen. Dennoch blieb sie sitzen. Bis sie merkte, wie es an ihrem Rücken klebrig wurde. Ihr Hemd blieb schon am Stamm kleben, als sie erschrocken aufsprang.

Die Rinde sabberte. Harz drückte nach außen. Das Hemd fühlte sich eklig an. Am liebsten hätte es Skaia ausgezogen und im nächsten Bachwasser ausgewaschen. Aber in diesem Wald war sie bisher noch nicht einmal auf ein Rinnsal gestoßen. Das Einzige, was rann, war das Harz. Inzwischen hatten sich schnörkelige Muster gebildet. Sie ähnelten den Krakeln, die Ana immer malte, wenn sie im Unterricht etwas an die Tafel schreiben musste. Wenn Skaia es genau nahm, hätte Ana sogar stolz sein können auf das Schriftbild, das da aus der Rinde tropfte.

„illkommen zu Hause", konnte sie einwandfrei lesen. Nur das „W", das genau dort gewesen wäre, wo sie eben noch gelehnt hatte, war zu einer pappigen Fläche zerdrückt. Einige Handbreit darüber erschienen weitere Worte: „Wir haben dich lange gesucht." Skaia blickte sich fragend um, ganz so, als stünde da jemand, der ihr das seltsame Geschehen erklären könnte. Doch da war natürlich niemand. Dafür zog nun ein anderer Baum ihren Blick auf sich. „Wir waren so einsam", schrieb er. Erschrocken drehte sich Skaia zurück zum ersten Baum und konnte dort weiterlesen, „seit Sarastro dich geraubt." Skaia stolperte rückwärts. Sie wollte sich nicht unter Bäumen aufhalten, von denen sie beobachtet und mit Botschaften aus Harz bedrängt wurde. Sie wollte sich überhaupt nicht in einem Land aufhalten, in dem andauernd völlig Unverständliches geschah. Wo alles nur danach zu trachten schien, sie zu verwirren. Wo alles möglich schien, was doch eigentlich unmöglich war. Alles war komplett verkehrt. Das Essen hatte einen nicht in die Irre zu führen, und Bäume hatten einen nicht anzusprechen. Skaias Beine machten sich selbstständig. Traten den Rückzug an. Wollten die schreibenden Stämme hinter sich lassen. Skaia sah über sich die Spitzen der Zypressen, die mit einem Mal gespenstisch in absolute Helligkeit getaucht wurden. Die Sonne hatte die Nacht durchblitzt. Danach schienen die Bäume umso dunkler. Doch auf den Rinden konnte Skaia noch immer die Botschaften lesen, die ihr entgegentropften:

„Arme Pamina.“

„Armes Zypressen-Wäldchen.“

„So lange geweint.“

„So lange zum Wandern verdammt.”

Der ganze Wald verfolgte sie, umzingelte sie. Wo sie auch hinlief, sie würde nicht entkommen. Sie konnte nur schreien: „Was wollt ihr von mir? Ich bin nicht Pamina!“

„Endlich gefunden“, harzte der nächste Stamm.

Skaia schrie: „Nein!“

„Wir beschützen dich, Pamina.“

„Für immer.“

Skaia schrie so laut sie konnte: „Nein, nein, nein!“ Die Bäume harzten weiter. Skaia konnte es nicht mehr ertragen. Sie warf sich auf einen Erdhügel und steckte den Kopf zwischen die Knie. Nie wieder würde sie aus diesem Wald heraus kommen. Egal, wohin sie lief, er würde sie ewig umzingeln.

Beim Essen in der „UNVERMEID-BAR“ hatte Skaia Hoffnung geschöpft, dass das Reich der Nacht vielleicht doch nicht nur Übles bergen würde, aber jetzt wurde sie eines Besseren belehrt. Skaia war gescheitert. Sie konnte Yaho und den Sonnenkreis nicht nach Solterra zurückholen und würde

Aldoro nie wieder sehen. Was aus ihm wurde, mochte sie sich nicht ausmalen. Von den Eingeweihten bevormundet, von Klirr bedrängt, vom Volk beargwöhnt, von der Sorge um seine verschwundene Schwester gelähmt. Es war so leichtsinnig gewesen, ins Reich der Nacht abzutauchen. So dumm zu glauben, sie könne alles wieder ins Lot bringen, indem sie eben mal ins Reich der Nacht hinüberwechselte.

War sie denn wirklich das Mädchen, von dem irgendein Orakel sprach? Oder eine Prinzessin? Oder Pamina? Nein, Pamina auf keinen Fall. Das war die Tochter der nächtlichen Königin gewesen. Und damit auch eine Prinzessin. Ha! Dann war Pamina auch das Mädchen aus dem Orakel. Und dieses Orakel orakelte einfach nur Unsinn. Denn Pamina war längst tot und begraben unter solterranischer Erde.

Skaia wollte Yaho nicht mehr finden müssen. Sie wollte nur heim. Sich in ihre Bettdecke vergraben und auf die Worte ihrer Mutter lauschen, die Geschichten erzählte. Geschichten aus der Burg, als sie noch prächtig war und voller edler Menschen, die gut miteinander umgingen.

Es musste einen Weg zurück geben. Skaia dachte angestrengt nach, ging alles noch einmal genau durch. Und mit einem Mal wurde ihr klar, was sie tun musste. So wie sie nach Moxó gekommen war, würde sie auch wieder nach Solterra kommen. Sie musste nur gewappnet sein. Mit ihrem ganzen Herzen musste sie bereit sein. Jederzeit. Wenn sie wollte, konnte sie beim nächsten Helligkeitsblitz das nächtliche Reich verlassen. In diesem kurzen Moment, wo die Helligkeit wieder alles überstrahlen würde, müsste sie nur felsenfest davon überzeugt sein, im Land des Lichts leben zu wollen. Dann wäre sie wieder in Solterra. Sie durfte nur nicht zweifeln. Nicht an die Eingeweihten denken, an die Wachen der Burgtore, an Aldoro, den man von ihr fernhielt. Sie musste es sich vorsagen: Solterra war das Land, in dem sie sein wollte. Immer wieder vorsagen, bis der Blitz sie mitnehmen würde:

Solterra war das größte Glück, Solterra war ihre Heimat, Solterra war das Land, wo sie hingehörte.

Beim Kauen der roten und blauen Beeren, die sie fand, ging es gut, sich Solterra als das Land der Sehnsucht vorzustellen. Auch dort war Skaia Beeren pflücken gegangen. Nicht weit vor der Stadt gab es ein üppiges Erdbeerfeld — eine aufwändig bewässerte Oase inmitten von staubiger Weite. Mit ihrem Vater und Aldoro hatte sie jedes Jahr in der Reihe 36 den Abschnitt A abgeerntet. Sie mussten zwar den größten Teil bei der Aufsicht abgeben, so wie es die Ernährungsanstalt vorschrieb, aber zwei Eimerchen brachten sie immer mit nach Hause. Bis Skaia dann frisch geduscht aus dem Bad kam, hatte ihre Mutter die Erdbeeren geputzt, halbiert und mit Puderzucker bestäubt. Skaia bekam einen besonders großen Teller, auf dem die Beerenhälften jedes Mal in einer neuen Art und Weise angeordnet waren. Mal als Schäfchen, mal als Blume, mal als Gesicht. Als Klirr Skaias Haupterzieher wurde, stellte sie sich vor, dass der Erdbeermund vor ihr hässlich lamentierte, ganz so wie Klirr. Dann nahm sie ihre Gabel und zermatschte die Beeren auf dem Teller, bis die Reste in dünner, roter Soße schwammen.

Erdbeeren waren viel leckerer als die kleinen, runden Dinger, die Skaia von den Sträuchern zwischen den Zypressen pflückte. Alles in Solterra war besser, sagte sie sich. Alles war wunderschön dort. Sie wollte so gerne zurück. Skaia war bereit. Aber alles blieb dunkel. Kein Blitz.

Irgendwann wurde Skaia müde. Sie wehrte sich gegen den Schlaf, aber in diesem Wald war es so langweilig, dass sie nichts fand, womit sie sich ablenken konnte. Nur Büsche, abgefallene Äste und Zapfen und die Bäume. Mit dem triefenden Geschwätz der Rinden wollte sie sich auf keinen Fall beschäftigen. Aber sie durfte nicht einschlafen! Wankend stand sie auf, beschloss, noch einmal Beeren zu sammeln:

Blaubeeren, Stachelbeeren und irgendwelche Beeren, deren Namen sie nicht kannte, die aber gut rochen. Die Dornen der Sträucher zerrissen ihr das Hemd. Mit Kratzern an Armen und Beinen tauchte sie aus dem Gestrüpp auf. Längst hatte sie das Gefühl für die Zeit verloren, spürte keinen Rhythmus mehr, den ihr Körper einhalten konnte. Nur an einem hielt sie sich fest: Solterra! Solterra! Solterra! Bis sie an einem Stamm niedersank und einnickte.

„Gut geruht?", harzte ein Baum ihr entgegen. Skaia brachte nur ein „Äh" zustande und verdrehte die Augen.

Dann geschah es: „Hihihihihihilfe!", schallte es an Skaias Ohr.

Dazu der Blitz. Im selben Moment und schon wieder vorbei. Skaia hatte so lange gewartet — und jetzt an das Falsche gedacht. Anstatt sich nach Solterra zu sehnen, hatte sie erschrocken zugehört, wie jemand schrie. Genau in dem Augenblick, als das Licht sie hätte erlösen können. Skaia saß wie ausgelöscht da. Sie hatte die Rettung verpasst.

„Hahahahaha", lachte die Stimme wie wahnsinnig. Überschnappend. Wie in Trance erhob sich Skaia. Es würde wieder ein Blitz kommen. Solterra ist schön. Solterra ist hell. Solterra ist Licht.

„Hihihihaho."

Wer hatte ihr da mit seinem plötzlichen Gelächter die Rückkehr nach Solterra verpatzt? Skaia ging der Stimme nach. Als sie an einer Lichtung ankam, sah sie einen Jungen, der wahrscheinlich ein wenig jünger war als Skaia. Zumindest schien er kleiner zu sein. Genau war das aber nicht auszumachen, denn der Junge hing in der Luft und wurde wie verrückt herumgeschleudert. Was ihn festhielt, war ein breiter, roter Lichtstrahl, in dem sich das Spektakel abspielte. Egal, ob der Strahl nach links oder rechts schwenkte, Kreise beschrieb oder im Zickzack um sich schlug, immer riss er den

Jungen mit. Der Junge gickelte und gackerte, kicherte und japste. Seine Miene war verzerrt und keinesfalls begeistert. Eindeutig: Die Schleuderfahrt und das Lachen machten keinen Spaß. Der Junge hätte wohl alles gegeben, um dem Bann des Strahls zu entkommen. Sollte Skaia ihm helfen? Die Hand nach ihm ausstrecken und ihn herausziehen? Wer wusste schon, wie der Junge da hineingeraten war? Vielleicht hatte er neugierig seine Hand in das rote Licht gestreckt und war dann hineingezogen worden? Skaia durfte kein Risiko eingehen. Sie sah sich an diesem eigentümlichen Ort genauer um. Dass es hinter dem roten Lichtstrahl noch einen orangenen, einen gelben, einen grünen, einen blauen und einen violetten gab, die ausschließlich direkt nach oben in den Himmel leuchteten, hatte sie längst bemerkt. Aber dass die Lichter großen Blüten entströmten, entdeckte sie erst jetzt. Es war nur eine kleine Blumenwiese, die sich da mitten im Wald ausbreitete, und die Lichterblüten wuchsen sehr akkurat hintereinander in einer Linie.

Skaias Blick flitzte über den Boden. Ein paar Meter weiter war ein Ast. Keiner von den dünnen, die überall lagen, sondern ein kräftiger. Skaia hatte Mühe, ihn zu den Lichtern zu schleppen. Ihn hochzuhieven kostete noch mehr Kraft. Ein paar Mal musste sie sich ducken, um nicht von dem tobenden Strahl gestreift zu werden. Das Blut schoss Skaia in den Kopf, als sie die Luft anhielt und den Ast schwang. Heftig knallte er gegen den Jungen. Skaia konnte den Ast nicht mehr halten. Er fiel krachend auf die Erde, brach in der Mitte entzwei. Daneben schlug der Junge auf. Sein Lachen erstarb augenblicklich. Sein Mund blieb offen. Ungläubig sah er auf seine Arme und Beine, ganz so, als sei er nicht sicher, ob noch alles dran sei. Hinter ihm beruhigte sich der rote Lichtstrahl. Nach kurzer Zeit leuchtete er ebenso unbewegt wie die anderen Strahlen in den Himmel. Der Junge rappelte sich hoch. Wankte auf Skaia zu. Bis er auf eines seiner offenen Schuhbänder trat, stolperte und stürzte. Mit panisch ausgestrecktem Arm griff er nach Skaia. Sie mühte sich, ihn zu halten.

Dennoch ging er in die Knie. Erschöpft stöhnte er, doch den Kopf wandte er nicht von Skaia. „Ich bin Mikolo."

Und Skaia ergänzte in Gedanken: „Mikolo, der Tollpatschige." Sie kannte ihn nicht, aber sie sah es an den Schrammen, die ihn überall zierten. Sie stammten nicht nur vom Schlag mit dem Ast.

Er war furchtbar verschreckt. Angespannt ging er neben Skaia her. Fuhr bei jedem noch so winzigen Geräusch herum. Lief dabei weiter und rannte in den nächsten Strauch. Dass er sich noch kein Auge ausgestochen hatte, war ein Wunder. Dazwischen sah er ängstlich auf ein kleines, blaues Flämmchen, das stets auf Kopfhöhe vor ihm her schwebte. „Das ist schon dauernd in meiner Nähe, seit ich hier in diesem Wald bin", beklagte er sich. „Meinst du, es will was von mir?" Skaia hatte keine Ahnung, war aber froh, dass das Flämmchen bei Mikolo blieb und nicht zu ihr flog. Sollte es nur bei ihm bleiben und seine kurios nach vorne abstehenden Ohrläppchen anleuchten.

Alles, was Mikolo widerfahren war, musste er nun loswerden. „Ich habe diese Lichterblumen gar nicht bemerkt."

Natürlich, Mikolo war blind in den roten Strahl hineingetappt, obwohl es wahrscheinlich im ganzen Wald nichts Auffälligeres gab.

„Hättest du gedacht, dass Lachen etwas ganz Schreckliches sein kann? Wenn du nicht gekommen wärst, hätte ich mich bestimmt totgelacht."

Und wenn sie jetzt nicht bei ihm bliebe, würde er verhungern, dachte sich Skaia. Von den Beeren, die sie gemeinsam sammeln wollten, hatte bisher alle sie gefunden. Die eine, die er von einem Strauch gepflückt hatte, an dem nur vertrocknete Kügelchen hingen, hatte Skaia zwar genommen, aber als Mikolo erschrocken wegen des Geraschels seiner eigenen Füße zu Boden blickte, ließ sie sie unbemerkt fallen. Er war nur deshalb noch nicht am Ende seiner Kräfte, weil er erst vor wenigen Stunden im Wald gelandet war.

Gelandet schien der richtige Ausdruck zu sein, wenn man Mikolos Geschichte Glauben schenken wollte. Er behauptete, aus einem Land zu kommen, das „Javónien, Reich der Helden" hieß. Skaia hatte noch nie davon gehört. Für sie hatte immer nur Solterra existiert — zumindest, bis sie nach Moxó gekommen war.

„Bloß weil ich ihnen nichts geben wollte von meinen Drachenbonbons, haben sie Streit angefangen. Aber ich weiß ganz genau, hätte ich ihnen welche gegeben, hätten sie einen anderen Grund gefunden. Das geht das ganze Jahr schon so. Sie sind in der „Heldenschmiede" zwei Klassen über mir und haben eigentlich früher aus als ich. Aber immer passen sie mich auf dem Nachhauseweg ab, nur um mich anzurempeln und herumzuproleten. Einmal bin ich mit einem Loch in der Hose heimgekommen, so blöd bin ich hingefallen. Meine Mama hat geschimpft, weil eine Uniform der „Heldenschmiede" mit geflickter Hose nicht mehr heldenhaft, sondern höchstens lächerlich aussehen würde." Mikolo zeigte auf die fragliche Stelle an der olivgrünen Hose, die er zu einer olivgrünen Jacke trug. Schön war der daraufgesetzte Fleck tatsächlich nicht.

„Meiner Mutter war es so peinlich, dass sie meinem Vater gar nichts davon erzählt hat. Da hätte ich mir erst etwas anhören müssen: ‚Wenn du schon schwächer bist als die anderen, dann lass dich nicht auf Raufereien ein. Man muss sich ja schämen für dich. Wieso schicken wir dich überhaupt auf diese teure Schule, wenn du offensichtlich eine Memme bist?' Den Fleck hat er Gott sei Dank bis heute nicht entdeckt. So genau achtet er ja nicht auf mich."

Nach ausführlichen Beschreibungen, wie gemein die beiden Rabauken waren, die Mikolo immer bedrängten, hatte Skaia eine klare Vorstellung davon, wie die fiesen Kerle, mindestens drei Köpfe größer als Mikolo, ihn verfolgten. Mit blutunterlaufenen Augen glotzten sie auf den kleinen Blonden herunter, mit spitzen Zähnen grinsten sie, mit schwieligen Händen packten sie ihn, umkrallten seine Arme und Beine, schüttelten ihn, bis die Tüte mit diesen Drachenbonbons aus seiner Jackentasche fiel, und warfen ihn fort wie einen Müllsack. Sahen ihm nach, wie er in hohem Bogen durch die Luft flog.

„Sie kreischten vor Begeisterung, als das Glasdach unter mir zersplitterte — und waren nicht mehr zu hören und zu sehen, als ich am Waldboden aufknallte", schloss Mikolo seine dramatische Erzählung.

„Bitte?", fragte Skaia und hörte auf, sich Beeren in den Mund zu stecken. „Durch was für ein Glasdach bist du denn gefallen? Über dem ganzen Wald", sie schaute nach oben, „ist nichts als Himmel."

„Das Glasdach ist jetzt nicht mehr da. Das ist ja das Schlimme."

Skaia war ganz und gar nicht überzeugt. Wahrscheinlich hatte Mikolo sich Javónien nur ausgedacht. Er war nur ein Junge, der durch die Dunkelheit im Reich der Königin verrückt geworden war.

„Das Glasdach gehört zu einem alten Gewächshaus. Das Ding ist total verfallen und mit einem Maschendrahtzaun abgesperrt. Und an der Tür hängt ein Schild: ‚Zutritt verboten'. Mehr steht nicht dran. Aber es weiß sowieso jeder, warum es besser ist, nicht in das Haus hineinzugehen."

Wieder hielt Skaia mit dem Kauen inne.

„Weil man darin verschellt, wenn man nicht aufpasst!"

„Was tut man?"

Mikolo rückte näher an Skaia heran. „Es ist einmal ein Prinz darin verschollen. Ist hineingegangen und nie wieder herausgekommen."

Vielleicht gibt es ja einen Hinterausgang, überlegte Skaia.

„Seitdem ist es verriegelt. Kein Mensch weiß, wohin der Prinz verschwunden ist."

„Doch!"

„Wie? Wer?" Mikolo starrte sie mit großen Augen an.

„Na du! Du bist doch jetzt auch verschollen."

Mikolos Verblüffung zerrann zu einer unglücklichen Miene.

„Dann wird er damals auch hier gelandet sein, oder?"

Mikolo nickte nachdenklich.

„Und so wie er wirst auch du nie mehr zurückfinden." Skaia war mitleidlos mit dem kleinen Fantasten. „Nun hast du immerhin die beiden Schläger nicht mehr am Hals. So, bist du satt?"

Ein kaum hörbares „M-hm" war die einzige Antwort, die er gab.

„Und jetzt will ich zurück zu den Lichterblumen. Die sind wenigstens mal was anderes zwischen dem ganzen Gestrüpp."

Mikolo folgte ihr. Und auch das Flämmchen neben ihm zögerte kein bisschen.

15.

EIN EIMER

VOLL GELÄCHTER

War Skaia bereits überrascht gewesen, in ihrem Waldgefängnis überhaupt auf eine Menschenseele zu stoßen, konnte sie jetzt kaum glauben, was sie sah. Es war wieder jemand bei den Blumen. Die Lichtung schien ein beliebter Ort zu sein. Vor ein paar Stunden wäre sie begeistert auf den Mann zugelaufen, voller Hoffnung, dass er sie mitnähme, in ein Dorf vielleicht oder wenigstens auf einen Einödhof. Aber seit sie den wirren Mikolo kannte, schien es ihr ratsamer, erst einmal zu beobachten. Ein Mann dieser Statur konnte gefährlich werden, wenn er ebenso seltsam war wie der Junge an ihrer Seite. Auf jeden Fall sah er ungewöhnlich aus. Fast hätte man meinen können, er habe seine Kleidungsstücke in den Lichterblumen gefärbt, so schrill waren sie. Selbst im müden Mondlicht konnte man sie gut erkennen: Über einer mit Silberfäden eingefassten, violetten Weste saß ein scharlachroter Frack, der mit den im gleichen Stoff bezogenen Schuhen aufs Beste harmonierte. Die blassblauen Seidenstrümpfe verschwanden auf Kniehöhe unter kanariengelben Beinkleidern. Ein dreieckiger Hut mit weißen Straußenfedern krönte die wandelnde Modenschau. Der silberne Degen, der am Gürtel des Mannes baumelte, gab offenbar auch Mikolo zu denken, zumindest konnte er seinen Blick gar nicht davon abwenden.

Doch der Aufgedonnerte hatte etwas ganz anderes zu tun, als den Degen zu ziehen und heimliche Beobachter im Gebüsch aufzuspießen. Mit der einen Hand hielt er ein Blecheimerchen in den orange leuchtenden, hin und her schwankenden Strahl, mit der anderen fuhr er sich angespannt übers Kinn. Ganz plötzlich riss der Mann das Eimerchen aus dem Lichtstrahl und keuchte. Dann verschloss er das Eimerchen, in dem es orange waberte, mit einem Deckel. Der Strahl beruhigte sich derweil wieder. Genauso machte der Mann es bei den nächsten Lichterblumen, nur dass seine Grimassen jedes Mal anders ausfielen. Beim gelben Strahl riss er erstaunt die Augen hinter der großen, rosa Brille auf, beim violetten rannen ihm Tränen in Sturzbächen über die Wangen. Beim blauen entglitten ihm die Züge vollends. Er saß da und wimmerte wie ein Kleinkind, das von einem schleimigen Monster bedroht wird. Der Eimer in seiner Hand zitterte fürchterlich. Aber nur, bis er ihn beherzt aus dem Licht zog.

„Und warum hat er nichts vom grünen Strahl genommen?", wollte Mikolo von Skaia wissen. Selbst wenn sie eine Antwort darauf gehabt hätte, wäre es nicht mehr möglich gewesen, sie zu geben.

Der Mann hatte Mikolo gehört. Mit forschendem Blick pirschte er genau auf den Busch zu, hinter dem sie sich versteckt hielten. Lauernd gab er Antwort: „Grün? Grün braucht kein Mensch. Grün ist das Leben von ganz alleine. Oder?" Mit einem Satz sprang er nach vorne und stand direkt neben ihnen. „Publikum! Aber warum versteckt ihr euch denn, wenn ihr sehen wollt, was der große Prinzipal Papa macht? Hier ist es doch nicht schön — viel zu grün! Hopp hopp hopp." Mit wedelnden Händen scheuchte er sie auf die Wiese.

„Was hat er denn dauernd gegen Grün?", flüsterte Mikolo Skaia zu. Als ob es keine wichtigeren Fragen gegeben hätte: Wer war der bunte Vogel? Was wollte er mit all den Farben? Und vor allem: Konnte er sie aus dem Wald führen?

„Ich sage es euch: Grün ist die pure Langeweile! So ziemlich das einzige Gefühl, das ich in meinem Metier nicht gebrauchen kann."

Sein Metier, stellte sich heraus, war das Theater. Als „Prinzipal" stand er einer Wandertruppe von Schauspielern vor, die durchs Land zog und die Leute erheiterte, überraschte und rührte. Manchmal auch mit Skandalstücken schockierte.

„Wenn die Nerven der Zuschauer blank liegen, umso besser“, pries er seine Aufführungen. „Du brauchst nach einer tragischen Szene nur einen Brauttanz zu bringen und auf den Tanz ein Morden und Metzeln. Und scheue dich nicht, die Soldaten in Sciencefiction-Uniformen auftreten zu lassen. Umso aufregender sieht es dann aus, wenn die verwachsene Herzogin in einer Waffenkammer durch Öffnen aller Adern ermordet wird — oder sollte sie dabei besser in einer Badewanne sitzen, was meint ihr?“

Mikolo war sichtlich unbehaglich zumute. Je länger der Prinzipal von den verschiedenen Todesarten sprach, die man auf der Bühne effektvoll darstellen konnte, desto mehr rückte er von ihm ab.

Der Theatermann bemerkte es nicht. Er beugte sich nur noch weiter zu ihm vor. „Sicher hast du gehört von der einen oder anderen unserer Inszenierungen.“ Da Mikolo nur verzagt dreinschaute, anstatt begeistert zu bejahen, zählte der Prinzipal mit fragendem Unterton auf: „‚Der Fremde oder die Beleuchtung im Fischbehälter‘.“

Mikolo schüttelte den Kopf.

„‚Der Papagei und die Gans oder die zwitschernden Perücken‘? ‚Der wohltätige Derwisch oder die Schellenkappe‘ — auch unter dem Titel ‚Die Zaubertrommel‘ bekannt ... Oder wenigstens: ‚Kasperl, der arme Zündhölzchenschnitzer oder: Die lebendig toten Eheleute‘?“

Skaia ging es wie Mikolo. Es war kein Titel dabei, der ihr etwas gesagt hätte. Wie auch? Der Ausflug ins Theaterhaus stand in Solterra erst in den letzten beiden Jahrgangsstufen auf dem Erziehungsplan. Aldoro hatte einmal von einem Stück erzählt, in das die Klasse mit Klirr gegangen war. Aber es hatte keinerlei Handlung gehabt außer der, dass zwei Männer auf der Bühne auf und ab gingen und sich gegenseitig die Naturgesetze Solterras erklärten.

Mikolo sagte kleinlaut: „Ich bin nicht von hier.“

Der Prinzipal richtete sich auf. „Soso." Er schien mit sich zu ringen, ob er das als Entschuldigung gelten lassen könne. Immerhin hakte er nach: „Woher stammst du dann?"

„Aus Javónien."

„Ah!" Ein wohliges Erkennen schwang in seinem Ausruf mit. „Hatten wir auch mal: ,Der Schneckenhändler aus Javónien'. War aber nicht gerade ein Renner."

Skaia sagte nicht, woher sie kam. Stattdessen fragte sie schnell: „Was ist das eigentlich für ein grässlicher Wald? Wie weit ich auch laufe, ich finde keinen Weg nach draußen."

„Es ist der wandernde Wald. Manche sagen auch, der weinende." Fragend zog er die Brauen nach oben. „Spricht er mit dir?"

„Ja, woher ..."

„Alle paar Jahrzehnte meint er, er habe Pamina wiedergefunden."

„Aber ich bin nicht ..."

„Natürlich bist du nicht Pamina. Das ist ja auch viel zu lange her." Ein wehmütiger Ausdruck schlich sich in seine Züge. „Sie war ein hübsches Mädchen. Die blonden, seidigen Haare, ganz wie der Vater, dazu die schwarzen, funkelnden Augen der Mutter. In diesem Wäldchen wurde sie einst von Sarastros Häschern überfallen und ins Sonnenreich entführt."

„Entführt? Ich dachte, Pamina hat sich selbst für das Sonnenreich entschieden?"

„Ach, wer sagt das?"

Wie dumm. Sie durfte sich nicht verraten. So gab sie vage zur Antwort: „Ich habe es einmal gelesen. Weiß nicht mehr, wo."

Der Prinzipal blickte kritisch auf Skaia herunter. Dennoch bestätigte er: „Ja, es ist viel geschrieben worden, wie alles gewesen sein soll. Der eine sagt so, der andere so."

„Und was ist die Wahrheit?"

„Die Wahrheit ist ... Ansichtssache."

Mikolo mischte sich ein: „Das kapier’ ich nicht.“

„Das ist doch ganz einfach“, meinte der Prinzipal. „Ein Beispiel: Zähne! Welche Farbe haben Zähne?“ Er zog die Lippen weit zurück. Zum Vorschein kamen zwei holprige Reihen mit etlichen Lücken. Die meisten Zahnhälse waren lang und dünn. Bis auf ein paar bräunliche Flecken waren die Zähne gelb.

Mikolo war entweder blind oder höflich, denn er antwortete: „Weiß.“

„So?“ Der Prinzipal zog fragend die Augenbrauen hoch. Dann nahm er seine rosa Sonnenbrille ab und setzte sie Mikolo auf die Nase. „Und jetzt?“ Wieder bleckte er die Zähne.

„Oh“, machte Mikolo.

„Siehst du?“ Der Prinzipal freute sich. Skaia griff sich die Brille und starrte nun auch auf die Zähne des Prinzipals.

„Rosa“, stellte sie fest und kam sich dabei nun auch sehr höflich vor. Die Zähne hatten zwar eher die Anmutung eines rötlichen Beige, aber sie wusste, was der Prinzipal meinte und gab ihm seine Brille zurück.

„Mal ist es weiß, mal ist es rosa. Es kommt nur auf die Betrachtungsweise an. Die Zypressen jedenfalls glauben, Pamina sei entführt worden. Und seitdem wandern sie ziellos umher auf der Suche nach Pamina.“

„Aber was wollen sie dann von mir? Ich habe keine blonden Haare!“, ereiferte sich Skaia.

„Äußerlichkeiten! Glaubst du, die Bäume sehen dich? Der Wald sieht nicht, hört nicht, riecht nicht. Er kann nur fühlen. Du wirst irgendetwas an dir haben, das ihn an Pamina erinnert. Und deshalb umarmt er dich.“

„Aber ich will das nicht. Ich will hier raus!“

Der Prinzipal amüsierte sich über Skaias heranrollende Wut. „Du könntest aber einen kleinen Wald sehr glücklich machen, wenn du bliebest.“

„Kann ich nun raus aus dem Wald oder nicht?“ Für Skaia war klar: Der Prinzipal musste ihr helfen. Und wenn er nicht wollte, würde sie ihm einfach so lange überall hin folgen, bis ihm der mitmarschierende Wald selbst auf die Nerven ging.

Da zog der Prinzipal den Degen.

Mikolo schrie auf.

Skaia zuckte zurück, aber der Prinzipal wandte sich nur zum nächstbesten Stamm.

„Warum bist du verärgert?“, prangte es ihm harzig von dort entgegen.

Darunter ritzte der Prinzipal Buchstaben in die Rinde. Wie sehr er sich dabei anstrengen musste, erkannte Skaia an seiner Zungenspitze, die sich zwischen die Lippen schob. Was er schrieb, versetzte Skaia in Rage: „PAMINA“.

„Ich bin es nicht, verdammt!“

„Jetzt sei doch nicht so ungeduldig“, blaffte der Prinzipal zurück und setzte den Degen noch mal an. Mit kräftigen Schnitten strich er „PAMINA“ durch. Die frischen Kerben füllten sich mit Harz. Waren rasch zur Gänze bedeckt und liefen über.

Skaias Wut verrauchte nur langsam. „Wäre es nicht besser gewesen, wir hätten gleich ein Kreuz neben den Namen gemacht? Pamina lebt längst nicht mehr.“

„Warum sollen wir ihm die Hoffnung rauben?“

„Weil er dann niemanden mehr festhalten würde“, dachte sich Skaia, sprach es aber nicht aus. Das Harz rann an der Rinde entlang zu Boden. Bildete einen kleinen See, in dem ganz langsam eine Ameise ertrank. Schön war es nicht, den Baum bluten zu sehen.

„Kommt ihr mit? Dann könnt ihr mir die Eimerchen tragen helfen“, schlug der Prinzipal vor.

Skaia nickte. Mikolo auch.

„Die Blaukappe gehört zu dir?“

„Äh ... Nein ...“, gab Mikolo zurück und schaute mit Unbehagen auf das Flämmchen, das neben seinem Kopf in der Luft tanzte.

„Nicht so schlimm“, sagte der Prinzipal. Er tätschelte Mikolo und seufzte: „Andere schleppen ein Leben lang Hirngespinste oder Nachtmahre mit sich herum. Das sind die wirklich unangenehmen Kleingeister!“

„Und eine ... Blaukappe?“

„Du solltest sie nur nicht ärgern!“ Dann stapfte der Prinzipal los.

Skaia fand es übertrieben, dass Mikolo immer, wenn er zu seiner Blaukappe hinüberblickte — und er blickte oft hinüber — wie versteinert lächelte. Was sollte ihm das Flämmchen denn schon tun?

Vielleicht waren es hundert Meter, vielleicht auch zweihundert, auf jeden Fall standen sie endlich im Freien. Skaia konnte es kaum fassen. Der Zypressenwald lag hinter ihnen. Vor Freude sprang sie wie wild über das Stoppelfeld, das sich vor ihnen auftat. Bis sie vom Prinzipal zurückgepfiffen wurde.

Der Rest des Wegs schlängelte sich am Waldrand entlang. Ihr Ziel tauchte auf in Form einiger Planwagen und Handkarren. Zwei Ochsen grasten vor sich hin, ein Esel schaute interessiert von seinem Wasserbottich hoch.

„Holla, der Herr und Meister bringt Gäste mit. Na dann, alles aussteigen und absitzen“, rief ein junger Mann mit breiten, blonden Koteletten und schickte ein täuschend echtes Pferdewiehern hinterher. „Zettel“, stellte er sich vor und machte so schwungvoll einen Diener, dass Skaia den Luftzug verspürte.

„Schnauz“, „Schnock“, „Squenz“, taten es ihm drei weitere Burschen gleich. Sie hätten gut auch „Kikeriki“, „Mäh“ und „Oink“ sagen können, denn der eine trug einen Hahnenkamm auf dem Kopf, einen gekrümmten Schnabel im Gesicht und unter dem Kinn einen roten, schlenkernden Gummilappen. Der zweite hatte einen Ziegenbart, kleine Hörnchen und ein Glöckchen um den Hals. Der dritte war im Gesicht rosa bemalt und näselte durch seinen Schweinchenrüssel: „Papas ,Papp-Palast'-Theater, allzeit bereit für euer Amüsement, auch wenn vom Palast nur noch die Pappe übrig ist."

„He", rief eine Frau mit scharfer Stimme herüber und schwenkte ein plüschiges, rosa Gewand, „Wir sind noch nicht fertig mit der Kostümprobe!"

Die drei schauten an sich hinunter, als bemerkten sie erst jetzt, dass sie halb tierisch, halb menschlich aussahen. „Na so etwas, sie hat Recht", sagte der eine.

„Wenn wir sie nicht hätten", meinte der zweite grinsend.

„Zarter als mein Hähnchenfleisch ist nur noch Tabbis hold' Gekreisch!", ergänzte der dritte so laut, dass es jeder auf dem kleinen Platz hören konnte. Dann sprangen sie fort und begaben sich zurück in die Hände ihrer Kostümfrau. Zettel folgte ihnen schlendernd, mit den Händen in den Hosentaschen.

„Ich bringe euch erst mal zu Gura", meinte der Prinzipal, setzte seine Eimerchen ab und schob Skaia und Mikolo genau auf den Wagen zu, der längst ihre Aufmerksamkeit erregt hatte. Er war nicht mit einer Plane überdacht, sondern offen. Außerdem waren die Seitenwände heruntergeklappt. Auf dem Wagenboden standen Wände aus Pappmaschee, die einen steinernen Irrgarten andeuteten. Das Ganze war eine rollende Bühne.

„Und eins und zwei und Ausfallschritt und ... Sprung. Das Handgelenk gerade halten, Papabello! Und Konzentration! Immer auf den Vordermann achten. Paparazzo, pass auf! Nicht dauernd wo anders hinschauen. Du trittst Paparella noch auf die Zehen." Gura war eine rundliche Alte, die mit schnellen Armen einige kleine Kinder übers Parkett dirigierte.

Und sie hatte die dunkelste Hautfarbe, die Skaia je gesehen hatte.

Über die Kinder wunderte sich Skaia allerdings noch mehr: Sie trugen bunte Federkleider. Und die schienen echt zu sein, nicht von Tabbi aus dem Kostümfundus gezogen und übergestreift. Umgekehrt warfen auch die Vogelmenschlein den Ankömmlingen neugierige Blicke zu. Paparazzo tuschelte sogar mit seiner Nachbarin, bis Gura abbrach: „Also gut, eine Viertelstunde Pause. Aber lauft nicht zu weit weg!" Die Kleinen stoben in alle Richtungen auseinander. Gura stöhnte und lächelte. Zu Skaia und Mikolo gewandt, sagte sie: „Und ihr wollt wohl auch zum Ballett?"

Skaia schloss Gura rasch ins Herz. Und Mikolo hing an ihren Lippen, wenn sie von den zahllosen Aufführungen erzählte, die sie mit Papas Truppe erlebt und erlitten hatte.

Vor allem in den letzten Jahren war es offenbar schwieriger geworden, das Publikum zu begeistern. An manchen Reinfällen, so meinte Gura, war Papa allerdings auch selber schuld. Wer wollte schon eine Operette sehen, die im Titel „Eine Viertelstunde Stillschweigen" versprach? „Richtig schlimm ist es, seit der Mond immer weniger wird. Die Leute sind verdrießlich. Doch anstatt zu uns zu kommen, um sich aufheitern zu lassen, bleiben sie in ihren Höhlen, Hütten und Häusern hocken. Schaffen es höchstens noch in die nächste Bar."

„Bei uns daheim gehen die meisten zu Boxkämpfen", warf Mikolo ein. Am fragenden Blick der Ballettmeisterin erkannte Skaia, dass Gura mit dem Einwurf genauso wenig anfangen konnte wie sie selbst. Aber Mikolo machte keine Anstalten, nähere Erklärungen abzugeben. Er wollte wohl lieber weiter Guras dunkler Stimme lauschen.

„Am schlimmsten ist es, seit uns diese Blitze heimsuchen mit ihrem grellen Licht und ...", sie zögerte und schluckte, „...

und seit der Mann mit den schwarzen Federn unterwegs ist. Keiner will ihm begegnen. Es gibt seltsame Geschichten über ihn." Unvermittelt brach sie in Tränen aus.

Tabbi war ganz anders. Während sie an den Spitzen ihrer blutrot gefärbten Haare kaute, musterte sie Skaia von oben bis unten. Dann gab sie ihr Urteil ab: „Ne schwarze Wickelbluse und ne lila Pluderhose. Was anderes hab ich nicht." Mit gezieltem Griff pflückte sie die Kostümteile von der Stange. „Genau, ‚Die Verführung im Serail' war das. Eine der Sklavinnen war kleinwüchsig."

Skaias eigene Kleider waren verschmutzt und zerrissen. Mussten gewaschen, genäht und gebügelt werden. Bis alles wieder in Ordnung war, tat es auch ein Kostüm. Skaia war nicht besonders angetan davon, als Sklavin herumzulaufen, aber sie musste es ja niemandem auf die Nase binden, zu welcher Rolle die beiden Kleidungsstücke gehörten.

„Fesch! So nett wie du hat die Kleine damals in der „Verführung" nicht ausgesehen", kommentierte Moll, ein Schauspieler mit eigentümlich alterslosem Gesicht. Schlucker, mit dem er sich gerade lautstark über eine Textpassage in der aktuellen Inszenierung gestritten hatte, hakte nach: „Ist das etwa eines der Sklavinnenkostüme?"

Nach den wenigen Minuten, in denen Skaia so ziemlich jedem im Wagenlager begegnet war, zeigte sich, dass nur Mikolo nicht wusste, was sie da trug. „Das ist ja toll", strahlte er Skaia an. „Meinst du, ich kann auch so etwas Exotisches kriegen? Oder muss ich dazu erst meine Sachen schmutzig machen?"

Die Theaterleute lebten im Rhythmus von Probe und Auftritt. Während Schnauz, Schnock und Squenz bis kurz vor dem Eintrudeln der ersten Besucher albern blieben, wurde

Gura mit ihren Kleinen umso strenger, je näher die Aufführung rückte.

„Es ist das erste Mal, dass sie mitspielen dürfen“, hatte sie Skaia erklärt. Und der Stolz, den Skaia bei den Kindern gespürt hatte, leuchtete auch in ihren Augen.

„Die Vogelkomödie“ hieß das Stück, dessen Premiere sie entgegenfieberten. An den Bühnenrändern hantierte Papa mit Scheinwerfern. Neben sich hatte er die Eimerchen gestapelt, mit denen Skaia und Mikolo ihn im Wald angetroffen hatten.

„Wo bleiben denn die beiden Musikanten?“ Gura blickte zu Papa hinüber. „Es ist dumm genug, mit den Papageni ohne Musiker zu proben. Aber wenn sie jetzt nicht rechtzeitig …“

„Papperlapapp! Sie sind noch jedes Mal pünktlich gewesen.

Gura schüttelte unwillig den Kopf.

Als die Musiker kamen, besprachen sie sich in größter Ruhe mit Papa und Gura, die sich sichtlich Mühe geben musste, nicht loszuschimpfen.

Sie tat es erst, als sie zu Skaia an die gegenüberliegende Seite des Bühnenwagens kam: „Die beiden haben noch nicht mal ihre Noten geordnet. Und mit dem Notenständer kaspern sie auch immer so lange herum. Sollen sie sich einmal einen besorgen, der weniger kompliziert auseinanderzuklappen ist. Ein ganzes Orchester würde nicht länger brauchen als Alferding und Isenbart mit ihrer Ziehharmonika.“

Skaia kannte die beiden Musikanten. Sie gehörten zum Quartett, das sie in der „UNVERMEID-BAR“ erlebt hatte. Auch der dritte Mann, den alle Wolf nannten, und die Sängerin Ola waren mitgekommen. Sie setzten sich aber in die letzte Zuschauerbank.

Die meisten Plätze blieben leer, obwohl Schlucker und Moll vor Stunden ausgeschickt worden waren, um Werbung zu machen. Sie hatten in der ganzen Umgebung Rasseln geschwungen und mit lauten Rufen auf die Vorstellung hingewiesen. Aber als sie zurückkehrten, blickten sie enttäuscht auf die Handvoll Leute, die sich eingefunden hatte. Neben Ola saßen die beiden Frauen mit den Geweihen. Während sie die Sängerin in ein Gespräch voll dröhnenden Gelächters verwickelten, beachteten sie Wolf keine Sekunde lang. Vor ihnen hatte sich ein Zwillingspaar platziert, das so eigentümlich war, dass Skaia gar nicht aufhören konnte, es zu betrachten. Sicher, beide Männer hatten die gleichen wachen Augen, den gleichen roten Haarschopf, ein dickes Muttermal auf dem linken Nasenflügel und ein gutmütiges Lächeln auf den Lippen — doch während eben diese Lippen bei dem einen ein dominierender Akzent mitten im ausgemergelten Gesicht waren, verschwanden sie bei dem anderen fast in den Massen aufgedunsenen Fleisches. Der eine ein Spargel, der andere eine Dampfnudel. Die drei Besucher, die Schlucker und Moll noch im Schlepptau hatten, drängelten sich eng aneinander in die zweite Reihe.

Die Aufführung kam schwer in Gang. Erst betete Zettel einen Prolog herunter, in dem er darauf hinwies, dass niemand fürchten müsse, es käme jemand zu Schaden. Selbst wenn es so aussähe, als würde eine Figur sterben, sei dies nur die hohe Kunst der Schauspielerei. Keiner klatschte, als er den Platz für die erste Szene räumte. Ein Scheinwerfer mit dezentem Silberlicht folgte den Akteuren durch eine Handlung, deren tieferer Sinn Skaia verschlossen blieb: Der Hahn, auf der Suche nach einem übermannshohen goldenen Ei, stolperte durch das Labyrinth, traf aber nur auf ein Nest voller Vögelchen, die ihm sogleich etwas vortanzten. Während er damit seine Zeit vertat, schlugen das Schwein und die Ziege auf das von ihnen gefundene Ei ein, weil sie sein „innerstes Geheimnis" herausfinden wollten. Als das Schwein sich zum Ausbrüten entschloss, weil das Ei mit roher Gewalt nicht zu knacken war, mühten sich die beiden minutenlang vergebens, die Spitze des Eis zu erklimmen. Dass die Szene lustig gemeint war, wurde Skaia erst klar, als die Zwillinge schräg hinter ihr prustend herausplatzten. Auch alle anderen fielen ein ins Gelächter. Mikolo flüsterte noch „Oh nein", dann lachte er — genauso wie Skaia. Sie wurden bestrahlt von rotem Scheinwerfer-Licht, das durch die Reihen lief und für einen Moment auf ihnen ruhte.

Dafür brauchte Papa also die bunten Lichter. Wenn das Schauspiel selbst die Leute nicht zum Lachen oder Weinen brachte, half er nach. Höchstpersönlich schwenkte der Prinzipal die Lampen, wenn das Publikum reagieren sollte. Bald ängstigten Bluttropfen, die aus den Pappmaschee-wänden quollen, die blau angestrahlten Besucher. Im violetten Licht heulten sie auf, als der Hahn in einen Rechen mit vergifteten Zinken trat und sterbend niedersank. Das Ei platzte irgendwann von selbst, und heraus trat eine Fee. Eine Szene, die im Allgemeinen sehr gelb und äußerst überrascht wahrgenommen wurde. Orangene Farbe wanderte über die Reihen, als sich alle gespannt zu fragen schienen, wer den Kürzeren ziehen würde: Schwein und Ziege oder die Fee? Gelächter verfolgte die beiden tierischen Bösewichter, als sie in Schiege und Zwein verwandelt wurden, und Verblüffung machte sich breit, als die Fee mit einem Kuss den Hahn wieder zum Leben erweckte, die Federn von ihm abfielen und einen Jüngling zum Vorschein kommen ließen. „Das innerste Geheimnis", schloss er, „ist die Macht der Gefühle". Diese Macht hatte inzwischen auch das Publikum in einer derartig hohen Dosis abbekommen, dass es vor Begeisterung tobte.

Papa applaudierte seinen Darstellern Schnauz, Schnock und Squenz und umarmte die Fee Tabbi. Dem Küken-Ballett tätschelte er über die Köpfe. Doch unter dem bohrenden Blick von Gura wurde er rot. Schnell drehte er den Kopf weg und machte sich daran, die Scheinwerfer auszuknipsen.

16.

DER DREIZEHNTE

STEIN

Gura achtete genau darauf, dass die Kleinen nicht allzu lange durch die Gegend tobten, auch wenn den meisten Ensemblemitgliedern übermüdete Papageni viel lieber gewesen wären als ausgeschlafene. Denn sie hatten nichts als Unsinn im Kopf. Kam ein Schauspieler nicht in die Ärmel seines Kostüms, weil sie zusammengeknotet waren, schimpfte er auf die Federkinder. Wer auf einen wie absichtslos herumliegenden Jonglierball trat und zu Boden plumpste, hörte sie kichern. Und flüsterte eine Stimme bei der Probe falsche Stichwörter zu, war klar, nach welcher Art von Frechdachs man Ausschau halten musste, um seine Strafpredigt loszuwerden. Doch die Einzige, deren Ermahnungen sie ernst nahmen, war Gura. Auch wenn Paparazzo dabei grinste und Papabella mit derart unschuldigen Blicken um sich warf, dass zumindest Skaia ihr nie hätte böse sein können.

„Na ja, sie sind halt so", gab Gura zu, als sie aus ihrem Wagen kam. Schnaufend ließ sie sich auf einem hockerhohen Ei nieder und verhüllte mit ihrem wallenden Rock die pastellblaue Schale. Skaia saß daneben in eine Decke gekuschelt.

Eben hatte Gura die Kleinen ins Bett gebracht und ihnen von einer Nachtigall erzählt, die wegen einer Krankheit wie gerupft aussah, aber im Schutz der Dunkelheit immer noch alle mit ihrem Lied bezaubern konnte. Im Laufe der Gute-Nacht-Geschichte hatten die Papageni immer seltener dazwischengequasselt, bis sie schließlich ganz ruhig geworden waren.

Und jetzt war Skaia diejenige, die aufmerksam Guras Worten lauschte.

„Weißt du, Skaia, ganz früher hat man die Papageni, wenn sie groß genug waren, in alle Reiche der Welt ausgeschickt, auf dass die Lustigkeit nirgends ausgehe. Aber seit Tag und Nacht geschieden wurden, na, du weißt ja selbst ..."

„Was meinst du?" Skaia hatte keine Ahnung von anderen Reichen und auch nicht von der Geschichte Moxós. Aber sie konnte nicht einfach danach fragen. Es war besser, wenn niemand ihre Herkunft kannte. Die Musiker, bei denen sie sich in der „UNVERMEID-BAR" verplappert hatte, schienen glücklicherweise nichts herumerzählt zu haben.

Arglos erklärte Gura weiter: „Na ja, die Solterraner waren die Ersten, die sich irgendwann sträubten. ‚Brauchen wir nicht! Was bringen denn Albernheit und Gelächter?', hieß es. Andere, wie das Reich Regálien, nahmen die Papageni gefangen, wenn sie es zu bunt trieben. Und zu bunt wurde es vielen rasch. Fatálien und Surprésien, auch Notellánien nehmen noch welche, aber Javónien hat sich schon lange komplett abgekapselt. Früher stand in der Nähe der Lichterblumen eine Hütte mit Glasdach. Durch die ist man hinübergekommen. Aber eines Tages ist sie verschwunden. Seitdem gibt es auch keine Möglichkeit mehr, Papageni nach Javónien zu schicken."

„Also bleiben immer mehr in Moxó?" Mit leichtem Schaudern stellte sich Skaia ganze Dörfer vor, die von ausgewachsenen, aber keineswegs vernünftig gewordenen Papageni belästigt wurden.

„Sicher, aber du siehst ja, dass unsere jetzigen Kinderchen schon ganz schön groß sind. Es ist Jahre her, dass wir auf ihre Eier gestoßen sind. Das hier", sie tätschelte liebevoll ihren über das Ei gespannten Rock, „ist das erste seit langem."

„Und woher kommen sie?"

„Dass du so wenig weißt für dein Alter ... Obwohl — wer weiß schon viel über die Eier?" Gedankenverloren wanderte Guras Blick über Skaias Gesicht und weiter zur schwarzen Stundenkugel an Skaias Hals.

„Tja", raffte sich die Alte wieder auf, „sie liegen einfach da. Unter Büschen, in hohlen Baumstämmen oder unter Felsvorsprüngen. Wenn sich niemand um sie kümmert, ver-

trocknen sie und zerbrechen. Aber wenn man sie lang genug
wärmt, schlüpfen die Kleinen."

Rot und rasend wie die Feuerwehr tauchte Tabbi vor
ihnen auf. Sie zerrte Mikolo hinter sich her. „Gura, kannst du
den mal bei dir behalten? Sein blödes Blaulicht steckt mir
noch alles in Brand."

„Scht!", machte Mikolo und hielt sich den Finger vor den
Mund. „Man soll es nicht ärgern."

„Wer ärgert hier wohl wen?", gab Tabbi zurück. „Das
geht nicht, dass ihr dauernd in den Kostümen herumkramt,
während ich nicht da bin." Sie ließ Mikolo los, machte auf
dem Absatz kehrt und entschwand mit wehender Mähne.

Mikolo sah drein, als ob er noch mehr Schelte fürchtete,
aber Gura sagte nur: „Bist bestimmt eine Esche. Mit denen
kann Tabbi nie." Dabei kicherte sie ein wenig.

Diesmal war es an Mikolo, Gura groß anzuschauen.

„Dein Mondzeichen!"

Mikolo lächelte unsicher.

„Scheint heute die Nacht der Erklärungen zu sein ..."

Wenige Minuten später hatte sie aus dem Wagen ein
dunkelbraunes Kästchen geholt. Aber anstatt es zu öffnen,
deutete sie in den Himmel hinauf.

„Also, was sehen wir da oben?"

„Den Mond und die Sterne", kam es sofort von Mikolo.

„Richtig. Und vielleicht ist es euch aufgefallen: Die Sterne
wandern ganz langsam und zeigen sich immer wieder in anderen Anordnungen. Vor allem die Wandelsterne, die Planeten."

Als wolle sie Guras Worte verdeutlichen, schwebte die
Blaukappe von Mikolos rechtem Ohr zu seinem linken. Sanft
erhellte ihr Licht sein aufmerksames Gesicht.

„Für jede Zeit im Jahreslauf gibt es ein typisches Sternbild. Und das benennt man nach dem Baum, in dem das

Leben gerade besonders pulsiert. Wirst du im Sternbild der Esche geboren, so ist dies dein Mondzeichen, dein Leben lang."

„Und was hat man davon?", hakte Skaia ein.

Gura wandte sich zu ihr. „Na, es verrät viel über dich. Papa ist ein Efeu. Das sagt uns, dass er ein hemmungsloser Selbstdarsteller ist, aber auch die Verantwortung für seine Leute übernimmt, dass er einfach zur Berühmtheit werden musste, auch wenn ihm der Erfolg nicht immer hold ist." Gura strahlte richtig, so freute sie sich über die Aussagekraft des Mondzeichens.

„Aber das haben wir mehr oder minder auch so mitgekriegt. Dazu braucht man doch kein Mondzeichen", widersprach Skaia.

Guras Strahlen verblasste kein bisschen. „Mag sein. Efeu ist ein einfaches Zeichen. Aber es gibt auch andere ... Selbst wenn ein Mensch ein Geheimnis hat: Das Mondzeichen ist der Weg, ihn zu verstehen. Und das Gute daran ist: Jeder hat eines."

„Stimmt nicht", rief Skaia und vergaß alle Vorsicht. „Ich hab keines! Denn bei mir zu Hause gibt es überhaupt keine Sterne und erst recht keinen Mond. Wie soll ich denn da ein Mondzeichen haben?" Ihr Siegerlächeln blitzte Gura an.

„Aber das hast du gar nicht gesagt, dass du nicht aus Moxó kommst", rief Mikolo aus.

Gura dachte weiter als er. „Du bist aus Solterra?"

Was blieb Skaia anderes übrig, als zu nicken. Doch es war wider Erwarten nicht einmal schlimm. Im Gegenteil: Eine Woge der Erleichterung schwemmte plötzlich die dauernde Angst fort, sie könne sich verplappern. Und dem Nicken drängte ein Sturzbach an Worten, Sätzen, Schilderungen nach, der direkt aus ihrem Herzen zu strömen schien. Ohne Punkt und Komma hörte sie sich erzählen. Von Lunetta, der Burg, den Eingeweihten, von Aldoro und den Träumen, in denen ihr Bruder hilfesuchend die Hand nach ihr ausstreckte. „Und seit ich Lunetta verloren habe, weiß ich nicht, wie ich zur Königin der Nacht kommen soll, um Yaho mit dem Sonnenkreis abzufangen." Sie presste die Augenlider fest aufeinander. Wollte nicht weinen. Sie spürte Guras Hand auf ihrem Kopf. Ließ sich führen. Fallen. Den Kopf an den warmen Körper. An den wollenen Rock, in den die Tränen sickerten.

Nach einer ganzen Weile, in der sich Skaia stumm an Gura geklammert hatte, erklang eine Melodie. Sie drang aus dem Kästchen, das Gura geöffnet hatte. „Hübsch, das Glockenspiel, nicht wahr?"

Die Töne klangen wunderschön. Aber mit dem, was das Kästchen außer dem Spielwerk enthielt, konnten sie sich dennoch nicht messen. Auf dunkelblauem Samt glänzten zwölf Kugeln. Sie saßen in kleinen Vertiefungen, damit sie nicht durcheinander rollten. Nur in ihrer Mitte war nichts als das Blau des Samtes zu sehen.

„Die Kugel, die warm wird in deiner Hand, verrät, welches Zeichen du bist."

„Aber ich bin doch ...", schniefte Skaia.

Gura fiel ihr ins Wort: „Du bist jetzt still. Und ihr probiert beide einfach mal!"

Mikolo machte bei der dritten Kugel, die er anfasste, überrascht „Oh".

„Na, wer sagt's denn: Koralle, der Stein des Planeten Neptun und damit der Esche", freute sich Gura.

Mikolo strahlte, obwohl niemand behauptet hatte, Eschenpersönlichkeiten wären besondere Menschen.

Skaia tippte inzwischen den sechsten Stein an, spürte aber nichts. Jaspis, Diamant, Smaragd, Opal, Rubin und Topas ließen sie kalt, ebenso der rote Karneol, bei dem Gura flüsterte: „Das ist mein Stein. Gehört zur Stechpalme." Amethyst, Olivin und Mondstein schieden auch aus. Wenn Skaia beim Bergkristall irgendetwas Besonderes verspürt hätte, wäre es noch logisch gewesen, denn er stand für die Sonne. Aber da fühlte sich selbst die nur matt glänzende Pechkohle angenehmer an.

„Das wäre der Holunder. Der Wein aus seinen Beeren zeigt dir die Zukunft. Seine Zweige vertreiben böse Geister, und sein Holz wird gerne für Särge genommen."

Skaia entschied sich dafür, kein Mondzeichen zu haben. „Wenn es bei uns doch auch nur die Sonne gibt und sonst nichts!"

„Auch keinen Schnee?", hakte Gura nach.

„Doch, manchmal fällt Schnee."

„Und wenn, dann zum ersten Mal an dem Tag, an dem du Geburtstag hast?"

Skaia hielt den Atem an. Woher konnte Gura das wissen?

„Bei uns gibt es auch diesen Tag. Es ist der ‚Namenlose Tag'." Gura griff in die Mitte des Kästchens und lupfte dort, wo Skaia nichts außer blauem Samt bemerkt hatte, ein Deckelchen. Darunter war ein extrem dunkler Stein, der fantastisch funkelte, eingebettet. „Die schwarze Perle", sagte Gura und nahm sie heraus. „Sie glüht nur für Menschen, die an diesem einen, besonderen Tag geboren sind."

Noch bevor Gura ihr die Perle in die Handfläche legte, wallte es warm durch Skaias Körper. Den Stein in der Hand zu halten, war reine Wonne. Skaia fühlte sich wie im Bett zwischen ihren Eltern. Sie musste nur die Augen zumachen. Daunen, Haut und ein flauschiger Stoff um sie herum. Und nicht der kleinste Luftzug hauchte sie an.

„Wer am Namenlosen Tag geboren ist, ist der dunklen Königin verbunden. Er lebt ein Leben der Herausforderung. Er kann Großes bewirken."

Mikolo flüsterte Gura zu: „Stimmt — sie hat mich gerettet, als ich im roten Licht gefangen war."

„Skaia, geh deinen Weg. Hab Vertrauen!" Guras Worte schienen zu schweben. Schienen so leicht, dass Skaia sich gar nicht vorstellen konnte, ihnen je folgen zu müssen.

Schlafen und Wachen, Proben und Auftreten — die Zeit verging rasch bei den Theaterleuten. Skaia verspürte die Versuchung, bei der Truppe zu bleiben, doch wenn sie an Aldoro dachte, wusste sie, dass sie bald wieder aufbrechen musste.

Mikolo erzählte allen, dass er eine Eschenpersönlichkeit sei. Die meisten hörten ihm freundlich zu, manche gaben preis, was ihr eigens Mondzeichen war und welcher Blume und welchem Tier sie deshalb besonders nahe stünden. Mikolo freute sich, dass er es mit dem Buschwindröschen besser getroffen hatte als der Weißdorn-Typ Squenz, der sich mit Sauerklee zufriedengeben musste. Mit seinem Tier, der Möwe, war Mikolo nicht recht glücklich. Denn Schlucker konnte immerhin sagen: „Mein Tier ist der Regenbogenfisch", und Tabbi bezeichnete sich mit funkelnden Augen als „Herrin des Grünen Drachens".

Skaia wäre eine Möwe sympathisch gewesen. Mehr jedenfalls als das finstere Tier, das Gura ihr genannt hatte: „Der schwarze Rabe — achte auf ihn."

Sollte Skaia etwa den Himmel absuchen nach einem Leitvogel, der ihr den Weg zur Königin der Nacht wies?

„Weiß denn niemand aus der ganzen Truppe, wo die Königin der Nacht ihren Palast hat?", hakte sie bei Papa nach.

„Nein, leider nicht", gab er zurück und stocherte, ohne aufzusehen, weiter mit einem Stöckchen in die Löcher der Pappmascheewand, aus denen bei der Vorstellung die blutigen Tränen kamen. Schnock, der lockere Bretter des Bühnenbodens festhämmerte, schüttelte den Kopf, und Schnauz, der ihm die Nägel hinhielt, erklärte: „Wir kommen zwar viel herum, aber auf die Königin sind wir nie gestoßen. Ihr Palast steht nicht mehr. Ist zerfallen in seine Einzelteile. Steine kannst du da noch sehen, die herumliegen zwischen den Ruinen. Zerbrochene Säulen, Kapitelle, Stufen. Oft sind Ornamente drauf, züngelnde Lindwürmer und so. Aber die Königin ist weg. Verbannt in ewige Finsternis, heißt es ja. Aber am Ende lebt sie gar nicht mehr ...“

„Natürlich lebt sie noch! Lunetta, die Katze, wollte mich zu ihr bringen.“

Der Prinzipal hielt mit dem Stochern inne. „Du willst sie wirklich suchen?“

Skaia nickte mit bitterer Miene.

„Na dann, schau zu!“ Schnock ließ den Hammer über die Bretter schlittern. Knapp vor dem Bühnenrand blieb er liegen. Schnock stellte sich in die Bühnenmitte, zog seine Jacke aus und knotete die Ärmel vor dem Bauch zusammen. Wie ein Röckchen hing der Rest um seine Hüften. Die Haare verwuschelt und sich kleiner machend, deutete Schnock auf Skaia und dann auf sich selbst. Suchend blickte er um sich, bis er am Boden eine silberne Spur fand, die Schnauz rasch mit den Nägeln gelegt hatte.

„Dem Bach folgen, der hinter dem Wagenlager vorbeifließt?“ Skaia war sich nicht sicher.

Aber Papa machte bestätigend „M-hm!“

Schnauz hatte mittlerweile einen Schuh ausgezogen und vor Schnock auf den Boden gestellt. Der hielt sich die Nase zu, machte einen großen Schritt über den Schuh hinweg und wandte sich nach rechts.

„Besser nicht die Schuhe ausziehen?“, fragte Skaia mit gerunzelter Stirn.

„Das sowieso. Aber es gibt auch einen Ort: Überzeh. Direkt hinter dem letzten Haus muss man gleich rechts auf einen schmalen Pfad einbiegen.“

„Soll das eine Wegbeschreibung werden?“
Schnock und Schnauz nickten.

„Und warum", Skaia drehte sich erbost zum Prinzipal, „warum sagt ihr dann, dass keiner hier weiß, wie man zur Königin der Nacht kommt?"

„Weil es eben keiner weiß."

Sie wurde zum Narren gehalten. Sie war nur das Publikum für eine sinnlose Vorführung. Noch sinnloser als die „Vogelkomödie".

„Aber wir kennen den Weg zu Famma. Sie weiß am ehesten, wo die Königin zu finden ist. Zumindest kennt sie alle Gerüchte, die in Moxó in Umlauf sind", erklärte Papa, während sich Schnock die Hände wie Riesenlöffel hinter die Ohren hielt und furchtbar aufmerksam dreinschaute.

„Wir haben vor einiger Zeit Papajano, einen der Papageni, zu ihr geschickt. Gerade die Königin wird Aufmunterung gebrauchen können — dachten wir zumindest. Da er nicht zurückgekehrt ist, nehmen wir an, dass er den Weg erfahren und gefunden hat."

„Wenn ihn nicht die Schwester von Famma auf dem Gewissen hat." Schnauz schüttelte sich, als grause es ihm.

„Wieso? Was ist mit der?", fragte Skaia.

Papa klopfte ihr beruhigend auf die Schulter. „Ach, die ist nur für Männer eine Gefahr. Für dich nicht." An Schnauz gerichtet, meinte er scharf: „Sag so etwas bloß nicht, wenn Gura dabei ist. Sie hat sowieso die schlimmsten Befürchtungen, was aus Papajano geworden ist."

Gura saß auf dem Ei und verriet Mikolo noch mehr über die Mondzeichen. Möglicherweise hörte sogar die Blaukappe aufmerksam zu. Jedenfalls schwebte sie still zwischen den beiden Köpfen.

„Früher war vieles anders. Da gab es auch noch mehr Birken-Persönlichkeiten."

„Die, die direkt nach dem namenlosen Tag dran sind?" Mikolo kannte sich inzwischen gut aus.

„Genau. Es sind meistens Leute, die klare Ziele haben und die Fähigkeit, sie durchzusetzen. Oft sind sie auch ein bisschen streng."

„Und warum gibt's da nicht so viele?"

„Ich weiß nicht. Vielleicht, weil sie als Planetensymbol die Sonne haben. Und die Sonne ist vor Langem untergegangen in unserem Reich."

Skaia war versucht zu sagen: „Da ist das Reich der Nacht ja wohl selber schuld." Dann aber musste sie an Papas Beispiel mit der rosa Brille denken und meinte nur: „Vielleicht gibt es bei uns zu Hause besonders viele Birkenmenschen. Vor lauter Sonnenschein kann man sich dort schließlich gar nicht retten."

Mikolo blickte sie kritisch an. „Bei uns ist das total anders: Da geht morgens die Sonne auf, und wenn nicht gerade Heldenschule angesagt ist, hast du den ganzen Tag Zeit, um alles Mögliche zu unternehmen. Auf Berge klettern zum Beispiel. Von da oben siehst du irrsinnig weit. Wenn es immer nur Nacht wäre, würde das überhaupt nicht funktionieren. Umgekehrt ist es abends, nach Sonnenuntergang, viel leichter, im Obstgarten Äpfel oder Birnen zu klauen, ohne dass der Bauer es merkt." Grinsend blickte Mikolo zwischen Gura und Skaia hin und her. „Und dann, wenn man satt ist, kommt die Nacht mit dem Mond."

Skaia fand die Vorstellung befremdlich, dass sich Sonne und Mond am Himmel abwechselten. Sie hakte nach: „Und wird es da auch dunkel? So wie es hier andauernd ist?"

Mikolo nickte. „Ja, genauso. Oder fast so. Hier gibt es einen Stern weniger, den hellsten nämlich, den Abendstern ... Manchmal, wenn ich Alpträume habe und vor Schreck aufwache, setze ich mich mit meiner Decke ans Fenster. Dann schaue ich mir den Mond an und den Abendstern, und dann suche ich mir den ‚Großen Wagen'".

„Was für einen Wagen?" Skaia sah ihn zweifelnd an.

„Das sind einige Sterne, die so angeordnet sind, dass sie aussehen wie ein Leiterwägelchen. Da oben siehst du sie!" Er deutete mit dem Zeigefinger über sich in den Himmel.

Es dauerte eine Weile und etliche genauere Erklärungen, bis Skaia erkannte, was er meinte: ein Viereck und daran eine Art Deichsel, alles zusammengesetzt aus sieben Sternenpunkten.

„Dann stelle ich mir vor, wie ich damit über den Himmel reise und tolle Sachen auf den Sternen und Planeten entdecke. Bloß meiner Mama darf ich nie von den langen Reisen erzählen, weil sie sowieso meint, dass ich morgens viel zu schwer in die Gänge komme." Als er von seiner Mutter sprach, musste er schlucken. Aber wenigstens kam kein Schluchzen.

Das hatte Skaia oft genug gehört, als sie sich in Guras Wagen neben Mikolo zum Schlafen gelegt hatte. Jedes Mal wieder. Einmal hatte sie versucht, ihm zu erklären, dass es nichts half, traurig zu sein. Entweder er suchte nach einem Weg zurück in seine Welt, oder er musste akzeptieren, dass seine Zukunft in Moxó läge. Zwar hätte sie ihm auch vorschlagen können, mit nach Solterra zu kommen, aber sie war sich ja nicht einmal sicher, ob ihre Mission gelingen würde. Außerdem war Mikolo uneinsichtig. Statt auf Skaias Worte zu hören, heulte er lieber weiter. Mit dem Ergebnis, dass weder er noch Skaia einschlafen konnte.

„Na, jetzt kannst du ja den ‚Großen Wagen' die ganze Zeit anschauen", meinte sie und erschrak im gleichen Moment darüber, wie pampig es geklungen hatte. Schnell setzte sie hinzu: „Ist doch schön, wenn wenigstens das sich nicht verändert hat!"

Gura seufzte und sagte: „Mikolo, du hast doch nicht nur den ‚Großen Wagen'. Du hast uns. Du kannst solange hier bleiben, wie du möchtest." Es war Gura anzusehen, dass sie lieber gesagt hätte: „bis du einen Weg zurück findest." Aber sie hatte ja selbst schon erklärt, dass Javónien die Grenzen ‚dichtgemacht‘ hatte.

Mikolo nickte und brachte ein mattes Lächeln zustande.

„Halt! Ich weiß etwas!“, entfuhr es Skaia. „Mikolo geht mit mir zu Famma!“

Gura drehte sich überrascht zu Skaia. Nach kurzem Zögern sagte sie: „Warum nicht? Einen Versuch ist es wert ...“

Schnell klärte Skaia Mikolo auf, was ihr Papa, Schnauz und Schnock empfohlen hatten. „Und wenn diese Famma diejenige in Moxó ist, die am meisten weiß, dann kennt sie vielleicht sogar eine Möglichkeit, wie du zurückkommmst.“

„Und glaubst du ...“

„Keine Ahnung. Wir müssen es ausprobieren!“

Mikolo saß stumm da. Was überlegte er noch? Skaia verstand ihn nicht. „Du kannst auch hier sitzen bleiben. Ich jedenfalls packe meine Sachen.“

Viel war es nicht, was sie mitnehmen würde. Ihre eigenen Kleider hatte sie inzwischen wieder an. Als sie bei Tabbi das Sklavinnen-Kostüm abgeben wollte, wurde sie von deren Reaktion überrascht: „Unsinn. Nimm es mit. Dann hast du wenigstens eine zweite Garderobe. Das ist ja furchtbar, wenn du mal deine Sachen waschen musst und nichts anderes hast. Und es steht dir auch so gut, oder nicht?“

„Kann ich denn auch etwas zum Wechseln bekommen? Ich gehe mit Skaia!“ Mikolo stand in der Wagentür, und sein Gesicht war rot vor Aufregung.

„Hm“, machte Tabbi und verzog die Mundwinkel. „Wenn du dein Blaulicht draußen lässt, können wir mal schauen, ob dir überhaupt etwas passt.“

Schnock und Schnauz sammelten Proviant zusammen, und Zettel spendierte einen alten Rucksack. Ein großer, dunkler Fleck zierte den Stoff am Boden. „Da ist mir mal Kaffee ausgelaufen“, meinte Zettel entschuldigend. „Und der

Riss hier oben ist drin, seit ich damals die Riesenmelone gefunden habe. Fast hätten wir sie nicht mehr rausgekriegt aus dem Rucksack."

Dann wurde gepackt. Als Letztes kamen Mikolos Hose, sein Pulli und seine Jacke obendrauf. Denn das Kostüm, das er ergattert hatte, wollte er gleich anbehalten, auch wenn es, wie er bedauernd feststellte, nicht so exotisch war wie das von Skaia. Es gehörte zur Figur eines Hofrates aus der ungeliebten Operette „Eine Viertelstunde Stillschweigen".

„Die spielen wir nicht mehr", hatte Tabbi entschieden festgestellt. „Nur den Hut müsst ihr hier lassen. Den können wir vielleicht noch für ‚Die Hutmacherin oder Hals über Kopf' gebrauchen."

Das Kostüm passte Mikolo deshalb leidlich, weil es Kniebundhosen hatte, die für ihn gerade eine gute Länge ergaben. Die Hemdsärmel musste er hochkrempeln. Die Weste war unproblematisch, und der Umhang durfte ruhig weit um ihn herumflattern. „Wie ein Zauberermantel", freute sich Mikolo und drehte sich begeistert im Kreis.

Der üppige, weiße Kreppkragen sah reichlich unbequem aus, aber immerhin würde er Skaia helfen, Mikolo nicht aus den Augen zu verlieren. Der Rest des Kostüms war nämlich schwarz und in der Nacht wahrlich schlecht zu erkennen. Wahrscheinlich wäre er nur in den kurzen, hellen Momenten, die immer noch ab und zu die Nachtwelt durchzuckten, sichtbar gewesen. Aber das würde nicht genügen.

Die ganze Truppe hatte sich versammelt. Als sie alle so dastanden, aufmunternde Bemerkungen machten, den beiden Reisenden die Hände reichten und sie umarmten, stieg Wehmut in Skaia auf. Sie hatte bisher nur an den baldigen Aufbruch gedacht, aber nicht daran, dass er auch ein Abschied sein würde. Gura zog sie so fest an sich, dass Skaia glaubte, hinter dem weichen Stoff des Kleides den Herzschlag der alten Frau zu spüren.

Dann drückte ihr Gura etwas in die Hand. „Glaube nicht, dass die Nacht dir Böses will." Es war ein Zettelchen, das Skaia erst zweimal auseinanderfalten musste, bevor sie darauf lesen konnte:

„Nachthimmel
breitet sich über uns aus
in einer großen mütterlichen
Bewegung
so gehen wir
für einen Augenblick behütet"

Sie würde viele Augenblicke brauchen, bis sie an ihr Ziel kam. Wenn sie es überhaupt erreichen würde. Half ihr da so ein kleiner Zettel? Dennoch sagte sie „Danke" und ließ sich noch einmal drücken. Bei dem tapferen Lächeln, das die dunkle Frau ihr schenkte, war sich Skaia auf einmal sicher, dass sie den Zettel gerne wieder ansehen und dabei an Gura denken würde.

„Jetzt aber los", mahnte sie Mikolo, als der sich noch einmal in Guras Arme warf. Nur zögernd löste er sich. Die Blaukappe schien unternehmungslustiger. Sie erkundete schon die ersten Meter des Weges, der sich vor ihnen ins Dunkel schlängelte, dem Bächlein zu. Skaia und Mikolo folgten. Hinter ihnen blieben Papa und sein gesamtes „Papp-Palast"-Ensemble zurück.

17.

VIEL ZU VIELE

SCHILDER

Am Bach entlang war es angenehm zu gehen. Wenn sie Durst hatten, konnten sie sich einfach bedienen und mussten nicht die Vorräte anbrechen. Viel sprachen sie nicht. Ab und zu nestelte Mikolo an seinem Kreppkragen, was stets ein scheuerndes Geräusch verursachte. Blitzte mal wieder blendendes Licht um sie herum auf, stießen sie überrascht ein „Ah“ oder „Oh“ hervor — obwohl sich Skaia vorgenommen hatte, nicht schreckhaft zu sein. Sie wollte einen kühlen Kopf bewahren. Würde sie sich von allem Unbekannten, das ihnen begegnete, ins Bockshorn jagen lassen, kämen sie in Teufels Küche.

Selbst im fahlen Mondlicht war von Weitem zu erkennen, was auf dem Schild stand, das an der Weggabelung stand: „Überzeh“. Der Pfeil wies in die Richtung, die vom Bachlauf wegführte.

„Schau, das ist einfacher als gedacht“, sagte Skaia zu Mikolo und war froh über die unerwartete Hilfe.

„Dann ist es vielleicht gar nicht mehr weit.“

Skaia hoffte, dass Mikolo recht hatte. Viel Spaß machte es ihr nicht, durch die Nacht zu wandern. Bei den Theaterleuten hatte sie es nicht so tragisch gefunden, dass sie immer nur die nächsten zehn Meter vor sich gut erkennen konnte. Schließlich wusste sie ja, wo welcher Wagen stand und zu wem er gehörte. Aber hier in der freien Natur? Sie mussten auf alles Mögliche gefasst sein. Noch dazu blieb Mikolo samt seiner Blaukappe dauernd hinter ihr.

„Sag mal, wäre es nicht besser, dein kleiner Freund da“, Skaia deutete auf das Flämmchen, „würde nach vorne gehen und den Weg beleuchten?“

„Ich glaube, er will lieber neben mir bleiben.“

Skaia wandte sich direkt an das Lichtlein. „Werte Blaukappe, wie sieht es aus? Magst du uns helfen, damit wir mehr sehen?“

Das Flämmchen rührte sich nicht vom Fleck.

„Wahrscheinlich ist es taub. Oder stockdumm“, dachte sich Skaia. Sie musste auch weiterhin vorangehen.

Kaum hatten sie sich vom Bach entfernt, wirkte das Gras der Wiesen weniger saftig und sanft. Statt Holunderbüschen, die immer wieder das Ufer gesäumt hatten, wucherten jetzt neben ihnen Gewächse mit spitzen Blättern. Statt dem Glucksen des Wassers war nur noch Surren und Sirren zu vernehmen, das aus dem dichter werdenden Gebüsch drang, und einmal das Gekreisch eines Rabenschwarms nicht weit über ihren Köpfen.

„Schau mal, Skaia, eine Stechpalme. Das ist die Pflanze von Guras Mondzeichen!“ Vorsichtig betastete Mikolo die wächsernen Blätter und die kleinen, korallenroten Beeren. „Schade, dass sie giftig sind.“

Erst bog Skaia die Zweige, die in den Weg herein hingen, mit den Händen zurück. Nachdem sie sich ein aber paar Mal gestochen hatte und ein Strauch einen klebrigen Saft auf ihren Fingern abgesondert hatte, duckte sie lieber den Kopf, drehte die Schulter weg und hob die Beine, um auszuweichen. Eine Weile wurde Skaia von einer fetten Fliege umschwirrt, die sich auch durch Schläge in die Luft nicht verscheuchen ließ. Erst als Skaia sie mit dem Handrücken traf, verschwand sie. Da tauchte ein weiteres Schild vor ihnen auf. Genau dort, wo sich der Weg erneut teilte.

„Ist ja toll, dass hier mitten im Gebüsch Wegweiser stehen“, meinte Mikolo.

„Ja, erstaunlich“, sinnierte Skaia. In Solterra hätte sie keine Sekunde lang darüber nachgedacht, denn da war alles ausgeschildert. Da hätte man sogar vor dem Zypressenwäldchen eine Tafel angebracht: „Vorsicht! Wandernder Wald“. Oder nein — es wäre dem Wald erst einmal verboten worden, unkontrolliert herumzulaufen. Und dann hätte man auf die Tafel geschrieben: „Zypressenwald. Die Zypresse, ein immergrüner Nadelbaum bis etwa 30 Meter Wuchshöhe mit schuppenförmigen, kreuzgegenständigen Nadelblättern, männlichen Blüten und weiblichen Zapfen ..." und so weiter und so fort. Dass diese Zypressen kreuzunglücklich waren, hätte jedoch niemand für erwähnenswert gehalten.

Auf dem Schild vor ihnen, das schief im Boden steckte, stand nur: „Sackgasse". Es bezog sich ausgerechnet auf jenem Weg, den Skaia gewählt hätte. Denn der andere war nicht viel mehr als ein Trampelpfad.

„Na gut", dachte sie, „wir wollen ja nicht sinnlos umherirren." Gerne schlug sie den schmalen Pfad aber nicht ein.

Nur der Blaukappe schien das ständige Ausweichen vor dem Gebüsch Spaß zu machen. Wie einen Slalomparcours durchflog sie das Gewirr aus Zweigen und Ästen. Einem morschen, quer über dem Weg liegenden Baum kam sie dabei so nah, dass Skaia kurz Angst hatte, das Flämmchen könnte das tote Holz in Brand stecken. Aber der Stamm war vielleicht gar nicht trocken genug. Missmutig tauchte Skaia darunter hindurch. Sie wollte nicht befingert werden von den Farnen oder Moosen oder was auch immer das Grünzeug sein mochte, das da vom Baum herunter hing.

Auf dem nächsten Schild hieß es: „Hier geht's nicht weiter". Dabei schien es dahinter wieder lichter zu werden.

„Meinst du, wir haben eine Abzweigung übersehen?" Mikolo schien nur allzu gern bereit, zurückzugehen.

Skaia nicht. Was waren das für idiotische Schilder? Wer hatte sie hierher gestellt? „Komm, wir gehen weiter!", entschied sie, beschleunigte ihren Schritt und sah auch schon das nächste Schild: „Hast du nicht verstanden? Hier ist Schluss!"

„Skaia", rief Mikolo atemlos hinter ihr.

Die Büsche wurden niedriger. Skaia spürte die Dornen nicht, die ihr die Haut aufritzten. Der Boden wurde morastig.

„Schluhuss!", verkündete das nächste Schild. Und das übernächste: „Ende, Aus, Amen, Ätsch!"

Skaia trat ins Nasse. Vor ihr lag ein See. Mücken tanzten über der glatten Wasseroberfläche. Bis sie ein Schnappen vertrieb. Ein dicker Fisch tauchte auf und wieder unter. Hinterließ Kreise, die sich langsam ausbreiteten. Das Mondlicht glitzerte darauf stecknadelspitz.

Hinter sich hörte Skaia Mikolo näherkommen.

„Skaia, lass mich nicht allein“, rief er.

Ein ungnädiges Quäken kommentierte: „Eh, da kommt ja noch einer.“ Skaia fuhr herum und sah eine blassgrüne Gestalt, die auf einem flachen Stein lag. Mit einem großen Blatt bedeckte sie ihre Blöße.

Mikolo verzog ängstlich die Miene, als er das seltsame Geschöpf sah. Besser wäre es gewesen, wenn er auf die Wurzel geachtet hätte, die wie eine Schlinge aus dem Boden ragte. Er fiel Skaia vor die Füße.

„Iiih“, machte er. Sein ganzes Kostüm war voller Matsch.

„Da seht ihr, was einem passieren kann, wenn man nicht auf Warnungen hört!“, gab der Grünling mit breitem Maul von sich. Er hatte einen reichlich kugeligen Bauch, dafür jedoch besonders dünne Ärmchen und Beinchen. Zwischen den Fingern und Zehen konnte Skaia Schwimmhäute ausmachen. „So, jetzt habt ihr ja mit eigenen Augen gesehen, dass es eine Sackgasse ist. Neugier befriedigt, überschüssige Energie losgeworden und auch noch die Einheimischen belästigt — großartig. Also dann: Abmarsch und auf Nimmerwiedersehen!“ Als Skaia sich nicht gleich bewegte, quäkte er aufgebracht: „Eh, jetzt geh mir endlich aus dem Licht! Siehst du denn nicht, dass ich mich monden will?“

Tatsächlich: Skaias schwacher Schatten fiel auf den Grünling. Aber solange der Kerl so unfreundlich war, würde sie sich ganz bestimmt keinen Millimeter zur Seite bewegen. Voller Groll raunzte sie ihn an: „Hast du uns in die Irre geführt mit den Schildern?“

„In die Irre? Also, noch deutlicher kann man es ja nicht machen, oder? Wenn da ‚Sackgasse‘ steht, dann ist es auch eine Sackgasse.“

„Aber“, mischte sich Mikolo vorsichtig ein, „das Sackgassen-Schild stand neben dem anderen Weg.“

„Ach? Dann hat es jemand umgestellt. Nur Volltrottel. Weiß schon, warum ich hier keinen sehen will.“

„Und wie kommen wir jetzt nach Überzeh?“ Mikolo blickte ratlos zu Skaia.

„Wir gehen eben den breiteren Weg weiter.“

„Eh, der führt nicht nach Überzeh! Da müsst ihr am Bach lang.“

„Aber der Wegweiser ...“, warf Mikolo ein.

Skaia unterbrach ihn. „Und dann?“

„Und dann, und dann ... Könnt ihr denn nicht einfach verschwinden und mich in Ruhe lassen?“ Der Grünling hatte offensichtlich keine Lust, die Rolle des Ratgebers zu spielen. Erst als Skaia damit drohte, bis in alle Ewigkeit im Licht stehen zu bleiben, sodass er es vergessen könne, sich zu monden, jaulte er auf und quäkte: „Eh, natürlich fließt der Bach mitten durch Überzeh. Ihr könnt das Kaff überhaupt nicht verfehlen.“

Skaia gab den Mond frei, packte Mikolo am Arm und ging mit ihm dahin zurück, woher sie gekommen waren.

„Stellt ihr das Schild wieder richtig hin?“, rief ihnen der Quäker hinterher.

„Ganz bestimmt nicht!“, rief Skaia noch lauter zurück.

Matsch, Moos, Bäume, Sträucher, das Sackgassenschild — der Weg kam ihnen diesmal weniger lang vor.

„Eigentlich müsste man auf das Schild schreiben: ‚Schöner See‘, damit der grüne Heini öfter Besuch bekommt“, überlegte Skaia laut. Doch sie hatten keinen Stift dabei. So warfen sie das Schild einfach um und ließen es liegen. Sollte jeder selber entscheiden, welchen Weg er einschlagen wollte. Den Wegweiser nach Überzeh aber drehten sie so, dass er wieder in die richtige Richtung zeigte. Nach einer kleinen Rast, bei der sie einen Teil ihrer Finsterbirnen aßen und einige von Guras leckeren Dinkelhäppchen mit Nachtschattenmus, nahmen sie ihren Marsch wieder auf.

Da erschien vor ihnen das Dorf. Es war geschäftiges Treiben zu vernehmen. Schon vor dem ersten Haus wuselten Leute umher. Begutachteten die langen Regale, die den Weg zu beiden Seiten säumten. Zogen die Waren heraus und probierten sie an: Schuhe in allen Farben, allen Formen, allen Größen und für alle Gelegenheiten. Die Verkäufer berieten geradezu um die Wette: „Eine sehr gute Wahl. Ja, ja ich weiß, nicht der billigste Hochhackige, aber nachtblauer Kautschuk ist eben auch etwas Besonderes im Bereich der Gala-Garderobe.“

„Die Überzeh-Modelle? Die stehen dahinten. Davon haben wir eine hervorragende Auswahl. Wir sind ja nicht umsonst die Heimat der Zwölfzeher, nicht wahr?“

„Nein, Sandalen führen wir überhaupt nicht. So etwas gibt es höchstens im ‚Schuhpermarkt‘ am Ende der Straße.“

Neben den zahllosen, unübersichtlich aufeinander folgenden Ständen für Schuhe schien es in Überzeh hauptsächlich Fußpfleger zu geben, die vor Pilzen zwischen den Zehen warnten, Mittel gegen Schweißfüße feil- oder Massagen anboten. Dass zahlreiche Bewohner zwei Zehen mehr aufzuweisen hatten als allgemein üblich, war für sie offenbar der Anstoß gewesen, zu Fachleuten in Fußfragen zu werden.

Skaia und Mikolo staunten, welche Vielfalt an Fußbekleidungen es gab, gingen aber an allen Angeboten vorbei. Bis zum letzten Haus, dem „Schuhpermarkt“. Dort bog wie vorhergesagt ein schmaler Pfad scharf nach rechts ab.

Er führte an einer Scheune entlang. Sie stand offen und war leer. Hier konnte man den Lärm der schuhbegeisterten

Menschenmenge kaum noch hören. Und noch war der Bach in der Nähe. Eine gute Gelegenheit für Mikolo, die Kleider zu wechseln. Die Leute, die nicht gerade mit Kaufen, Verkaufen, Massieren oder Massiertwerden beschäftigt gewesen waren, hatten pikiert auf sein verdrecktes Gewand herabgeschaut. Das Kostüm musste dringend gewaschen werden. Und während es, an einem der Balken aufgehängt, vor sich hin trocknen würde, konnten sich Skaia und Mikolo ausruhen.

Die Blaukappe tauchte Mikolos Gesicht in kühles Licht. Ganz gleichmäßig ging der Atem des Jungen. Manchmal zuckten die Augenlider, reagierten wohl auf das, was er im Traum erlebte. Der Einzige, den Skaia bisher im Schlaf beobachtet hatte, war Aldoro gewesen. Seine Mimik war immer sehr bewegt: Mal zogen sich die Augenbrauen kritisch zusammen, mal rümpfte er die Nase, aber meistens zeigten die Mundwinkel ein zufriedenes Lächeln. Ihre Erinnerungen kamen Skaia wie eine Lüge vor. Es war nicht mehr so. Das wusste sie. Dazu musste sie nicht einmal neben Aldoro liegen und schauen.

Fernes Geschrei weckte sie auf. Oder war es Mikolo, der mit beiden Händen an ihr rüttelte?

„Hörst du das?“, flüsterte er, während sie sich den Schlaf aus den Augen rieb.

Der Aufruhr, der im Dorf herrschte, war mit Sicherheit nicht zu überhören. Zwischen erregten Stimmen schwirrte heiseres Gekrächz. Und über allem gellte ein einsames Gelächter in den Himmel. Bemüht, nicht allzu beunruhigt zu wirken, meinte Skaia: „Gut, wir schauen mal nach ...“

Überzeh hatte sich ins reinste Chaos verwandelt. Über dem Dorf hing eine schwarze Wolke aus Raben. Die Menschen liefen durcheinander, schimpften, jammerten, schrien, wenn einer der Vögel so knapp an ihren Köpfen vorbeirauschte, dass die Haare flogen. Ein älterer Mann mit grauem Bart stieß ein Regal um, als er ausweichen wollte. Es war nicht das erste, das umstürzte. Überall lag edel poliertes und üppig verziertes Schuhwerks im Staub. Flüchtende stolperten darüber. Ein kleines Mädchen in Lackschühchen stand stumm am Rand, bis es von einer silbernen Sandale getroffen wurde. Die Tränen sprangen ihm wie Funken aus den Augen, und sein Heulen erhob sich sirenengleich. Der Rabe, der das Silberding verloren hatte, holte es sich wieder. Schnappte nach einem der Riemen und flatterte fort in die Lüfte. Brachte seine Beute dorthin, wo eine aufgedrehte Stimme jubilierte:

„Es ist kein Emu, ist kein Gnu,
kein Kaka-ich, kein Kaka-du,
braucht anders als der Marabu
für jedes Füßchen einen Schuh!"

Was gemeint war, sahen Skaia und Mikolo erst, als sich die Menge teilte, um es durchzulassen. Zwei Fühler, so dick wie die Hauptkabel eines Sonnenmasts, schlugen allem entgegen, was nicht auswich. Sie räumten den Weg frei für einen nicht enden wollenden Wurm aus bräunlich-grünen Gliedern, getragen von einem wahren Heer tippelnder Beine.

„Ein Myriapoda Diplopoda! Aber so groß?" Skaia war baff.

„Was?", fragte Mikolo, ohne seinen Blick abwenden zu können von den Raben, die immer mehr Schuhe herbeitrugen und sie dem marschierenden Riesentier über die Füße zogen.

„Ein Tausendfüßler", übersetzte Skaia. „Glück gehabt!"

„Glück?" Mikolo blickte sie an, als hielte er sie für irrsinnig.

„Ein Hundertfüßler wäre viel schlimmer."

„Bitte?"

„Sein erstes Fußpaar ist nichts anderes als der Kiefer, mit dem er seine Opfer festhält und so lange voll Gift pumpt, bis sie tot sind. Dagegen sind Tausendfüßler harmlos."

Der Tausendfüßler sah eher lächerlich als gefährlich aus, wie er in seinem kunterbunten Sammelsurium daher stiefelte: Hinter einem rosa Gummistiefel trat ein Slipper mit Metallschnalle auf, gefolgt von einem paillettenüberzogenen Plateauschuh, einer Badelatsche, einem Mokassin, zahlreichen Halbschuhen mit offenen Schnürsenkeln und Pumps, auf denen die stoppelig behaarten Beine ab und zu umknickten. Als wäre dieser Anblick nicht grotesk genug, sprang auf dem Rücken des langen Elends eine Gestalt hin und her, die Skaia an die Papageni erinnerte. Nur war sie kein Kind mehr, sondern ein ausgewachsener Mann, und die Federn leuchteten nicht fröhlich bunt, sondern schimmerten in den düsteren Farben der Nacht. Ein Kranz von Pfauenfedern umspielte seinen Hals.

„Du bist die Pest", schrie ein stämmiger Bursche den Federmann an.

„Danke, danke", rief dieser zurück, „die peste Stimmungskanone, die ihr je erlebt habt? Wie reizend!" Er deutete zierliche Verbeugungen in alle Richtungen an, bevor er dem wütenden jungen Mann zu fauchte: „Möchtest du mitmachen bei Jux und Tollerei? Vielleicht deinen Klumpfuß in die Höhe halten, den du ängstlich in deinen eleganten Tretern versteckst? Schäm dich nicht dafür. Er sieht doch zum Brüllen komisch aus!"

Das Gesicht des Blamierten lief tiefrot an, während der Gefiederte schrie vor Lachen, einen Flickflack über den langen Rücken machte und schließlich ein holpriges Lied schmetterte:

„So viel Spaß macht der Clown,
er kann in dein Herz schaun,
auf den Grund deiner Seele,
auf dass nichts sie verhehle.
So beglückt allerorten
er mit witzigen Worten.
Darum reich' ihm auch du
für die Reise 'nen Schuh!"

Er warf mit beiden Händen Papierkügelchen in die Luft, die
als bunter Regen über den Köpfen der Leute niedergingen.
Im Geknalle, das jeder Aufprall auslöste, ging sein letzter Ruf
fast unter:

„Sonst bleibt er heut' und fürderhin
bei dir, der dunkle Horrlekin."

Das Letzte, was man von ihm sah, als er vom Tausendfüßler
aus dem Dorf getragen wurde, war das Grinsen seiner kreideweißen Zähne. Und über ihm die Raben.

Skaia blickte ihnen hinterher und schüttelte sich. Wie war
sie froh, dass der Tross nicht auf den Weg zu Famma abgebogen war. So konnte sie ihn so schnell wie möglich vergessen.

In der Scheune war das Theaterkostüm fast getrocknet.

„Ein bisschen feucht macht ja nichts, oder?" Rasch
schlüpfte Mikolo hinein. Sogar den unbequemen Kragen
band er wieder um.

Skaia würde es nie begreifen. Was wollte er, was wollte
der Prinzipal und was wollten die Käufer extravaganter
Überzeh-Schuhe denn mit ihren Bemühungen um ein prächtiges Auftreten? Es kam ja gar nicht richtig zur Geltung. Dafür schien der Mond einfach zu matt.

„Ich fühle mich viel besser darin als in meiner Schuluniform", meinte Mikolo und folgte ihr. „Immerhin bin ich
damit ein Hofrat! Und außerdem sind die Stiefel nicht
schlecht für eine Bergtour."

Der Pfad führte jetzt durch niedriges Heidekraut bergauf.
Ab und zu standen vereinsamt Wacholdersträucher dazwischen. Mit ihren schlanken Umrissen hätte man sie auf den
ersten Blick auch für erstarrte Menschen halten können.
Richtig geheuer war Skaia die Gegend nicht. Warum sich nur
so viele Leute auf den beschwerlichen Weg zu Famma
machten, um ihr das Neueste zu berichten, was sie gehört
hatten? Weil sie ihrerseits dann auch etwas erfuhren?

Wie Papa es beschrieben hatte, tauchte vor ihnen ein
mächtiger Felsblock auf. Bald konnten sie auch einen
Höhleneingang erkennen. Sie näherten sich vorsichtig, um
Famma nicht zu erschrecken. Da sprang eine Frau aus der
Höhle. Lief auf sie zu mit ausgestreckten Armen. Ihr dünnes
Kleidchen wehte im Nachtwind, umflatterte die zarte Figur.
Sein Ausschnitt lag ein gutes Stück unterhalb eines kräftigen,
violetten Halsbandes, das geheimnisvoll schimmerte. Im
Gesicht zog nur eines die ganze Aufmerksamkeit auf sich:
Wie aufgepumpt wölbten sich unglaublich dicke Lippen nach
vorne, verdeckten beinahe Kinn und Nase.

„Ob das von den vielen Gerüchten kommt, die sie
weitererzählt?", flüsterte Mikolo.

„Sie muss ja nicht schön sein. Immerhin scheint sie sich
zu freuen, dass ..." Skaia beendete den Satz nicht, denn die
Frau rannte an ihr vorbei, umschlang Mikolo und drückte
ihm die Lippen ins Gesicht. So stürmisch, als wäre er ihr
Sohn, der nach gefährlichen Abenteuern in fremden Ländern
endlich zurückkehrte.

Mikolo zappelte in ihren Armen. Seine Hilferufe hingen
ihm in der Kehle fest. Nur undefinierbares Gegrummel drang

nach außen, denn auf seinem Mund klebten unnachgiebig die roten Wülste.

„He, lass ihn wieder runter!", schrie Skaia, ahnte aber, dass es nichts nützen würde. Nichts als schmatzende Kussgeräusche waren die Antwort. Auch als Skaia der Frau gegen das Schienbein trat, ließ diese nicht von Mikolo ab. Ohne auf Skaia zu achten, sprang sie zur Höhle zurück, ihre Beute umklammert, festgesaugt. Es kümmerte sie nicht, dass ihr Skaia nachlief. Sie warf sich in einen Kleiderhaufen. Hosenbeine, Hemdsärmel, Socken türmten sich überall.

Im Licht der Blaukappe, die hektisch um Mikolo und die Frau herumschwirrte, bemerkte Skaia, wie seine Gegenwehr nachließ. Seine Beine strampelten nur noch wenig. Die Dicklippige hielt ihn eisern fest und begrub fast sein ganzes Gesicht unter ihrem Mund. Konnte Mikolo überhaupt noch atmen? Obwohl die Kusswütige keinen einzigen Blick an sie verschwendete, fühlte sich Skaia auf einmal beobachtet. Es war der Halsreif. Jetzt erst bemerkte sie es: Er hatte im Mondlicht nicht umsonst so geschillert, als sei er aus lauter Schuppenplättchen gefertigt. Er war eine Schlange. Ein Auge glotzte zu Mikolo, das andere achtete auf Skaia. Gerade ließ das Maul den eigenen Schwanz los und näherte sich Mikolos Hals. Die Zischlaute, die die Schlange von sich gab, waren neben dem gierigen Geschmatze der Frau kaum zu hören. Für Skaia klangen sie wie die schrillste Alarmglocke. Ohne nachzudenken griff sie zu. Der Schlange ins Genick. Quetschte ihr das Kiefergelenk. Grotesk weit klappte das Maul auseinander. Das Zischen wurde zum Fauchen. Der Kopf wand sich, der Körper schlug um sich. Aber Skaia ließ nicht los. Zum ersten Mal wandte die Frau den Blick ab von ihrem Opfer. Während der Mund gnadenlos auf Mikolo liegen blieb, rollte sie die Augen auf der Suche nach der Schlange. Doch sie hielt zu spät danach Ausschau, was mit ihrer Verbündeten geschah. Mit einem Schmerzensschrei fuhr sie in die Höhe. Skaia hatte ihr die Schlangenzähne ins Fleisch gerammt.

Der Körper der Frau klappte zusammen. Begrub unter sich die zappelnde Schlange.

In Skaias Hirn schlich sich die Erinnerung: Hatte nicht einer der Theaterleute vor der Schwester von Famma gewarnt?

Mikolo atmete. Hauchte: „Weg, bitte ...“ Auch wenn er sich kaum bewegen konnte vor Schwäche, er wollte so schnell wie möglich fort. Auf Skaia gestützt, schleppte er sich aus der Höhle.

Sie flüchteten hinter den Felsblock und ließen sich unter einem Vorsprung nieder, der sich wie eine kleine Kuppel über den steinigen Boden spannte.

„War ... das ... Famma?“ Mikolos Stimme war dünn. Aber hier drinnen hallte sie richtig.

„... Famma? Famma?“, echoten die Wände.

„Nein“, antwortete Skaia einsilbig, und die Wände bestätigten: „Nein. Nein.“

Wenn es die Wände waren. Denn in einer dunklen Ecke hatte Skaia zwei helle Punkte ausgemacht. Sie verschwanden immer wieder, aber nur für Bruchteile von Sekunden.

„Jetzt erschrick bitte nicht, aber es kann sein, dass Famma hier drinnen sitzt.“ Sie hatte es nur geflüstert, aber auch diese Worte warfen die Wände zurück: „... drinnen sitzt, drinnen sitzt.“

Mikolo hielt hörbar den Atem an.

„Bist du Famma?“, probierte es Skaia mit Blick in die Ecke.

„... Famma? ... Famma?“

Es kam keine Antwort. Nur ein tiefes Schnaufen und noch mehr Geblinker der hellen Augen.

„Famma ist nicht so wie ihre Schwester. Sie wird uns helfen. Sie hilft allen“, sagte sich Skaia vor und machte einige

Schritte auf die stille Bewohnerin zu. Allmählich konnte sie Gesichtszüge erkennen. Das Wichtigste: Die Lippen waren schmal. Die Haut sah ledrig aus, die Falten um den Mund unbeweglich. Der Kopf war nur noch von wenigen Haaren bedeckt. Richtig lebendig wirkten allein die Ohren. Jedem Geräusch drehten sie sich aufmerksam zu. Selbst das Flackern der Blaukappe entging ihr nicht.

Wie es schien, suchte das Flämmchen die Ritzen in der Felswand ab. Vermutete es dort jemanden, der alles wiederholte, was man hier sagte? Na ja, was wusste so ein Kleingeist von den Gesetzen der Physik ...

Skaia sagte in beruhigendem Ton: „Wir haben gehört, dass du alles weißt."

Famma nickte, während das Echo erneut Skaias Worte wiederholte.

„Dann kannst du mir auch den Weg zur Königin verraten?"

Es dauerte eine Weile, bis Famma fragend den Kopf zur Seite legte. Sie sagte wohl nicht so schnell etwas.

„Gut, vielleicht willst du erst einmal wissen, wer ich bin?", versuchte es Skaia erneut.

Die Augen klimperten sie mehrfach an.

Also erzählte Skaia. Wo sie herkam und warum sie zur Königin wollte. Famma hörte aufmerksam zu und kommentierte den knappen Bericht mit bedächtigen Kopfbewegungen. Skaia hoffte zumindest, dass sie mehr waren als vorsichtige Gymnastikübungen für den eingerosteten Hals. Doch als sie geendet hatte, wartete sie vergeblich auf eine Antwort. Famma legte nur wieder den Kopf zur Seite.

Was wollte sie denn noch? Details? Das zog sich ja ganz schön hin. Wenn sich in der Zwischenzeit nur die Schwester nicht wieder aufrappelte.

Skaia erzählte weiter: von den Jahren, als ihre Eltern noch gelebt hatten, wie sie vom Vater auf den Schultern herumgetragen worden war, sie die Reiterin, er das Pferdchen. Er derjenige, der ihr dabei alles Mögliche rund ums Pferd erklärte, sie diejenige, die nicht richtig zuhörte, weil sie viel lieber das Pferdchen mit „Hüs" und „Hotts" durch die Wohnung jagte.

Sie kam vom Hundertsten ins Tausendste, weil ihr die Frau immer deutlicher aufmunternd zunickte, aber immer noch kein Sterbenswörtchen von sich gab. Allerdings wurde sie immer beleibter. Zuerst hatte Skaia es für Einbildung gehalten. Aber langsam war es eindeutig: Der Körper unter dem Rupfenstoff schwoll mehr und mehr an, sodass der Sand, der Staub, die zerbröselten Reste von Blüten, alles, was zentimeterdick auf dem Gewand abgelagert war, herunterrieselte. Selbst die Krater auf den Wangen begannen sich zu glätten.

„Also, ich gehe hier raus!", kam es von Mikolo leise.

„... raus! ... raus!"

Die Augen von Famma weiteten sich.

„Nein, warte doch ... Sie soll endlich etwas sagen!"

Heftig prallten Skaias Worte zweimal, dreimal, viermal auf sie zurück.

„Sie weiß es doch, sie weiß es doch, sie muss es doch wissen."

„... wissen wissen wissen."

Nicht nur Skaia fühlte sich elend. Der ewig stumme Mund vor ihr wölbte sich, als ob er sich übergeben müsste. Skaia sprang zurück. Aber was ihr entgegenkam, war nur ein Rülpser. Sein säuerlicher Geruch hüllte Skaia ein. Umschwebte sie mit Wispern: „... im Berg ... Berg."

„ ... 'n Weg des Eises und der Finsternis ... nis ... nis ..."

„ ...'cht weit ... weit."

„ ... nur genug Mut ... Mut."

So viel Stimmen, so viel Echo, hin und her zischend unter der Kuppel aus Stein. So viele Berichte, die vom Weg zur Königin erzählten. Unendlich ausführlich, wenngleich nur in

Fetzen vorhanden. Immer weiter rülpste Famma. Immer mächtiger. Und immer mehr Echos, die sie in ihrem Inneren bewahrte, drangen nach draußen. Umspülten Skaia samt dem beißenden Geruch, der ihr fast die Sinne raubte.

Kaum dass sie noch einen eigenen Gedanken fassen konnte. Ihre Schläfen pochten, trommelten an gegen die wispernden Worte und die Säureschwaden. Mit Mühe ertastete Skaia die Wand. Stützte sich ab, damit sie nicht zu Boden sank. Ihr Kopf würde platzen, wenn sie nicht bald den Rückzug antrat. Schwankend kämpfte sie sich ins Freie, hervor unter der Felskuppel. Rang nach Luft.

Mikolo starrte sie erschrocken an.

Es dauerte, bis sich Skaia erholt hatte. Nur langsam wurden aus Keuchen und Husten wieder ruhigere Atemzüge. Und da Mikolo nicht aufhörte zu rufen: „Ist alles in Ordnung, Skaia, sag was!", gab sie krächzend zur Antwort: „Ja ... verdammt, ja!" Und dann: „Hast du gesehen? Du musst ihr ziemlich viel von dir erzählen, wenn du in Erfahrung bringen willst, wie du zurückkommst nach Hause."

Mikolo zog angewidert die Nase hoch.

„Es geht nicht anders. Vielleicht, wenn du dir die Nase zuhältst ..." Ermattet schloss sie die Augen. Als sie sie wieder öffnete, sah sie gerade noch, wie Mikolos Gestalt im Dunkel des Felsvorsprunges verschwand.

Es war eine Wohltat, frische Luft zu atmen. Dabei wurde sie immer klarer im Kopf, und all die Wegbeschreibungen, von denen sie erst gedacht hatte, sie widersprächen sich allesamt, passten immer besser zusammen.

Nach einer Weile trat Mikolo aus dem Schatten des Vorsprungs. Ganz aufrecht. Weder röchelnd noch mit angeekelter Miene. Er konnte doch in dieser kurzen Zeit unmöglich ...

„Sie schläft. Sie ist wieder total in sich zusammengefallen und reagiert auf gar nichts. Ich habe sogar an ihr gerüttelt.

Obwohl ich sie eigentlich nicht anfassen wollte." Deshalb wischte er also mit den Händen an seinen Hosenbeinen herum.

„Hm. Dann musst du hier warten, bis sie wieder aufwacht. Sie weiß bestimmt etwas."

„Wieso nur ich? Wartest du nicht mit mir?"

„Nein." Skaia schüttelte sehr bestimmt den Kopf. „Ich werde nicht hier sitzen bleiben, während Solterra zugrunde geht. Das kann ja ewig dauern, bis Famma wieder aufwacht."

„Ewig?" Mikolos Miene war das reine Elend.

18.

EISKALT

Landschaft konnte man es längst nicht mehr nennen.

Dabei war der Weg anfangs genauso schön gewesen, wie es die Echos versprochen hatten. Unterhalb des Hügels, wo Skaia und Mikolo den letzten Heidestrauch hinter sich gelassen hatten, wuchsen Büsche, deren zarte Blätter sanft im Wind schaukelten. Moose krochen über Steine und Stämme. Wie pelzige Tierchen, die eine Tarnfarbe angenommen hatten. Die Trauerweiden rauschten leise. In der Luft lag eine Ahnung von Vanilleduft. Wenn sie ihm nachging, das wusste Skaia, war sie richtig.

Mikolo nervte sie wiederholt mit der Frage, ob sie denn glaube, er fände auch ohne Famma wieder zurück nach Javónien. Auf einmal aber rief er: „Schau mal, da liegt ein Stück Gartenschlauch."

Das Gewächs, das er für einen Gartenschlauch hielt, schlängelte sich vom Weg aus ins Gebüsch, wo es sich verzweigte. Mit seinen Dornen hakte es sich in die Rinde eines Baumes und rankte nach oben. Luftwurzeln trieben aus dem Gewächs und klammerten sich fest. Mehr und mehr dieser schlangenhaften Pflanzen entdeckten Skaia und Mikolo. Überall hingen sie. Auf vielen von ihnen saßen kleine Wattebäusche, die von Faltern und Schwebfliegen umtanzt wurden.

„Dass es hier so nach Schokolade riecht", wunderte sich Mikolo. „Und nach Honig auch ein bisschen."

Die Düfte waren betörend. Und sie passten zu dem, was sich vor und über den Wanderern auftat. Je weiter die beiden gingen, umso öfter sahen sie, wie aus den weichen Bällchen braune Blätter hervorkamen. Dann brachen sie auf: Erblühten hier zu üppigen Trichtern in Lachs-, Bronze- und Crème-tönen, flammten dort auf als Sterne in reinem Weiß. Vor manchen der Blüten schwirrten schwarze Geschöpfe, die Skaia nicht kannte. Von ihnen schienen auch die fiependen Geräusche auszugehen.

„Fledermäuse. Die gibt's nur im Dunkeln", erklärte Mikolo. „Sie saugen die Blüten aus." Neid schwang in seiner Bemerkung mit.

Nach und nach ließen sie das Blütenparadies hinter sich. Mit einem letzten Hauch von Honig und Vanille wich auch die schwüle Wärme. Rasch kühlte es ab.

„Immer den sinkenden Temperaturen nach", hatte eines der Echos erklärt. Skaia hielt sich daran, obwohl sie fröstelte. Wie froh war sie, dass sie nicht ihr seidenfeines Sklavinnenkostüm trug, sondern ein warmes Hemd und eine robuste Hose.

Als der Regen begann, verschwanden Bäume und Büsche in seinem Schleier. Nur die Pilze am Boden, die ihre Schirme noch weiter aufzuspannen schienen, konnte man noch gut erkennen.

Die Blaukappe zischte in einem fort. All die Tropfen, die sie trafen, verdampften augenblicklich.

Dann kam der Hagel. Schützend hielt sich Skaia die Hände über den Kopf. Es war scheußlich, wenn die Eiskörner in die Ärmel rutschten, den ganzen Arm hinab, aber trafen sie den Kopf, war es noch schlimmer.

Und jetzt der Eissturm. Er löschte alles aus. Erstickte jedes Geräusch mit seinem Brüllen, vernichtete jede Landschaft mit seinen frostigen Splittern. Es war eindeutig der richtige Weg. Doch Skaia konnte den Kurs kaum halten. Der Widerstand war mächtig. Drehte sich Skaia um, in Sorge, Mikolo könnte vom Sturm fortgezerrt worden sein, schaffte sie es nur mit größter Anstrengung, wieder Tritt zu fassen. Einmal tauchte blendende Helligkeit für einen Augenblick alles in Licht.

Sie würden erfrieren. Ihre Kleider waren über und über bedeckt mit glitzernden Kristallen. Nase, Wangen, Mund und Kinn wie abgestorben. Das Einzige, das Skaia noch spürte, war Mikolos Hand, die nach der ihrigen griff. Ein Fünkchen Wärme bewahrten sie Haut an Haut, während sie sich der unendlichen Kälte entgegenstemmten.

Bis sie ins Nichts fielen. Der wenige Schnee staubte, als sie aufschlugen. Darunter das blanke Eis. Der Sturm lag hinter ihnen — ziemlich genau einen Meter. Wie abgeschnitten hing er in der Luft. Eine tobende Wand, die sie durchbrochen hatten.

Dass sich die Erstarrung löste, merkte Skaia erst, als sie mit den Zähnen zu klappern begann. Vorsichtig klopfte sie auf ihren Körper ein, massierte sich das Gesicht, schüttelte die Beine, so gut es im Sitzen ging, hauchte auf ihre Fäuste und in ihre Handflächen. Es kostete Mühe, sich aufzurichten, denn wenn man nicht Acht gab, glitt man auf der glatten Fläche gleich wieder aus. Fluchend fand Skaia ihre Sprache wieder. Dann reichte sie Mikolo die Hand. „Bleib nicht so lange sitzen, sonst frierst du fest!"

„U-u-und?" Er bibberte. Weil er sich kein bisschen bewegte.

„Auf! Los!"

„Ich ma-ma-mag nicht mehr ..."

„Quatsch!" Skaia packte ihn mit beiden Händen und zog. Mit einem Ratsch löste sich seine Hose vom Eis.

„Ich b-b-bin ein totaler Id-d-diot."

Weil er es nicht selber tat, rubbelte Skaia ihn ab.

„Alles wird immer sch-sch-sch- ..." Eine Woge des Frösteln durchzitterte ihn. „ ... schlimmer!", stieß er hervor. „Hätte nicht mitgehen dürfen mit dir ..."

Skaia hielt inne. „Sondern?"

„Bei G-Gura bleiben."

„Aber du wolltest doch nach Hause!"

Wie ein Fisch beim Atmen klappte Mikolo seinen Mund auf und zu.

„Warum hast du nicht gewartet, bis Famma wieder aufgewacht ist?"

„G-g-grässlich ..." Dann verstummte er. Immerhin fing er an, sich zu bewegen, schlang die Arme um seinen Oberkörper und machte Trippelschritte über das Eis. Zog ziellose Kreise. Wo er auftrat, zerstob die dünne Schneedecke. Hinter ihm flog die Blaukappe.

„Gut." Skaia biss die Zähne zusammen. Sie spürte sogar ihre Kieferknochen wieder. „Dann bleib du hier, und ich seh' mich um."

Mikolo trippelte.

„Ja?"

Mikolo trippelte.

„Ich gehe nicht so weit ..."

Mikolo hob nicht einmal den Kopf.

Dabei war der Ort, an den sie gelangt waren, etwas Besonderes. Der Boden bestand aus purem Eis und warf sich ein paar hundert Meter weiter in wuchtigen, kantigen, spitzen Formen auf, wuchs in luftige Höhen. Auch der Himmel, in den er ragte, war ganz anders als sonst in Moxó, nämlich leer. Oder, um genau zu sein, fast leer. Es schien kein Mond, und es blinkte auch nicht das üppige Sternenfeld, das Skaia inzwischen kannte. Nur ein Stern, der so hell strahlte, dass Skaia sicher war, ihn noch nie gesehen zu haben, wachte einsam über dem Berg.

Sein Licht glitzerte sogar in den Flocken, die Skaia beim Gehen aufwirbelte. Ab und zu stieß sie auf eingefrorene Äste, Lumpen, Reste von Muschelhörnern und Seesternen, auf eine Flasche, deren bleicher Hals wie ein Zeigefinger aus dem Eis ragte. Schwemmgut, wer weiß woher, festgehalten für die Ewigkeit.

Überraschend schnell kam sie am Fuß des Berges an. Fast senkrecht schoben sich die Eisschollen in die Höhe. Sie zu erklimmen war unmöglich. Die messerscharfen Kanten schienen nur darauf zu warten, denjenigen zu zerschneiden, der den Versuch wagte. Aber Skaia musste ja nicht hinauf. Nicht einmal hinein wollte sie. Denn im Eisberg, das hatten die Echos verraten, herrschte die verbannte Königin. Skaia war nicht ihretwegen gekommen. Sie suchte einzig und allein nach Yaho mit dem Sonnenkreis. Hier würde sie ihn finden. Weil er auf sie, das Mädchen aus dem Orakel, wartete. Sie war durch finstere Nacht gegangen und durch tobenden Sturm. Jetzt stand das Ende der Reise bevor. Nicht allzu lange würde es dauern, dann hätte sie den Berg umrundet und gefunden, was sie retten würde. Und ihren Bruder. Und ganz Solterra.

Mit jedem Schritt, den sie tat, kam sie ihrem Ziel näher. Doch sie musste Abstand halten. Denn sollte sie ausgleiten, durfte sie sich keinesfalls am Berg abstützen. Sie wollte sich ja nicht die Hände aufschlitzen.

Der Weg zog sich. Wie lange ging sie bereits? Weit konnte es eigentlich nicht mehr sein. Sie wurde unruhig. Aufkeimende Angst schnürte ihr den Hals zu. Und das Herz pochte viel schneller. Was, wenn Yaho gar nicht ...

Doch da sah sie in der Ferne Spuren. Konnte nicht erkennen, ob sie groß genug waren für die eines ausgewachsenen Mannes. Begann zu laufen. Vergaß alle Vorsicht, die sie auf dem glatten Untergrund bisher hatte walten lassen. Keuchend kam sie den Spuren näher. Nah ... Sie rutschte aus. Sie fiel. Direkt vor die Spuren. Es waren ihre eigenen!

Es gab niemanden, der auf sie wartete. Nichts als Einbildung war es gewesen. Was hatte sie sich zusammengereimt? Aus Bemerkungen der verlogenen Eingeweihten, aus Andeutungen eines Orakels, das sie nie gefunden hatte, und aus den aufdringlichen Gedanken einer Katze, ohne deren Auftauchen ihr Leben erst gar nicht aus den Fugen geraten wäre. Sollte der Schrei, der in Skaia wuchs, doch nur alles mit sich reißen! Nicht nur den Schnee vor ihrer Nase, sondern auch das Eis, den Berg, den Stern, den Sturm, die Nacht und den Tag. Die Burg, Robolde, Sonnenmasten — alles stürzte durcheinander. Blech schlug Funken, Steine donnerten auf Maschinen, Kinder trieben durchs Nichts ...

Wahrscheinlich hatte sie gar nicht geschrien. Nur in ihrem Kopf hallte es wie wahnsinnig. Um sie herum sah alles so aus wie zuvor. Keinen Millimeter verrutscht. Auch sie selbst lag genau dort, wo sie hingefallen war.

Es dauerte, bis sie genug Kraft gesammelt hatte, aufzustehen. Die Ärmel ihres Hemdes klebten am Eis. Unglücklich zerrte sie solange an ihnen, bis sie zerrissen. In traurigen Fetzen hingen sie herab.

Die Spur ihrer Schuhabdrücke führte Skaia zurück. Aber was hieß das schon: zurück? Wohin denn? Zur Theatertruppe, nach der sich Mikolo sehnte? Und wie denn? Durch den Eissturm? Ja, vielleicht sollten sie sich einfach hineinstellen. Sie würden fortgeweht und irgendwo ausgespuckt werden. Egal wo, es war überall besser als hier. Oder sie wartete auf die nächsten hellen Sekunden — wenn es sie an diesem Ort überhaupt gab. Dann müsste sie jedoch den unerschütterlichen Wunsch verspüren, ins Licht zurückzukehren. Dann durfte sie nicht auf die Fragen achten, die sich ihr aufdrängten: „Weißt du denn, wie es um Solterra steht? Willst du so zurückkehren — mit leeren Händen und ganz ohne Hoffnung?"

Bald stand sie wieder vor der Sturmwand, aus der sie gefallen waren. Sie stieß auf Mikolos Spuren im Schnee. Doch er selbst war verschwunden. Samt Blaukappe. Skaia trat in seine Fußstapfen und lief seine Kreise ab, bis sich irgendwann einer nicht schloss, sondern fortführte. Sie hatte den Weg gefunden, den er eingeschlagen hatte.

Er ging nicht besonders weit und endete an einem bauchigen Etwas, das leicht schräg im Eis hing: eine übermannshohe Holztonne. Sie war verschlossen. In einem der gebogenen Bretter entdeckte Skaia ein Loch. Als sie hineinlinste, war ihr, als sause dahinter ein blaues Licht vorbei. Dann blickte ein Auge hindurch. Fast im gleichen Moment sprang der Deckel auf.

„Skaia! Wo warst du so lange?" Mikolo streckte seinen Kopf aus der Öffnung.

Das Letzte, zu dem Skaia sich im Stande fühlte, waren Erklärungen. Eigentlich wollte sie nichts anderes, als ihrem Freund in die Arme zu fallen.

Er fing sie auf. Wie warm er war.

„Wie kalt du bist", erschrak Mikolo. „Komm schnell rein."

Das Fass roch im Inneren nach Fisch, aber nicht schlimm. Und es gab zwei Decken. Die eine hatte sich Mikolo um die Schultern gelegt. Ausgefroren griff Skaia nach der anderen.

„Zieh dich erst um", riet ihr Mikolo. „Die Sachen im Rucksack sind zwar an manchen Stellen feucht geworden, aber sie sind auf jeden Fall besser als das da." Er zupfte an Skaias zerrissenem Hemd. „Das legen wir neben den Hofrat zum Trocknen."

Ein paar Minuten später saß Skaia als Sklavin gewandet und in die Decke gehüllt da und ließ sich von Mikolo weitere Schätze zeigen.

„Weintrauben. Zwar keine grünen, sondern nur blaue, aber trotzdem gut. Und eine Feldflasche mit Wasser drin."

„Wo war das denn?"

„In der Tasche da." Vage deutete er hinter sich. Skaia konnte nichts erkennen. Weil sie den Deckel wieder zugezogen hatten, spendete nur die Blaukappe spärliches Licht.

„Aber ..."

„Ja, ich weiß. Sieht ganz so aus, als ob hier jemand wohnen würde, der nur gerade nicht da ist, oder?" Mit schräggelegtem Kopf sah er Skaias an, meinte aber: „Egal. Was soll uns denn noch passieren?"

Skaia biss nachdenklich auf eine Traube. War es vermessen, noch einmal Hoffnung zu schöpfen? Konnte es sein, dass derjenige, der in diesem Fass Quartier genommen hatte, Yaho war?

Plötzlich war ein leises Getrappel über ihren Köpfen zu vernehmen. Mikolo schien das Geräusch bereits zu kennen. „Achtung, Besuch kommt! Durch den Seiteneingang." Er schaute auf das Loch. Skaia tat es ihm gleich. Es erschien eine schnuppernde, spitze Nase mit stoppeligen Barthaaren, schwarze Äuglein, aufgestellte Ohren: eine Ratte. Und sie trug goldene Perlen um den grauen Hals.

Skaia konnte einen Aufschrei nicht unterdrücken, als das Tier vor ihr auf den Boden sprang.

Erst lachte Mikolo, dann rief er erschrocken: „Raus, Skaia, schnell!" Denn die Ratte wuchs, wucherte, verwandelte sich in etwas Riesiges. „Sie zerquetscht uns." Skaia trat mit einem Fuß nach dem Deckel und wurde von Mikolo nach draußen geschoben. In der Tonne rumpelte es. Sofort fror Skaia in ihrem Kostümchen. Mikolo zog an ihrem Arm, wollte weg.

Aber sie bewegte sich nicht. Ihr Blick blieb so fest auf das Fass gerichtet, als ob sie das, was da drin rumorte, hypnotisieren könne.

Mikolo zog sie über das Eis.

„Nicht", zischte sie, ohne das Fass aus den Augen zu lassen. „Ich wusste es!"

Aus dem Fass kamen zwei Männerbeine. Mühevoll schälte sich der Verwandlungskünstler aus der engen Behausung. Hielt sich den Rücken, als er sich aufrichtete. Warm und golden glänzte die Kugel-Kette am Hals von Yaho.

Auch wenn seine Haut immer noch trocken war und übersät mit Altersflecken, seine Haare genauso weiß und dünn, wie sie Skaia in Erinnerung hatte, wirkte er trotzdem

verändert. Er steckte — statt im leuchtend gelben Herrschermantel — in hellen, reichlich weiten Hosen und einer Filz-
jacke, die auf moosgrünem Untergrund braune und orange-
farbene Quadrate präsentierte. So gebeugt er im Sonnensaal
auch in seinem Sessel gehockt hatte, so aufrecht stand er jetzt
da. So blind sein Blick damals auf den Boden gerichtet
gewesen war, so klar ruhte er nun auf ihnen. „Ich habe ein
Mädchen erwartet, aber ihr seid gleich zu dritt gekommen.“

Skaia war fast am Ziel. Sie stand Yaho gegenüber und
musste ihn überzeugen, dass er mit ihr zurückkehrte. Er
konnte sie und Solterra nicht im Stich lassen.

„Kommt her. Zwei Decken sind da, eine für jeden von
euch. Eurem Flammenfreund ist ja sicher auch so warm genug. Und mir kann die Kälte nichts anhaben, solange ich den
hier trage.“ Yaho wies auf den Sonnenkreis. „Wenn ihr wieder ins Fass schlüpft, setze ich mich davor auf den Deckel.
Dann können wir reden.“

Skaia nickte stumm.

„Wie haben Sie das denn gemacht vorhin?“, wollte Mikolo
wissen, während er sich in seine Decke mummelte. „Dass Sie
eine Ratte waren?“

Yaho zog die Knie an und umfing sie mit seinen Armen.
„Die Kraft für die Verwandlung kommt aus dem Sonnenkreis. Ich muss mir nur vorstellen, was ich sein will. Allerdings ganz genau, sonst klappt es nicht. Nur solche Wesen,
deren Aussehen ich gut genug kenne, sind möglich. Hausrat-
te, Wanderratte oder Waldmaus, durcheinanderbringen sollte
man die nicht.“

„Ich würde mich in eine Fledermaus verwandeln. Die
haben Flügel und sehen von oben viel mehr von der Welt.
Oder, halt nein, sehen tun die, glaube ich, gar nicht mal. Wie
war das gleich ...?“

„Wenn sie fliegen, sind sie weit weg von dem, was unten auf der Erde geschieht. Wie viel sie da verpassen ...“, gab Yaho zu Bedenken.

Es war Mikolo anzusehen, dass er dennoch gerne einmal Fledermaus gespielt hätte.

„Yaho, komm mit zurück nach Solterra!“, sagte Skaia fast tonlos.

„Nein“, erwiderte er. „Aber ich komme mit dir in den Eispalast, wenn du ihn öffnest!“

„Öffnen? Warum sollte ich?“

„Weil du dazu ausersehen bist. Weil die Reiche zugrunde gehen. Weil die Sonne alles versengt und der Mond verlischt. Was vermögen ausgedörrte Hirne? Wie lange überleben Herzen im Dunkel? Unsere Zeit zerrinnt, und wer sonst außer dir ...“

„Wieso ich?“ Am liebsten wäre sie aufgesprungen, aber dafür war es in dem Fass zu eng.

„Die Katze hat dich ins Reich der Nacht geholt.“

„Ja, aber warum ausgerechnet mich?“

„Weil sie gefühlt hat, dass du die Richtige bist, nehme ich an. Weil du zur Familie gehörst. Wir sind alle vom selben Blut: du, dein Bruder, ich, die Königin der Nacht.“

Skaia ertrank fast in Yahos Augen. Sie waren so dunkel wie die von Aldoro.

„Außerdem“, warf Mikolo überraschend ein, „bist du am ‚Namenlosen Tag‘ geboren, und Gura hat gesagt, dass ...“

„Ich weiß, was sie gesagt hat. Aber muss ich alles glauben, was man mir sagt?“

Doch Mikolo ließ sich nicht beirren: „Immerhin stammst du in direkter Linie von dieser Pamina ab und damit von der Königin. Sonst wäre dein Bruder ja auch nicht Guter Herrscher geworden! Oder habe ich das falsch verstanden?“

„Aber ich bin deshalb noch lange nicht verpflichtet, einen Eispalast zu öffnen, in den ich nicht hinein will.“

Yaho legte ihr eine Hand auf den Arm. Am liebsten hätte ihn Skaia sofort weggezogen. Aber sie ließ ihn liegen und spürte Yahos trockene Haut.

„Als du in den Sonnensaal geführt wurdest, dachte ich noch nicht an das alte Orakel. Dabei war es so eindeutig: ‚Ein Kind tanzt auf wilden Wegen und lacht. Am Karussell blähen die Pferde die Nüstern. Reiten bald wieder. Das Mädchen zieht an ihren Mähnen und lacht. Noch weiß es nichts vom dunklen Reich der Ahnen, vom Schatz in seinen Händen, von Mächten, alt wie die Welt, von grimmigen Grinsern und den Kulissenschiebern des Schicksals. Noch weiß es nichts von sich selbst, von der Prinzessin der Nacht.'“ Bedeutungsschwanger sah Yaho sie an.

Skaia saß mit offenem Mund da: Das war das Orakel? Sie schluckte und meinte: „Es sagt gar nichts darüber aus, was passieren wird.“

„Doch, in seinen ersten Zeilen: ‚Es wartet die Nacht, im Eise erstarrt. Strahlend verzehrt sich der Tag. Das Silberlicht schwindet, die Schatten werden stärker. Noch sind die Eingeweihten blind, noch ist die Königin gefangen.' Und am Ende heißt es: ‚Doch der Sonnenkreis ist bereit. Das Mondauge öffnet sich.'“ Yaho legte auch noch seine zweite Hand auf Skaias Arm.

Fest spürte sie seinen Griff. Mehr noch jedoch die Kraft, mit der er ihr in die Augen schaute.

„Die beiden Heiligtümer müssen wieder zusammenkommen. Den Sonnenkreis haben wir, Skaia. Das Mondauge hat sie.“ Er zog ihren Blick mit sich zum Eisberg.

„Mondauge? Welches Mondauge denn?“

„Ja“, Yaho seufzte bitter, „das Mondauge haben unsere Ahnen so nachhaltig aus der solterranischen Geschichtsschreibung getilgt, dass es vergessen ist. Auch mir hat erst der Sonnenkreis ins Bewusstsein gebracht, dass es ihm fehlt, dass es ihm einst entrissen wurde.“

Skaia blickte zweifelnd. Der Sonnenkreis schien unversehrt.

„Ich sage dir: Es war ein unglücklicher Tag, an dem L'unio das Mondauge und den Sonnenkreis trennte.“

Skaia hatte davon noch nie gehört.

„Du glaubst es nicht?“, fuhr Yaho sie an. „Dann spür es selbst.“ Mit hartem Griff zerrte er ihre Hand hin zum Sonnenkreis, bis ihre Finger an eine der Kugeln stießen.

Skaia schrie auf. Licht und Hitze durchfluteten sie. Und sie hörte Yaho rufen: „Nicht diese Kugel. Die hier!“ Sie fühlte eine zweite Kugel. Unwillkürlich griff sie nach ihr. Und während sie in einem Traum aus Helligkeit und schwüler Wärme zu schweben schien, ertasteten ihre Finger erhabene Zeichen auf der Oberfläche der Kugel. Ganz klar war die Botschaft: „Denk an den Mond.“

Das Licht erlosch augenblicklich, als Skaia losließ. Schwärze fiel auf sie nieder.

„Was war denn?“, flüsterte Mikolo, hörbar erschrocken. Als ob sie es hätte sagen können …

„Das war das, was der Sonnenkreis selbst sagt. Immer schon. Eingeprägt in die vierte Kugel. Sie vermisst ihr Gegenüber.“

Skaia hatte sich soweit wieder an die Dunkelheit gewöhnt, dass sie Yahos Fingern folgen konnte, wie sie den Sonnenkreis präsentierten. Jetzt erst erkannte sie richtig, wie er aufgebaut war: Zwischen den sieben Kugeln hingen jeweils zwei parallele Silberbänder, die den immer gleichen Abstand zwischen den Kugeln bestimmten.

„Eine Kugel und ein Doppelband sind schnell herausgenommen. Ein Frevel, doch bei einer ist es geschehen: Bei der achten, dem Mondauge. Keine der verbliebenen Kugeln hat mehr ihr ursprüngliches Gegenüber. Alles ist aus dem Gleichgewicht. Der Sonnenkreis alleine taugt nur noch für trockene Vernunft.“

Skaia verstand Yaho nicht.

Doch er rief beschwörend: „Von der Sonne geblendet, schließen sich unsere Augen zu Schlitzen — sehend dünkten wir uns, blind sind wir gewesen!" Er atmete heftig. „Alles andere hat keinen Sinn. Nur der Weg zur nächtlichen Königin." Mit Schwung hob er den Sonnenkreis hoch in die Luft — und ließ ihn dann über Skaia Kopf gleiten.

Jede Kugel alleine hätte sie vermutlich geblendet, aber mit der Kette um den Hals war sie völlig blind.

Yaho zog sie mit harter Hand aus dem Fass.

Mikolo schrie.

Yaho zerrte, als wäre er ein kräftiger, junger Mann und kein hinfälliger Greis. Skaias Beine torkelten ihm nach. Hinter all dem Licht zeichneten sich Umrisse ab. Der eisige Berg. Spiegelte in all seinen Spitzen. Kam auf sie zu. Klirrend kalt. Splitterte mit tausend Nadeln in ihr Herz.

19.

KÖNIGIN

DER FINSTERNIS

Sie tauchte ein in den Berg. Der Sonnenkreis schmolz das Eis, er brannte eine Öffnung hinein. Finsternis drang daraus hervor, löschte das Licht beinahe aus. Nur mit Mühe konnte Skaia den Gang erkennen, in den sie geraten war. Und um sie herum standen ihre staunenden Begleiter Yaho, Mikolo und die Blaukappe. Sie waren eingedrungen in den Verbannungsort der Königin. Yahos entschlossene Miene signalisierte, dass er Skaia jederzeit aufhalten würde, sollte sie versuchen zu fliehen. Nur zu gern wäre Skaia umgekehrt. Wie schwarz musste die Seele der Königin sein, wenn man es für nötig gehalten hatte, sie ins lichtlose, ewige Eis zu stecken?

„Nichts ist schwärzer als der Schatten, den jeder wirft in sengender Sonne."

Skaia wusste sofort, woher diese Antwort kam. Sie wandte sich um und sah in glimmende Bernsteinaugen.

Lunetta zwinkerte sie an. „Du bist also doch noch gekommen. Mit Verstärkung sogar." Sie schenkte Yaho und Mikolo ein huldvolles Nicken. „Na dann, hier entlang." Sie trappelte los, dem kurvenreichen Gang folgend, immer tiefer in den Berg hinein.

Das Licht, das der Sonnenkreis ausstrahlte, umspielte Skaia wie eine Aura. Aber Mikolo, der ganz hinten ging, beschwerte sich, dass er nichts sehe hinter dem großen Yaho. Schließlich drängte er an dem alten Mann vorbei und rückte Skaia so nahe, dass sie glaubte, seinen Atem zu spüren. Seit sie den Sonnenkreis um den Hals trug, fror sie nicht mehr. Mikolo schien es anders zu gehen. Die Art, wie er die Luft einzog und in Stößen wieder entließ, klang sehr fröstelnd.

Auch die Blaukappe wirkte unruhig. Das viele gefrorene Wasser, das sie alle umschloss, konnte dem Flämmchen natürlich nicht geheuer sein. Besonders deshalb, weil dort, wo der Sonnenkreis vorbeieilte, die oberste Schicht zu zerrinnen begann.

Skaia fühlte sich mies. Wie ihr schäbiges Kostüm passte. Sie war nicht mehr als eine Sklavin, die sich immer wieder dem Willen anderer fügte. Dem Yahos, dem der Katze und am Ende dem der schrecklichen Königin?

Der Gang wurde breiter. Skaia wollte schon aufatmen, doch die Luft blieb ihr in der Kehle stecken. Erschrocken machte sie einen Schritt zurück und rumpelte gegen Mikolo, der gequält aufstöhnte.

Vor ihnen stand — wie plötzlich aus dem Boden gewachsen — ein Mann, der sie alles andere als freundlich fixierte. Das einzig Sympathische an ihm war seine Hautfarbe, denn die glich der von Gura. Alles andere erschien wie der pure Gegensatz zu ihr: fest aufeinandergepresste Lippen, tief nach unten gezogene Augenwülste, ein stechender Blick, Nasenlöcher, groß wie die eines schnüffelnden Schweins und kantige Schultern über aufgepumpten Brustmuskeln, die ein goldenes Leibchen mit orientalischen Mustern nur dürftig bedeckte.

Die Katze war an ihm vorbeigelaufen. Jetzt kam sie zurück. „Wo bleibt ihr denn?" Dann sah sie, was den Tross gestoppt hatte. „Ach, Monostatos. Ein richtiger Kinderschreck, nicht wahr?" So böse er auch dreinschauen mochte, sie nahm ihn nicht ernst. „Der beißt seit Ewigkeiten nicht mehr", versicherte Lunetta. Wie nebenbei fuhr sie die Krallen aus und kratzte den Kerl am Bein. Seine wallende Hose, die der von Skaias Kostüm nicht unähnlich war, zerriss aber nicht. Sie war gefroren. Genauso wie der ganze Mann. Jetzt wagte sich Skaia näher an ihn heran. Klopfte ihm auf den massiven Oberarm. Steinhart und eiskalt!

„Nicht so nah!", zischte Mikolo. „Du taust ihn noch auf." Tatsächlich lief schon ein dünner, nasser Film über sein Brustbein.

„Der Kleine hat recht. Den musst du nicht enteisen." Lunetta nahm die Führung wieder auf. „Wir sind fast da."

War der eingefrorene Kraftprotz eine Palastwache? Während Skaia allmählich ein leises Rauschen wahrnahm, schrumpfte das Licht des Sonnenkreises weiter zusammen, drängte sich noch enger an die Kugeln, die dabei deutlich wärmer wurden. Dunkelheit drückte schwer auf den Raum. Eine elende Last beschwerte Skaias Schultern, senkte sich auf ihre Brust. Sie war dankbar, Mikolos Atem zu hören. Sie war nicht allein, auch wenn sie den Jungen kaum sah. Mehr als eines seiner Ohren konnte hier auch die Blaukappe nicht erhellen. Tastend griff Skaia neben sich. Flüsterte: „Gib mir deine Hand!" Hatte er auch nach der ihren gesucht? Jedenfalls fanden sie sich sofort.

„Beugt das Knie vor der großen Königin!", befahl die Katze von irgendwo aus dem Dunkel.

Skaia sah aber niemanden, dem sie Ehrerbietung hätte entgegenbringen können. Sollte sie sich etwa ins Nichts hinein verneigen? Die Luft rundum drückte. Dunkel drang sie ihr zwischen die Lippen, kroch in sie hinein. Zorn wallte in Skaia auf. War sie denn eine Untertanin? Nein. Sie stammte aus demselben Geblüt! Sie war die Schwester des Guten Herrschers und Prinzessin — ja, die Prinzessin der Nacht! Niemals würde sie sich beugen.

„Lasst ab von ihr, Schatten." Es war mehr ein kalter Windstoß als eine Stimme. Aber in ihm wirbelte die Erinnerung an einen kristallklaren Klang mit. Eine Einhalt gebietende Bewegung schimmerte auf, machte die Umrisse einer Figur sichtbar. Hoch über Skaia saß sie auf einem eisigen Thron. Dann war sie wieder verschwunden im alles verschluckenden Schwarz. Skaia spürte, wie Mikolos Hand in der ihrigen zitterte.

„Du hast lange gebraucht", wehte die Stimme den Besuchern entgegen. Die Gestalt flackerte silbern, als sie sich nach vorne beugte.

„Wer bist du? Die Königin?", rief Skaia. Der Druck um sie herum hatte nachgelassen.

„Fragen, Fragen ..." Eine Andeutung von Lachen durchzog den Raum. „Halt dich nicht auf damit! Du spürst doch, wessen Reich du betreten hast, Skaia."

„Ich bin nicht Skaia", fuhr es aus ihr heraus, und der Magen krampfte sich zusammen. Warum sagte sie so etwas? Es hatte sich einfach von ihrer Zunge gelöst.

„Lüge, verschwinde! Sie ist nicht dein!", fauchte die kalte Stimme, schwoll an zu Donnern: „Fort in die Ecken, ihr Schatten!" Die Königin erstrahlte in blendendem Silberlicht. Unter ihr glitzerte der Thron, vor ihr funkelten messerscharf die Spitzen mächtiger Eiszapfen, die aus der Decke und aus dem Boden ragten. Gigantische Reißzähne eines grausamen Gebisses, das nur darauf zu warten schien, sich in das Fleisch von Eindringlingen zu schlagen.

Lange hallten die Worte der Königin nach. Erst ganz allmählich tauchte dahinter winzig Mikolos Wimmern auf.

Doch schon traf die eisige Stimme Skaia erneut mit Wucht. „Ich hatte mehr von dir erhofft, Skaia. Du bist zwar stark, wie alle Frauen unseres Geschlechts, aber du bist nicht stark genug." Im blendenden Licht zeichneten sich ganz langsam die Gesichtszüge der Königin ab: dunkle Augen, die Nase, der Mund, die Wangen maskenhaft, unbewegt. Darunter blinkte ein Kleid aus tausend Sternen. „Obwohl ... obwohl du den Siebenfachen Sonnenkreis trägst ... Ich habe ihn lange nicht mehr gesehen. Seit Sarastro ihn erhielt. Ha! — Wo war da die Weisheit, als mein Gemahl das Mondauge von den restlichen sieben Kugeln trennte? Wie konnte er glauben, ich würde dulden, dass er den Sonnenkreis Sarastro und den Eingeweihten vermachte? Herzlos traten sie meine Gefühle mit Füßen, kopflos wütete ich gegen ihr Reich der reinen Vernunft, war nicht fähig, ohne die Weisheit der sieben Kugeln die Kraft der achten zu bändigen. Und jetzt, sieh an, bringst du, meine Tochter, mir den Sonnenkreis zurück ...“ Verschwommen winkten die Arme der Königin Skaia heran.

„Nein!“, presste Skaia heraus. „Er gehört mir. Du wirst ihn nie wieder berühren.“ Fest umklammerte Skaia die Kugeln. Sie brannten unter den Fingern. „Niemand wird ihn je bekommen!“ Ein Schatten sank wie Blei auf ihr Herz.

„Ein Witz ... Du hättest Königin sein können, Skaia, das Reich der Nacht beherrschen, das Reich der Gefühle. Liebe und Hass, alles, was die Herzen im Innersten bewegt, hättest du in der Hand gehabt. Du hättest dich berauschen können an den Untiefen der Seele, den dunklen, den strahlenden, an allem, was das Leben lebendig macht.“ Schneidend pfiff die Stimme. Ihre Kälte nahm Skaia fast den Atem. Die Königin hatte sich erhoben und ihr beschwörend die Arme entgegengereckt. „Aber du kamst zu spät. Die Schatten sind stark geworden in der Finsternis: die Lüge, der Zorn, der Rachedurst, der Hochmut, die Gier. Sie zögern nicht, dich zu befallen. Und seit keine Macht mehr über sie wacht, sind wir schwach.“ Die Arme zogen Schlieren durch die Luft, das Kleid wogte und spiegelte. In all den Sternen sah Skaia nur sich, tausendfach, und jedes Mal mit grässlichen Grimassen. Sie schielten gierig auf die goldenen Kugeln. Blickten verschlagen hinter sich, wo Mikolo schreiend im Meer ertrank. Gähnten träge im Stuhl des Guten Herrschers. Feixten, als Klirr nackt durch die Straßen getrieben wurde.

Die Bilder erstarben, das silberne Strahlen schwand. Schemenhaft schwankte die Königin. Bald warf ihr Kleid nur noch das dürftige Licht zurück, das aus Skaias Kugeln drang.

Ein Tropfen zerstob auf einer von ihnen.

„Unsere Kraft erlischt mit dir, Skaia. Alles zergeht ...“

Nässe sickerte durch Skaias Schuhe. Etwas klatschte vor ihr zu Boden.

„Oh, die Eisvögel fliegen wieder.“ Ein Hauch von Glück durchwirkte die Stimme, bevor sie immer dünner wurde und sich schließlich verlor: „Es war immer Tradition, der nächtlichen Königin Vögel zu bringen. Warum habt ih' kei' ..." Das Sternenkleid erlosch, die Umrisse der Königin verdampften wie Morgendunst in den ersten Strahlen eines neuen Tages. Von der Decke fielen die Vögel und klangen wie Matsch, wenn sie neben Skaia aufschlugen. Einer traf sie an der Schulter.

Über ihnen krachte es, und ein schmaler Silberschein erkundete den Spalt, der in der Spitze des Berges aufgebrochen war. Er warf sein fahles Licht auf Eis, das tropfend von den Wänden rutschte. Was für ein Schauspiel, wie alles zerfloss. Staunend blickte Skaia nach oben. Hätte Mikolo sie nicht an beiden Schultern gepackt und fortgerissen, wäre sie unter dem Eisblock stehen geblieben, der auf sie niederstürzte. Der Abendstern beleuchtete ihn geheimnisvoll. Und die Splitter, mit denen er um sich schlug, als er den Boden rammte, blitzten bizarr.

Die Schatten waren getürmt, in die Freiheit der Nacht. Hatten dem Sternenlicht die Herrschaft überlassen. Sanft fiel es auf die vielfarbigen Federn der Vogelkadaver. Und auf drei Frauen in blauen Gewändern. Bislang von der Finsternis verborgen und genauso gefroren wie der dunkelhäutige Wächter im Vorraum, sanken sie wie gefällte Stauen um. Neben ihnen brachen Eiszapfenzähne mit Getöse ab. Von der Katze sah Skaia gerade noch die Hinterpfoten, die sich durch eine klaffende Wunde in der Wand davon machten.

Mikolo beschwor Skaia: „Wir müssen hier raus."

Doch ihr Blick wanderte zu dem, der sie in dieses Inferno gebracht hatte. Nur wenige Meter von ihnen entfernt stand Yaho nachdenklich da. Vor ihm eine Wand aus flatterndem Schwarz. Rote Punkte mischten sich hie und da dazwischen. Dies schien die Quelle des beständigen Rauschens zu sein. Als ob Yaho gar nicht bemerkte, dass er mehr als knöcheltief im Wasser stand — bei Mikolo und Skaia reichte es noch weiter — sagte er völlig ruhig: „Die Königin ist Vergangenheit. Aber ihren Schatz müssen wir retten. Er kann nur hier sein, verborgen hinter den Schmetterlingen."

Skaia rief Yaho zu. „Der Eisberg schmilzt. Wir haben nicht mehr viel Zeit!"

„Ja sicher, hast du denn gedacht, er hält es aus mit dem Sonnenkreis in seinem Innersten?" Dann tat er einen Schritt nach vorne, stieg durch das Geflatter und war verschwunden. Skaia traute sich näher heran. Es waren zigtausende von Faltern. An manchen Flügeln konnte Skaia jetzt die roten Spitzen ausmachen, die der lebenden Wand die glühenden Punkte verliehen.

Dahinter Yahos Stöhnen: „Nein! Das darf nicht ..." Ein Schrei des Erschreckens. Ein Sturz und ein Platschen. Prusten. Würgen.

Unter Skaias Füßen löste sich der Boden auf. Die Schmetterlinge stoben auseinander. Das Wasser griff nach ihr. Tauchte sie unter. Trieb Schollen über sie hinweg. Ihre Haare, ja selbst die Kugeln des Sonnenkreises um ihren Hals schienen zu schweben. Eisig glitt das Wasser über die Augen und trennte Skaia auf viele Meter von Mikolo, der verzweifelt zappelte.

Dann strömte das Wasser in ihren Körper. Klatschte ihr in den Magen, durchdrang ihre Kiemen. Was für ein seltsames Gefühl. Ganz leicht wurde ihr. Fast ein wenig schwindlig. Die Verwandlung in einen Fisch war verblüffend einfach gewesen. Der mächtige Sonnenkreis hatte sich weit gedehnt und passte sich der neuen Form ihres Körpers an. Das Sklavinnenkostüm jedoch hatte sie ebenso wie die Kette mit der Stundenkugel gesprengt und verloren.

Sie erreichte Mikolo rasch. Wie stark seine Augen aus ihren Höhlen traten, bevor sie den zappelnden Jungen verschlang. Die Blaukappe sah sie nirgends. Sicher war sie im Wasser erloschen.

Skaia hatte riesige Flossen. Hätte sie Mikolo nicht so schnell wie möglich ans Ufer bringen müssen, wäre es sicher wundervoll gewesen, sie auszuprobieren in einem Wettschwimmen mit den Tiefseedorschen und Silberbeilen, die aufgeschreckt durchs Wasser jagten. Doch sie wusste es sowieso: Der Sonnenfisch gehörte zu den Riesen der Meere, und das machte ihn zu einem Favoriten, selbst wenn er nur so aussah wie ein Blaubeer-Pfannkuchen mit Haifischflossen. Aber Hauptsache, Skaia war groß und stark. Mit ihrem Hinterteil wedelte sie so heftig, dass sie rasch vorankam. Das Ufer kam schnell näher.

Sie hatte sich nicht getäuscht. Ohne die Geschwindigkeit zu drosseln, glitt sie an Land und spie ihren Passagier aus.

Völlig verschleimt kam er aus dem runden Maul gerutscht. Seine Augen geweitet, seine Nasenflügel bebend, seine Backen gebläht. Er öffnete den Mund. Das, was aus seiner Mundhöhle entfloh, war längst nicht so in Mitleidenschaft gezogen wie er selbst. Frisch wie am Tag ihrer ersten Begegnung, entschlüpfte die Blaukappe. Doch Mikolo schnaufte, als ob er die Luft der ganzen Welt einsaugen wolle. Und den Abendstern gleich dazu.

Da fiel es Skaia erst auf: Neben dem hellen Gestirn tauchten allmählich auch alle anderen Himmelskörper auf. Sogar die silberne Sichel des Mondes erschien.

So faszinierend das Schauspiel am Firmament auch war, Skaia durfte keine Zeit verlieren. Sie musste noch einmal zurück. Mühsam ruckelte sie über den Sand, bis sie wieder in die Wogen eintauchen konnte. Auf jeder Seite ihres Körpers rollte ein Auge suchend hin und her. Die Rückenflosse zerteilte die Wasseroberfläche.

Vom Eisberg war nichts geblieben. Nur an der spürbar sinkenden Temperatur merkte Skaia, dass sie auf die richtige Stelle zusteuerte. Mit der Kälte wuchs auch die Ahnung, dass Yaho hier nicht überlebt haben konnte. Als Erstes sah sie den

Mohr im Wasser treiben. Er wirkte nicht mehr so steif. Und auch sein strenges Gesicht hatte sich entspannt. Mit offenen Augen schien er in unendliche Tiefen zu blicken. Eine der Damen, die vorbeigetrieben wurde, stieß mit einem Fuß gegen seinen Kopf, bevor sie mit ihrer wallenden Robe daran hängen blieb. Die beiden anderen Frauenkörper fanden sich ein Stück weiter. Ihre Arme hingen nach unten, als griffen sie nach ihrem nassen Grab. Der Wirrwarr ihrer offenen Haare gab wenig von ihren bleichen Gesichtern frei.

Aber wo war Yaho? Hätte er den Sonnenkreis selbst behalten, würde nun er als Riesenfisch das einstige Reich der Königin durchschwimmen und den entseelten Hofstaat betrachten können. Und L'una, die Königin der Nacht? Sie war wohl aufgegangen in der Maßlosigkeit des Meeres.

Skaia spürte den Sauerstoff, den ihre Kiemen aus dem Wasser zogen. Mit schlagender Schwanzflosse durchschwamm sie den weiteren Umkreis. Sie tauchte auch in die Tiefe. Die Dunkelheit schreckte sie nicht. Doch je mehr sie sich von der Wasseroberfläche entfernte und je ausgreifender ihre Runden gerieten, desto klarer wurde die Gewissheit: Yaho war versunken in der klammen Nacht des Meeres.

Skaia schwamm zurück zum Ufer. Nicht weit von dem Platz, an dem sie Mikolo abgesetzt hatte, dümpelte die Holztonne. Die Decken, die sich vollgesogen hatten, zogen sie beinahe unter die Wasseroberfläche. Behutsam schob Skaia das Fass vor sich her. Keiner der darin bewahrten Schätze sollte verloren gehen. Erst an Land kippte Skaia das Fass aus.

Sie griff sofort nach einer der Decken. Wieder war die Verwandlung blitzschnell gegangen. Wie froh konnte sie sein, das Fass mit den Kleidern gefunden zu haben.

Mikolo kramte schon in dem Gewandknäuel. Er hatte seine Jacke, seinen Pulli und seine Hose zwar schon leidlich vom Sabber des Sonnenfisches gereinigt, aber der Hofrat war ihm dann doch lieber. Alle Teile des Kostüms fanden sich rasch. Ebenso das Hemd von Skaia. Sonst aber nichts.

„Vielleicht ... also, wenn du willst", kam zögernd von ihm, „dann kannst du auch den Hofrat nehmen." Skaia hätte sich unter normalen Umständen nie darum gerissen, aber normal war schon lange nichts mehr. So war sie froh über das Angebot. Während sie in die Beinkleider schlüpfte und den Hosenbund über dem Hemd schloss, berichtete sie dem staunenden Mikolo, wie wenig sie in den Fluten noch gefunden hatte.

Das Gefühl, das sie bei ihrer Verwandlung gehabt hatte, konnte sie schlecht beschreiben. „Das geht ganz schnell: Mensch oder Fisch. Gar nichts dazwischen. Statt Armen und Beinen bewegst du dann eben die Flossen. Das mit den Augen ist seltsam: Das linke sieht etwas ganz anderes als das rechte." Dass sie ganz tief in sich das Gefühl gehabt hatte, nichts und niemand würde ihr, dem riesigen Sonnenfisch, mehr etwas befehlen können, verschwieg sie. Stattdessen sagte sie: „Gut, dass es nicht mehr so kalt ist. Da holen wir uns wenigstens nicht gleich den Tod in den nassen Kleidern." Sie reichte Mikolo den steifen, weißen Kragen. Sie konnte ihn schließlich nicht über den Sonnenkreis ziehen.

Mikolo hingegen schien kein Problem damit zu haben, ihn mit seiner Allerweltskleidung zu kombinieren. Er band ihn um und strahlte: „Jetzt sind wir sogar zwei Hofräte, die gemeinsam durch die Lande ziehen!"

Sicher, so konnte man es auch sehen. Mit dem Eisberg und der Kälte war auch der Sturm verschwunden. Nicht einmal Regenwolken zeigten sich am Himmel. Moxó stand ihnen offen. Aber was blieb ihr anderes übrig, als Mikolo zu enttäuschen? „Ich ziehe im Moment überhaupt nirgendwo hin." Sie setzte sich in den Sand. Über ihr funkelten die Sterne. Tauchten am Horizont ins Wasser. Müde sank Skaia nach hinten. Ihre Augen fanden den Mond und betrachteten ihn lange. Wie freundlich er schien, trotz seiner Unvollkommenheit, seiner spitzen Sichelenden. Ohne Arg leuchtete er nicht nur auf die Blaukappe, auf Mikolo und Skaia herab, sondern selbst auf den Sonnenkreis, der den Untergang der nächtlichen Königin besiegelt hatte. Obwohl die Kugeln an Skaias Hals nur eine angenehme Wärme abgaben, hatten sie den Berg aufgelöst in Nichts.

Mikolo schlief nicht. Er saß auf der Tonne und warf Steinchen ins Wasser. In ein paar Jahren würde er so groß sein wie Aldoro. Und viel erlebt haben. Sicher blieb ihm sein Abenteuer mit Skaia ewig im Gedächtnis. So wie ihr auch. Sie musste sich keine Sorgen um ihn machen. Er hatte so viel tapfer überstanden, da war der Weg zu Papa und Gura ein Kinderspiel. Außerdem hatte er ja ein wandelndes Lichtlein dabei. So wie sie den Sonnenkreis. Mit ihm durfte sie zurückkehren. Mit ihm würde sie die dunklen Momente aus Solterra vertreiben. Mit ihm konnte sie Aldoro befreien aus dem Würgegriff der Eingeweihten. Sie hatte die Kraft dazu. Sie spürte richtig, wie sie heranrollte. Von weit herkam und ihr urplötzlich so wuchtig entgegenschlug, dass sich jedes Härchen aufstellte in zitternder Erregung. Alle Fasern ihres Körpers bebten, und die Sonne explodierte in grellstem Weiß und sattestem Gelb.

20.

gegen **LUG**

gegen **TRUG**

Linoleum ist hart. Auf jeden Fall härter als ein Sandstrand. Skaia richtete sich auf. Rieb sich die Schulter. Sie spürte ihre Knochen, als habe sie stundenlang auf dem grauen Boden gelegen. Vielleicht hatte sie das auch. Ausschließen mochte sie es nicht.

Sie erinnerte sich, dass sie eines sicher gewusst hatte: „Ich bin zurück. Ich bin tatsächlich zurück." Und dass sie die Sonne, derentwegen sie die Augen geschlossen hielt, gespürt hatte, wie sie mit aller Kraft vom Himmel strahlte. Dass es gut gewesen war, wie die dünnen Lider die Welt da draußen in warme, freundliche Rottöne verwandelten. Ein Gefühl der Leichtigkeit hatte sich wie ein seidenes Tuch auf Skaias Seele gelegt, hatte die Schrammen auf der Oberfläche, die Narben und die frischen Wunden zugedeckt.

Dann war Skaia aufgewacht. Im Kartenraum der Erziehungsanstalt. Ganz Solterra hing vor ihr. Akribisch gezeichnet, wenn auch nicht mehr ganz neu. Die Flüsse waren als deutlich sichtbare Bahnen eingetragen, obwohl längst nur noch wenig Wasser in ihnen floss. Die Gipfel der Berge, von denen es allerdings kaum welche gab, hatte man mit genauer Höhenangabe markiert. Der Punkt, neben dem „Sonnenspitze 322,64 m" stand, war reichlich abgeschabt, so oft hatten die Erzieher im Unterricht auf die mächtigste Erhebung Solterras gedeutet.

Bevor Skaia leise die Tür aufzog, um auf den Gang zu schleichen, verstaute sie den Sonnenkreis in einer der Taschen, die in den Umhang des Hofrats eingenäht waren. Sie musste vorsichtig sein und den Moment, in dem sie das Allerheiligste präsentierte, sorgsam wählen. Vorerst war nur das Auskundschaften der Lage angesagt. Dass Vormittag war, zeigte der Blick aus dem Fenster. Es konnte also leicht passieren, dass Skaia Erzieher oder Schüler über den Weg liefen.

Doch über zwei Stockwerke hin blieb sie unbehelligt. Erst im Erdgeschoss sprang eine der vielen Türen auf. Skaia huschte hinter die Theke, an der die Pausenbrote ausgegeben wurden.

„Hat jedes zweite Kind seinen Helm auf?“ Das war eindeutig Staubers gellendes Organ. Um sein Fach, Körperertüchtigungskunde, veranstaltete er reichlich Wirbel. „Unser Geist läuft nur in einem gesunden Körper auf Hochtouren“, rief er stets, wenn jemand beim endlosen Lauf über die Aschenbahn schlappmachte. Jetzt mahnte er: „Und nicht dauernd am Knopf rumspielen! Wir schalten die Helmlampen nur an, falls es dunkel wird. Allmählich müssten das alle begriffen haben, oder?“ Einem Mädchen mit wippendem Pferdeschwanz, das die Lampe bereits brennen hatte, knipste er höchstpersönlich das Licht aus. „Fini, du kannst gleich ein paar Ehrenrunden drehen, wenn wir auf dem Platz sind!“

Vor den Toren der Erziehungsanstalt hätte Skaia beinahe den Weg zu ihrer alten Wohnung eingeschlagen. Doch dort wohnte sie ja gar nicht mehr. Sie musste zur Burg.

Wie immer um diese Zeit waren nur wenige Menschen unterwegs. Fast alle, denen Skaia begegnete, trugen Kopfbedeckungen mit daran montierten Lampen. Auch wenn manche der Konstruktionen noch behelfsmäßig wirkten, hatte man sich offenbar mit den Dunkelphasen arrangiert.

Skaia hatte befürchtet, dass das Hofrat-Kostüm mit seinem wallenden Umhang Aufmerksamkeit erregen würde. Wie dumm von ihr. Solterra war nicht Moxó! Hier hechelten ihr keine Buckligen hinterher und riefen, dass da jemand Besonderes unterwegs war. Hier kümmerte sich keiner um sie. Jeder hatte seine Aufgaben, jeder seine Wege.

Einer größeren Menschenansammlung begegnete Skaia nur vor einem Sonnenmast, an dem sie vorbei kam. In Zweierreihe standen Robolde an. Auch sie hatten Lampen dabei. Bei einigen hing eine Fassung mit eingeschraubter

Glühbirne an Drähten, die aus dem Hals kamen. Skaia wurde neugierig. Sie wechselte die Straßenseite, um festzustellen, weshalb die Metallmänner Schlange standen.

Bei den Robolden ging es nur langsam voran. Einer, der gerade an die Reihe kam, klappte sein Brustblechdeckelchen auf, zog ein Kabel mit Stecker heraus und reichte es einem Mann im weißen Kittel. „GEGEN LUG, GEGEN TRUG" stand auf dem Schildchen, das der am Revers stecken hatte. Der Robold starrte auf ein schwarzes Kästchen, an dem eine Steckdose frei war.

Mit mahnendem Blick fragte ihn der Mann: „Wofür willst du heute und in Zukunft immer eintreten?"

„Gegen Lug, gegen Trug", fiel ihm der Robold fast ins Wort.

Pathetisch übernahm der Mann den Stecker und schob ihn in die Dose. Die Antwort war wohl die erwünschte gewesen, obwohl der Mann nach dem „Wofür" und nicht nach dem „Wogegen" gefragt hatte. Energie, abgezapft direkt am Sonnenmast, floss in die Roboldbrust, was am besonders geistlosen Gesichtsausdruck während des Aufladevorgangs sofort zu erkennen war.

Einige Meter weiter hinten brach ein anderer Robold scheppernd zusammen. Nur mit Mühe gelang es seinem Vordermann, ihn wieder auf die Beine zu stellen. Mit zitternden Knien hing der Schwache an ihm. „Lange nicht", gab der Stützende von sich.

Der andere nickte.

Was sollte „Lange nicht" denn heißen? Dass der eine den anderen nicht lange halten konnte, weil er selbst so schwach war? Bei Simpel und Gimpel war die Zweiwortsatztechnik verständlicher gewesen. Aber Moment mal ... waren das nicht sogar ihre beiden Türsteher? Natürlich! Wie hatte sie so blind sein können? Nur weil sie nicht erwartet hatte, dass auch Robolde aus der Burg anstehen mussten, um ihre Akkus aufzufüllen. Sie hatten doch mit Lallah und den anderen ihre eigene Ladestation neben den Vorratsräumen von Missjö Sufflee. Seltsam ... Ob die beiden überhaupt in der Lage sein würden, den Lug-und-Trug-Spruch aufzusagen, der offenbar nötig war, um aufgeladen zu werden? Skaia wandte sich ab. Simpel und Gimpel sollten sie nicht entdecken. Niemand sollte das.

Natürlich war das ein Problem. Würde sie sich am Burgtor zu erkennen geben, öffneten sich sicher die Tore für sie. Dann aber wäre sie wieder der Spielball der Eingeweihten. Würde sie sich unbemerkt anschleichen, blieben die Tore zu und die Mauern unüberwindlich.

Während sie sich grübelnd der Burg näherte, zeichnete sich das mächtige Portal immer deutlicher ab. Und Skaia erkannte, dass sie sich das Pläneschmieden sparen konnte. Die Tore standen sperrangelweit offen! Doch sie durfte nicht leichtsinnig werden.

Sie huschte, solange es ging, im Schatten der Häuser auf den massigen Herrschaftskomplex zu. Ein Mann mit eisgrauen Haaren und herrischem Blick kam über den Vorplatz marschiert und verschwand zwischen den Toren. Seine Schritte hallten durch den Eingangsbereich, bis sie sich im Treppenhaus verloren. Da wagte es Skaia auch, das Gebäude zu betreten.

Und schau an: von Wachen keine Spur. Dafür vernahm sie in den oberen Stockwerken Stimmengewirr. Egal, da wollte sie sowieso nicht hin. Stattdessen durchquerte sie die Marmorhalle im Erdgeschoss und steuerte zielstrebig auf die größte der Türen zu, die direkt in die Gartenanlagen ging. Sie ließ sich problemlos öffnen.

Kurz darauf stand Skaia am Fuße der Treppe, die zu Aldoros Gemächern führte. Sie glaubte zwar nicht wirklich daran, dass sie ihren Bruder dort vorfinden würde, aber wo sollte sie sonst zu suchen anfangen? Im Garten war niemand zu sehen. In einiger Entfernung konnte sie Absperrungen ausmachen, die den Weg zu den Tempeln blockierten.

Mit wenigen Sprüngen gelangte sie an Aldoros Terrassentür. Um überhaupt etwas hinter der im Sonnenlicht spiegelnden Scheibe zu erkennen, musste Skaia ganz nah herantreten.

Das hatte sie nicht erwartet: Die Vorhänge waren abgenommen worden und alle Möbel mit weißen Tüchern bedeckt. Das Zimmer wirkte verlassen. Ungläubig presste sie die Nase gegen die Glastür, um auch in den hintersten Winkel blicken zu können. Klackend sprang die Tür auf, und verblüfft stolperte Skaia nach drinnen.

Mit angehaltenem Atem schlich sie zwischen den verhüllten Tischen, Sofas und Kommoden hindurch. Nur die Schrankwand hatte man nicht verhängt. Hinter ihren Schiebetüren fanden sich noch jede Menge Kleidungsstücke von Aldoro. Verschnürt hingen sie im Schrank, ganz so, als wollte man sie demnächst entsorgen. Die Schuhe lagen in braunen Kunststoffwannen. Mit klopfendem Herzen wühlte Skaia darin. Aber Aldoros Stiefel waren nicht darunter. Sollte sie das nun als gutes oder als schlechtes Zeichen nehmen?

Ins Treppenhaus hinaus traute sie sich nicht so recht. Dann lieber gleich in den Sonnensaal.

„Stell dir vor, ich habe einen eigenen Zugang zum Sonnensaal“, hatte Aldoro ihr die Besonderheit seiner Gemächer geschildert. „Er ist hinter einem Ofen versteckt.“

So richtig hatte sich Skaia es damals nicht vorstellen können. Aber jetzt sah sie es: Der Ofen war einfach gigantisch. Zu den zierlichen Mustern der lindgrünen Kacheln und den zerbrechlich wirkenden Porzellan-Vögeln, die auf kleinen Kapitellen saßen, passte es ganz und gar nicht, wie klobig der Ofen in den Raum hineinragte. Nur wenn man wusste, dass dahinter eine Wendeltreppe ein Stockwerk nach oben führte, wunderte man sich nicht mehr. Die Stufen waren aus Eisen und klangen hell unter Skaias Tritten. Auch die Tür war aus

Eisen, sah aber nicht allzu massiv aus. Zumindest die lauten Stimmen von Schrill, Streng und Düster hätte man wohl durchhören können. Es tat sich aber nichts. Also drückte Skaia die Klinke. Es schien Tag der offenen Tür zu sein in der ganzen Burg. Es würde sich direkt lohnen, auch Fräulein Martha einen Besuch abzustatten. Am Ende war sogar die Alte Bibliothek geöffnet.

Sie hatte den Sonnensaal noch nie so eingehend betrachten können. Denn diesmal fehlten die Nebelschwaden. Hätte nicht die Sonne wie immer schonungslos heruntergebrannt, wäre Skaia die Säulenhalle nicht nur kahl, sondern vielleicht sogar kühl vorgekommen. Keine Menschenseele belebte das Herz Solterras. Wo vor Kurzem noch die Elite des Landes Aldoro gehuldigt hatte, war nichts und niemand. Nicht einmal der Stuhl des Guten Herrschers stand dort, wo er hingehörte, sondern war an die Wand geschoben worden. Auf seinem Polster türmten sich, fein säuberlich zusammengelegt, die Umhänge der Eingeweihten. Alle zwölf.

Was war denn nur geschehen? Skaia seufzte unglücklich. Wollte sie etwas darüber herausfinden, würde es sich nicht vermeiden lassen, in den Gängen der Burg nach Hinweisen zu suchen. Jetzt wäre sie froh gewesen um den Hut, der zum Hofrat gehörte. Als Tarnung.

Kaum war sie so lautlos wie möglich ins Treppenhaus getreten, hörte sie wieder die Stimmen, vor denen sie sich verbergen wollte. Sie konnte versuchen, in die Küche zu gelangen. Missjö Sufflee würde ihr am ehesten berichten, was vorgefallen war.

Doch bis in die Küche kam sie nicht. Im ersten Stock prallte Skaia beinahe mit Fräulein Martha zusammen. Die Bibliothekarin machte gerade noch rechtzeitig einen Hüpfer zur Seite und streckte dabei reichlich unelegant ihren Po heraus.

„Also, bitteschön ...“ Fräulein Martha schob ihre Brille zurecht und zupfte ihr Kostüm in Form. Als Skaia sich an ihr vorbeimogeln wollte, erhob sich die Drachenstimme: „Halt, stopp, so nicht!“ Das Fräulein bekam sie am Umhang zu fassen. Zog so fest daran, dass er Skaia würgte. „Nicht mit diesem Cape! Da lässt du doch nur Bücher drunter verschwinden.“

Skaia machte notgedrungen halt. Sie drehte sich ihrer Verfolgerin zu. „Ich komme ohne Ausweis sowieso nicht in Ihre Bibliothek, oder? Wie soll ich denn da etwas klauen? Und was überhaupt?“

Fräulein Martha stutzte. Konnte wahrscheinlich so viele Fragen auf einmal nicht beantworten. Oder wollte es nicht, denn sie stellte stattdessen eine Gegenfrage: „Kenne ich dich nicht?“

„Richtig, Sie kennen mich nicht!“, versuchte Skaia ihre geheime Mission zu retten und wollte den Überraschungsmoment nutzen. Sie schlug Fräulein Martha auf die Hand, die immer noch den Umhang festhielt.

Doch die war ebenso knochig wie entschlossen, ihre Beute nicht freizugeben. Während Skaias überlegte, den Umhang blitzschnell loszubinden, um ohne ihn zu entkommen, hörte sie: „Natürlich kenne ich dich. Du bist die Schwester des vertriebenen Herrschers. Was willst du denn noch hier?“

„Wieso vertrieben? Von wem denn? Und wohin?“ Die Fragen polterten aus ihr heraus.

„Wieso, wieso ... wieso wohl? Weil alles eine Lüge war. Weil sie den Sonnenkreis verloren haben oder so ähnlich. Frag doch den, der alles aufgedeckt hat. Ich muss mich jetzt um meine Bücher kümmern. Denn wenn ich nicht aufpasse, räumen seine Spürhunde noch alles aus.“

Auf einem Servierwägelchen klapperten Platten mit bunt belegten Häppchen vorbei. Der Robold, der damit in die Bibliothek einbog, erntete von Fräulein Martha einen vernichtenden Blick. Ohne Skaia anzuschauen, meinte sie: „Ich an deiner Stelle würde ja so schnell wie möglich ..." Ihre Stimme erstarb. Dafür lief sie hochrot an. Mit ellenlangen Schritten, die Skaia ihr gar nicht zugetraut hätte, rauschte sie auf zwei Männer in grauen Anzügen zu, die aus der Bibliothek kamen.

Sie trugen jeweils einen Stapel Bücher vor dem Bauch. An die Brust hatten sie sich Sticker mit der Aufschrift „GEGEN LUG, GEGEN TRUG" gepinnt.

„Nein, so geht das nicht! Ich muss das erst verbuchen. Und überhaupt: Das da ist aus der ‚Alten Bibliothek'". Sie zog an einem braun eingebundenen Werk, das sich kaum von den anderen unterschied. Der Stapel geriet ins Wanken, die obersten Bände fielen zu Boden. Einer der Buchdeckel holperte ein ganzes Stück weiter. „Nein, nein, nein ...", gab Fräulein Martha mit zitternder Stimme von sich, als sie in die Knie ging und die Opfer der Auseinandersetzung einsammelte.

„Die sind alle aus der ‚Alten Bibliothek'", sagte der zweite Mann gereizt und schaute auf Fräulein Marthas Dutt herab. „Sie wissen doch ganz genau, dass dort die gefährlichsten Machwerke zu finden sind. Und jetzt entschuldigen Sie ..." Wenn er gedacht hatte, er könne seinen Weg fortsetzen, unterlag er einem Irrtum.

Fräulein Martha ließ die eben geborgenen Bücher fahren und klammerte sich stattdessen an ein Bein des Mannes. „Nein, nein, nein ...", wimmerte sie, während er sie schimpfend über den Boden schleifte.

Skaia wandte sich ab. Von Fräulein Martha würde sie nicht erfahren, warum alles so anders geworden war.

Um die Ecke lagen ihre Zimmer. Skaia konnte sich nicht vorstellen, dass sie sie unverändert vorfinden würde. Vielleicht machte sich längst jemand anderer darin breit, und ihre Sachen hatte man in den Müll geworfen. Sie wollte einen Blick riskieren.

Die Türen waren nicht bewacht. Es fehlte direkt etwas. Drinnen hatte sich dem ersten Eindruck nach nichts verändert. Alle Möbel standen so, wie Skaia es kannte. Sogar ihre Bücher, Hefte und Stifte lagen auf dem Schreibtisch, akkurat angeordnet. Am Springbrunnen fehlte nach wie vor die Schwanzflosse des Fisches, die bei der Lieferung des Umarm-O-Maten abgeschlagen worden war. Selbst das Wasser begann heiter zu sprudeln, als Skaia sich näherte. Es plätscherte. Als es auch noch einen metallischen Ton von sich zu geben schien, horchte Skaia auf. Nein ... Das Geräusch, in das sich nun ein Stöhnen mischte, hatte einen anderen Ursprung. Selbst wenn es üblich war, dass der Brunnen ab und zu röchelte und sein Innenleben knarrte.

„Klong“ — Metall schlug gegen Glas. Skaia fuhr herum. Und da entdeckte sie, was sie übersehen hatte. Mit ausgestreckten Beinen saß Lallah am Boden. Mit einem Arm hing sie zwischen den bunten Kissen, die sich auf dem Sofa türmten, mit dem anderen war sie gegen die Glasplatte des Teetisches geknallt. Neben ihr lag das Strickzeug, an dem eine begonnene Arbeit in goldgelben Farbtönen hing. Vor ihr auf dem Tisch stapelten sich bunte Bommelmützen. Lallahs Kameraaugen hatten sichtbar Mühe, auf Skaia scharf zu stellen. Als sie ganz weit herausgefahren waren, wohl um Skaia in Teleoptik zu erfassen, murmelte Lallah: „Was für eine Freude. Sie sind wieder da.“

Die Gesellschaftszofe war am Ende. Vor nicht allzu langer Zeit hätte Skaia sonst was dafür gegeben, Lallah in einen derart abgeschlafften Zustand versetzen zu können. Aber jetzt kämpfte sie sich damit ab, die Roboldine wenigstens aufs Sofa zu wuchten, während diese leise von sich gab: „Stets zu Ihren Diensten, haben Sie wohl gespeist, geht es Ihnen gut heute?“

Skaia nickte beruhigend. „Was ist mit dir?“

„Der Akku ... Sie haben die Stromzufuhr der Burg zerstört."

„Wer?"

„Das Komitee." Lallah verfiel gänzlich ins Flüstern. „Allen Robolden der Burg ist nach und nach die Energie ausgegangen. Und dagegen waren auch die Eingeweihten und der Gute Herrscher machtlos."

„Ich habe an einem der Sonnenmaste Robolde gesehen, die auftankten."

„Ja ja, aber ich konnte nicht weg. Ich musste doch da sein, wenn Sie wiederkommen würden. Eine Gesellschaftszofe lässt ihre Herrschaft nicht im Stich." Matt legte sie ihre Metallfinger auf Skaias rechte Hand. Immer leiser wurden die Sätze, mit denen sie Skaia schilderte, was seit ihrem Verschwinden vorgefallen war. „Der Erzieher war schuld. Wäre er nicht gewesen, hätten sich die Menschen von den Eingeweihten beruhigen lassen."

Skaia war sich da zwar nicht so sicher — zu deutlich erinnerte sie sich noch an die Angst in den Augen derer, die sich damals vor der Burg versammelt hatten —, aber sie wollte Lallah nicht unnötig unterbrechen.

„Er hat spontan ein Komitee gegründet. ‚Gegen Lug, gegen Trug' schrie er über den Vorplatz, und dass er nicht weichen würde, bevor die Herren dem Volk Rede und Antwort stünden. Doch die Fenster und Türen der Burg blieben verschlossen. Die Eingeweihten hatten wohl geglaubt, die Menge würde sich wieder zerstreuen, aber mit jeder weiteren Dunkelheit, die das Land heimsuchte, kamen mehr Menschen zur Burg."

Skaia konnte sich das, was Lallah berichtete, lebhaft vorstellen: Klirr, der Erzieher, wetterte gegen den Abgrund an Lügenhaftigkeit, der sich vor ihrer aller Augen aufgetan habe. Steigerte sich hinein in Anklagen gegen das System, das einen unreifen Jungen zum Staatslenker erhob: „Sicher, Aldoro entstammt der Dynastie, die Tamino begründet hat. Doch wenn ihr mich fragt: ‚Reicht das denn aus?‘ So sage ich euch: ‚Nein!‘ Wenn ihr sagt: ‚Sicher ist er so klug, wie man es von einem Nachfahren Taminos erwartet?‘ Dann antworte ich euch: ‚Nein!‘ Wollt ihr wissen: ‚Hatte er denn nicht die besten Erzieher?‘ So muss ich feststellen: ‚Doch. Aber es hat nichts genützt. Ich kenne Aldoro lange. Das, was ihm hauptsächlich geblieben ist vom Unterricht, sind massenhafte Mahnschreiben an seine Eltern.‘“ Mit solchem Detailwissen über den Guten Herrscher hatte Klirr die arglosen Menschen beeindruckt. „Und vergessen wir eines nicht: Die Nachfahren Taminos sind auch die seiner Gemahlin Pamina. So schleppt diese Familie bis heute die Gene eines Geschöpfes der Nacht mit sich herum. Allesamt sind sie Nachfahren der unberechenbaren Königin der Nacht.“ Ein Satz, geeignet, die Menge zu einem Aufschrei zu veranlassen. Unter dem Schock, den die Finsternisattacken ausgelöst hatten, musste den Menschen alles, was mit Dunkelheit zu tun hatte, verräterisch vorkommen.

„Wir müssen etwas dagegen tun“, hatten sie gerufen.

Und Klirr tat etwas. Rief das Komitee „Gegen Lug, gegen Trug“ ins Leben, das sich lossagte von allem Zweifelhaften.

„Die Eingeweihten — wer hat je ihre Weisheit geprüft?“ Nicken lief durch die Menge.

„Der Sonnenkreis — vermissen wir ihn wirklich?“ Gemurmel.

„Die Burg — warum dürfen wir nicht hinein, wann immer wir wollen? Die Bibliothek benutzen, die Tempel betreten?“ Aufruhr erhob sich um Klirr.

„Ich sage euch: Alles muss auf den Prüfstand.“ Klirrs Stimme schnappte über, und seine Äuglein traten fast aus ihren Höhlen. „Wir sind berufen, mit reinem Geist die Zukunft zu regieren!“

Immer lauter wurde die Menge, immer überzeugter riefen die Versammelten: „Gegen Lug, gegen Trug. Gegen Lug, gegen Trug!"

Auf jeden Fall tauchten irgendwann die Küchenrobolde von Missjö Sufflee am Vorplatz auf und reichten Kuchen, Gebäck und Kaffee. Beglückt stand der Koch im Seiteneingang der Burg, den er für den Service geöffnet hatte. „So viele Gäste, so viele!", rief er und schlug einem Robold, der Pastetchen statt Nussecken aus der Burg brachte, auf den Kopf.

„Hereingewagt haben sie sich erst nach ein paar Tagen. Als sie davon ausgehen konnten, dass die meisten Robolde akute Energieprobleme haben würden. Die Komitee-Mitglieder riefen, dass sie genug Strom hätten, obwohl die Sonnenmasten wegen der dauernden Lichtausfälle weniger produzierten als sonst. Die Torwächter waren die Ersten, die ihren Dienst quittierten und zum Sonnenmast eilten." So dünn Lallahs Stimme inzwischen auch geworden war, vermeinte Skaia einen scharfen Unterton aus den letzten Worten herausgehört zu haben.

„Und mein Bruder? Und die Eingeweihten? Warum haben sie nichts unternommen?"

„Ich weiß nicht. Zwar schrie der Gute Herrscher im Sonnensaal so lautstark auf die Eingeweihten ein, dass man es noch hier unten hörte, aber die ersten beiden Tage lief der Betrieb in der Burg so weiter, als ob es keine besonderen Vorkommnisse gegeben hätte. Nur hier", Lallah ließ die Augen durchs Zimmer schweifen, „war natürlich alles anders. Ihr Haupterzieher stand unten auf dem Platz und hielt Volksreden. Und Sie waren wie vom Erdboden verschluckt. Als ich mit den verbliebenen Erziehern beim Guten Herrscher vorsprechen wollte, wurden wir von den Eingeweihten abgewimmelt. Die Erzieher sind dann nicht wiedergekommen. Und ich habe immer wieder alle Räume der Burg nach Ihnen abgesucht, aber irgendwann war das zu anstrengend. Als dann die vom Komitee kamen, haben sie Ihre Sachen in den Schrank geräumt und behauptet, Sie kämen hier nicht mehr herein." Das, was kurz hintereinander auf Lallahs Gesicht erschien, war von ihren Programmdesignern wahrscheinlich unter den Begriffen „Lächeln, herablassend", „Lächeln, verschwörerisch", „Lächeln, beruhigt" entwickelt worden. „Aber alles ist in Ordnung. Sehen Sie nur die Vorhänge. Wie entzückend heute das Farbenspiel der Sonne ..." Es war kaum noch verständlich.

Bevor sich Lallahs Stimme an der bereits tausendmal geführten Konversation endgültig aufrieb, musste Skaia einhaken: „Wo ist mein Bruder hin? Weißt du das?"

Sie hauchte: „In der Sphinx, so heißt es ..." Dann verstummte sie. Mit einem leisen Knacken gab sie den Geist auf. Der Kopf kippte nach hinten und blieb überstreckt an der Sofalehne hängen.

Skaia konnte nur hoffen, dass Lallah nicht hatte sagen wollen: „In der Sphinx, so heißt es, gibt es die schönsten Vorhänge, aber wenn ich Ihre hier so sehe, kann ich es fast nicht glauben."

21.

IM HERZEN DER

SPHINX

Natürlich ging Skaia ein Wagnis damit ein, über den See zu rudern. Da gab es keine Schatten von Häusern oder Hecken, in deren Schutz sie sich bewegen konnte. Ein Boot, das auf die Insel der Sphinx zusteuerte, würde Aufmerksamkeit erregen. Wenn ein Mann im weißen Kittel oder im mausgrauen Anzug darin gewesen wäre, hätte es vielleicht nach einem Mitglied des Komitees ausgesehen. Aber ein Mädchen in dunklem Umhang? Skaia hatte auf dem Weg zu den Booten überlegt, ob sie sich verwandeln sollte. In einen Fisch vielleicht. Dann hätte sie kein Boot gebraucht, aber ihre Kleider zurücklassen müssen. Das wollte sie auch nicht. So saß Skaia nun als unverwandelte Dreizehnjährige im Boot, fluchte über die Pirouetten, die das Boot drehte, bis sie herausfand, wie sie die beiden Ruder einsetzten musste.

Je näher sie der Insel kam, umso öfter fielen ihr die Haare ins verschwitzte Gesicht. Es war lästig, ständig die Ruderei zu unterbrechen, um die Locken wieder fortzuwischen. Wenn sie damit wenigstens auch die Zweifel hätte beiseite fegen können, die in ihrem Kopf herumhüpften und riefen: „Aldoro ist ja doch nicht auf der Insel. Was soll er auch da? Warten, bis sie ihn holen?"

Lallahs Hinweis war unklar gewesen, und die Gefühle, die in Skaias Herz hockten, hielten nicht viel von Hoffnung.

Die Sphinx hatte monströse Ausmaße. Allein die Löwenpranke war mindestens fünfmal so hoch wie Skaia selbst. Darüber erhob sich die steinerne Brust. Mit dem Kinn, einem Vorsprung von vielen Metern, begann das menschliche Gesicht. Es vereinigte harmonisch männliche wie weibliche Züge in sich.

Skaia hatte keine Ahnung, wie man ins Innere einer Sphinx kam. So suchte sie den Koloss erst einmal ab. Gab es eine einladende Pforte oder wenigstens eine Unebenheit im Gemäuer, die einen verborgenen Zugang verriet?

An der linken Pranke war ein Stück herausgebrochen. Die Trümmer, die sich gelöst hatten, lagen verstreut am Boden. Dort, wo sie fehlten, klaffte ein Loch. Skaia kletterte über bröckelndes Gestein und schaute in die Öffnung. „Aldoro?", schrie sie. Ihr Ruf versackte ohne jeden Nachhall.

Es fiel nur wenig Licht ins Innere der Sphinx. Aber genug, dass Skaia, die im matten Mondenschein so viel überstanden hatte, noch nicht einmal den Sonnenkreis aus der Tasche hätte ziehen müssen. Sie tat es trotzdem. Ein wenig sicherer fühlte sie sich ja doch, wenn er ihr um den Hals hing. Beruhigend mischte er seinen goldenen Glanz in den diffusen Schimmer, der hier herrschte. Fast schien es, als glänzten der Boden und die Wände. Über ihrem dunklen Rot lag eine glimmende Schicht.

Es war nicht besonders bequem, sich durch den schmalen Gang zu quetschen. Ob Aldoro da überhaupt durchpasste? Hegte Skaia daran anfangs leise Zweifel, verlor sie sie, als sich die Röhre weitete. Dann gabelte sich der Weg. Skaia folgte dem Gang, der breiter war. Von da an hielt sie es immer so, wenn sie auf Abzweigungen stieß. Diese Taktik würde sie sicher ins Zentrum der Sphinx führen. Zumindest erschien ihr das logisch. Dass die größeren Röhren stets nach links führten, war beruhigend. So behielt sie die Orientierung für den Rückweg noch eher. Nach einer Weile ging es steil bergauf. Hätten nicht Stufen ihren Tritten Sicherheit gegeben, wäre Skaia nicht mehr weiter gekommen. Immer wieder rief sie den Namen ihres Bruders, doch nie schien ihre Stimme weit in die Gänge hineinzureichen.

Irgendwann endete die Treppe, und vor Skaia eröffnete sich ein kleiner Raum. Von dort aus führte eine Leiter noch steiler nach oben. Aber in Skaia blitzte die Hoffnung auf, dass sie bereits am Ziel sein könnte. Denn in den Boden waren zwei mächtige Steinplatten eingelassen, die aussahen wie Pforten — verschlossene allerdings. Nirgends waren Griffe zu entdecken, mit denen man sie hätte öffnen können. Um wenigstens einen Versuch zu wagen, stellte sich Skaia auf die linke Platte und grub ihre Finger in den winzigen Spalt zur rechten. Mit aller Kraft versuchte sie, den Stein zu bewegen. Doch es war nicht zu schaffen. Keinen Millimeter konnte sie das Ungetüm verrücken. Zornig stampfte Skaia mit dem Fuß auf. Unter ihr hallte es.

Also war ihre Vermutung richtig: hinter den Pforten musste sich ein größerer Raum befinden. Und da man von außen die Steinplatten nicht öffnen konnte, war er ein ziemlich sicheres Versteck. Skaia stampfte noch einmal auf, wartete, bis der Lärm unter ihr verklungen war und ging in die Knie. Ganz nah am Spalt schrie sie: „Aldoro! Bist du da drin? Du kannst aufmachen! Ich bin es. Mach auf! — Aldoro, Aldoro!"

Außer ihren eigenen Worten, die aufgeregt nachklangen, konnte sie jedoch nichts vernehmen. War ihr Bruder vielleicht zu schwach, um zu antworten? Skaia vertrieb den Gedanken. Sie wollte nicht vor Augen haben, wie Aldoro sich vergeblich mühte, die beiden Platten hochzustemmen, und erst recht nicht, wie er, halb verhungert, sich an die Wand einer riesigen Halle kauerte, die sein pompöses Grab zu werden drohte.

Doch Skaia konnte immer noch etwas unternehmen. Entschlossen bestieg sie die Leiter, die noch weiter in die Höhe führte. Sie konnte ebenfalls ein Weg zu der Halle sein. Anderen Menschen wäre es wohl spätestens nach der fünfzigsten Sprosse beim Blick nach unten schwindlig geworden. Aber zum einen schaute Skaia nicht in die Tiefe des Schachts, zum anderen konnte sie sich nicht vorstellen, dass es hier höher hinausgehen würde als bei einem Sonnenmast.

Am Ende der Leiter musste Skaia richtig Atem holen. Wahrscheinlich war sie im Kopf der Sphinx angekommen. Nach ihrer Verschnaufpause musste sie nicht lange gehen, und schon erschien ein Pendant zur ersten Leiter. Rasch ging es auf ihr wieder bergab. Was war das für ein merkwürdiges Gangsystem? Es schien so gar nicht für Besucher ausgelegt, die rasch einen bestimmten Punkt in diesem massigen Körper erreichen wollten.

Am unteren Ende der Leiter stieß Skaia wieder auf zwei wuchtige, rot glimmende Pforten im Boden. Sie sahen genauso undurchdringlich aus wie die ersten beiden. Doch Skaia wollte nicht glauben, dass sie auch hier scheitern würde. Mit aller Gewalt sprang sie auf die Steinplatten. Sofort sackten diese unter ihr weg, klappten auseinander und ließen Skaia ins Bodenlose stürzen. Hart landete sie auf einer Rutsche, die sie in rasendem Wirbel abwärts beförderte, bis sie auf rotem Stein aufschlug. Mit offenem Mund blickte sich Skaia um. Steißbein und Ellenbogen schmerzten.

Sie hatte eine größere Halle erwartet. Und wie hatte sie gehofft, Aldoro darin zu finden. Aber hier war es öde und leer. Dabei spürte Skaia ganz deutlich, dass sie im Zentrum der Sphinx angekommen war. Wenn sie es recht bedachte, befand sie sich nach dem Umweg über den Kopf wohl in der Brust des Kolosses. In etwa dort, wo bei ihr selbst die unterste Kugel des Sonnenkreises auflag. Gedankenverloren griff Skaia nach ihr. Spürte dabei ihr Herz schlagen. Ja, das Herz ...

Mit ganz neuen Augen sah sie auf einmal ihre Umgebung. Es konnte nur so sein: Sie saß im Herzen der Sphinx. Sie war durch Gänge gelaufen, die nichts anderes darstellten als die Blutbahnen. Wenn sie sich an das Schema des Blutkreislaufes richtig erinnerte und mit ihrer Wanderung in den roten Röhren verglich, war sie demnach durch die feinen Kapillaren im Fuß in die größte Schlagader, die Aorta, gelangt, von dort über Arterien in den Kopf und über Venen schließlich hierher, in die rechte Herzkammer. Vor allem hieß das eines: Sie hatte zunächst gegen die Klappen der linken Herzkammer getreten. Es war eine ganz andere Halle gewesen. Gleich benachbart zwar zu dieser, aber ohne direkten Verbindungsgang.

Jetzt wusste sie, wie sie dorthin gelangte. Der Weg führte durch den kleinen Blutkreislauf! Wie kompliziert das ganze System zusammenhing — Gehirn, Herz, Lunge, Extremitäten. Und Abkürzungen gab es nicht. Nur den Weg durch jene Klappen, die dem Fußende der Rutschbahn gegenüberlagen. Skaia hoffte, dass sie sich das alles nicht nur einbildete.

Als Skaia die Ausgangsklappen aufschob und in die Lungenarterie hinaufstieg, griff sie hilfesuchend nach den Kugeln des Sonnenkreises, Gleich spürte sie unter ihren Fingern wieder die Botschaft, die ihr Yaho gezeigt hatte: „Denk an den Mond". Wenn man die Mahnung des Sonnenkreises einmal entdeckt hatte, war sie überdeutlich. Yaho hatte alles zurückgelassen, um Sonnenkreis und Mondauge wieder zu vereinigen. Wenn Skaia an sein Ende dachte, schüttelte es sie. Was mochte hinter dem Vorhang aus dunklen Schmetterlingen geschehen sein? Das erhoffte Mondauge, hatte er es dort gefunden? Nur um im gleichen Moment mit ihm zu versinken in den Fluten des geschmolzenen Eises? So war die Schrift auf der Kugel des Sonnenkreises sinnlos geworden. Und Yaho, der einstige Gute Herrscher, der letzte Verwandte von Skaia und Aldoro, war umsonst gestorben. Für eine Vision, die sich nie mehr erfüllen lassen würde. Während Skaia durch die verzweigten Lungenvenen und -arterien der Sphinx eilte, konnte sie den Gedanken, wie das Wasser in Yahos Lungen eingedrungen sein musste, nicht verdrängen. Skaia hatte ihn kaum gekannt, und unheimlich war er ihr auch gewesen. Dennoch stieg Traurigkeit in ihr auf. Und die anderen, die sie in Moxó zurückgelassen hatte? Ob der tollpatschige Mikolo den Weg zum Theater zurückgefunden hatte? Und ob Gura das neue Ei bereits ausgebrütet hatte? Selbst Lunetta spukte Skaia immer wieder im

Kopf herum. War auch sie zwischen den zergehenden Schollen jämmerlich ertrunken?

Skaia erreichte den Vorhof zur linken Herzkammer. Sie versuchte, ihre Hoffnungen, Aldoro darin zu finden, zu dämpfen. „Wahrscheinlich ist er nicht da", sagte sie sich laut vor, während ihr Puls einen ganz anderen Rhythmus schlug: „Bitte, bitte, bitte, bitte ..."

Die Türen klappten auseinander, und Skaia sprang auf die Rutsche. Diesmal kam sie ohne Prellungen unten an.

Es war wie eine Zwillingsschwester der Halle, in der sie vorhin nach ihrem Bruder gesucht hatte. Eine Zwillingsschwester in allem. Auch in ihrer Leere. Hier herein hatte Skaia „Aldoro, Aldoro" gerufen. Hier war es ungehört verhallt. Skaia war und blieb der einzige Mensch im Inneren der Sphinx. Mit einem Schlag wusste sie: Es gab kein Zurück in ihr früheres Leben. Wie es aussah, würde sie Aldoro nirgends finden. Sie war auf sich allein gestellt. Sie musste ihren eigenen Weg gehen.

Schritt für Schritt — durch die Herzklappen, in die Aorta und dann den Weg zurück in die Pranke der Sphinx. Skaia ging mit versteinertem Gesicht. Das Rot der Wände kam ihr grausam vor. Wie getrocknetes Blut. Sie marschierte so gleichmäßig wie ein Robold, der auf „zügiges Tempo" geschaltet hatte. In den Kapillaren der Pfote verirrte sie sich. Wie war das gewesen? Immer links? Oder rechts? Auf jeden Fall immer enger.

Es dauerte, bis sie das Loch wiederfand, durch das sie in die Sphinx hineingekrochen war. Und gerade, als sie die Augen vor der plötzlichen Helligkeit der Außenwelt zukniff, rief jemand, der nicht weit von ihr sein konnte: „Also, ich weiß nicht, wo soll man sich denn auf dieser Insel verstecken können? Unter den Palmen da hinten?"

Ein anderer antwortete: „Ja, schau mal dort! Das Boot des Mädchens liegt am Ufer. Also muss sie ja irgendwo sein. Ich suche auf der anderen Seite der Sphinx. "

Skaia lugte aus dem Loch. Ein Mann in Hochwasserhosen und knappem Jackett schlurfte zu den Bäumen und Büschen, die neben dem Hinterteil der Sphinx wuchsen. Falls die beiden Männer gründlich alles absuchten, dann war sie in ihrem Loch nicht sicher. Die größte Chance hatte sie, wenn sie unauffällig flüchtete.

Vorsichtig stieg Skaia von der Pranke herunter. Kaum war sie auf dem Erdboden, schlich sie zur Vorderfront des Monuments. Von dort war es nicht weit zum Boot.

Neben dem ihren lag ein zweites. Klar. Nur hatte Skaia nicht damit gerechnet, dass darin jemand sitzen könnte. Einer, der nicht suchte, sondern sich gemütlich von den winzigen Wellen hin- und herschaukeln ließ wie ein Kind in der Wiege und dabei die Augen geschlossen hielt. Sein Atem ging gleichmäßig, seiner Nase entwich ein asthmatisches Pfeifen. Klirr. Hatte er seinen Gähn-O-Maten dabei, oder war er von der ruhelosen Arbeit für das Komitee so erschöpft, dass er zu Zeiten schlief, in der es die Stundenkugel nicht vorsah? Skaia wünschte ihm den tiefsten denkbaren, am besten nie endenden Schlaf.

Sie schaffte es, ihr Boot ruhig ins Wasser zu schieben, ohne dass es größere Wellen warf. Sie setzte sich auf die Ruderbank, griff geräuschlos nach den Paddeln. Dann blieb jedoch das linke im Umhang des Hofrates hängen. Irritiert ließ Skaia los. Das Paddel klatschte in den See. Spritzte Wasser über Skaia, über Klirr.

Röchelnd fuhr er hoch, ruderte erschrocken mit den Armen und blinzelte Skaia mit blöden Äuglein an.

Panisch fischte Skaia nach dem Paddel und zerrte es aus dem Wasser.

Nur war sie nicht die Einzige, die das tat. Am anderen Ende zog Klirr. Gefährlich neigte sich sein Kahn auf die Seite, wo seine Wampe überhing. Zwischen heftigem Keuchen stieß er hervor: „Ich wusste es doch, dass du es bist. Wer sonst hat die Chuzpe, sich hier herumzutreiben?"

Skaia zog so fest sie konnte, aber sie konnte Klirr das Paddel nicht entreißen.

„Dein Bruder hat aufgegeben. Willst du es ihm nicht gleichtun?" Seine fleischigen Finger schienen sich geradezu festzusaugen am Holz.

„Lassen Sie los." In ihrer Not fiel Skaia nichts Besseres ein.

Klirr gab tatsächlich nach. Starrte sie an, als ob er sie zum ersten Mal sähe. „Du hast ja ..."

Skaia nutzte ihre Chance und stieß dem Erzieher das Paddel auf die Brust.

Klirr kippte, fiel, plumpste ins knietiefe Wasser. Hektisch stieß sich Skaia vom Ufer ab und ruderte los.

Hinter ihr gurgelte Klirr: „Sie hat den Sonnenkreis! Wie um alles in der Welt ... Festsetzen! Sie muss gefangen werden. Weggesperrt. Isoliert. Auf ewig. Der Sonnenkreis — weg mit ihm. Er ist abgeschafft. Ungültig. Wie alles andere auch."

Skaia sah ihn im Wasser toben. Seine Hose war klatschnass, und trotz der Abkühlung schien Klirrs Kopf zu dampfen.

Skaia schlug die Paddel in den See. Zog sie kräftig durch, während ihr Tränen über die Wangen liefen. Es gab keine Zukunft mehr für sie in Solterra.

Sie ließ den Sonnenkreis in die Westentasche gleiten, als sie das Burggelände verließ. Auf dem Vorplatz staubte es. Die gefiederte Statue, in der Skaia inzwischen einen Urahn von Paparazzo, Papabella und deren Geschwistern erkannte, war mit Getöse in einen Container gestürzt. Der Vogelkäfig auf ihrem Rücken brach als erstes ab. Gleich würde die Figur des Osiris darauf landen. Eine ganze Traube von Männern in Overalls trug schwer an dem steinernen Thron, auf dem der Halbnackte mit seiner Krone aus Sonnenstrahlen hockte. Dahinter warteten Arbeiter mit einem mächtigen Globus. Der Opernautomat. Skaia hatte keine Zeit, seinem Ende beizuwohnen. Sie huschte über den Platz. Kein letzter Blick auf die Burg. Warum auch?

Vor dem Sonnenmast, an dem immer noch Robolde um Strom baten, wollte Skaia abbiegen. Da entdeckte sie in der Schlange einen Kopf mit weißem Häubchen. Es war Lallah in den starken Armen eines Maschinenmannes. Kopf, Arme und Beine hingen links und rechts herunter.

Skaia wagte sich näher heran. Wie sie vermutet hatte, war es niemand anderes als Aldoros Adjutant, der die Gesellschaftszofe aus Skaias Zimmer geholt hatte. Was für ein Glück. Sollte sie noch ein letztes Mal Hoffnung schöpfen? Auch wenn es unvorsichtig war, egal! Ohne Umwege steuerte sie auf den Adjutanten zu. Selbst wenn er dem Komitee Treue geschworen haben sollte, sie musste ihn fragen.

Kaum hatte sie ihn angetippt, sagte er: „Lassen Sie uns ein Stück zur Seite treten, wenn es beliebt." Er löste sich aus der Schlange. Eilig rückten die Nächsten nach vorne. Lallahs Kopf pendelte hin und her, als sie sich in eine Seitengasse zurückzogen.

„Sie suchen nach Ihrem Bruder? Nach dem ehemals Wertesten?"

Skaia nickte.

„Er ist nicht in der Burg."

„Sondern?"

„Ich habe selbst lange gesucht."

Skaia nickte ungeduldig.

„In der ganzen Stadt. Und das war nicht leicht. Überall machten sich die Leute vom Komitee wichtig, und immer musste ich einen vernünftigen Grund parat haben, warum ich in den Häusern und Kellern, in den Naherholungsanlagen und in den Abwasserkanälen unterwegs war."

„Und?" Skaia wollte nichts von seinen Schwierigkeiten wissen.

„Er ist nirgends zu finden. Und ich habe viel gesucht. In den Anstalten, auf den Lagerplätzen, in der Müllverwertungsdeponie ..."

„Ah ..." Mehr fiel Skaia dazu nicht ein. Ein „Danke" brachte sie noch zustande, bevor sie sich abwandte und ging.

„Es tut mir Leid", rief ihr der Adjutant hinterher.

„Danke", hauchte Skaia noch einmal, aber so leise, dass er es sicher nicht hörte.

Es war aus. Die Suche war zu Ende. Es blieb ihr nur eines: zu verschwinden.

Auf dem siebten Strahl, der in Skaias früheres Wohnviertel führte, kam sie an einem der Züglein vorbei, mit denen die Güterverteilungsanstalt üblicherweise ihre Zuteilungen auslieferte. Hier aber wurden die Anhänger nicht entleert, sondern gefüllt. Aus den Wohnhäusern kamen Männer, deren Komitee-Schildchen hinter all dem Krimskrams, den sie schleppten, beinahe verschwanden. Vieles, was in den Anhängern landete, sah selbst gebastelt aus: eine hölzerne Raupe mit Rädern, eine Riesenblume aus Papier, ein Schwamm, den jemand in Tannenbäumchenform gebracht hatte. Zwischen getrockneten Pflanzen, die zu einem Strauß gebunden waren, schaute golden der Kopf einer Miniatur-Nachbildung des Osiris hervor.

Eine Frau, die einem der Männer hinterher rannte, rief aufgelöst: „Nein, nicht Fiona. Nein, halt, warten Sie". Die Frau machte einen Satz nach vorne und griff nach etwas, das unter dem Arm des Mannes herausragte: ein wollenes Ärmchen. Beherzt zog sie. Der Mann wandte sich um und sah die

Frau, auf die er bisher kein bisschen geachtet hatte, verblüfft an. Mit der einen Hand zog sie weiter, mit der anderen drückte sie nun seinen Ellenbogen nach oben. Seine Hände hatte er nicht frei, um sich zu wehren. Als sie ihm schließlich ein kleines, gestricktes Wesen mit Zöpfen entriss, rutschten noch viel mehr Dinge haltlos hinterher: Muscheln, die jemand bunt bemalt hatte, eine Collage aus unterschiedlichsten Fischbildern und eine Steinplastik, die einen Knaben mit langer Nase darstellte. Zornbebend drehte der Mann sich um die eigene Achse und schrie in alle Richtungen: „Böse wird das enden. Böse!" Seine Stimme klang düster und wohl-bekannt.

Mit einem Frösteln im Nacken lief Skaia weiter. Den Hügel hinauf, an „ihrem" Sonnenmast vorbei, zwischen den Beeten der Gemeinschaftsgärten hindurch bis hin zur Mauer, die sich immer noch matt, glatt und grau in die Höhe reckte. Schnell fand Skaia die Stelle, an der sich der Eingang versteckte. Wie schon einmal taten sich vor ihr die feinen Ritzen in der Wand auf. Und wie schon einmal fragte sich Skaia, wie sie denn ohne Klinke, Schloss oder Schlüssel wei-terkam. Bis ihr einfiel, dass sie ja den Sonnenkreis bei sich hatte. Vielleicht sollte sie sich in einen Vogel, vielleicht eine Möwe ...

„Klong" machte es da direkt vor ihrer Nase. Skaias Herz blieb fast stehen. Der steinerne Einlass war aufgesprungen und klappte zurück. Skaia hätte Männer in faden Anzügen oder weißen Kitteln erwartet, vielleicht auch Robolde. Aber keinen dunklen Kapuzenmann. Ein Aufschrei entfuhr ihr. Ihm allerdings auch.

22.

DREIMAL

MOXÓ

Für ihn schien es nur eine Schrecksekunde gewesen zu sein. Denn er sah sie unverwandt an. Sicherlich war er überrascht. Aber ob er sie böse oder irritiert betrachtete, konnte Skaia nicht ausmachen. Sein Kopf war von der Kapuze verhüllt. Er machte keine Anstalten, den Totgesagten Park zu verlassen, obwohl er das zweifellos gewollt hatte. Stattdessen zischte er: „Schnell, komm rein!"

Vor lauter Schreck konnte Skaia weder antworten noch sich von der Stelle bewegen.

„Ich bin es doch!" Als ihr Bruder die Kapuze vom Kopf streifte, stürzte Skaia auf ihn zu. Umschlang ihn. Hielt ihn fest. Und wurde gehalten. Neben ihnen fiel die Pforte ins Schloss. Aldoro hatte ihr einen Tritt gegeben.

Sie standen lange so da, ohne etwas zu sagen.

„Ich habe dich gesucht, aber als ..." Statt weiter zu reden, schloss Skaia lieber die Augen. Das Einzige, was sie wollte, war die Nähe ihres Bruders, sein Geruch, seine Hand, die ihr über die Haare strich.

Erst als sie gemeinsam den Weg zum Glaspavillon einschlugen, berichtete Skaia, was sie erlebt hatte. Aldoro blieb vor Verblüffung dauernd stehen und starrte sie mit offenem Mund an. Fast konnte er es nicht glauben — bis sie ihm zum Beweis den Sonnenkreis zeigte.

Skaia hielt ihm die Kette mit den Kugeln hin. „Willst du ihn nicht tragen? Du bist der Gute Herrscher".

„Pff", machte Aldoro verächtlich. „Das war ich mal. Unser Freund Klirr hat jetzt das Sagen. Die Eingeweihten sind getürmt. Einfach weg. Nicht, dass ich sie vermisst hätte, aber ..." Er überlegte. „Weißt du, mein Wort war keinen Pfifferling wert. Und trotzdem habe ich mich verantwortlich gefühlt für Solterra. Vielleicht ist es jetzt besser so. Auch wenn alles so schäbig zu Ende gegangen ist."

Skaia hatte diesmal kaum einen Blick übrig für die Figuren, die die Wiese rund um den Pavillon bevölkerten. In ihrer Drolligkeit mochten sie nicht so recht zu Aldoros Schilderung passen, wie er geflüchtet war.

Natürlich hatte ihm das Verschwinden der Eingeweihten zum ersten Mal die Gelegenheit gegeben, so zu handeln, wie er es für richtig hielt. Was nur heißen konnte, eine Rede an das versammelte Volk zu richten. Doch die vielen Leute waren ihm nicht geheuer. Was hätte er ihnen sagen sollen? Als sie skandierten: „Gegen Lug, gegen Trug", hätte er sich ihnen am liebsten angeschlossen. Schließlich war er selbst belogen und betrogen worden. Aber hätten ihm die Menschen geglaubt?

Statt eine Ansprache zu halten, eilte Aldoro in Skaias Zimmer. Doch seine Schwester war verschwunden. Selbst von ihren Robolden fehlte jede Spur. Eine Weile durchsuchte Aldoro alle möglichen Räumlichkeiten der Burg, bis er sich eingestehen musste, dass es keinen Sinn hatte. Vielleicht war Skaia längst nicht mehr in Solterra.

Vor dem Moment, in dem Klirrs Komitee die Burg stürmen würde, gruselte es ihn. Die Eingeweihten hatten es leicht. Ihre Gesichter kannte niemand. Immer waren sie unter den Kapuzen verborgen gewesen. Wie einfach konnten sie sich unters Volk mischen. Aber Aldoro? Nicht nur Klirr würde ihn jederzeit erkennen.

In der Bibliothek wachte Fräulein Martha über ihre Bücher, als sei nichts weiter geschehen. Sie nickte huldvoll, als Aldoro seinen Ausweis vorzeigte, und antwortete auf seine Frage nach Büchern über den Totgesagten Park: „Kommt mir irgendwie bekannt vor. Einen Moment ..."

Hurtig drehte sie sich um zu den Karteikästen, die sämtliche vorhandenen Titel auflisteten. Bald schüttelte sie den Kopf und hörte nicht mehr auf damit. Bis sie plötzlich ein erkennendes „Ach, das vielleicht!" von sich gab.

Sie reichte Aldoro, der aufgeregt wartete, das Kärtchen. Und während er den Titel las, „Die Krise — Rückzug in die Sphinx", meinte Fräulein Martha: „Ein Standardwerk für Problemsituationen." Über den Park hatte sie jedoch nichts gefunden. Aldoro beschloss, selbst zu suchen.

Hunderte von Bücherrücken überflog er in der Abteilung „Sonne und Erleuchtung", bis sein Blick hängen blieb: „Die Krise". Na, vielleicht bot das Werk ja doch einen hilfreichen Hinweis für seine verzweifelte Lage. Der Autor, ein gewisser Quagglio, der für kurze Zeit auch Guter Herrscher gewesen war, pries im Inhaltsverzeichnis allerlei Wege an: „Der Weg zur Bescheidenheit", „Der Weg zur Stille", „Der Weg zur inneren Sicherheit", „Der Weg zur Wahrhaftigkeit", „Der Weg zur Stärke". Viel lieber wäre Aldoro eine Wegbeschreibung zum Totgesagten Park gewesen. Als Aldoro „Die Krise" wieder ins Regal schob und sich über den benachbarten Titel „Erleuchtung leicht gemacht" wunderte, kam ihm eine Idee.

Kurz darauf hatte er in der Abteilung „Verwaltung und Organisation" gefunden, was er wollte. In den Erfassungslisten war alles aufgeführt. Auch der Totgesagte Park mit seiner genauen Lage, seinen Ausmaßen, seinem Bewuchs, seiner Bebauung und den darin sichergestellten Gegenständen. In der Kurzbeschreibung zu den Zauberdingen war festgehalten, dass der Ring vor langer Zeit Verwechslungen ausgelöst, der Pfeil Liebesschwüre heraufbeschwört, der Spiegel Blicke in die Zukunft gestattet und die Flöte wilde Kreaturen zum Tanzen gebracht hatte.

Das Letzte, was Aldoro in seinen eigenen Gemächern holte, war die grobe Kutte, die er in den Tagen seines Schweigegelübdes getragen hatte. In der verlassen daliegenden Küche stopfte er sich eine Umhängetasche mit Proviant voll. Als die Mutigsten des Komitees zum Lieferanteneingang hereindrängten, konnte sich Aldoro gerade noch im Garderobenschrank von Missjö Sufflee verstecken. Nach einer Weile war niemand mehr zu hören, und Aldoro schlich sich fort.

„Seitdem bin ich hier im Park. Und jetzt, wo mir allmählich das Essen ausgeht, wollte ich draußen etwas besorgen. Vielleicht auch eine Schuhcreme ...“ Aldoro schaute kritisch seine Stiefel, dann fragend seine Schwester an. „Hast du Hunger? Noch ist was da.“

Lange hatten die Gefahren, denen Skaia ausgesetzt gewesen war, ihren Magen betäubt. Doch auf die unvermittelte Frage ihres Bruders antwortete der Bauch augenblicklich mit einem deutlichen Knurren. Es war so albern, dass die Geschwister loslachen mussten.

Im Pavillon empfing sie aufgekratzt der Kapellmeister. Er stand in seinem Regalfach und rief ihnen entgegen: „Wie curiös! Das Fräulein Mädchen ist wieder da. Willkommen, bienvenue, welcome! Können sie dich nicht mehr brauchen, die Spitzbuben und Hundsfötter?“

„Genauso ist es. Oder zumindest so ähnlich“, gab Skaia zurück. Sie wollte nicht noch einmal alles erzählen.

„So findet jedes Brüderchen sein Schwesterchen.“ Dann kam er ins Schwadronieren über die Freuden der Familienbande. „Mit meiner Schwester und dem Bäsle habe ich sechshändig auf dem Klavier gespielt, manchmal auch vierhändig auf dem Klasechs. Manchmal auch nur fünfhändig, wenn eine Hand eine juckende Stelle am ...“

Skaia ließ sein Geplapper an sich vorbeirauschen. Lieber widmete sie sich dem kulinarischen Durcheinander, das Aldoro auftischte: Käse, Knäckebrot, Kirschen und Knackwürste. Skaia nahm von allem.

Und Aldoro freute sich an ihrem Appetit. „Jetzt lohnt es sich wenigstens, dass ich rausgehe und etwas besorge“, meinte er.

Skaia blickte ihn zweifelnd an.

„Du brauchst dir keine Sorgen zu machen", erklärte er. „Wenn meine Stundenkugel richtig geht, was allerdings nicht sicher ist, seit die Dunkelphasen so lange andauern, müsste seit einer ganzen Weile Schlafenszeit sein."

„Und wo willst du was finden?"

„In der Ernährungsanstalt natürlich. Da kenne ich mich aus. Wozu habe ich dort gelernt? Und außerdem", er grinste Skaia an und zog ein Kunststoffkärtchen aus seiner Kutte, „habe ich den Generalöffner." Das Kärtchen glich in Form und Größe einem Bibliotheksausweis. Nur war es golden. „Ich glaube, das ist der einzige Vorteil, den man als Guter Herrscher hat, sogar als abgesetzter. Mit dieser Magnetkarte kommt man durch alle Türen. Selbst wenn sie so abweisend scheinen wie die Pforte hier zum Park."

„Aber wenn dich jemand ..."

„Ach was. Zum einen wird kaum jemand unterwegs sein, zum anderen erkennt mich mit dieser Kutte niemand, und zum dritten", Aldoro holte noch ein Utensil aus der Tasche, „habe ich eine Zauberwaffe dabei."

Der Kapellmeister krähte. So schön hatte er geschwiegen, seit ihm niemand mehr zugehört hatte. Aber jetzt legte er los: „Eine Flöte ist's, und selbst wenn alle, die du damit bezirzt, nach deiner Pfeife tanzen, ist's ein Instrument und keine Waffe nicht. Sicher, sie kann grausam klingen, wenn ich nicht dirigiere, aber das ist noch lange kein Grund, in ihr nur eine Waffe zu sehen. Degradier sie nicht, sonst kannst du sie gleich hier lassen! Immerhin war in Wirklichkeit sie es, die Tamino einst bei der Feuer- und der Wasserprobe beschützt hat."

Skaia fuhr hoch: „Die ist sowieso nur Lug und Trug."

Aldoro zuckte unwillkürlich zusammen.

„Oh, tut mir leid", entschuldigte sich Skaia. So schnell drängte sich einem die Losung des Komitees in den Sinn.

„Mag sein. Aber trotzdem hatte Tamino die Flöte ..."

„Ist doch egal", schnitt Aldoro dem keifenden Kapellmeister das Wort ab. „Hauptsache, sie funktioniert noch." Zu Skaia gewandt, erklärte er: „Ich habe sie ausprobiert. Da kann der Kleine hier", er deutete auf den Kapellmeister, der sich darüber sofort erzürnte, „noch so ungnädig sein, sobald ich irgendwelche Töne auf der Flöte spiele, wird er sanft wie ein Lamm."

Angesichts des Aufstandes, den der Kapellmeister in seinem Regal veranstaltete, schlug Skaia vor, sofort eine Probe aufs Exempel zu machen.

Doch Aldoro schüttelte den Kopf. „Das Dumme ist, dass es nur klappt, wenn es dunkel ist. Aber dunkel ist es jetzt so häufig, dass es sich auf jeden Fall lohnt, sie einzustecken."

Jetzt war es an Skaia, den Kopf zu schütteln. „Das ist Quatsch. Denk doch mal nach."

„Was denn?"

„Na, es hat keine einzige dunkle Sekunde gegeben, seit ich wieder in Solterra bin."

„Mag ja sein, aber es kann doch ..."

„Nein, es kann nicht wieder dunkel werden. Immerhin habe ich den Sonnenkreis mit zurückgebracht."

„Ach so ..."

„Die Zauberflöte wird also keinen von uns beschützen. Und ich befürchte auch, dass wir hier nicht lange bleiben können."

„Nicht lange?", rief der Kapellmeister. „So lange, wie ich hier schon herumstehe, dauert nicht einmal die Ewigkeit."

Skaia ließ sich nicht beirren. Ernst schaute sie ihrem Bruder in die Augen. „Da Klirrs Komitee alles einsammelt und vernichtet, was von zweifelhafter Herkunft ist, werden sie irgendwann hier sein. Und was machen wir dann?"

Aldoro biss sich auf die Lippen.

Der Kapellmeister zog eine Schnute.

„Wir können darauf warten — oder ...“ Skaia wandte ihren Blick zum Karussell.

„Ja“, seufzte Aldoro. „Deshalb bin ich eigentlich auch hier hergekommen. Ich dachte, du bist nach Moxó geritten. Aber als ich dann vor dem Karussell stand, habe ich mich nicht getraut, aufzusitzen. Ich wusste ja nicht, wie ich dich in Moxó finden sollte.“

„Und jetzt? Traust du dich jetzt? Nach Moxó würden uns Klirr und seine Leute ganz sicher nicht folgen.“

„Aber wenn sie das Karussell zerstören? Dann können wir nie wieder zurück.“

„Stimmt nicht. Solange wir den Sonnenkreis dabei haben, können wir immer zurück. Falls wir wirklich wollen.“ Dass sie sich diese Möglichkeit kaum vorstellen konnte, ließ sie unausgesprochen. Lieber hängte sie an: „Du wirst sehen, bei Papa und seiner Truppe lässt es sich ganz gut leben. Es ist allemal besser, als sich hier zu verschanzen, bis die Männer mit den Lug-und-Trug-Schildchen kommen.“

„Und wer’s nicht glaubt, kommt in den Himmel!“, mischte sich der Kapellmeister ein.

Aldoro sah Skaia ratlos an.

Bis der Kapellmeister aufschrie: „Oh weh, oh weh, oh weh.“

Elektrisiert sprang Aldoro in die Höhe. „Was denn?“

„Oh weh, oh weh, ich habe einen gesehen ...“ Der Knirps war ganz aufgelöst.

Aldoro drehte sich wie wild um die eigene Achse. Blickte durch die Scheiben nach draußen. „Wo denn? Sag!“

„Oh weh, oh weh, da hinten.“ Flatternd wiesen die Ärmchen in eine Richtung, wo das Gebüsch sanft vom Wind bewegt wurde. Oder es war gar kein Wind.

„Schnellschnellschnell!“, rief der Kapellmeister. „Jetzt oder nie!“

Aldoro zögerte. Skaia warf die Reste ihres Mahls in die Umhängetasche. „Aufsitzen", rief sie und kletterte auf den Rücken eines hölzernen Rappen.

Als Aldoro endlich Anstalten machte, den Schimmel hinter ihr zu erklimmen, plärrte der Kapellmeister aus vollem Halse: „Seid ihr verrückt? Ihr könnt mich nicht hier lassen. Die nehmen mich auseinander. Aldoro, Skaia!"

Aldoro holte ihn aus dem Regal und hielt ihn fest in der Hand.

Der Kapellmeister jammerte weiter. „Wer hat euch denn gewarnt? Ich doch. Ohne mich ..." Der Rest verwehte im Fahrtwind des in Schwung gekommenen Karussells. Doch es war klar, was er meinte. Ohne sein panisches Geschrei wäre Aldoro womöglich nie aufgesprungen. Aber dafür, dass er wirklich heranschleichende Männer gesehen hatte, hätte Skaia nie und nimmer die Hand ins Feuer gelegt.

Laut lachte sie mitten hinein in den Strudel, der sie alle erfasst hatte, krallte sich in die Mähne ihres Pferdchens und legte sich in die Kurve.

23.

RABENSCHWARZ

Die Flanken ihres Pferdes bebten. Der Rappe warf den Kopf zurück und wieherte. So schnell flogen sie dahin, dass Skaia nicht wagte, einen Blick zurückzuwerfen. Um sie herum wischte die Welt wie eine Ansammlung von Kulissenteilen vorbei. Fassaden, Sonnenmasten, Straßen, kantig zugeschnittene Hecken, trockene Erde, grellrot die Sonne am Horizont, Sternenpünktchen, müder Mond, Bäume mit krakeligen Ästen, Blätterdickicht, eine Hufspur am Boden.

Das Getrappel verlangsamte sich, die Pferde liefen aus. Der Fahrtwind schwand — und ließ ein merkwürdiges Gefühl zurück. Als die Pferde nur noch im Schritttempo trabten, fuhr sich Skaia mit einer Hand über ihr Gesicht. Pappige, silberne Fäden blieben hängen.

„Pfui Spinne, was ist denn das?", schrie der Kapellmeister hinter ihr. So hektisch putzte er an sich herum, dass Aldoro entnervt fragte: „Soll ich dich immer noch festhalten?"

„Aber sicher", prustete der Wicht und spuckte dreimal hinterher, als hätte er etwas von den Silberfäden in den Mund bekommen.

„Das ist aber anstrengend, wenn du so zappelst. Wenn du nicht damit aufhörst, stopfe ich dich in die Kuttentasche."

Der Kapellmeister schrie: „Ich krepier fast, und euch kümmert das gar nicht."

Ohne das Geschrei weiter zu kommentieren, zog sich Aldoro ebenfalls das klebrige Gespinst von der Haut.

Als er von seinem Schimmel abstieg, schenkte ihm das Pferd ein freundliches Schnauben. Dann entsprang es wie alle anderen, um auf einer Wiese neben der sandigen Kreisbahn zu grasen. Vom Karussell war nichts mehr zu sehen. Kein Podest, keine farbig lackierten Tiere, keine mit Silberplättchen belegte Mittelsäule, kein buntes, geschwungenes Dach.

Dafür saß in einem Klappstuhl breitbeinig ein Kerl, der eine schwarze Uniform und eine dunkel getönte Brille trug. Neben ihm ragte ein mannshoher, über und über mit eigentümlichen Zeichen verzierter Obelisk in die Höhe. Der Kerl drehte den Ankömmlingen den Kopf zu. Die goldenen, silbernen, muschelfarbenen, edelsteinbunten und unentwirrbar ineinander verhakten Ketten, die er um den Hals trug, knirschten.

„Was zu verzollen?", grunzte er gelangweilt.

„Was zu was?", fragte Aldoro.

„Zu was, zu was ... Verzollen eben. Abgeben. Nicht ins Reich der nächtlichen Königin schleppen eben."

Nicht nur Aldoro blickte ihn ratlos an, auch Skaia und der Kapellmeister.

„Immer das gleiche", schimpfte der Uniformierte und fingerte nach einer der vielen Flaschen, die neben seinem Klappstuhl auf dem Boden standen. Die Ringe an seinen Fingern scheuerten am Glas entlang. „Es ist nun einmal so: An jeder Grenze gibt es einen Grenzposten, und der hat dafür zu sorgen, dass niemand, der hier reinschneit, etwas ins Land schleppt, was den allgemeinen Interessen zuwiderläuft. Klar?"

So richtig klar war das Skaia zwar nicht, aber sie nickte. Sie hatte nicht die geringste Lust, diese Unterhaltung länger als nötig zu führen.

Die zahlreichen Armreifen des Uniformierten klapperten, als er mit einem Rohrstock gegen das Zeichen schlug, das den Obelisken zuoberst zierte: ein Kreis, aus dem nach unten ein Kreuz erwuchs. „Also, ihr seid hier in Moxó gelandet", sagte er in einem derart belehrenden Tonfall, dass er Klirr in der Erziehungsanstalt glatt hätte ersetzen können. „Hierher nicht eingeführt werden darf", der Stock schepperte gegen einen Stierkopf, der mit einer Krone geschmückt war, „Schmuck. Habt ihr Schmuck? Dann müsst ihr ihn abgeben!"

Der Sonnenkreis war weit mehr als bloßer Schmuck. Außerdem ruhte er sicher und verborgen in der Tasche von Skaias Umhangs. „Nein, haben wir nicht", antwortete sie also.

Der Kerl im Stuhl knurrte, bevor er fortfuhr: „Genussmittel!" Der Stock knallte gegen das Bildnis eines Storches, der einen Wurm verschlang.

Die Reste der letzten Knackwurst konnte man schwerlich als Genussmittel bezeichnen. Sie verneinte erneut. Aldoro schüttelte bestätigend den Kopf, und der Kapellmeister verhielt sich zum Glück ruhig.

Es war offenbar wieder nicht die Antwort, die der Uniformierte hören wollte. Wütend ließ er den Stock gegen eine weitere Darstellung knallen: eine Schlange, die über eine andere hinweg kroch. „Und Schlangen. Wehe, ihr habt Schlangen dabei. Da haben wir wahrhaft genug davon!"

„Oh, blinde Schleichen haben wir natürlich dabei. Einen ganzen Sack voll." Der Kapellmeister reckte ein Fingerchen gegen die Umhängetasche von Aldoro. „Just dessentwegen sind wir einhergeritten, sie zu kreuzen mit Ottern, linden Würmern und Natterngezücht. — Oh, mein guter Herr, warum viperieren ihre Nasenflügel auf einmal so?"

Das Gesicht des Uniformierten war kein Gesicht mehr, sondern nur noch Grimasse. Fast sah es so aus, als würde er sie alle verhaften, anklagen, foltern, aburteilen und halbtot prügeln mit seinem Zeigestock.

Schnell warf Aldoro mit großer Geste den Kapellmeister kopfüber in die Umhängetasche und rief: „Keine Schlangen drin. Nur ein kreischender Wicht."

Der Uniformierte lehnte sich schnaubend zurück und kratzte sich mit dem Diamanten eines besonders klobigen Ringes am Kopf. „Hinz und Kunz. Nichts von Rang und Namen. Die Zeiten sind zum Kotzen." Unwillig wedelte er mit der anderen Hand.

Skaia und Aldoro deuteten es als Aufforderung zu verschwinden. Sie folgten ihr nur zu gerne.

„Aufgeblasener Affenarsch! Nulpe! Feister Heini! Hokkenbleiber! Riesendämlack!" Der Kapellmeister schimpfte so anhaltend über den Uniformierten, dass Aldoro ihm einen weiteren Aufenthalt in der Umhängetasche androhte. Sofort fuhr der Knirps seine Unmutsäußerungen auf ein unverständliches Gegrummel herunter.

Skaia verstand ihren Bruder. Die erste Begegnung im Nachtreich war alles andere als einladend gewesen. Kein Wunder, dass er so angespannt wirkte. Lange hatte er bei jedem Laut in der Nähe nervös den Kopf gedreht, als könne er die Wildnis mit Blicken durchdringen. Der Mond war noch ein gutes Stück schmaler, als Skaia ihn in Erinnerung hatte. Fahl hing er am Firmament. Ein Strich, über den die allmächtige Dunkelheit irgendwann hinweggehen würde. Fast schon war der Abendstern der markantere Himmelskörper.

Als Skaia gestanden hatte, dass sie von diesem Grenzposten aus den Weg zu Papas Truppe „nicht so ganz genau" kannte, wollte Aldoro wissen, was denn bitte „nicht so ganz genau" heißen solle. Sie musste es zugeben: Sie kannte diese Gegend kein bisschen.

Da wurde Aldoro einsilbig.

Der Kapellmeister hingegen trötete: „Den Bimperl bräuchten wir." Wie er ausführlich darlegte, war der Bimperl ein unglaublich schlauer Foxterrier, der jede Spur sofort aufnehmen konnte und immer und überall den richtigen Weg fand. Vor allem, wenn dieser nach Hause und zum Fressnapf führte. „Dumm nur, dass er längst verschieden ist, verwest wohl gar und deshalb leider nicht anwesend."

Es war nicht einfach, den Kapellmeister zum Schweigen zu bringen. Er wurde nicht müde. Denn anders als Skaia und ihr Bruder musste er die vielen Kilometer nicht zu Fuß zurücklegen. Er hatte ja nicht einmal Füße. Stattdessen klemmte sein metallenes Unterteil im Strick, den sich Aldoro um die Hüften gebunden hatte. Von dort aus war es leicht, gute Ratschläge zu geben: „Lasst uns den rechten Pfad nehmen. Der sieht so verwunschen aus. Und wenn er uns unheimlich wird, kehren wir eben um."

Aldoro und Skaia wählten den linken Pfad. Der führte wenigstens nicht steil bergauf wie der rechte, und mit stacheligen Sträuchern und stinkenden Blüten wartete er auch nicht auf.

Wie froh war Skaia über das Dorf, das sich am Horizont auf einmal abzeichnete. „Da fragen wir nach."

Aldoro gab nicht mehr als ein „Hm" von sich. Doch als das Dorf näher rückte, wurde seine Miene entspannter.

Skaia verbreitete Zuversicht: „Irgendjemand weiß bestimmt, wie man von hier aus an den Platz des ‚Papp-Palast'-Theaters kommt."

Das Dorf war bei weitem nicht so herausgeputzt wie Überzeh. Ein Schild, das den Namen des Ortes kundgetan hätte, gab es auch nicht. Die Wege waren staubig und übersät mit Scherben. In den Häusern sah man kaum noch Fenster, die heil waren. Überall bleckten die Reste der Scheiben ihre spitzen Zähne. Schlimmer als die Scherben fand Skaia jedoch die Schuhabdrücke. Es mussten Tausende sein, die durch den Ort zogen.

Am Dorfbrunnen war das Rohr völlig verbogen und halb verstopft, sodass das Wasser zischend in alle Richtungen spritzte. Davor stritten drei Frauen um eine mickrige, grüne Gießkanne.

Skaia und Aldoro bogen in einen Seitenweg ein. Schreiend stoben einige kleine Kinder auseinander.

„Da sieht man wieder, wie erschreckend so ein Mönch auf unschuldige Wesen wirken kann", kommentierte der Kapellmeister und zupfte an Aldoros Kutte.

Aldoro reagierte nicht darauf, sodass sich auch Skaia eine Antwort sparte. Dafür rang sie sich durch, die Männer, auf die sie zugingen, für vertrauenswürdig zu halten. „Die helfen uns bestimmt weiter.“

Von Nahem betrachtet, erschienen ihr die Männer wie der lebende Beweis dafür, wie sehr man sich irren kann. Auch wenn die fünf Dorfbewohner ganz verschieden aussahen, hatten sie einiges gemeinsam: Schrammen, Beulen, blaue Augen und geplatzte Oberlippen. Ihre Kleidung war zerrissen und blutig. Stumm saßen sie nebeneinander auf einer Holzbank, die um den Stamm einer Linde gezimmert war.

Skaia brachte es nicht über sich, einen von ihnen anzusprechen. Sie wäre am liebsten vorbeigegangen.

Doch da hörte sie Aldoro fragen: „Entschuldigen Sie, können Sie uns freundlicherweise sagen, wo wir Papas ‚Papp-Palast‘-Theater finden? Wir kennen uns in der Gegend nicht aus.“

Keine Reaktion.

Skaia sprang ihrem Bruder bei. „Der Platz liegt an einem Bach. Am Trollebach.“

„Der ist da vorne“, brummte einer und hob kaum merklich den Kopf in die fragliche Richtung.

„Verräter“, zischte ein Zweiter.

„Quatsch nicht!“, herrschte ein Dritter den Zweiten an.

„Der Einzige, der hier dauernd quatscht, bist du“, schimpfte der Vierte auf den Dritten.

Plötzlich ging es wild durcheinander: „Und du hast schon einmal zuviel gequatscht!“

„Wer ist denn schuld?“

„Ich habe dir gesagt, dass ich es nicht war.“

„Ein Depp, wer dir glaubt.“

„Einer muss es gewesen sein. Warum nicht du?“

„Dein Vater war der gleiche Volltrottel. So was vererbt sich.“

„Red’ du nicht. Nach dem, was wir jetzt alle über dich wissen.“

„Und warum wissen es alle? Weil du gequatscht hast.“

Der Streit wurde handgreiflich und ging unglaublich rasch in eine Prügelorgie über. Die Männer schrien vor Zorn und vor Schmerz, wenn die fliegenden Fäuste auf die kaum verheilten Wunden trafen.

Aldoro und Skaia, die entsetzt zurückgewichen waren, schenkten sich das „Danke für die Auskunft“ und machten sich aus dem Staub.

„Die haben ja ganz schön gewütet. Sind die Leute hier alle so?“ Aldoros Frage klang nicht so, als würde er einer beschwichtigenden Antwort glauben. Längst schien er davon überzeugt, dass ihn die Karussellfahrt zwar aus dem solterranischen Elend getragen, aber zugleich in einen moxólesischen Abgrund des Grauens gestürzt hatte.

Skaia machte ein paar halbherzige Versuche, das heitere Miteinander in Papas Truppe zu schildern.

„Ein köstlicher Mann, der Herr Directör“, meldete sich der Kapellmeister zu Wort. „Hat der große Papa denn seine Lebensgeschichte inzwischen fertig? Es ist Menschengedenken her, dass er sie im Intelligenzblatt großartig angekündigt hat.“

„Keine Ahnung. Er hat nichts darüber gesagt.“

„Ist wohl ruhig geworden im Alter? Das war zu unserer Zeit anders. Wie hat er sich den Mund fusselig geredet. Katzen- und Hundearien wollte er von mir haben für ein Machwerk mit dem Titel ‚Das aufdringliche Schloss‘. Er selbst hat darin einen dummdreisten Thronsaal gespielt. Hähä, zum Schießen!“ Das Gelächter des Kapellmeisters flog keckernd durch die Luft.

Eigentlich hätte Skaia mit jedem Meter, der sie Papas Truppe näher brachte, mehr Vorfreude verspüren müssen, aber das Einzige, was sich steigerte, war eine ungute Ahnung. Vor ihnen hatten entweder ganze Heerscharen diesen Weg genommen, oder aber ... Mit jedem Schritt sank Skaias Hoffnung. Bis sie endlich das Wagenlager von Papas Truppe sah.

Aldoro war überrascht: „Schau mal, die vielen Leute sind alle ins Theater gegangen!" Und setzte gleich hinterher: „Eigentlich logisch."

„Ein Riesengeschäft für den Papa", folgerte der Kapellmeister.

Skaia hätte schreien können. Dass die tausend Spuren mitten ins Lager führten, bedeutete alles andere als ein gutes Geschäft und Applaus für die Schauspieler.

Als sie näher traten, sahen es auch ihr Bruder und der Kapellmeister: Die Kulissen auf dem Bühnenwagen hingen in Fetzen. Die Scheinwerfer waren zerbeult und über den Platz verstreut. Daneben ragten aus den Resten eines zertrümmerten Leiterwägelchens die Seitenstäbe wie Dolche in die Höhe. Der Planwagen von Schnock, Schnauz und Squenz war in die Knie gegangen, weil die Räder nicht mehr genug intakte Speichen hatten, um die Achse zu halten. Von den Theaterleuten war kein Einziger zu sehen. Nur der Esel streunte ziellos auf dem Gelände herum, als fände er seinen Stammplatz nicht, der immer hinter dem Kostümwagen gewesen war. Doch der Wagen fehlte. Ebenso wie der von Gura und den Papageni. Einzig und allein das große, pastellblaue Ei erinnerte an ihn. Eine schleimige Pfütze machte sich davor breit. Sie wurde gespeist von einem Rinnsal, das aus einem Loch in der Schale kam. Es war nicht groß. Einige bunte Federn drangen verklebt daraus hervor. Aber darüber spaltete ein Riss fast die gesamte Schale.

„Was soll das? Was ist hier geschehen?", fragte Aldoro bestürzt.

„Der Horrlekin", hauchte Skaia und umfasste ihre Oberarme. Sie fror mit einem Mal. Begann zu zittern. Das entsetzliche Gefühl, das sie immer heftiger schüttelte, ließ sie auch nicht los, als Aldoro schützend seine Arme um sie schlang. Dann klappte sie zusammen. Sah nicht mehr das besorgte Gesicht ihres Bruders, sondern nur noch Schwarz.

Ein Licht hüpfte vor ihren Augen. Über ihre Stirn glitt etwas Feuchtes. Eine Decke hüllte sie ein. Wispern erfüllte den Raum. Dann krachte Metall auf Metall, schlug scheppernd auf.

„Ah", schrie jemand erschrocken.

Eine Hand mit Waschlappen flog über Skaias Kopf hinweg. Skaia folgte ihr mit dem Blick. Das war ihr Bruder. Er flüsterte mit einem Jungen, der an einer Spüle stand und einen Topf in ein Hängeregal schob, was zur Folge hatte, dass auf der anderen Seite des Regals etliche kleinere Dinge lärmend herunterpurzelten — und dass der Junge leise schimpfte: „Es ist einfach zu dunkel in diesem dämlichen Land."

„Mikolo?" Skaia kam sich vor, als hätte sie ihre Stimme lange nicht mehr gebraucht. Sie schickte ein paar Räusperer hinterher.

Die beiden an der Spüle sprangen sofort zu ihr. Aldoro winkte mit einer Hand vor ihrem Gesicht herum. „Erkennst du mich?", fragte er aufgeregt.

„Natürlich", erwiderte Skaia. Sie brauchte noch ein Räuspern, bevor sie ergänzen konnte: „Vor allem, wenn du deine Hand wegnimmst."

Jetzt drängte sich Mikolo heran. „Skaia, geht es dir gut? Ich bin ja so froh, dass du wieder da bist!"

Ob es ihr gut ging, darüber war sich Skaia nicht sicher. Aber sie konnte sich aufsetzen. Ruhig atmen. Mikolo anlächeln. Sich freuen, dass sie ihn wiedergefunden hatte.

„Du warst total weggetreten", erklärte er, und Skaia merkte, dass ihm das Angst gemacht hatte. „Geht es dir denn jetzt wieder gut?"

„Wo sind wir denn eigentlich?", wollte Skaia wissen und drehte den Kopf. Die Blaukappe schwebte direkt neben ihr, womöglich, um sich ebenfalls davon zu überzeugen, dass Skaia wieder aufgewacht war.

„Im Wagen von Moll, Schlucker und Zettel", sagte Aldoro so selbstverständlich, als wäre er schon ewig hier. Dabei waren es nur ein paar Tage, wie er erklärte. Seit Skaias Zusammenbruch eben.

Er war furchtbar froh gewesen, als er entdeckte, dass dieser Wagen unversehrt war. Drinnen standen drei Betten, es gab eine Kochgelegenheit, und die Fenster hatten diese absonderlich gebogenen Scheiben, die mehr Mondlicht einzufangen schienen als überhaupt vorhanden war. Er wickelte Skaia in weiche Decken. Sie sollte ruhig schlafen. Doch sie schlief nicht nur, sondern sie fieberte. Warf im Traum den Kopf wie besessen hin und her und stöhnte. Er wachte bei ihr, bis er selbst, völlig übermüdet, auf einem harten Stuhl einnickte.

„Und da habe ich ihn schnarchen gehört", mischte sich Mikolo in die Erzählung. „Ich war wegen des Esels zurückgekommen. Irgendjemand musste ihm Wasser geben. Aber gerade, als ich mich wunderte, warum er gar nichts aus dem Bottich schlabbern wollte, den ich ihm im Bach aufgefüllt hatte ..."

„Er war wahrscheinlich dreimal selbst am Bach gewesen, bevor du aufgetaucht bist", unterbrach ihn Aldoro.

„Ja, aber das konnte ich nicht wissen."

„Nein? Na ja, auf jeden Fall reißt mich ein Schlag auf den Kopf aus dem Schlaf."

„Auf die Schulter, es war nur auf die Schulter!"

„Ich will hochspringen, aber es geht nicht. Ich hänge fest."

„Weil ich ihn gefesselt habe. Wie hätte ich denn ahnen können, dass er dein Bruder ist?“ Mikolo blickte Skaia treuherzig an. „Ich konnte mir sowieso nicht erklären, wieso du auf einmal wieder da warst. Und nach dem, was hier geschehen war ...“

Skaia fasste nach Mikolos Unterarm. „Hast du gesehen, was passiert ist? Wo sind sie alle hin?“

Mikolo musste schlucken, bevor er berichtete. „Du erinnerst dich an Überzeh?“

Skaia nickte. Sie hatte es befürchtet.

„Hier war es viel schlimmer“, begann Mikolo mit seiner Schilderung. „Wir hatten gerade eine Aufführung. Du weißt schon, die ‚Vogelkomödie‘. Es war gar nicht mal schlecht besucht, auch wenn sich etliche Zuschauer beklagten, wie schwierig es geworden sei, uns zu finden bei dem immer schwächer werdenden Mond. Ich habe über 20 Zuschauer gezählt, bevor ich auf meinen Platz gegangen bin.“

Stolz berichtete Mikolo, wie er gleich nach seiner Rückkehr von Papa gefragt wurde, ob er den Souffleur machen könne. Mikolo hatte sofort genickt. Erst als Schnock ihm erklärte, dass er in dieser Funktion den Schauspielern Stichwörter zuflüstern müsse, wenn sie bei einer Vorstellung nicht weiterwussten, bekam Mikolo Bedenken. In der Schule war meistens er derjenige gewesen, der Einsager brauchte.

Gura hatte von Mikolo als Erstes wissen wollen, was mit Skaia geschehen war. Schon als er von Fammas Schwester berichtete, wurde sie für ihre Verhältnisse ziemlich blass. Kaum war seine Erzählung bei der Begegnung mit der nächtlichen Königin angelangt, prasselten die Fragen der versammelten Runde nur so auf ihn ein:

„Waren das wirklich Sterne in ihrem Kleid?“

„Bestimmt trug sie eine Mondsichel im Haar, oder?“

„Und ihre Stimme? War sie so hoch, dass Gläser zersprangen?“

„Nein. Oder — ich weiß nicht. Da waren keine Gläser ... Überhaupt war die Königin erst so verschwommen und dann so strahlend, dass ich gar nicht richtig hinschauen konnte. Und am Schluss hat sie sich einfach in Nichts aufgelöst.“

Darauf erntete Mikolo Schweigen. Bis Gura raunte: „Kein Wunder, dass der Mond stirbt.“

Und Lunetta dachte in Mikolos Kopf, vielleicht auch in denen der anderen: „Ja, sie ist gegangen, ohne dass die Prinzessin ihre Nachfolge angetreten hat.“

Skaia riss den Mund auf und holte Atem. „Wieso Lunetta? Und wieso Nachfolge?“

Mikolo erwiderte: „Lunetta hat mich zur Theatertruppe begleitet. Ich war so froh, als sie auftauchte, nachdem du in diesem Licht verschwunden warst. Ohne sie hätte ich mich wahrscheinlich zehnmal verlaufen. Sie kennt sich gut aus in Moxó. Allerdings bildet sie sich auch ganz schön was darauf ein. Sie behauptet sogar, dass sie die Erste gewesen sei, die einen Weg in den Eisberg gefunden habe. Und deswegen sei ihr auch die Aufgabe zugefallen, nach dem Mädchen zu suchen, in deren Hände die Königin der Nacht ihre Macht legen könne.“

„Die Macht über Moxó?“, fragte Aldoro verwundert.

„Ich glaube, die Macht des Mondauges — was auch immer das bedeuten soll.“

„Aber ich habe mich kein bisschen so gefühlt, als sähe sie in mir eine Prinzessin, der sie irgendetwas abgeben würde. Sie wollte nicht. Lieber hat sie zugelassen, dass der ganze Eisberg in sich zusammenbricht durch die Energie des Sonnenkreises.“

„Hättest du das Mondauge denn angenommen?“, hakte Mikolo nach.

„Nein. Ich denke nicht. Obwohl ... Aber dann hätte mich Yaho bestimmt gezwungen, es in den Sonnenkreis einzufügen. Vielleicht wäre das auch nicht das Schlechteste gewesen ... Was weiß denn ich? Aber letzten Endes haben sich beide sowieso keinen Deut darum geschert, was ich will oder nicht. Warum sollte ich Königin der Nacht werden wollen? Ich bin Lunetta nur nach Moxó gefolgt, um zu Hause wieder alles in Ordnung bringen zu können."

Sie blickte finster drein, während Mikolo mit seinem Bericht über die letzte Theateraufführung von Papas Truppe fortfuhr: „Auf jeden Fall stand ich dann im Inneren des Irrgartens aus Pappmaschee. Blaukäppchen hat mir geleuchtet, damit ich im Textheft mitlesen konnte, wo der Hahn und die anderen gerade waren. Und wenn einer seinen Text nicht konnte, habe ich ihm zugeflüstert. Die richtige Lautstärke oder vielmehr Lautschwäche dafür zu finden, ist gar nicht so leicht!", erklärte er Skaia und Aldoro. „Auf jeden Fall ist alles prima gelaufen, bis draußen ein Trampeln zu hören war. Es hat mich sofort an den Tausendfüßler erinnert, den wir in Überzeh erlebt haben. Und tatsächlich ist auf diesem Monstervieh der Kerl mit den dunklen Federn eingeritten. Und über ihm flogen die vielen schwarzen Raben. Der Federmann hat quer über den Platz gerufen: ‚Bleibt ruhig alle sitzen! Kein Aufsehen, kein Aufsehen, nur weil euch euer lieber Horrlekin die Ehre erweist.' Mitten im großen Monolog von Squenz, an der Stelle, wo er sagt: ‚Und hilft nicht Gewalt, so wollen wir willig warten.' Du weißt schon, an der Stelle, wo sie mit den Pickeln nichts erreichen und es lieber ausbrüten ...“

Aldoro unterbrach ihn: „Ist das nicht egal, an welcher Stelle im Stück das war? Was war mit dem Tausendfüßler und dem Mann?"

„Der Tausendfüßler hat sich quer hinter die letzte Sitzreihe gestellt, ganz so, als sei er auch eine. Auf seinem Rücken thronte der Horrlekin. Die meisten Zuschauer sind geflohen. Ich konnte es ganz gut sehen durch die Löcher in der Wand, aus denen ich gegen Ende die Blutstropfen gießen sollte. Auf der Bühne ist die Handlung ins Stocken geraten. Und obwohl ich dauernd die richtigen Stichwörter gegeben habe, ist es nicht mehr so recht vorangegangen.

Der Horrlekin schrie nach vorne und beschwerte sich über die lausige Vorstellung. Trotzdem brachten wir das Stück zu Ende. Zumindest beinahe. Als sich der Hahn in einen Prinzen verwandelte und sagte, das innerste Geheimnis sei die Macht der Gefühle, begann der Kerl zu toben. Eine einzige Niedertracht sei das Stück. Eine Schmierenkomödie, die sich lustig mache über jedwedes Wesen mit Federn und so weiter. Da fielen die Raben über die Schauspieler her. Sie hackten und pickten und trieben sie über den Platz. Ihr Gekrächz war grässlich. Ich habe mir die Ohren zugehalten und mich ganz klein gemacht. Der Horrlekin hat noch alles Mögliche gebrüllt, und überall war das Gekeife der Raben und dazwischen Schreie von Tabbi und den anderen." Mikolos Stimme war brüchig geworden.

Leise fragte Skaia: „Und als das Geschrei aufgehört hat?"

„Ich habe mich ewig nicht rausgetraut aus den Pappmascheewänden. Aber irgendwann dann doch. Da habe ich gemerkt, dass alle weg waren. Auch die beiden Wagen, die jetzt fehlen. Ich glaube, der Horrlekin hat sie mitgenommen. Die zwei Ochsen sind ja auch fort. Vielleicht hat er sie vor die Wagen gespannt, und Papa und Gura und alle sind jetzt seine Gefangenen."

„Gefangene? Aber wieso?"

24.

FÜHLE

DIE SONNE

„Nur zu gerne. Ich habe zweifellos schon an gemütlicheren Orten genächtigt", gab der Kapellmeister von sich. Aldoro hatte ihm eröffnet, dass sie weiterziehen würden, sobald Skaia sich wohler fühlte. Fast hätte man meinen können, dass es nicht Skaia gewesen war, die einen Zusammenbruch erlitten hatte, sondern der Kapellmeister, so fest hatte er geschlafen. Vielleicht lag es auch an dem kleinen Duftkissen, auf das er sich gebettet hatte. Der Geruch von Lavendel mochte ihn so benebelt haben. „Das sollte man mal den ganzen Leuten empfehlen, die immer klagen, sie könnten nicht schlafen. Herrlich!", krähte er und gähnte ausgiebig.

Aldoro klemmte ihn wieder zwischen Kutte und Strick, schulterte seine mit neuen Vorräten aufgefüllte Tasche und sagte: „Dann also los!"

Sechs Füße traten in die ungezählten Fußstapfen vor ihnen. Dazwischen verliefen Wagenspuren. Nichts war leichter, als ihnen zu folgen.

Skaia fühlte sich besser.

„Ich sehe, der Heilsud, den wir dir eingeflößt haben, hat dir richtig gutgetan", freute sich Aldoro.

„Was für ein Sud denn?" Skaia konnte sich nicht daran erinnern.

„Eine Lösung aus der Galle einer Schildkröte mit Milch einer trächtigen Kuh, Kupfer und scharfem Essig. So stand es auf dem Fläschchen, das wir im Küchenschrank gefunden hatten."

Skaia verzog das Gesicht. Wahrscheinlich würde sie gleich einen Stich im Magen verspüren.

Bevor sie sich beschweren konnte, ergänzte Aldoro: „Vorne stand ‚Notfalltropfen' drauf. Anzuwenden bei Nervenzusammenbruch, Kreislaufkollaps, Lampenfieber und Gedächtnisschwäche'."

„Und immerhin bist zu zusammengebrochen, warst schwach, hattest Fieber, und ein Kollaps war das sowieso."

Mikolo strahlte vor Klugheit. „Wir haben dir fast die ganze Flasche verabreicht!“

Ein Wunder, dass sich Skaia dabei nicht hatte übergeben müssen.

„So, wie stellt ihr euch nun vor, dass wir die Theaterleute aus der Hand des grausamen Horrlekins befreien?“, wechselte Aldoro schnell das Thema.

Da schrie der Kapellmeister auf: „Wie, wo, was? Grausam? Befreien? Seid ihr verrückt? Ohne mich! Ich will sofort runter!“

Es war nicht einfach, ihn zu beruhigen. Skaia redete auf ihn ein, dass auch er doch den Prinzipal keinem ungewissen Schicksal überlassen wolle.

„Und mein Schicksal? Was ist mit dem?“

Daraufhin stellte Aldoro den Kapellmeister ab. Mitten auf den Weg, wo jeder, der nicht genau auf den Boden achtete, über ihn stolpern musste. Aldoro zog Skaia und Mikolo weiter.

Hinter ihnen schrie der Zurückgelassene Zeter und Mordio.

Nach zehn, zwanzig Metern sagte Skaia: „Das geht nicht.“ Sie kehrten um.

Doch anstatt dankbar zu sein, schimpfte der Knirps wie ein Rohrspatz auf sie ein. Keinerlei Rücksicht nähmen sie auf ihn, nur weil er, von der dussligen, blauen Flamme einmal abgesehen, der Kleinste in der Gruppe sei.

Mikolo und Skaia sahen beunruhigt zur Blaukappe. Doch die reagierte nicht auf die Beleidigung.

Viel konnte man von ihr offenbar nicht erwarten. Sie hätte den Kapellmeister ruhig so mächtig erschrecken können, dass er die Klappe hielt.

Derweil drohte Mikolo dem plärrenden Quälgeist an, seinen offensichtlichen Nervenzusammenbruch mit dem Rest des erprobten Wundersuds zu heilen.

Da gab er Ruhe.

„Großartig, die Notfalltropfen, nicht wahr", stellte Mikolo fest und stieß Aldoro verschwörerisch in die Seite.

„Schaut mal, eine Quelle!", rief Aldoro. Sie hatten schon länger überlegt, eine Pause einzulegen, aber noch keinen geeigneten Platz gefunden. Der Boden war oft zu matschig, die Steinbrocken, die ab und zu herumlagen, waren überzogen von einem schmierigen Moos oder übersät mit kleinen Käfern voller grüner Pusteln am Rücken. Einmal hatten sie sich auf einen umgestürzten Baum gesetzt, aber der war unter ihnen zusammengebrochen.

An der Quelle war es anders. Um das glucksende Nass herum waren kniehohe Steinblöcke in trauter Runde gruppiert. Sogar die Blaukappe schien so angetan, dass sie sich einen eigenen Stein aussuchte, über dem sie schwebte.

Nur der Kapellmeister sah verdrießlich drein.

Aldoro zog eine Feldflasche aus der Tasche und reichte sie herum. „Macht sie ruhig leer. Wir können sie ja an der Quelle wieder auffüllen. Hat jemand Hunger? Auf Käsegebäck?"

Mikolo und Skaia griffen zu. Die Feldflache machte die Runde, bis sie wieder bei Aldoro ankam. Gleich hielt er sie in den plätschernden Strahl der Quelle.

„Boh, ist das eisig", sagte er überrascht. „Aber das Rohr ist hübsch verziert."

Er hatte recht. Die Linien, die den Kopf eines Lindwurms zeichneten, waren zwar stark verwittert, aber eindeutig. Aus seinem Maul sprang das Wasser.

„Geht es dir gut?", wandte sich Aldoro versöhnlich an den Kapellmeister. Die Flasche hielt er weiter unter das lange, massive Rohr. Sie war noch nicht vollgelaufen. Dass der Schwall dünner wurde, schien Aldoro nicht zu bemerken in seinem Bemühen, den kleinen Begleiter aufzumuntern.

Mikolo kaute gedankenverloren an den Resten seines Gebäcks.

Skaia beobachtete fasziniert den Wasserstrahl. Sie sah, wie das Rohr die letzten Wasserstöße ausspie. Und wie die Augen des Lindwurms blinzelten. Ein gespaltenes Zünglein fuhr aus dem Maul. Davor Aldoros Flasche. Es ging alles blitzschnell: Der Lindwurm schnappte nach Aldoros Hand. Im Sprung schlug Skaia sie weg. Fallend sah sie den zuckenden Kopf des Lindwurms über sich. Er zischte, riss seine Kiefer auseinander und stürzte mit spitzen Zähnen auf sie zu. Direkt vor ihren Augen zerteilte der Zungenfaden die Luft.

„Skaia, hier rüber", schrie Aldoro, der aufgesprungen war. Doch sie war eingeklemmt zwischen den Steinen. Es ging nicht. Über ihr tanzte der Lindwurm. Der Ast, mit dem Mikolo nach dem fauchenden Tier schlug, traf ins Leere. Unbeeindruckt funkelten die Augenschlitze, als sie auf Skaia herunterstießen. Eine Wolke aus Staub hüllte sie ein. Skaia wurde fortgerissen. Von Händen, die ihre Knöchel umklammerten. Der Lindwurm war aus Skaias Gesichtskreis verschwunden. Stattdessen Aldoro, beschwörend, keuchend: „Alles gut, alles gut, alles gut!"

Der Umhang des Hofrates war verdreckt, die Weste wies hässliche Schürfspuren auf.

Während Aldoro den Umhang ausschüttelte, hob Mikolo das Käsegebäck auf, das Skaia verloren hatte.

Ihr war der Appetit vergangen. Angewidert starrte sie auf den Kopf, der sich wieder in ein scheinbar harmloses, altes Rohr verwandelt hatte, aus dem munter Quellwasser plätscherte.

Hätte Aldoro sie in diesem Moment gefragt, warum sie nach Moxó geflohen waren, wenn ihnen hier eine Gefahr nach der anderen auflauerte — was hätte sie antworten können?

Mikolo pustete den Staub vom Käsegebäck und steckte es in die Umhängetasche. „Also, Vorsicht vor heimtückischen Wasserrohren!", sagte er mit bedeutsamer Miene.

„Wer weiß, ob das Wasser nicht auch vergiftet ist", gab der Kapellmeister zu bedenken.

Aldoro nickte und goss den Inhalt der Feldflasche auf den Boden aus. Bevor sie den Platz verließen, ritzten sie mit Mikolos Ast einen Totenkopf in den Boden. So tief, wie es ging.

Die Gegend wurde felsiger, und die Spur, der sie folgten, schlingerte zwischen meterhohen, von Grünzeug überwucherten Gesteinsbrocken hindurch. Vereinzelt wuchsen am Wegrand langstielige, weiße Blumen. Einmal tat sich gar ein kleines Feld der zarten Blütenpracht vor ihnen auf. Über den Großteil war jedoch der Tausendfüßler hinweggestapft. Zerrissen, zerfleddert, zermatscht lagen Stängel, Blätter und Blüten am Boden.

„Die schönen Lilien ..." Mikolo war entsetzt.

„Pst!" Aldoro hob warnend die Hand und lauschte.

Jetzt hörte es Skaia auch. Die Raben! Dazu Musik von einem Akkordeon. Die Melodie hätte heiter geklungen, wenn unter den lebhaften Tonsprüngen nicht eine gequälte Stimmung mitgeschwungen wäre.

Sie mussten sich vorsichtig heranschleichen. Bei jeder Biegung wurden sie langsamer und lugten um die kantigen Felsbrocken. Vor ihnen tat sich ein Trümmerfeld auf. Überall lagen Bruchstücke eines mächtigen Bauwerkes, das vor langer Zeit eingestürzt sein musste. Mal waren in die Steine geheimnisvolle Zeichen gemeißelt, Würmern nicht unähnlich, die sich in alle mögliche Richtungen krümmten. Mal konnte man Auge, Nase und Stirn eines gekrönten Raubtierkopfes ausmachen. Daneben Reste von reich verzierten Säulen. Über eine dicke Steinplatte mit gewundenem Schlangenrelief verlief eine Wagenspur.

Eine prächtige, hufeisenförmige Säulenhalle hatte einst wohl hier gestanden. So jedenfalls legten es die Grundmauern nahe. Auf Säulenstümpfen, auf umgestürzten Figurenteilen, auf den Resten breiter Gesimse, auf zerschlagenen Bodenplatten, überall hockten Raben. Auch um die beiden Ochsen und die Planwagen, die unterhalb der verrotteten Stufenanlagen standen, kreisten sie bedrohlich. Treppauf, treppab steckten brennende Fackeln in den Ritzen. Und über allem thronte der Horrlekin. Nicht etwa auf seinem Tausendfüßler — der rupfte viele Meter entfernt blätterreiche Zweige von der Felswand — sondern auf einem gewaltigen Tier aus Stein. Dem Körper eines mit Drachenflügeln versehenen Wildschweins war ein menschlicher Kopf aufgepfropft. Die Stirn war wulstig, die kugelrunden Augen glotzten, und die Mundwinkel wiesen mürrisch nach unten. Nur ein Mehrfachkinn à la Klirr fehlte noch. Aber auch so war das Geschöpf widerwärtig. Zwischen den beiden halb aufgespannten Flügeln hockte der Horrlekin und lauschte der Musik. Sie kam, ganz wie es Skaia vermutet hatte, von Alferding und Isenbart. Sie zerrten am Balg ihres überlangen Akkordeons und hämmerten auf Tasten und Knöpfe.

„Liiiieblos!“, erregte sich der Kapellmeister. „Und in C-Dur muss man das auch nicht spielen. Wie verwirrend vieldeutig klänge das in Ges-Dur! Aber wahrscheinlich haben sie mit den vielen Vorzeichen Schwierigkeiten. Also, denen muss ich mal ...“

Aldoro mahnte: „Ich glaube, das ist nicht das dringendste Problem, das wir zu lösen ...“

„Oh weh“, fiel ihm Skaia ins Wort, „seht mal, was die Raben da machen!“

Die Vögel umschwirrten Gura, die einen grotesk hohen, weißen Hut trug, aber anmutig zur Musik von Alferding und Isenbart tanzte. Immer wieder zuckte sie zusammen, denn die Raben machten sich einen Spaß daraus, sie zu zwicken.

Von weit oben schallte es auf die Tänzerin herab: „Na, was ist denn? Nicht ablenken lassen!" Sichtlich erbost sprang der Horrlekin auf.

„Gura ...", hauchte Mikolo.

„Überhaupt, ein bisschen gefälliger das Ganze. Ballett ist etwas Feines. Hoch das Bein und lächeln. Tut auch gar nicht weh. Immer schön auf den Zehenspitzen bleiben, wir wollen doch das werte Publikum entzücken. Sieh nur, wie gierig sie danach trachten, dass du dein Bestes gibst." Vage wies er mit einem Arm zu den Planwagen. War etwa der Rest der Truppe dort eingesperrt und musste das elende Schauspiel mit ansehen?

Gura trippelte auf Zehenspitzen über den Platz, während die Raben sie drohend umkreisten. Dann blieb sie an einem Stein hängen, kam aus dem Gleichgewicht und stürzte. Sofort stießen die Raben auf sie nieder. Der Hut kollerte über den Boden.

Skaia konnte Mikolos Aufschrei nicht verhindern. Das „Nein!" entfuhr ihm viel zu laut, doch gegen das Gekreisch, das die Raben verursachten, war es ein Witz gewesen.

„Sie bewachen auch die Wagen", stellte Aldoro fest. „Ich habe genau gesehen, dass jemand von innen versucht hat, die Tür zu öffnen. Aber sofort kamen welche angeflogen und haben nach den Händen gehackt."

Der Horrlekin schwang sich von seinem steinernen Schweinedrachen und sprang einige Stufen treppabwärts. „Fall bitte ein wenig lustiger, Gura. Man kann so lustig hinfallen. Da wird immer wieder herzhaft gelacht. Und Lachen ist gesund. Es gibt Menschen, die leben für das Lachen anderer, nicht wahr? Die kennst du doch. Und das macht auch immer schrecklich viel Spaß, Gura. Das weißt du doch, Gura, oder?"

Die Fackeln erleuchteten sein Gesicht gespenstisch. Heiser begann er zu singen: „Tanze tanze weiter, wenn du fällst, dann heiter, und fällst du in den Graben, fressen dich die Raben."

Gura hatte sich mühsam wieder aufgerichtet. Vier Raben zerrten den Hut in die Lüfte und pflanzten ihn erneut auf Guras Kopf. Doch sie setzte ihren Tanz nicht fort. Alle Geschmeidigkeit, die ihr üppiger Körper im Fluss der Bewegungen ausstrahlte, war von ihr abgefallen. Übriggeblieben war eine dicke Frau, die schluchzte. „Es tut mir so leid, Papajano. Aber ich ..."

„Ich weiß, dass es dir leidtut", rief der Horrlekin. „Ballett — gut und schön. Disziplin — zur Not auch das. Immer lächeln müssen — scheußlich genug! Und dann habt ihr mich weggeschickt. Schon der Weg war grauenvoll. Und die Königin ... Hattet ihr wirklich gedacht, ich könnte noch einen einzigen Funken Heiterkeit in ihr entzünden? In der eisigen Höhle, wo die Schatten der Seele jeden zu verderben suchen? Es ist unmöglich! Und du hast es geahnt, Gura. Das ist das Schlimmste. Das schlechte Gewissen sitzt in deinem Herzen und kokelt darin herum. Brennt mal hier ein Löchlein hinein, mal dort. Stochert in den Wunden. Flüstert dir zu: ,Das war grausam!' Und du weißt, dass es wahr ist."

„Nein!", schrie Gura und wankte. Der Hut fiel vor ihr in den Staub. „Ich habe nie, nie, nie irgendetwas gewollt, das ..."

„Wollen, ha!", höhnte der Horrlekin. „Hat mich jemand gefragt, was ich will? Lustig sein und trallala? Ihr mögt euch alle freiwillig dafür entschieden haben, den Hanswurst zu geben für dumme Leute, die noch dümmeren Stücke johlend applaudieren. Mich hat keiner gefragt. Ich musste tanzen, hoch das Beinchen, und nur nicht die Flügel hängen lassen, lieber scherzen und grinsen." Er bleckte die Zähne und zog wie im Krampf die Mundwinkel nach oben. „Und jetzt du!" Er klatschte die Hände und rief: „Hopp hopp!"

Doch Gura war in sich zusammengebrochen, nicht mehr als ein schwerer Körper, der unter Weinkrämpfen bebte.

„Oh nein, gleich hetzt er wieder die Raben auf sie, wenn sie nicht mitspielt. Die Raben ...“ Mikolo hielt plötzlich inne. Dann stieß er hervor: „Der schwarze Rabe — das Tier des namenlosen Tages!“

Skaia verstand. Doch es dauerte ein bisschen, bis sie sich aus dem Hofrat befreit hatte. Dann erhob sie sich umso schneller in die Luft. Unter sich sah sie Mikolo, wie er ihr nachblickte, während Aldoro auf den schwarzen Umhang am Boden starrte und noch nicht begriffen hatte, dass sie sich in einen Raben verwandelt hatte.

Sie stürzte sich hinein ins Geflatter, das um Gura herum herrschte. „Hopp hopp“, „Hopp hopp“, „Hopp hopp“, krähten die Raben.

Nur Skaia krähte: „Lassen wir ab von ihr! Sie kann nicht mehr.“

Sie erntete scheele Blicke von den anderen.

„Hört mir zu!“, versuchte sie es noch einmal und zog enge Kreise um Gura. Doch sie konnte sie nicht schützen. Die anderen stießen immer wieder auf das wehrlose Häuflein Elend herab und piesackten es mit ihren spitzen Schnäbeln und Krallen. Nur ab und zu schlug Gura matt nach den Vögeln. Einmal traf sie auch Skaia, die vor Schreck gleich vergaß, mit den Flügeln zu schlagen. Fast wäre sie abgestürzt.

Da wurde Skaia von Gefühlen übermannt: Die Welt war ungerecht. Und nur weil sie selbst klein und schwach war, wurde sie vom Schicksal herumgestoßen. War es nicht Zeit, sich zu wehren? Um sich zu hacken, zu beißen, zu kratzen, wie es die anderen taten?

„Nein, nein, nein!“, krähte Skaia. Das waren nicht ihre eigenen Gefühle. Das wusste sie. Ihr wahres Empfinden hieß Angst. Angst, dass Gura Verzweiflung und Erschöpfung nicht länger ertragen würde, Angst, dass sie ihren Bruder umsonst nach Moxó gebracht und die Freunde sinnlos in Gefahr gebracht hatte, Angst, dass sie alle zu Clowns und Sklaven des

Horrlekins wurden, Angst vor den Raben und Angst davor, dass sich die Angst immer weiter in sie hineinfraß. Es gelang ihr kaum noch, einen Rest von Klarheit in ihrem Kopf zu bewahren.

Als ihr die Raben in die Parade flogen, an ihren Flügeln zerrten, ihr die Schnäbel in den Bauch rammten, verlöschte der letzte Funke Hoffnung in ihrer Seele.

Im Taumeln sah sie den Horrlekin. Er sandte all die Angst aus, die Bosheit und den Hass. Skaia spürte, wie er sich auf sie konzentrierte. Sie verstand seine Botschaft: „Ich kenne deine verborgensten Gefühle. Ich muss sie nur wecken und wachsen lassen. Sie ganz allein werden es sein, die dich vernichten."

Sie stürzte zu Boden. Über ihr Schwarz. Mikolo schwang den Umhang des Hofrates gegen die Raben. Ein Kampf, den er nicht gewinnen konnte. Sie saßen ihm in den Haaren, hängten sich an seine Ohren, krallen sich in seine Brust und bohrten ihm die Schnäbel in den Hals.

Doch mit einem Mal ließen sie ab. Flatterten auf in die Lüfte. Kurvten in schwungvollen Bögen hoch über die Köpfe hinweg. Flogen Formationen, die den Himmel fantastisch verzierten und aufs Verblüffendste mit den zarten Flötentönen harmonierten, die auf einmal zauberhaft die Nacht durchdrangen.

Aldoro hielt die Flöte am Mund und spielte eine verführerische Weise. Auf Bauchhöhe hing der Kapellmeister und dirigierte mit weitausholender Geste. Die beiden Akkordeonspieler hingegen hatten die Gelegenheit zur Flucht in einen der Planwagen ergriffen.

Skaia zog sich den Umhang um ihren Mädchenkörper und knöpfte ihn rasch zu.

Mikolo mühte sich, Gura auf die Beine zu bringen. Aber die umschlang ihn erst einmal so heftig, dass er selbst beinahe in die Knie ging.

Skaia war sich sicher, dass die wundersamen Flötentöne alle bösen Gedanken auslöschten. Doch sie täuschte sich. Mit flackerndem Blick jagte der Horrlekin die Stufen herunter. Vor ihm fauchten die Fackeln, die er wirbelnd durch die Luft jonglierte. „Ich werde dir Flötentöne beibringen", knurrte er und stürmte auf Aldoro zu. Verunsichert wich der zurück. Die Melodie kam ins Stottern.

„Spiel weiter, spiel weiter", schrie der Kapellmeister, während Skaia auf Aldoro zulief. Der Horrlekin würde ihrem Bruder die Fackeln um die Ohren schlagen. Ihn versengen, verbrennen, verkohlen. Sie spürte es ganz eindeutig.

Aldoro offenbar auch.

„Nein, lass die Flöte nicht sinken!", beschwor ihn der Kapellmeister.

„Die Vögel!", warnte Mikolo. Manche von ihnen scherten aus den Bahnen aus, die der Schwarm am Himmel zog.

„Spiel!", befahl der Kapellmeister und boxte Aldoro in den Bauch.

Aldoro setzte die Flöte wieder an die Lippen. Fixierte spielend den Horrlekin, der schon ausholte. Da rauschte die erste Fackel auf Aldoro nieder. Traf ihn am Kopf. Gleich würden die Haare in Flammen aufgehen.

Skaia warf sich auf den Horrlekin.

Aldoro spielte weiter. Kein Schrei war von ihm zu hören. Seine Haare loderten nicht.

Der Kapellmeister schrie gegen das Aufheulen des Horrlekins an: „Die Flöte schützt uns vor dem Feuer, wie einst bei Tamino."

Der Horrlekin raste vor Wut, schüttelte Skaia ab, aber nur, um gleich wieder nach ihr zu fassen. Er riss sie an sich, drückte ihr von hinten einen Unterarm an die Kehle. Schlagartig wurde es heiß, als der Horrlekin ihr die Fackeln vor das Gesicht hielt.

„Hörst du auf, oder nicht?“, fuhr er Aldoro an. „Deine Flöte mag dich schützen, aber das Mädchen nicht. Oder sollen wir es auf einen Versuch ankommen lassen?“

Skaia wand sich im Würgegriff des Horrlekins. Sie sollte sich verwandeln, schoss es ihr durch den Kopf. Aber die Angst vor den Flammen, die ihr vor den Augen tanzten, raubte ihr jede Vorstellungskraft. Ein unscheinbarer, befiederter Beutel, den der Horrlekin an einem Band um den Hals trug, schlug hart gegen ihren Kopf. Sie trat nach dem Schienbein ihres Peinigers, so kräftig, wie sie nur konnte. Aber ihre Hoffnung, er würde locker lassen, erfüllte sich nicht.

Der Horrlekin ächzte zwar, würgte sie aber nur umso mehr und meinte: „Für gute Tritte braucht man gute Schuhe. Und du hast nicht einmal schlechte an. In solchen Fällen empfiehlt sich ein Besuch in Überzeh. Obwohl — die sind, glaube ich, zur Zeit so gut wie ausverkauft.“

Mikolo und die Blaukappe waren inzwischen neben Aldoro aufgetaucht. Der Kapellmeister ließ den Kopf sinken, und als der Horrlekin rief: „Also, Schluss jetzt mit dem Theater!“, brach das Flötenspiel ab.

Der Horrlekin ließ nicht los. Er schleifte Skaia die Stufen hinauf. Dann blickte er zu den Vögeln. Und Skaia spürte, wie sich direkt über ihr dumpfe und traurige Gefühle sammelten. Der Federbeutel schien zu brummen — und ließ Skaia teilhaben an dem, was er von den Raben empfing. Über diesen Beutel also hielt der Horrlekin Kontakt mit den Tieren, erkannte ihre Ängste und wusste es auszunutzen.

„Lass das Mädchen los!“, erscholl eine Stimme am Fuße der Treppe. Die Mitglieder der Theatertruppe standen dort so eng beieinander, als könnten sie dem Horrlekin mit geballter Macht etwas entgegensetzen. Sogar Lunetta war dabei. Schwarz wie die Nacht saß sie auf Tabbis Schulter. Natürlich: Die Raben kreisten immer noch am Himmel. Sie hatten

niemanden mehr daran gehindert, die Wagen zu verlassen. In
den Türrahmen erkannte Skaia die aneinander gedrängten
Köpfe der Papageni.

Papa erhob noch einmal laut die Stimme: „Sie hat dir
nichts getan." Er klang energisch, aber Skaia spürte die
Abgründe, in die seine Seele zu stürzen drohte. Was half es
da, wenn sein geschultes Mimengesicht Entschlossenheit de-
monstrierte?

„Deine letzte große Rolle, Papa?", höhnte der Horrlekin.
„Du überzeugst mich nicht. Los: Mut! Selbstlosigkeit! Raserei!
Spiel die Gefühle nicht nur. Lebe sie! Wie sie dich durchdringen, wie du ihnen nachgibst, wie du dich ihnen auslie-
ferst!"

Der Beutel über Skaia bebte. In ihm tobten Zorn und
Angst. Der Horrlekin lachte dreckig. „Wach auf aus deinen
großen Reden!" Urplötzlich verfiel die Stimme des Horrlekins
in den pathetischen Tonfall, den Papa auf der Bühne dann
zum Besten gab, wenn die Handlung ihrem dramatischen
Höhepunkt entgegenstrebte und der entsprechende Monolog
an der Reihe war:

„Woget, ihr Wolken, hin,
decket die Erde, dass es noch düsterer,
finsterer werde!
Schlängelt, ihr Blitze,
mit wütendem Eilen,
rastlos, die lastenden
Nächte zu teilen!
Strömet, Kometen,
am Himmel hernieder!
Wandelnde Flammen,
begegnet euch wieder,
leuchtet der hohen
befriedigten Wut.

Und dann? Was machst du, wenn den Worten Taten folgen? Wenn ...", Skaia fühlte sein schreckliches Grinsen über sich schweben, „die Flammen wirklich wandeln ..."

Ganz langsam ließ der Horrlekin die beiden Fackeln an Skaias Umhang gleiten. Die Flammen leckten gierig nach dem Stoff.

Skaia schrie und strampelte.

Der Horrlekin keckerte ihr dröhnend ins Ohr. Aldoro, Mikolo, Papa, Schnauz, Schnock, Squenz sprangen über die Stufen nach oben.

Doch die Blaukappe war schneller. Mit jedem Meter wuchs sie, schwoll sie an, blähte sich auf. Als sie sich über Skaia und den Horrlekin warf, war sie zu einem donnernden Brand geworden. Skaia glaubte, ihr Herz bliebe stehen. Wie wild hatte sie nach dem brennenden Umhang geschlagen. Doch jetzt waren die gelben Feuerfahnen, die sich schon hineingefressen hatten, fort. Es gab nur noch blaues Licht, mit dem Mikolos mächtig gewordener Freund Skaia und den Horrlekin umhüllte. Wärme wiegte sie sanft hin und her.

Der Unterarm an Skaias Kehle löste sich. Sank wie verloren dahin. Ganz so, als habe sein Besitzer ihn auf einmal vergessen. Den Fackeln war die Macht geraubt. Ihre Flammen waren abgezogen, hatten nicht mehr als dunkle Stöckchen zurückgelassen. Sie klapperten zu Boden.

Das Grinsen des Horrlekins war zerbrochen. Seine Wangen schienen eingefallen, die Augen starrten geweitet, auf der Suche nach etwas, woran sie sich festhalten konnten.

Der Beutel über Skaia strahlte Kälte aus. Und doch verspürte Skaia den überwältigenden Wunsch, ihn zu umfassen. Sie wusste, dass es richtig war. Sie griff nach ihm. Skaia fühlte die Kugel, die im Beutel steckte. Und die Schrift, die hinein geprägt war: „Fühle die Sonne!"

Die Pupillen des Horrlekins vibrierten, wurden schwarze Löcher. Einfallstore in Herz und Gehirn. Halb hob der Horrlekin die Hand, halb führte Skaia sie ihm. Hin zum Sonnenkreis. Zögernd umschlossen seine Finger die Kugel, die die Botschaft des Sonnenkreises verkündete.

Die heiligen Zeichen. Skaia und der Horrlekin. Auge in Auge, Sinn in Sinn. Skaia fühlte, was der Horrlekin auf der Kugel ertastete: „Denk an den Mond." Und was er dachte: „Ich war doch da für den Mond, für die Nacht, für die Königin! Nur war sie schwach. Viel zu schwach. Hatte keinen Grund, über Späße zu lachen. Keine Freude. Ließ mich stehen, überließ mich den Schatten, dem Auswurf der Seele ..."

„Ja, die Schatten waren mächtig bei ihr. Übermächtig beinah'."

Leise drehten sie sich im Kreis. Ein langsamer Tanz, um den herum das Feuer der Blaukappe wogte.

Er dachte: „Was sollte ich tun? Nur das Mondauge fühlte mit mir."

„Du hast es genommen."

„Ich habe es genommen. Befreit aus der Kälte. Aber die Schatten ..."

„Nisteten längst in deinem Herzen ..."

„Ja. Böse und stark. Und das Mondauge machte mich mächtig. Ich kannte die Gefühle von jedem. Konnte Späße damit treiben. Ich war nicht mehr der kleine Clown, der hampelnde Harlekin, der dumme August."

„Warst du das je?"

„Bei der Königin ..."

„Und zu Hause? Bei Gura?"

„Ja. — Nein ... Da hatte ich bunte Federn ..."

„Sie wären schön im Sonnenschein."

„Alles vergeht. Das Silberlicht, der Mond ..."

„Die Flüsse, die Quellen, die Tiere, die Zeit ..."

„Nur nicht die Angst ..."

„... und die Hoffnung.“

„Einsamkeit ...“

„Freunde ...“

„Die Dummheit ...“

„...ist ewig, wie der Verstand.“

„Die Rache ...“

„... wenn man nicht Acht gibt.“

„Das Böse ...“

„... und das Verzeihen.“

Still standen sie da. Die Augen geschlossen.

Seine Finger gaben die Kugel frei. „Die Sonne muss wunderbar sein.“

Ihre Hand entließ den Beutel. „Der Mond ist es auch!“

Das Licht der Blaukappe schrumpfte. Entließ die beiden in die Nacht. Der Abendstern funkelte, explodierte, überstrahlte das Firmament. Zerfiel in Lilienbahnen vor den Sternen. Das Himmelsblau flirrte, warf sich in Falten, überschlug sich, machte Platz für leuchtendes Gold: zwei flatternde Mäntel, die sich den Himmel teilten, die Umhänge der Achtung gebietenden, steinernen Statuen, die über den Ruinen erstanden — eine Königin mit Sichel im Haar, ein König, bekrönt vom Strahlenkranz. Ihre Hände ruhten auf den Lehnen ihres Doppelthrones, auf ewig verbunden durch zwei silberne Bänder mit acht Kugeln daran.

Raben jagten um ihre Häupter, bis das ganze Bild erlosch. Die Statuen, die umschlungenen Hände, die Doppelkette mit den Kugeln — alles löste sich auf. Mit Donnergrollen fielen die Mäntel hinter den weißen Horizont. Die Raben stoben krächzend in alle Richtungen davon.

Rot stieg die Sonne am Himmel auf. Freundlich strich sie am blassen, kugelrunden Mond vorbei. Es war das Vollendetste, was Skaia je gesehen hatte.

25.

DA CAPO!

Die Säulenstümpfe warfen Schatten. Und neben den Ruinen war plötzlich Neuland. Durch Felsengewirr und Pflanzengestrüpp lief ein Weg, den es vorher nicht gegeben hatte — derart gerade, als habe ihn jemand am Schreibtisch mit einem Lineal in der Hand geplant. So war es mit Sicherheit auch gewesen, denn es handelte sich zweifellos um eine Straße Sols, der Hauptstadt Solterras. Flankiert war sie von weißen Wohnwürfeln. Nur standen die nicht mehr dicht an dicht wie üblich. Wuchernde Wildnis hatte sich dazwischengedrängt.

Aus den Fenstern blickten verschreckte Solterraner. Skaia, die es selbst kaum fassen konnte, wie sich alles verändert hatte, wusste, was in ihnen vorging: „Ich sehe etwas, das gar nicht sein kann. Es ist nicht erklärbar, dass sich die Straße auseinandergezogen hat, um ungepflegtem Gestrüpp Platz zu machen. Es tauchen nicht einfach Ruinen aus dem Nichts aus. Erst recht nicht mit Statuen geflügelter Schweine. Menschen mit schwarzen Federn am Körper gibt es nicht, auch keine blauen Flämmchen, die frei herumfliegen dürfen. Und diese Leute habe ich allesamt in meiner Straße noch nie gesehen. Die blasse Kugel am Himmel neben der Sonne ist die Absurdität schlechthin. Es gibt nur eine einzige vernünftige Erklärung: Ich habe komplett den Verstand verloren." Es musste für sie die schlimmste Erkenntnis sein, die sie haben konnten.

„Schaut nicht nur. Kommt heraus. Es ist alles echt!", rief ihnen Skaia zu. Sie drehte Pirouetten, rief es in alle Richtungen. Am liebsten wäre sie sofort losgelaufen, um zu sehen, wie es links und rechts von ihr weiter ging. Und allen wollte sie Mut machen: „Habt keine Angst. Schon gar nicht um euren Verstand. Stellt euch auf die Erde und spürt sie unter den Füßen! Fasst nach den Felsen, greift nach den Blättern!"

Nicht weit von ihr fielen die Federn. Finster schillernd. Schwarzblau. Braunviolett wie die Blüten der Tollkirsche.

„Wir müssen ihn fesseln. Bevor er wieder zu sich kommt", hörte sie Mikolo.

Ein Durcheinander an Stimmen kommentierte seinen Vorschlag.

„Alles vergeht ...", murmelte der Horrlekin und mühte sich kaum, seine Federn festzuhalten. „Alles zu spät."

„Nein, alles wird neu! Und du bist wieder Papajano!" Skaia spürte, wie sie dieses Wissen ganz ausfüllte, wie es sie glücklich machte. Mit all dem Leuchten, das in ihr aufstieg, strahlte sie ihn an. Dann rief sie es ihrem Bruder zu, ihren Freunden, den Gesichtern in den Fenstern, der Sonne, dem Mond, dem Himmel über der Erde: „Alles wird neu! Alles wird neu!" Es kam ihr so vor, als müsse die ganze Welt es hören. Und andächtig lauschten alle, wie die Worte vom Wind weitergetragen wurden.

Nur der Kapellmeister bemerkte: „Na, wird ja auch Zeit."

Von irgendwoher tauchte Tabbi mit einem Umhang auf. Er ähnelte dem des Hofrates, nur dass er grün schimmerte. „Das kann man ja nicht mit ansehen", erklärte sie bestimmt und bedeckte Papajano, der fast schon nackt dastand, mit dem samtenen Stoff. „Komm mit! Wir suchen was Passendes für dich aus." Ohne auf das Murren ringsum zu achten, zog sie ihn fort zum Kostümwagen.

„Und wenn er ihr etwas antut? Sollen wir ihn nicht doch lieber ..."

„Ist schon in Ordnung, Mikolo", antwortete Skaia. Das Wesen, das sie beinahe umgebracht hätte, war verschwunden. Geblieben waren nur Papajano und lauter gute Geister: Aldoro, der nicht mehr Guter Herrscher sein musste, Mikolo, der ihr überall hin gefolgt war, die Theaterleute, bei denen sie sich aufgehoben fühlte, der Kapellmeister, der den überstürzten Aufbruch aus Solterra herbeigeführt hatte, und die wunderbare Blaukappe. Dankbar lachte Skaia das Flämmchen an. Und weil sie nicht wusste, wie sie es hätte umarmen sollen, umhalste sie stattdessen stürmisch Mikolo, der verblüfft „Ups" machte.

Hinter ihm sah Skaia Lunetta, mit der alles angefangen hatte. Nur war ihr Fell damals weiß gewesen. Hatte unschuldig ausgesehen, noch nicht das spätere, nächtliche Schwarz angenommen. Jetzt hatte es sich — gemeinsam mit dem Land — erneut gewandelt. Unter dem Himmel von Sonne und Mond trug Lunetta eine weiße Weste zur Schau, während sich das Schwarz maskengleich über Augen und Ohren zog. Mit weißen Vorderpfoten saß sie da. Den schwarzen Schwanz hatte sie sorgsam geordnet darüber gelegt. Nur auf dem blassrosa Näschen prangte unverrückt der kleine, schwarze, leicht aus der Mitte gerutschte Fleck, und die Bernsteinaugen blitzten wie eh und je.

Die Welten hatten sich ineinander verschränkt. Der tückische Lindwurmbrunnen war verstellt vom Gestänge eines Sonnenmasts. Das Lager des „Papp-Palast"-Theaters nahm sich neben dem klobigen Gebäude der Schlafförderungsanstalt putzig aus. Die Lichterblütenreihe mit ihren Regenbogenfarben durchschnitt ein solterranisches Blumenwappen.

Das Haus der Zeit war von einer uralten, riesenhaften Eiche gesprengt worden. Umgekippt röchelten einige der grünen Maschinenungetüme noch vor sich hin. Die Datenfressmaschine gab piepsende Töne von sich, doch die meisten lagen wie tot da. Brauner Schaum kroch über Greifarme, Fließbänder und einen reglosen Robold. Unter ihm war ein zeternder Gnom eingeklemmt. Dessen ehedem weißer Kittel hatte sich größtenteils vollgesogen mit dem braunen Schmodder.

Angenehm fand es Skaia zwar nicht, in der Brühe herumzusteigen, um gemeinsam mit Schnock und Schnauz den

Meister der Zeit aus seiner misslichen Lage zu befreien, aber er sollte auch nicht ersticken am quellenden Schaum.

Auf sein Gekrähe „Dann ist es wohl jetzt zu Ende, ja" antwortete sie lächelnd: „Mit der Zeit wird alles gut!"

Die Hauptstraßen von Sol, die zwölf Strahlen, führten immer noch zur Burg, auch wenn sie streckenweise kaum wiederzuerkennen waren. Mal tat sich mittendrin ein Tümpel auf, um den man herumgehen musste, mal stiegen sie steil bergan, nur um sofort wieder abzufallen.

Gerade als Skaia mit ihren Freunden auf den Vorplatz der Burg trat, schrien die versammelten Menschen auf, weil sich ein Rudel wandernder Zypressen aus dem vierten Strahl stürzte, den Platz hastend überquerte und im fünften Strahl wieder verschwand.

Eine Stimme, die Skaia wohlvertraut war, keifte den Eilenden hinterher: „Haltet sofort an! Wandelnde Bäume kann es nicht geben. Das widerspricht den Naturgesetzen. Und hier halten sich alle an die Regeln. Ist das klar? Hier herrscht das ‚Komitee gegen Lug und Trug', und wir werden einschreiten gegen solcherlei Umtriebe. Kann vielleicht jemand mal die Bäume einfangen? Die kommen auf die Liste der zu behandelnden Irritationen. Wir dulden keine Unglaublichkeiten. Ich, Klirr, Gründer des Komitees, verlange, dass jemand sofort ...“

Was er verlangte, interessierte die Solterraner, die sich verwirrt und ängstlich ansahen, von Satz zu Satz weniger. Wichtiger schien ihnen, herauszufinden, ob von den seltsamen Wesen, die sich überall tummelten, Gefahr ausging. Während sie das groteske Zwillingspaar, das Skaia als Zuschauer bei der „Vogelkomödie" erlebt hatte, interessiert betrachteten, wichen sie vor den zwei Frauen mit den Geweihen unsicher zurück. Vor allem, als die beiden auf Papa zu liefen und ihn in einem misstönenden Duett drangsalierten: „Ola — he, wo ist Ola abgeblieben?" Die beiden zogen erst ab, als er ihnen versicherte, dass es der Sängerin gut gehe und sie mit einem Teil der Truppe im Wagenlager geblieben sei, um aufzuräumen.

Papa selbst zog mit seinem quietschbunten Kleidungs-Ensemble sowieso die Blicke auf sich. Obwohl es den solterranischen Gepflogenheiten nicht entsprach, starrten die Leute richtiggehend. Er packte die günstige Gelegenheit am Schopf, für sein Theater zu werben. Angestachelt von den vielen, wenn auch zurückhaltenden Fragen, wo man denn solch ein verboten buntes Treiben begutachten könne, versprach er: „Na, hier, direkt hier vor eurer Nase. Am besten auf diesem Platz. Oder nicht? Der sieht ja sehr belebt aus. Oder noch besser: in diesem Palast da.“ Er wies auf die Burg, wo Klirr weitgehend unbeachtet, aber sehr dramatisch aus seinem Fenster predigte. „Scheint ja eine Art Schauspielhaus zu sein. Wir werden hier ein Gastspiel geben, wenn's beliebt. Unsere Ausrufer geben dann alles bekannt. Und vergesst es nicht. Kommt alle!“

Die Leute nickten und dankten für die Information.

„Unglaublich, er scheint überhaupt nicht genutzt zu werden“, rief Papa, als er von Skaia und Aldoro in den Sonnensaal geführt wurde. Von diesem Moment an war für ihn klar, wo sein Theater spielen würde. Und wie viele leerstehende Räume das Gebäude hatte! Reichlich Platz für die Künstlergarderoben, den Kostümfundus, das Requisitenlager und die Kulissenmalerei. Sogar neue Mitarbeiter konnte man da leicht anheuern. Also: Wer sonst als ein erfahrener Prinzipal hätte Verwendung für solch ein Haus haben können?

Nicht nur die Theatertruppe zog mit Sack und Pack in die Burg. Aldoro nahm gerne wieder einen Teil seiner Gemächer in Besitz. Einen anderen überließ er Mikolo und der Blaukappe. Der Kapellmeister wurde wunschgemäß auf einen Sockel im großen Treppenhaus gestellt, wo er ausgiebig bekunden konnte, wie sehr er sich über die vielen Leute freue, die täglich vorbeikamen. Dabei schien es ihm gleich, ob es die beiden Geweihfrauen waren, die ihn, gepäckbeladen, nach dem Gang fragten, in dem Ola Quartier bezogen hatte, oder Missjö Sufflee, der sich bei ihm beklagte, dass ihm sein ganzes Robold-Personal davon gelaufen sei.

Da Skaia in ihren Zimmern ihre Sachen vorfand, entschied sie sich, endlich richtig einzuziehen. Sie musste ja nicht sofort alles umräumen. Nur den lädierten Umarm-O-Maten ließ sie von den Männern der Theatertruppe entsorgen. So war drinnen gleich mehr Platz für ihre Schätze. Mit dem Quagga-Schädel dekorierte sie das Teetischchen, das Mobile aus Trockenblumen befestigte sie mit einer Sicherheitsnadel am Himmelsstoff ihres Bettes, und für die Bilder gab es genügend Wände.

„Wie entzückend sich der Grottenolm vor den Arabesken der Tapete macht", urteilte Lallah. Sie ließ es sich nicht nehmen, Skaia weiterhin als Gesellschaftszofe zur Verfügung zu stehen. „Immerhin war das der letzte ordentliche Auftrag, der mir vom Guten Herrscher gegeben wurde", entgegnete sie Skaia, als diese wortreich versuchte, Lallah klarzumachen, dass ihre ständige Anwesenheit gar nicht nötig sei. Von da an begleitete Lallah Skaia und Mikolo sogar auf den Erkundungsgängen, die sie durch das neue Reich unternahmen.

Die Mauer um den Totgesagten Park war umgefallen. Wie eine Kulissenwand lag sie am Boden. Trauben von Menschen drängelten sich um die lustigen Figuren und schauten denen zu, die sich darauf vergnügten, Kinder ebenso wie Erwachsene, Solterraner genauso wie Moxólesen. Oder sollte man sie besser gar nicht mehr so nennen?

„Sagen wir einfach: ‚Hey, wir sind die Mosoláner aus Mosolánien'", schlug Mikolo vor.

Obwohl das in ihren Ohren eher komisch klang, nickte Skaia. Auch deshalb, weil sie Mikolo das Gefühl nicht nehmen wollte, ein neues Zuhause gefunden zu haben. Er sah sich noch viel neugieriger um als Skaia, und seine Augen leuchteten dabei.

Auf der Lichtung vor dem Glaspavillon grasten Pferde. Und am Rande der Wiese stand ein Tier, das aussah, wie — Skaia konnte es kaum glauben — ein Bonsai-Quagga. Dummerweise verschwand es zu schnell im Gebüsch, als dass Skaia sich hätte sicher sein können.

„Wie hübsch diese Streifen am Hals aussahen", schwärmte Lallah sofort.

Skaia und ihre Begleiter hüpften eine halbe Ewigkeit zwischen Büschen und Bäume hindurch, aber sie fanden das Tier nicht. Doch immerhin wusste Skaia jetzt, dass es noch existierte. Und im Laufe der nächsten Jahre würde sie es aufspüren — am besten gemeinsam mit Mikolo.

Aus dem Pavillon nahmen sie für den Kapellmeister die Zauberinstrumente mit. Schließlich hatte er geunkt, er müsse, nachdem sein herrlicher Opernautomat verschollen war, ein neues Werk verfassen. Und zur Premiere konnte nur die beste Besetzung gut genug sein. Er hatte mit Papa ausführlich über die neue Oper gesprochen, nur wollten beide Skaia gegenüber nichts Genaues verraten.

Vielleicht wäre es ihr egal gewesen, wenn sie nicht den Eindruck gehabt hätte, beinahe alle in der Burg diskutierten lautstark über nichts anderes. Und nur wenn Skaia sich dazugesellte, gerieten die Gespräche urplötzlich in ganz andere Bahnen. Aber möglicherweise bildete sie sich das auch nur ein.

So oder so — einmal schlich sich Skaia über die Wendeltreppe in den Sonnensaal, als das gesamte Ensemble probte. Und wieder einmal bot ihr eine der Säulen Schutz. Unentdeckt konnte sie ihre Blicke schweifen lassen. Der Umbau in ein Theaterrund nahm sichtlich Formen an. Wegen des Regens, der jetzt öfter als früher vom Himmel fiel, hatten Papas Leute Seile über die ganze Fläche des Saals gespannt. Ballten sich die Wolken, konnte man mit ihrer Hilfe dichte Stoffbahnen zuziehen.

Hinter der Bühne versuchte Mikolo Tabbi davon zu überzeugen, dass ihm ein orientalisches Sultansgewand noch wesentlich besser stünde als der „alte Hofrat".

„Hattest du denn je das Sultansgewand an?", fragte Tabbi entnervt.

Mikolo schüttelte den Kopf.

„Also!" Damit war die Diskussion beendet, und Tabbi konnte sich wieder Papajano zuwenden, der damit kämpfte, über seine nachgewachsenen, fröhlich-bunten Federn einen dunkel befiederten Overall zu ziehen.

Auf der Bühne schob Moll gerade Ola unsanft von der einen auf die andere Seite.

„Schubs mich nicht gar so abscheulich hin und her", gab sie mit empörter Miene von sich und stolperte in den Silberpantoffeln, die zwar gut zu dem Sklavinnenkostüm passten, aber offenbar sehr locker saßen.

Mikolo mischte sich vorsichtig ein: „Ein bisschen anders ist das aber schon abgelau..."

„Mikolo, sei nicht albern", rief Papa, der offenbar die hinterste Sitzreihe auf ihre Tauglichkeit testete, quer durch den Saal. „Es geht nie um die wirkliche Wahrheit. Die dramatische Wahrheit ist das Einzige, was in der Kunst zählt. Und ich sage dir: Das Leben wäre froh, könnte es sein wie die Kunst!"

Guras Balletteinlage schien sich diesmal besonders eigentümlich zu gestalten. Sie studierte sie nicht nur mit Papageni ein, sondern auch mit Robolden. Wie sie dabei ausgerechnet an Simpel und Gimpel geraten war, hätte Skaia wahrhaft interessiert. Das Tänzchen, bei dem die Papageni anmutig die Reihe der steif staksenden Robolde kreuzten, klappte schon vorzüglich. Und wenn einer trotzdem einen Fehler machte oder nicht bei der Sache war, bat Gura sanft um Konzentration. „Und wer vielleicht doch nicht mitmachen möchte, der soll es nur sagen. Das ist gar kein Problem!“

Nachts war der Sonnensaal leer. Die Kulissen standen auf der Seite, und Skaia konnte sich den Stuhl des Guten Herrschers holen, der bei den Requisiten gelandet war. Dann zog sie am Schnürmechanismus, der die Stoffplanen raffte, und setzte sich in die Mitte des Saales. Schaute hinaus in den Himmel. Grüßte den Mond und die Sterne und dachte an Guras Gedicht, das sie im Meer verloren hatte. Obwohl — ganz verloren war es nicht. Immer mehr davon kam zu ihr zurück. Nacht für Nacht — bis sie es wieder wusste:

„Nachthimmel
breitet sich über uns aus
in einer großen mütterlichen
Bewegung
so gehen wir
für einen Augenblick behütet“

Ja, sie fühlte sich behütet. Zufrieden drehte sie die schwarze Perle, die ihr Gura geschenkt hatte, zwischen den Fingern hin und her. Sie war tausendmal schöner als jede Stundenkugel.

Skaia hatte gehört, dass manche Leute die Stundenkugeln sammelten, seit sie zwar nicht mehr funktionierten, aber alle möglichen Farben angenommen hatten. Gesehen hatte Skaia aber noch niemanden, der sie als Schmuck trug. Anders war es bei den Schildchen des Komitees. Von ihrem Fenster aus hatte Skaia einmal einen Butzemann gesehen, der sein zerlumptes Gewand über und über mit dem Bekenntnis

„GEGEN LUG, GEGEN TRUG" verziert hatte und im Butzewald, aus dem die Sphinx ragte, verschwand.

Tagsüber besuchte Skaia gerne die von Bäumen umzingelte Erziehungsanstalt. Wie die anderen Kinder auch suchte sie sich aus, in welchen Unterricht sie gehen wollte. Manchmal war es Zufall, in welche Stunde sie hineingeriet, einfach weil sie einen neuen Baum ausprobieren wollte. Das Fenster, bis zu dem sie am Baum hochklettern konnte, war ihr Eingang. Und selbst wenn sie in Maschinenkunde landete, machte das nichts aus. Grund nahm den Besuch gleich zum Anlass, mit den Kindern darüber zu reden, mit welchen technischen Tricks man Höhenunterschiede leichter überwinden konnte. Genauso wie die anderen verbliebenen Erzieher legte er sich inzwischen mächtig ins Zeug, um den Kindern Interessantes zu bieten. Eines war allen klar geworden: Nur zu denen, die sich bemühten, ihren Stoff originell darzustellen, kamen Zuhörer — nicht nur Kinder, sondern auch Erwachsene und sogar Kleingeister. Über Blaukappen, Nachtmahre und Butzemänner freuten sich besonders die Kreaturenkundler, denn nicht einmal in Fräulein Marthas Burgbücherei konnten sie so viel über diese Wesen erfahren wie am lebenden Beispiel. Wahrscheinlich würden sie bald selbst Bücher darüber schreiben, die Fräulein Martha dann unbedingt anschaffen musste. Falls sie zu Neuerwerbungen überhaupt kommen würde. Sie hatte ja genug zu tun, die vielen neuen Besucher mit Ausweisen zu versorgen, die Ausleihwünsche zu kontrollieren und bei Säumnis Mahnungen zu schreiben. Manchmal wirkte sie völlig aufgelöst. Aber Skaia hätte schwören können, dass sie gleichzeitig nie glücklicher ausgesehen hatte zwischen all den Lesehungrigen.

Nicht an die Erziehungsanstalt zurückgekehrt war Klirr. Der hatte sein Zimmer nach wie vor in der Burg. Nur benutzte er es nicht. Er wachte und schlief in dem Raum, von dem aus er auf den Vorplatz hinunter predigen konnte.

Ein paar Zuhörer hatte er immer. Sie schienen meist fasziniert von seinen feurigen Worten, die den kühlen Verstand, ja die Überlegenheit der reinen Vernunft priesen. Doch wenn sie bemerkten, dass er zu keinem Ende finden würde, gingen sie weiter ihrer Wege.

Ob er es überhaupt bemerkte, war schwer zu sagen. Im Grunde war er nicht ansprechbar. Wenn man ihm zu essen brachte, kümmerte er sich nicht darum, sondern rief weiter aus dem Fenster hinaus, bis die Nacht hereinbrach. Dann kauerte er murmelnd in einer Ecke des Zimmers. Aber am nächsten Morgen war der Teller stets restlos leer gegessen.

Was er da in sich hineinschaufelte, stammte aus der gemeinsamen Küche von Missjö Sufflee und Aldoro und war immer mit Lilienblüten garniert. „Lilien lösen Überfüllung im Gehirn", pflegte Aldoro zu sagen. Er hatte diesen Satz bei seinen Studien in alten Kräuterbüchern gefunden.

Eigentlich hatte er die Bände gewälzt, um die besten Würzmischungen für die verschiedensten Gerichte herauszufinden — gerade für die weiter verfeinerten Bohnenkreationen und die Toffelgerichte wurde er rasch berühmt —, doch bald erweiterte er seine Künste auf Duftmischungen für wohlriechende Kissen. Lavendel, Kamille, Johanniskraut, so viel eignete sich, um jenen Menschen, die lieber tief schliefen, als unter dem Sternenhimmel zu lustwandeln, einen traumhaften Schlaf zu bescheren. Und die Zahl derer, die dem Adjutanten die Kissen aus den Händen rissen, wuchs beständig.

Es waren Wochen ins Land gegangen, als es sich wie ein Lauffeuer verbreitete: Die neue Oper stand kurz vor der Uraufführung. Überall kursierten Einladungen. Der Kapellmeister zeigte sich schon jetzt ganz hingerissen von seinem Werk. Papas Truppe hoffte, dass die Werbung, die sie gemacht hatten, über alle Grenzen hinaus wirken würde. Man hatte sich viel Mühe gegeben, Reisende zu finden, die nach

Regálien, Fatálien, Surprésien und Notellánien zogen und bereit waren, dort das Großereignis anzukündigen.

Am Premierenabend tauchten Hunderte von Leuchtern die Burg in festliches Licht. Das Theaterrund füllte sich nicht nur mit Einheimischen wie Klüglich oder dem Grünling, der extra deswegen seinen See verlassen hatte, sondern auch mit Männern, Frauen und anderen Wesen, die von ihrer weiten Anreise über die Grenzen der Reiche hinweg berichteten. Der Programmzettel von Papas „Papp-Palast"-Theater, den Skaia aufgeregter als alle anderen in Händen hielt, verkündete eine große Oper nach wahren Begebenheiten: „Prinzessin der Nacht". Die Plane über Bühne und Publikum hatte man zur Seite gezogen, sodass der Mond und die Sterne ihr geheimnisvolles Licht auf das Orchester und den Vorhang zaubern konnten.

Der Kapellmeister hatte sich bereits in Positur geworfen. Ein Spot strahlte auf ihn herunter, als er sich, jetzt schon gerührt, zum Publikum hin verbeugte. Bevor er vom ersten Geiger zu den Musikern herumgedreht wurde, warf er Skaia ein glückliches Lachen zu.

Dann hob er den winzigen, nigelnagelneuen Taktstock.

Dank

an Tina für Jahre voller Geschichten, Gabi für Begeisterung und
Zuversicht, Klaus für die Zeilen zur Zeit und angewandte
Sprachphilosophie, Hanna und Anne für den kritischen Blick, Familie
Volo für Bougainvilleas über dem Meer, Mario Wirz für den
„Nachthimmel", Ariane Rüdiger für den sechsten und den zwölften
Zeh, Naomi Lawrence für la femme mit dem gefährlichen Halsreif,
Helena Paterson für die Erforschung der Mondzeichen, die Gruppe
„Ougenweide" für „Sol", Agathodaimon für sein Zahlenrätsel, P.
Cochem für „schein und hitz", Goethe für wogende Wolken,
schlängelnde Blitze, Kometen und mehr, Wolfgang Amadeus Mozart
und Emanuel Schikaneder für die Unendlichkeit von Zauber und
Geheimnis ...

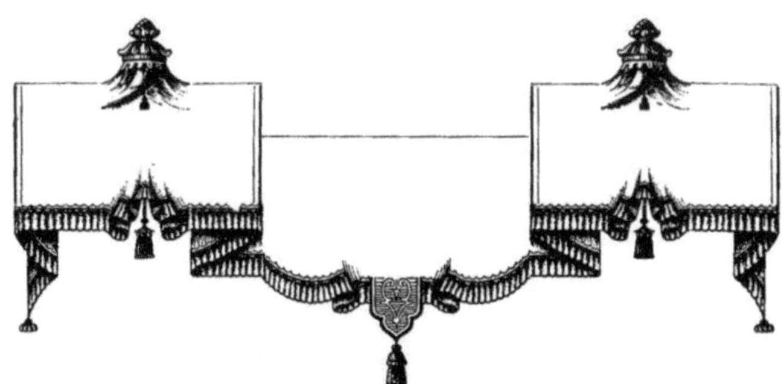

Thomas Endl

hat zahlreiche Bücher in bekannten Verlagen veröffentlicht. Sowohl die „Prinzessin der Nacht" als auch der erste Band seiner Grusel- und History-Reihe „Karfunkelstadt" wurde von der „Deutschen Akademie für Kinder- und Jugendliteratur" zum „Buch des Monats" gekürt.

Dabei hat Thomas Endl eigentlich Journalist gelernt und als Regisseur Dokumentationen für das Fernsehen gedreht, meist zu historischen Stoffen.

Für das Geschichtenerfinden hat er traumhafte Bedingungen: Von seinem Schreibtisch aus blickt er ins Grüne. Und sein Kater Max schnurrt ihm so manche Idee ins Ohr.

edition tingeltangel

Aktuelle Informationen über unsere Neuerscheinungen und mehr findest Du auf der *Facebook*-Seite der *edition tingeltangel* und auf *www.edition-tingeltangel.de*.

Hast Du Lob, Kritik, Anregungen, Lesungsanfragen oder Autogrammwünsche? Dann schreib doch einfach an tom@edition-tingeltangel.de.

In unserem Programm findest Du auch noch andere Bücher /E-Books mit gewitzten Helden und Heldinnen:

Kris Benedikt: Mein Kater vom Mars
1 / Her mit dem Stoff!   2 / Zur Hölle mit den Zigs

Tierisch schräge Science-Fiction-Abenteuer

„Wo gibt's denn so was? 1312 Jahre lang hat der Nikolaus ohne Zwischenfall die Kinder beschert. Jetzt aber greift er in den Sack, und plötzlich beißt ihm jemand in die Hand! Lina heißt die Übeltäterin, die ganz cool feststellt: ,Ab jetzt gehöre ich zu dir.' Weil die Kurze oberrotzig ist, hat der heilige Mann nicht viel zu lachen – ganz im Gegensatz zu den Lesern dieses Romans. Der ist frech und gefühlvoll zugleich – spitze!"

(WAZ)

Thomas Endl/Cornelia Haas: Nikolaus und Nikolina

Eines Sonntagabends taucht im Kinderzimmer von Katharina die Trubeljule auf. Und die entführt Katharina von nun an jeden Abend an unglaubliche Orte: Die beiden erleben die Wunderkammer von Ambras, die Geister von London, die Wasserspiele in Hellbrunn, einen Goldmacher in Prag, ein königliches Festmahl in München und den ersten Ballonflug der Welt in Versailles Im nächtlichen Venedig tanzt Katharina gar mit dem Mond! Da müssen das Bett und Katharinas Teddy Edi Schmusebär erst einmal warten ...

**Thomas Endl: Jetzt wird es aber Zeit
– Sieben phantastische Gute-Nacht-Geschichten**